FRANZISKA STEINHAUER

Todessehnsucht

EXZESSIV Nach einem Badeausflug zur Spremberger Talsperre ist der Maler Gernot Gausch plötzlich unauffindbar. Dem exzentrischen Mann ist durchaus zuzutrauen, dass er einer plötzlichen Eingebung folgend ohne ein Wort aufgebrochen ist. Die Familie meldet ihn erst nach mehreren Tagen halbherzig als vermisst. Als eine Woche später ein Toter aus der Talsperre geborgen wird, ändert sich die Lage. Bei der Obduktion stellt sich heraus, dass es sich um Gausch handelt und dass er keineswegs bei einem Badeunfall umgekommen, sondern ermordet worden ist. Hauptkommissar Peter Nachtigall und sein Team nehmen die Ermittlungen auf und entdecken schon bald, dass der Künstler viele Feinde hatte. Schnell gerät ein ehemaliger Freund und Kollege des Ermordeten in den Fokus der Ermittlungen: Phil Paluschig, dessen Ruf und Existenz durch eine gezielte Falschbehauptung Gernots zerstört wurde. Als ein weiterer Mord geschieht, nimmt die Ermittlung eine unerwartete Wendung.

Franziska Steinhauer lebt seit 1993 in Cottbus, arbeitet seit 2004 als freie Autorin. Die Schwerpunkte ihrer literarischen Tätigkeit sind Kriminalromane und Kurzgeschichten, die sie in Cottbus und dem Spreewald ansiedelt. Nach dem Abitur studierte sie Pädagogik. 2014 hat sie außerdem ein Studium der Forensik (M.Sc.) an der TU Cottbus abgeschlossen. Dieses Wissen setzt sie ein, um kriminaltechnische Untersuchungen und die Rekonstruktion von Tathergängen realitätsnah zu schildern. Ihre psychologisch ausgefeilten, forensisch fundierten Kriminalromane ermöglichen dem Leser tiefe Einblicke in das pathologische Denken und Agieren des Täters. Mit besonderem Geschick verknüpft sie hierbei mörderisches Handeln mit Lokalkolorit und dem Blick auf aktuelle gesellschaftliche Entwicklungen.

Bisherige Veröffentlichungen im Gmeiner-Verlag:
Brandherz (2015)
Wer mordet schon in Cottbus und im Spreewald? (2014)
Die Stunde des Medicus (2014)
Kumpeltod (2013)
Zur Strecke gebracht (2012)
Spielwiese (2011)
Sturm über Branitz (2011)
Gurkensaat (2010)
Wortlos (2009)
Menschenfänger (2008)
Narrenspiel (2007)
Racheakt (2006)
Seelenqual (2006)

Personen und Handlung sind frei erfunden.
Ähnlichkeiten mit lebenden oder toten Personen
sind rein zufällig und nicht beabsichtigt.

Die Stille ist giftig.

Als körperlicher Schmerz bohrend spürbar.

Es ist sonderbar – aber je lauter zuvor das Gebrüll, desto grauenvoller ist die Geräuschlosigkeit danach.

Jedes noch so kleine Trappeln wirkt wie Donnerhall, die Schritte auf dem alten knarzenden Parkett klingen wie Explosionen.

Natürlich war sich damals niemand einer Schuld bewusst.

Wie auch? Es gab keine! Alles nur freie Erfindung von denen. Ausgedacht, um strafen zu können.

Und es traf immer mich.

Ich wusste es.

Von Anfang an.

Versuchte, so klein zu werden, dass ich in einer Ritze zwischen den Holzdielen verschwinden könnte. Vergeblich. Sicher.

Das ist meine einzige Erinnerung. Diffus. Ein Gefühl von Ungerechtigkeit und Leiden.

Mehr nicht.

Wie auch?

Retrospektiv sieht es allerdings tatsächlich aus, als handle es sich um eine Art Bestimmung. Wenn ich in meinem Leben etwas gründlich verstanden habe, dann das: Es gibt Opfertypen und Tätercharaktere. Mir ist die Opferrolle auf den Leib geschrieben, scheint als deutlich sichtbares Zeichen auf meiner Stirn zu prangen.

Eine Kerze brennt auf dem kalten Boden. Leuchtet einen winzigen Hoffnungsschimmer in die enge Ödnis. Beton. Rundherum. Eine Wand mit Tapetenrest.

Warum bin ich ausgerechnet hier?

Mein Denken gibt sich redlich Mühe, aber ein unglaublicher Kopfschmerz setzt seinen Möglichkeiten enge Grenzen.

Ein Klingeln an der Tür.

Meine Überraschung – worüber, will mir schon nicht einfallen.

Ein Kampf? Vorsichtig versuche ich, mich zu bewegen. Stelle dabei fest, dass meine Hände auf dem Rücken gefesselt sein müssen. Weil ich sonst entkommen könnte? Musste man mich »sichern«? Dann besteht Hoffnung! Ich würde gern meinen Kopf betasten, fühlt sich an, als habe man mich niedergeschlagen. Vielleicht bin ich verletzt.

Ich werde es nicht herausfinden.

Der Raum sieht aus wie ein Kerker. Kein Fenster. Das Licht der Kerze reicht nicht bis zur Tür – aber plötzlich weiß ich, dass sie aus schwerem Metall ist. Solche Räume habe ich schon gesehen. Schutzräume. Gebaut zu Kriegszeiten. Ich weiß, dass man diese Türen von außen fest verriegeln kann – von innen sind sie nicht zu öffnen. Es gibt in der Regel ein Guckloch hinter einer Metallkappe. Draußen – damit man reinsehen kann, sich prüfen lässt, ob Überlebende auf Rettung warten.

Nervös sehe ich mich um.

Verdammt!

Ich erkenne nicht einmal die Farbe der Wände wieder.

Stimmt es, ich bin hier wirklich schon einmal gewesen? Genau an diesem Ort? Vielleicht doch alles ein Irrtum? Eine Verwechslung?

Und langsam erfasse ich das gesamte Ausmaß der Katastrophe, die ganze Aussichtslosigkeit meiner Lage.

Ich bin aus einem einzigen Grund hier: um zu sterben.

1. KAPITEL

Gregorilos hieß eigentlich Waldemar.

Aber das war ein Geheimnis, das er nur mit sehr wenigen Menschen teilte. Genaugenommen nur mit seiner Schwester. Waldemar Gernot Gausch. Als erste Maßnahme – sozusagen als Notfallintervention – hatte er sich nur noch Gernot Gausch genannt. Aber glücklich war er auch mit dieser Kombination nicht.

Etwas anderes musste her – mit hohem Assoziationspotenzial.

Gregorilos klang griechisch.

Nach Hochkultur, Bildung, Kunst.

Gernot? Nein, wirklich nicht. Der Hauch von Tugend und preußischer Korrektheit! Nein, viel zu negativ besetzt.

Waldemar ging gar nicht.

Bierzelt- und Bratwurstdunst zogen auf, wenn er den Namen auch nur dachte.

Da man Grieche und Kunst automatisch in Verbindung brachte, wäre es geschäftsschädigend gewesen, hätte man herausgefunden, dass er in Wahrheit Waldemar …

Bisher hatte es bestens funktioniert.

Gregorilos verkaufte sich und seine Werke mehr als zufriedenstellend.

Auch all die anderen Geheimnisse teilte er mit seiner Schwester. Fast alle jedenfalls. Gregorilos grinste in die Sonne. Bemerkte es und korrigierte den Gesichtsausdruck umgehend in Lächeln, mild. Man konnte ja nie wissen, ob das dämliche Grinsen einer solchen Berühmtheit, wie er es zweifellos war, nicht fünf Minuten später schon auf Facebook gepostet wurde und sich das Netz gnadenlos über ihn lustig machte. Sicher, die Gefahr war hier nicht besonders groß. Wahrscheinlich kannte ihn von den anderen Badegästen so gut wie keiner. Und wer würde schon einen gefeierten Künstler wie ihn im Sand am Spremberger See vermuten? Das entsprach nicht dem perfekten Bild, das er der Öffentlichkeit stets anbot. Vergeistigt, gebildet, belesen – griechisch. Demnach kultiviert.

Auch wenn das Klischee in den letzten Monaten ziemliche Beulen davongetragen hatte. Aber so schnell verschwanden die Sagen und Mythen nicht aus dem Denken der Menschen.

Hier drohte keine Gefahr.

Künstler- und Kunstkenner lagen nicht unter den Sonnenbrutzlern, das hatte er natürlich gecheckt. Er würde inkognito bleiben.

Zufrieden strich er über die Wohlstandskugel, die sich oberhalb der Badehose der Sonne entgegenreckte. Seufzte leise und konstatierte, dass seine Ernährung weniger griechisch, denn eher römisch gelagert war – was natürlich die Öffentlichkeit nicht wusste. Vegetarier zu sein, entsprach weder seiner Überzeugung noch seiner Freude an gutem Essen, ja gelegentlicher Völlerei.

Und Süßem war er natürlich auch nicht abhold. Aber es war in – und so passte er sich der Erwartungshaltung an. Was er in seinen vier Wänden … das ging niemanden etwas an.

Seine Schwester schnarchte laut.

Missbilligend drehte er den Kopf in ihre Richtung, öffnete träge ein Auge. Seufzte erneut. Diesmal genervt.

Jonathan, sein Assistent, hatte die Bewegung bemerkt.

Er wachte beständig und aufmerksam über den Künstler, war entschlossen, die Welt nach den Bedürfnissen des Meisters auszurichten, notfalls umzugestalten, sollte sich dies als notwendig erweisen. Jonathan schob sich etwas ungelenk aus dem stoffbespannten Klappliegestuhl hoch, schlenderte zu Sophie, Gregorilos Schwester, stieß sie sanft mit der Fußspitze an. Folgsam drehte sie sich auf die Seite.

Ruhe.

Der Meister richtete sich vorsichtig in halb liegende Position auf. Seine Augen patrouillierten über das dunkle Wasser, beobachteten die kleinen Wellen, die im Sand ausliefen.

»Ich geh ein Stück. Danach werde ich Appetit haben. Bitte besorge in der Zwischenzeit was Leckeres für uns alle. Du musst dich nicht sputen. Ich habe vor, den Spaziergang zu genießen.«

Jonathan nickte. »Und Sophie? Wenn sie aufwacht und wir beide nicht hier sind, wird sie sich erschrecken.«

»Verantwortungsbewusst wie immer!«, lobte Gregorilos und verteufelte im Innern diesen jungen Mann, der ständig mahnend auf zu erwartende Probleme hinwies. »Ich lasse mein Handtuch als Versprechen auf meine baldige Wiederkehr hier zurück«, erklärte der Künstler salbungsvoll und stemmte ächzend sein Gewicht aus dem Sand auf die Füße.

Er griff nach einem weiten weißen Hemd, schlüpfte in eine weiße Hose, angelte sich seine Wasserflasche aus der Kühltasche.

Machte sich gemächlich in Richtung See auf.

Unvermittelt drehte er sich noch einmal um. »Jonathan, ich spüre deine Ratlosigkeit in meinem Rücken brennen. So leg' ihr denn eine Nachricht auf mein Handtuch und beschwere sie mit einem Stein. Wenn sie aufwacht, wird sie das beruhigen.«

Erleichtert folgte der Assistent diesem Rat.

Als er das Gewicht auf dem Zettel platzierte, sah er Gregorilos Rücken auf der Höhe des Parkplatzes.

Beobachtete, wie er sich in Richtung Volker's Imbiss wandte.

Ob er wohl bis zum Spree Camp gehen würde?, überlegte er, verwarf diesen Gedanken jedoch schnell. Für Gregorilos zu weit, entschied er.

Jonathan folgte seinem sanft wiegenden Schritt mit den Augen, tat dann, wie man ihn geheißen hatte.

Brauste nach Cottbus.

Was Leckeres für alle.

Also Pizza.

Gregorilos wurde es schnell zu heiß.

Leichte Übelkeit gesellte sich dazu.

Wahrscheinlich Folge des zu üppigen Frühstücks. Oder von zu viel Wärme? Hitzschlag? Sonnenstich?

Er suchte schnelle Abkühlung im See.

Die Kleidung blieb ordentlich gefaltet am Ufer zurück.

Doch schon nach etwa 300 Metern fühlte er eine ungewohnte Schwäche. Wenig später stellte sich ein schmerzhafter Krampf ein. Schlechter Trainingszustand, dachte er ungehalten, ich muss mich wohl wieder mit Sport abquälen, wie ungemein lästig. Entschlossen und in der festen Überzeugung, Geist und Wille könnten jede erdenkliche körperliche Mattigkeit besiegen, zog er weiter die Schwimmzüge so kräftig wie möglich durch. Ein Blick zum Strand führte ihn zu der Einsicht, dass ihm auch gar nichts anderes übrig blieb, als zu kämpfen: Das Ufer war zu weit weg. Niemand würde seine Notlage bemerken. Ein hektisches Umsehen bewies, dass auch der Turm der Rettungsschwimmer nicht besetzt war.

Einsparungsmaßnahme, die wollen, dass man hier einfach absäuft, interessiert niemanden, ballten sich seine Gedanken zornig zusammen. Auf dem hölzernen Aussichtsturm war niemand zu entdecken, schade, wo sich hier sonst gerne Touristen vom Spree Camp tummelten. Den Bootssteg konnte er nicht mehr erreichen und die Staumauer auf der anderen Seite war für Spaziergänger gesperrt, von dort aus konnte also auch keiner der feldstecherbewehrten Vogelbeobachter auf seine Lage aufmerksam werden, überlegte er logisch. Klar, wenn schon mal jemand in Schwierigkeiten gerät, bleibt es völlig unbemerkt! Die Übelkeit nahm zu. Ein Zuviel an Sonne war die wahrscheinlichste Ursache, gepaart mit zu wenig Flüssigkeit, schlussfolgerte er, Hitzschlag.

Die Wasserflasche lag am Ufer.

Leichte Panik erfasste ihn.

Der Himmel hatte sich verdunkelt, Windboen wühlten das Wasser auf.

Gregorilos wälzte sich auf den Rücken, hoffte, Auftrieb könne ihm eine Erholungspause verschaffen. Doch die neue Position erwies sich als schrecklich unangenehm. Da er aus unerfindlichen Gründen den Kopf nicht halten konnte, fiel dieser ständig in den Nacken und wurde vom Wasser überspült.

Gregorilos hustete.

Werde ich hier ertrinken? Ersaufen wie eine weggeworfene Katze?

Zumindest war ein gewisses Risiko inzwischen nicht mehr von der Hand zu weisen.

Also doch um Hilfe rufen! Sei es noch so entwürdigend.

Doch selbst mit größter Willensanstrengung – der Arm ließ sich nicht heben, der Kopf tauchte immer wieder ein, ein Rufen war ohne Stimme unmöglich geworden!

Ich ertrinke! Verrecke hier kläglich!, wurde ihm bewusst, muss die Qualen des Erstickungstodes erleiden!

Tröstlich fiel ihm ein, wie sehr ein solches Drama den Verkauf seiner Kunst beflügeln würde, sah die Schlagzeile in der Lausitzer Rundschau auf der Titelseite: Die Stadt Cottbus hat einen ihrer Größten verloren. Cottbus trägt Trauer!

Noch während sein Körper um Sauerstoff flehte, Schmerzen von ihm Besitz nahmen, qualvolle Enge die Brust umklammerte, sah sein Geist Scharen von Kunstliebhabern, die sein Atelier stürmten.

Als der Körper sich in das Unvermeidliche ergab, lächelte Gregorilos sogar.

Johannes kehrte zurück.

Weckte Sophie.

Nachdem Gregorilos auch in den nächsten Minuten nicht erschien, beschlossen sie, mit dem Mittagessen zu beginnen.

Zum Nachmittag war er noch nicht zurückgekehrt.

Überraschend zwar – aber nicht so ungewöhnlich, wie Fremde vielleicht vermutet hätten. Eher schon typisch Gregorilos. Eigen, undurchsichtig, kurz entschlossen.

Dämmerung zog auf.

Die Menschen um sie herum begannen ihre Habseligkeiten einzusammeln und in großen bunten Taschen zu verstauen. Machten sich sonnendurchwärmt und in bester Stimmung auf den Heimweg.

Gregorilos tauchte nicht mehr auf.

Im wahrsten Sinne des Wortes.

2. KAPITEL

Peter Nachtigall wartete.

Sah zur Tür, auf die Uhr, zurück zur Tür.

Warum dauert das so lang?, fragte er sich. Seine Frau wollte doch nur schnell in der Parfümerie einen Nagellack kaufen, und nun stand er hier schon seit einer Viertelstunde! Typisch Frau? Seine Mittagspause war nicht unendlich, er musste zurück ins Büro.

Und überhaupt, seit wann brauchte sie so etwas?

Männer malten sich doch die Nägel auch nicht bunt an.

Sein Handy brummte.

»Ja!«, bellte er unfreundlich.

»Jens Maier. Tut mir ja leid, dass ich an so einem schönen Tag stören muss. Die Kollegen von der Feuerwehr haben eine Leiche aus dem Spremberger See gefischt – äh, geborgen. Angeblich handelt es sich um Gregorilos, aber ehrlich, das kann keiner mit Sicherheit sagen. Soll wohl

15

ein ziemlich bekannter Maler aus Cottbus sein. Unklare Todesumstände.«

»Ist gut. Wir kommen.« Nachtigall hatte schon beinahe auf »beenden« gedrückt, da hörte er den Kollegen noch sagen: »Auf der Seite vom Waldschlösschen-Hotel. Über Gallinchen raus. Nicht zum Spree Camp abbiegen, fahrt geradeaus weiter bis zum nächsten Parkplatz.«

»Danke«, antwortete er schnell und tippte dann die Kurzwahl für Michael Wiener an, seinen Freund und Kollegen.

»Hallo, wenn du mich unerwartet anrufst, kann das ja nur eines bedeuten: Es gibt eine Leiche?«, fragte Wiener, und es klang gar nicht so, als sei er verärgert darüber, dass sie, statt das geplante ruhige Wochenende mit der Familie verbringen zu können, nun einen Einsatz hatten. Der Gedanke an Wieners Kinder brachte ihn einen Augenblick aus dem Tritt. Er atmete tief durch.

»Spremberger See. Er ist auch schon vorläufig identifiziert, endgültige Gewissheit kann es nach einem einfachen Blick auf die Leiche nicht geben, meinte der Kollege. Gregorilos. Einen Nachnamen gibt es nicht. Ist ein Pseudonym.«

»Was? Gregorilos? Das ist ein Maler aus Cottbus. Ein berühmter Maler. Wenn das stimmt, wird das mal wieder eine Ermittlung unter den besorgten Augen der Öffentlichkeit.«

»So schlimm wird das nicht werden. Ich habe bisher nicht viel von ihm gehört.«

»Im Moment wird er von vielen Kunstkritikern hochgelobt. Er ändert hier und da seinen Stil – nennt das Weiterentwicklung – und hat großen Erfolg damit. Aber natürlich kommt das auch nicht bei allen gut an.«

»Ich bin in der Stadt. Conny wollte ein paar Besorgungen machen, danach stand eigentlich noch ein gutes Essen auf dem Plan. Wenn du mich hinter der Deutschen Bank abholst, kann ich ihr wenigstens das Auto hier lassen.«

»Bin praktisch schon unterwegs«, verkündete der junge Kommissar tatendurstig.

Nachtigall machte sich auf die Suche nach Conny.

Er betrat die kleine Parfümerie neben dem Durchbruch zum Stadtbrunnen. Das Geschäft war klein – und voll. Er konnte seine Frau erst auf den dritten Blick entdecken. Sie kauerte in der hintersten Ecke neben einer herausgezogenen Schublade und diskutierte mit einer jungen Frau über die passende Farbe des Nagellacks.

»Nun, Sie haben vielleicht recht. Zu Grün passt er möglicherweise wirklich nicht. Nicht zu jedem Grünton, das würde ich auch sagen. Vielleicht doch lieber eine dunklere Farbe? Zwischen Rot und Braun? Ich hätte hier einen …«

»Oh, mein Mann!« Conny hatte Peter entdeckt und winkte ihn heran. »Sieh mal, gefällt dir diese Farbe? Oder meinst du, der Ton ist zu intensiv?«

Peter Nachtigall zwang seine zwei Meter Länge und sein nicht unerhebliches Körpergewicht in die Knie. »Ich muss los. Hier ist der Autoschlüssel. Michael holt mich ab.«

»Ach! Das ist aber schade! Ich hatte auf eine richtig entspannte Woche und ein freies Wochenende gehofft.« Conny verzog enttäuscht das Gesicht. »Vergiss nicht, dass deine Schwester mit Familie morgen zum Grillen kommt. Sie besuchen uns deinetwegen, nicht meinetwegen!« Dann kehrte sie zur ursprünglichen Thematik zurück. »Also, was ist nun? Diese Farbe hier oder lieber ein kräftiges Rot?« Dabei hielt sie zwei kleine Fläschchen hoch.

»Rot«, entschied der Cottbuser Hauptkommissar. »Wenn schon Nagellack, dann richtig!« Er klapperte den Schlüsselbund in Connys Handfläche. »Ich muss los!«

Conny umarmte ihn, zog neckend an seinem Pferdeschwanz und drückte ihm einen Kuss auf die Lippen. »Melde dich mal zwischendurch. Du und deine Leichen!«, maulte sie leise.

»Diesmal eine Wasserleiche.«

»Ertrunken? Gemeuchelt ist doch viel spannender!«

Alle drei rappelten sich wieder auf.

»Dieser hier darf es dann also sein?«, erkundigte sich die junge Frau mit unsicherer Stimme, gab sich alle Mühe, nicht allzu schockiert auszusehen.

»Ja«, strahlte Conny, als wäre nicht gerade von Leichen die Rede gewesen, »den nehme ich.« Und zu Peter gewandt setzte sie hinzu: »Marnie ist mit den Kindern wieder zurück. Frag' doch Michael, ob sie nicht alle zum Abendessen bei uns vorbeikommen wollen.«

Sie schob den Schlüssel in die Jackentasche und überlegte, was sie nun mit dem schönen Tag anfangen könnte. Peter wird als Begleitung ausfallen, das wusste sie aus jahrelanger Erfahrung. Eine Leiche, das bedeutete über Tage zu wenig Zeit für die Ehefrau.

Ihr Mann war schon zur Tür hinaus auf die Sprem gelaufen, telefonierte erneut mit dem Kollegen am Fundort und beeilte sich, zum vereinbarten Treffpunkt zu kommen.

»Eine Leiche am Stausee. Und die Identifizierung ist erst vorläufig?« Hoffnungsvoll sah Wiener seinen Freund an. »Dann ist er es ja vielleicht gar nicht.«

»Nein, das ist unwahrscheinlich. Ich gehe davon aus, dass Gregorilos tatsächlich das geborgene Todesopfer ist.«

Michael Wiener lenkte den Wagen durch die engen Straßen der Altstadt, bog von der Burgstraße in Richtung Freiheitsstraße ab und an der Einmündung neben dem Fitnessstudio auf die Franz-Mehring-Straße ein. »Wieso?«

»Ich habe den Kollegen noch mal angerufen. Gregorilos wurde erst gestern Abend als vermisst gemeldet, verschwunden ist er aber schon vor ungefähr einer Woche. Bei einem Ausflug hatte er die Gruppe verlassen, wollte sich ein bisschen die Beine vertreten. Aber er kehrte nicht zurück. Niemand ging davon aus, dass er schwimmen wollte. Er hatte sich angezogen und war losgelaufen, wollte sich nur die Beine vertreten. Seine Familie suchte das Ufer nur oberflächlich ab, Kleidung wurde nicht entdeckt. Erst dachten sie, er würde schon wieder nach Hause kommen, aber inzwischen machten sie sich doch große Sorgen. Die Feuerwehr hat Taucher eingesetzt – und die haben einen Leichnam im Wasser treibend gefunden. Offensichtlich hatte er sich also doch zum Bad entschlossen.«

Wiener hielt sich links, bog in die Straße der Jugend ein. »Die Kollegen haben hoffentlich so weiträumig abgesperrt, dass niemand irgendwelche Fotos machen kann! Du weißt ja, so eine Nachricht spricht sich in Windeseile rum, und schon läuft die Presse auf«, murrte er.

»Wäre es nicht über die Bahnhofstraße günstiger?«

»Nicht wirklich. Und da ist 30er-Zone. Da herrscht zähes Durchkommen. Wir nehmen den Weg in Richtung Baustelle.«

»Aber dann musst du am Bahnhof doch in die Thiemstraße abbiegen. Die Straße der Jugend ist noch immer gesperrt. Sonst bleibt dir nur der Weg durch die Eilenburger Straße.«

»Ja, das weiß ich, aber vielleicht können wir uns durchschleichen. Ist ja schließlich ein Polizeieinsatz«, widersprach Wiener sonnig. »Durch die Drebkauer, dann links und vorne am Sportzentrum rechts.«

Nachtigall zuckte mit den Schultern, kehrte zum anstehenden Fall zurück. »Das Problem war, dass Gregorilos durchaus gelegentlich verschwand, ohne jemanden vorab zu informieren. Man kann also nicht sagen, dass man dieses Verhalten nicht von ihm kannte. Plötzlich saß er ein paar Tage später wieder in seinem Atelier, als sei nichts geschehen. Was er während seiner Abwesenheit unternommen hatte, verschwieg er jedes Mal. Die Familie hatte gelernt, sich damit abzufinden. Deshalb wurde er auch nicht sofort vermisst gemeldet. Man gab ihm ein paar Tage Zeit, wieder zurückzukehren.«

»Warum? Sie können doch nicht ernsthaft angenommen haben, dass er in leichter Badeseebekleidung aufgebrochen ist. Am Ende barfuß. Oder reagierte Gregorilos grantig, wenn man ihn suchen ließ?«

»Nun, wenn du etwas tun möchtest, das niemanden etwas angehen soll, dann ist es nicht günstig, von der Polizei dabei aufgestöbert zu werden. Und da keiner weiß, was er in dieser Auszeit unternahm, ist ja auch nicht auszuschließen, dass die Polizei sich dafür interessiert hätte.«

»Oh, so habe ich das gar nicht gesehen«, meinte Wiener augenzwinkernd. »Dann wäre er sicher verflixt sauer geworden.«

Nachtigall seufzte schwer. Nach dem letzten spektakulären Fall war er an einer »medienwirksamen Leiche« nun wirklich nicht interessiert. Seine Augen tasteten über Wieners Gesicht. Der junge Mann sah konzentriert auf die Straße, während er durch den Baustellenbereich fuhr. Gern hätte er ihn nach Marnie gefragt, nach ihrem Zustand, nach der ganzen Familie – doch er traute sich nicht. Wollte nicht daran rühren, weil er nicht wusste, wie Michael reagieren würde, ob er ihm nicht doch insgeheim eine Mitschuld an der Situation gab. Dabei verfolgten ihn selbst die schrecklichen Bilder bis in den Schlaf, quälten ihn, ließen ihn aufschrecken. Wie viel schlimmer musste es dann für Michael und die Seinen sein? Er wandte den Blick ab, sah die Häuser vorbeifliegen, die Feuerwehr, und wusste, dass sie in etwa einer Viertelstunde die Talsperre erreicht hätten. Conny stellte sich das alles viel zu einfach vor. Marnie und die ganze Familie Wiener einfach so zum Essen einladen! Ha. Sie hatte nicht gesehen, was damals am Badesee geschehen war, das viele Blut, die Notoperation, Marnie, die über ihn hergefallen war wie eine Furie, Michael, der tagelang wortlos vor sich hingebrütet hatte. Verständlich. Und nichts davon war vergessen. Wie auch? Er stellte sich vor, wie er und Marnie sich einen ganzen, endlosen Abend schweigend gegenüber säßen, sie mit Hass im Blick, er mit schwerem Herzen.

Nein, beschloss er still für sich, für eine Einladung war es noch viel zu früh!

An der Abfahrt zum Badesee Madlow durchfuhr den Hauptkommissar ein eisiger Schauer. Seine Augen tasteten prüfend über Wieners Profil, doch der sah nur konzentriert auf die Straße. Wenig später passierten sie den Wegweiser zur Kutzeburger Mühle.

Wieder zeigte sich keine Regung bei Michael Wiener.

Betroffen fixierte der Hauptkommissar einen Punkt zwischen seinen Schuhen auf der Bodenmatte. Überlegte, ob er sich um den psychischen Zustand des Freundes ernsthaft Gedanken machen musste. Der Badesee und die Mühle – beide Orte waren mit den katastrophalen Entwicklungen in ihrem letzten Fall verknüpft, der das Leben der Familie Wiener so nachhaltig durcheinandergewirbelt hatte. Eigentlich müsste er eine Reaktion zeigen, kreisten die Überlegungen Nachtigalls weiter um diesen Punkt, und uneingeladen tauchten die furchtbaren Bilder wieder hinter seiner Stirn auf. Jonas, Michaels kleiner Sohn, blutüberströmt, lebensgefährlich verletzt in der Hand eines eiskalten Killers. Er schüttelte sich. Oder liegt es an mir, grübelte er weiter, weil ich es nicht schaffe, darüber zu sprechen, weicht er ebenfalls aus?

Polizeifahrzeuge blockierten bereits die Zufahrtsstraße.

Alle Personen, die behaupteten, den Campingplatz erreichen zu wollen, mussten sich ausweisen, die Anwohner ebenfalls. Michael Wiener hielt seinen Dienstausweis hoch, wurde durchgewinkt.

Nachtigall starrte in die wütenden Gesichter derer, die nicht passieren durften, entdeckte den einen oder anderen Journalisten darunter.

»Die Presse ist vor Ort. Es wird nicht lang dauern, bis die Stadt weiß, wen wir hier gefunden haben«, orakelte er, Düsternis in der Stimme.

»Lass uns erst mal nachsehen. Vielleicht ist es gar nicht Gregorilos. Dann wird der Tote aus dem Stausee nur eine Meldung auf Seite drei und nicht der Aufmacher«, tröstete Wiener, hatte allerdings selbst nicht viel Hoffnung.

Wenig später parkte Wiener den Wagen oberhalb der Stelle, an der die Feuerwehrleute den Leichnam an den Strand gelegt hatten.

»Das kann man vom anderen Ufer aus fotografieren. Da drüben liegt der Campingplatz Bagenz. Mit einem guten Objektiv …«, nörgelte Nachtigall. »Solche Bilder können wir nicht brauchen!«

»Ich glaube nicht, dass man auf Fotos aus der Entfernung noch was erkennen könnte. Da bräuchte man schon ein Supertele. Wer hat das schon griffbereit, wenn er Urlaub macht?«

»Du glaubst gar nicht, wie viele Leute professionell fotografieren. Schon um dann tadellose Bilder im Netz präsentieren zu können! Urlaubsfoto vom Ufer des Sees mit Leiche auf Facebook! Da sind dir die Klicks und Likes sicher!«, schimpfte der Cottbuser Hauptkommissar. »Wird Brandenburg eigentlich auch diese mobilen Sichtschutzwände einführen? Du weißt schon, die, von denen in der Zeitung die Rede war. Ist da etwas an mir vorbeigegangen?«

»Noch haben wir jedenfalls nichts davon gehört. Und mal ehrlich, Peter, für unsere Tatorte wäre das nichts. Dann trampeln auch noch Leute durch die Spuren, die diese Wände aufstellen wollen! Das ist sicher nicht das, was wir uns wünschen.«

»Auch wieder wahr. Naja, lass uns nachsehen.« Nachtigall stapfte mit gesenktem Kopf durch den Sand, hielt auf die Kollegen zu, die am See warteten.

Penetranter Verwesungsgeruch hing über dem gesamten Areal.

»Peter Nachtigall, Michael Wiener«, stellte er sich und den Kollegen knapp vor, als sie die Plane erreicht hatten, auf die der geborgene Körper gelegt worden war.

»Tag. Jens Meier. Ich habe Sie angerufen.« Der Sprecher war um die 50, hatte eine komplette Glatze und war von eher zierlicher Gestalt. Seine Dienstmütze hatte er abgenommen, hielt sie locker in der Hand. Zu Nachtigall musste er aufsehen. Meier blinzelte gegen die Sonne, und der Hauptkommissar trat ein Stück zur Seite, damit der andere ihn besser sehen konnte. »Wir gehen davon aus, dass es sich um den vermissten Maler handelt. Gregorilos. Größe stimmt, Haar- und Augenfarbe auch, die Gewichtsklasse kommt hin … Natürlich muss ihn noch jemand identifizieren, aber das wird wohl selbst für die engsten Angehörigen schwierig. Er ist stark aufgebläht und ein paar Tage in dem warmen Wasser – das verändert einen Menschen schon dramatisch.«

Nachtigall beugte sich gerade so weit vor, dass er einen Blick auf das werfen konnte, was einmal das Gesicht des Toten war. »Mein Gott!« Er fuhr erschrocken zurück. »Da wird ein DNA-Test Klarheit verschaffen müssen.«

»Das meiste ist wohl einfach Schmutz. Und ein paar Algen sind vielleicht auch mit dabei. Bloß gut, dass Sie so schnell kommen konnten. Wir müssen ihn fix abtransportieren, der muss gekühlt werden. Ist eben wie immer bei Wasserleichen – kaum sind sie raus aus dem Wasser, fangen sie sofort an, sich zu zersetzen.« Schwärme begeisterter kleiner und größerer Fliegen machten sich schon über den Körper her, jede Menge anderer Insekten zeigten sich ebenfalls interessiert. »Wespen sind auch schon da.«

»Au!« Nachtigall klatschte mit der flachen Hand auf seinen Nacken. »Mann!« Er entdeckte einen der kleinen gestreiften Stachelträger.

»Die unterscheiden nicht zwischen lebend und tot. Ich habe auch schon jede Menge Bisse. Die zwicken regelrecht ein Stück Fleisch raus! Manche stechen auch.« Der Kollege wies seine geschwollene Hand vor. »Wespenplage in diesem Jahr. Die meisten sind ja nicht aggressiv – aber die war richtig mies drauf.«

»Wespen sind nicht auf Angriff aus. Die verteidigen sich nur. Es gibt über 100 Arten – aber die meisten Leute interessiert das nicht. Die schlagen einfach nur um sich«, erklärte Wiener. »Und dann werden sie gestochen.«

»Wie können Sie sich dann trotz seines Zustandes sicher sein, dass es sich um die Leiche des Künstlers handelt?« Nachtigall wandte sich schnell von der Leiche ab, schauderte. Räusperte sich dann und warf dem Kollegen einen überrascht-fragenden Blick zu. »Kennen Sie ihn denn?«

»Nun – sicher bin ich seinetwegen so schnell hierher gerufen worden«, murmelte Jens Meier und deutete diskret auf einen Herrn, der etwas abseits stand. »Der Arzt vom Dienst. Er kannte den Mann persönlich. Ich nicht. Unklare Todesursache.«

»Ach! War er sein Hausarzt?«, erkundigte sich Wiener.

»Nein. Er sammelt Kunst. Fährt am Tag des offenen Ateliers über Land und entdeckt neue Talente. Gregorilos kennt er schon seit mehr als zehn Jahren. Dr. Bernhard Witte.«

Der Arzt hatte wohl seinen Namen gehört. Er kam eilig zu den anderen herüber.

»Guten Tag. Sie sind sicher von der Kriminalpolizei, nicht wahr? Und das ist richtig und wichtig so. Ganz klar ist Gregorilos keines natürlichen Todes gestorben. Ich bin fest davon überzeugt, dass hier jemand nachgeholfen hat.« Der spirrelige Mann schob die goldglänzende Brille auf die Nasenwurzel. Sie beschlug sofort. »Entschuldigung, aber der Tod dieses herausragenden Künstlers nimmt mich sehr mit«, erklärte er erstickt und wischte hektisch über beide Wangen. »Gregorilos war ein ganz besonderer Mensch.«

Die beiden Ermittler sahen Witte erwartungsvoll an.

»Und wie ist er gestorben?«, hakte Wiener nach einer Weile des hartnäckigen Schweigens nach.

»Woher soll ich das denn wissen? Ihr Rechtsmediziner wird das schon rausfinden. Hoffe ich jedenfalls. Wenn er einer ist, der sich in seinem Fach auskennt.«

Der arrogante Ton und das selbstgefällige Schmunzeln des Arztes gefielen dem Cottbuser Hauptkommissar nicht. »Machen Sie sich darüber keine Sorgen«, beschied er dem Kunstsammler kalt. »Unser Rechtsmediziner ist auch herausragend in seinem Fach.«

Witte atmete tief durch. Strich die pomadigen Haare über den Kopf, wo sie helfen sollten, die haarlosen Stellen zu verbergen.

»Gregorilos ist nicht gern in der Öffentlichkeit geschwommen. Sein Körper war nicht der eines griechischen Adonis – eher der eines römischen Bacchus. Er verzichtete deshalb lieber darauf, sich in Badehose zu präsentieren.« Nachtigall konnte das nachfühlen, ging es ihm doch ähnlich, wenn seine Frau unbedingt in die Therme fahren wollte. Dieser Bauch war ein Teil seines Körpers, den er nur schwer als dazugehörig akzeptieren konnte. »Aber er war ein sehr guter und ausdauernder Schwimmer«, schloss Witte.

»Aha?«

»In seiner Villa gibt es einen Pool. Den hat er jeden Tag benutzt. An den Badesee kam er, um Menschen zu beobachten. Studien für seine Bilder sozusagen.« Dr. Witte ging den Bestattern aus dem Weg, die den Leichnam in einen Leichensack legten und danach in den Zinksarg hievten. »Ja, machen Sie ein bisschen eilig. Der muss schnellstens gekühlt werden, sonst hat der Rechtsmediziner nichts mehr, was er untersuchen könnte.«

Schweigend sahen sie den beiden ernsten Männern zu.

»So ein Verlust! Die Kunstszene wird die Lücke, die sein Tod reißt, nicht so schnell schließen können.« Der Arzt seufzte schwer, drückte Nachtigall die Todesbescheinigung in die Hand. »Ich muss los. Bringen Sie es seiner Schwester und dem Assistenten schonend bei. Sind zwei zarte Seelen, die sehr an ihm hingen.« Damit wandte er sich um, lief eilig in Richtung Parkplatz zurück.

»Eine Schwester und ein Assistent leben also in seinem Haushalt. Wir müssen uns wohl beeilen, wenn wir ihnen die traurige Nachricht überbringen wollen, bevor sie sie aus den Lokalnachrichten erfahren.«

»Ja«, murmelte Wiener. »Wer weiß, wen der Kunst sammelnde Arzt schon angerufen hat.«

Unruhe entstand oben am Asphaltweg.

Offensichtlich stritt sich ein junger Mann im schwarzen Anzug heftig mit den Beamten, die niemandem Zugang zum See gewähren wollten.

»Oh, lassen Sie ihn durch!«, rief Witte laut, rannte ungeübt und stolpernd an den Strand zurück. »Das ist Jonathan. Er ist der Assistent des Künstlers«, setzte er eilig erklärend hinzu, als er den zornblitzenden Augen des Hauptkommissars begegnete. »Ich habe ihn herbestellt.«

»Was erlauben Sie sich! Sie haben hier überhaupt niemanden herzubestellen!«, polterte Nachtigall und sah aus, als wolle er den pomadigen Arzt in Grund und Boden rammen.

Der wurde auch sofort kleinlaut. »Ich dachte nur, wegen der Identifizierung. Er kann das übernehmen. Dann ist es amtlich.«

Nachtigall gab dem Bestatter ein Zeichen.

Die beiden Männer setzten den Sarg ab, öffneten den Leichensack, erlaubten dem aufgewühlten jungen Mann einen Blick auf den Leichnam.

An seiner Reaktion war deutlich zu erkennen, dass es sich um Gregorilos handeln musste. Er schrie auf, schlug beide Hände vors Gesicht.

»Sehen Sie, es ist Gregorilos«, triumphierte Dr. Witte.

»Sie sind jetzt besser ganz still. Sonst werde ich mich über Sie beschweren!«, donnerte Nachtigall aufgebracht.

3. KAPITEL

Ulla und Ulf, Teilnehmer eines mehrwöchigen Sextainment Camps auf dem Campingplatz in Bagenz, saßen auf einer Wiese am Ufer des Sees. Ließen ihre Gedanken treiben, von den Wellen umspülen, hin und her schaukeln.

»Da drüben muss was passiert sein«, stellte Ulf mit gespielter Gleichgültigkeit fest, wies auf die Blaulichter am anderen Ufer.

»Das ist ja nicht so wichtig, nicht wahr? Wir sind hier, um uns mit uns selbst zu beschäftigen. Die Polizei hat da keinen Platz.« Ulla seufzte tief, sah auf das glitzernde Wasser. Bemühte sich um Kontemplation, wie sie es heute im Workshop gelernt hatte. Wartete vergeblich auf die meditative Entspannung.

Schwieg.

Lange.

Zu lange, nach Ulfs Auffassung. Bei seiner Frau wusste man nie, was das für Konsequenzen haben konnte. Ihr Denken war sprunghaft. Es kam vor, dass sie, wenn sie ihr Schweigen unerwartet doch noch brach, von einem völlig anderen Thema gefangen war, das letzte längst vergessen hatte. Eine Entwicklung, die im Moment nicht günstig wäre. Ulf räusperte sich. Vielleicht, damit sie nicht erschrak, wenn er jetzt sprechen würde.

»Was denkst du?«

Ulla, die Dreiviertel ihres Körpergewichts frontseitig trug, seufzte erneut. Noch tiefer, was ihren eindrucksvollen Busen in erhebliche Wallung versetzte.

»Ach, na ja. Meinst du, wir haben die richtige Entscheidung getroffen?«, fragte sie zurück.

Ulfs Hand fand ihren Oberschenkel. Begann damit, ihn rhythmisch zu tätscheln.

»Aber sicher.«

»Der Bernd, weißt du, dieser große schwabbelige Kerl?« Ulf nickte. »Der hat mich schon am ersten Abend angebaggert. Ach, Ulf. Ich glaube, ich kann das nicht!«

»Komm, Ullaschätzelchen. Wir waren uns doch einig. Wir sind in die Jahre gekommen. Ist uns vielleicht gar nicht so richtig aufgefallen, aber stimmen tut es doch. Unser Sexualleben ist mehr als unbefriedigend. Wir sind nicht mehr entspannt im Umgang miteinander. Wir beide sind hier, um mehr Farbe in unsere Beziehung zu bringen!«

»Das sehe ich alles genauso, ja. Nur die Therapie ist nicht nach meinem Geschmack«, beschwerte sie sich.

»Bernd nennt mich Vollweib und sabbert, wenn er mit mir spricht, seine Augen saugen sich an meiner Haut fest wie Egel.« Nachdenklich musterte sie ihren Ulf. Kaum noch Haare auf dem Kopf, stellte sie kritisch fest, und früher waren die mittelblond. Heute wirkten sie, als käme Ulf aus der Backstube. Mehlig. Fade. Wie ihre gesamte Beziehung. Machte er etwa auch schon andere Frauen an? Stierte in fremde Dekolletés und auf fremde Hintern?

Eine steile Falte bildete sich zwischen ihren Augenbrauen.

»Wenn du ihn nicht magst, musst du ihm das nur deutlich sagen. So ist die Regel im Camp. Immer nur, wenn beide es wollen.«

»Ach, Ulf.«

»Ullaschätzelchen, ich liebe dich doch auch. Wir wollen ja nicht unsere Ehe aufgeben. Es geht bloß darum, Inspiration zu tanken.«

»Und – hast du schon *getankt*?« Der Ton war giftiger und zickiger ausgefallen, als sie geplant hatte. Schnell produzierte sie ein strahlendes Lächeln, um die mögliche Wirkung abzufedern.

Ulf lief zu ihrem nicht geringen Entsetzen rot an.

Begann zu stottern.

Sie war so entgeistert, dass sie einige Atemzüge brauchte, ehe sie begriff, dass er ihr gar nichts von seinem Liebesabenteuer erzählte. Im Gegenteil.

Er legte mit etwas Mühe den Arm um die Schultern der Frau, die seit mehr als 20 Jahren die Seine war. Ein wohliger Gedanke, weich wie Plüsch – den auszusprechen er sich selbstverständlich nicht getraute.

Seit damals.

Nach der Hochzeit, als sie im romantischen Park der kleinen Pension saßen und zum Mond aufblickten – oder er auf sie hinunter.

In diesem Moment flüsterte er überwältigt: »Jetzt gehörst du mir. Nur mir. Wie wunderbar.«

Mit der folgenden handgreiflichen Reaktion seiner Angetrauten hatte er nun wirklich nicht gerechnet. Ulla war nämlich mit dem von ihm so dreist formulierten Besitzanspruch in keinster Weise einverstanden.

»Was glaubst du, wer du bist?«, hatte sie ihn angefaucht, während er seine brennende Wange mit der Hand zu kühlen versuchte. »Ich gehöre nur mir selbst! Und sonst keinem. Das merke dir gut!«

»Wütend bist du noch schöner! Ich liebe dich so sehr!«, erklärte er verzückt und wich geschickt einer zweiten Ohrfeige aus.

»Du kannst froh sein, dass ich bereit bin, an deiner Seite durchs Leben zu gehen. Aber das ist auch schon alles«, gab sie zornbebend zurück, und Ulf erkannte, dass es an ihm war, zu beweisen, dass er dieser Gnade wert war.

»Du hast was?«, fragte Ulla jetzt entgeistert. »Eine Leiche?«

»Ja, ich wollte mit Veronika ein Treffen vereinbaren. Aber ich habe mich nicht getraut, sie anzusprechen. Also steckte ich ihr einen Zettel zu – mit einem Termin und Treffpunkt. Tatsächlich aber bin ich nicht hingegangen. Ich weiß nicht, ob sie dort auf mich gewartet hat. Mir jedenfalls kam es plötzlich falsch vor. Weil ich nämlich meine Frau von ganzem Herzen liebe!« Seine Linke ertastete in der Hosentasche das Geschenk, das er ihr machen würde. Atemberaubend. Sie würde begeistert sein. Doch dann zog er die Hand zurück, zögerte. Vielleicht war das nicht der richtige Moment. Schwer einzuschätzen, ob sie ihn nicht missverstehen könnte. Das Geschenk als Beweis für einen außerehelichen sexuellen Kontakt begreifen würde, den einzugestehen er sich nicht traute.

»Ich bin dann am See spazieren gegangen. Und in der Nähe des Ufers dümpelte jemand im Wasser. Kein Zweifel, der war tot. Hinüber, wie unser Sohn das bezeichnen würde. Ich bin dann schnell zum Camp zurück. Aber die Polizei da drüben hat ihn wohl jetzt gefunden.«

Wieder zog Schweigen zwischen den beiden ein.

Ulf nahm seinen Arm von Ullas Schulter, weil es ihm vorkam, als habe sich ein Schneemann zwischen sie gedrängt. Kalt, abweisend. Von der romantischen Stimmung war nicht einmal mehr ein Rest geblieben.

»Können wir nicht zu denen vom Foodtainment wechseln? Die sind interessanter. Nicht so sexfixiert.«

»Klar, die wollen ja auch nur ihr Essverhalten diskutieren und keine Anregungen für Bettgymnastik bekommen«, gab Ulf patzig zurück.

»Ich habe gestern ein bisschen zugehört. Es war aufschlussreich.«

»Foodcarecamp«, spuckte er geringschätzig.

»Ja. Die Ethik des Essens. Nachhaltigkeit. Verantwortung. Kein Schmerzworkshop zum Austesten der eigenen Grenzen. Ich mag es nicht, wenn man mir irgendetwas auf der Haut anzündet! Und ich sage dir – wehe, da bleibt eine Narbe! Und dieser schwachsinnige Fesselungsworkshop. Ne, ich will mich bewegen können und nicht wie ein geschickt verschnürtes Päckchen ausgeliefert sein! Wo bleibt denn da die Romantik! Die Zärtlichkeit!«

Ihr Mann gab die Hoffnung auf ein Abenteuer zur Erweiterung seines sexuellen Horizonts nur sehr widerstrebend auf. Überlegte, ob er um dieses Ziel kämpfen sollte. Aber wie konnte sich neue Experience beim Sex entwickeln, wenn Ulla nun mal lieber über Essen reden wollte. Er rückte wieder näher an sie heran. »Wollen wir nach Cottbus reinfahren und heute schick ausgehen?«, flüsterte er ihr ins Ohr. »Wohin du willst. Kein Salat mit Sand, sondern richtig lecker? Campfood ist nicht unbedingt mein Favorit.«

Das Geschenk musste weiter warten.

Auf die richtige Gelegenheit.

4. KAPITEL

Die Villa des Malers und Bildhauers in der Diesterwegstraße war mit dem Wort imposant nur unzureichend beschrieben.

Das gelbe Gebäude verbarg sich hinter einem weißen Holzzaun, wirkte mit den vielen Verwinkelungen gemütlich und einladend. Die Veranda wurde ebenfalls von Zaunelementen begrenzt, würde selbst bei Regen ein geschütztes Plätzchen für ein Glas Wein zum Tagesausklang bieten. Der Garten war ein Genuss für sich. Es blühte selbst um diese Zeit des Jahres an vielen Ecken in kräftigen Farben, Schmetterlinge flogen umher, Hummeln, Bienen – und Wespen.

»Brotlos kann seine Kunst jedenfalls nicht gewesen sein«, stellte Nachtigall trocken fest, als er auf dem eigens angelegten Gästeparkplatz ausstieg und einen Blick ins Rund warf.

»Nein. Sieht nicht so aus«, bestätigte Wiener und feixte. »Aber auf der anderen Seite wissen wir noch zu wenig über ihn. Möglich, dass er das Haus und ein kleines Vermögen geerbt hat.« Er sah sich um. »Direkt neben dem Sorbischen Gymnasium. Ästhetische Architektur zum Nachbarn zu haben, ist nicht schlecht.«

Der geschwungene breite Weg führte an einigen Exponaten vorbei. Eine Figur nannte sich *Expression*, eine *Obsession*, die andere *Repression*. Alle abstrakt. Nachtigall zuckte mit den Schultern.

»Was soll ich hier erkennen?«, fragte er ratlos.

»Manchmal muss man sich Zeit lassen, die Kunst wirkt nach, erschließt sich nicht immer auf den ersten Blick. Einigen der Skulpturen muss man mehrfach begegnen.«

»Aha. Na, machen wir uns auf die Begegnung mit seiner Schwester gefasst. Sophie – nicht wahr?«

»Sophie Gausch. Genau.«

Eine breite halbrunde Treppe führte sie vor ein eindrucksvolles Portal mit einem Rundbogen als Überdachung.

Eine Klingel gab es nicht, nur einen altertümlich anmutenden Klingelzug.

Nachtigall zog daran.

Ein Läuten war nicht zu hören.

Unerwartet öffnete sich die mit Intarsien verzierte Tür,

und sie standen dem jungen Mann gegenüber, dem sie schon am Seeufer begegnet waren.

»Ich habe selbstverständlich schon mit Ihnen gerechnet. Ist ja in so einem Fall üblich.«

»Dann haben Sie Frau Gausch sicher schon die traurige Nachricht überbracht.« Nachtigall bemühte sich um Ruhe.

»Nein. Tatsächlich wollte ich es sofort bei meiner Rückkehr tun, dann bemerkte ich jedoch, dass Sophie noch im Bad war. Für den späten Abend haben sich Gäste angesagt. Kunstsammler, die mit Gregorilos zusammentreffen wollten. Wir hofften, er würde rechtzeitig zu diesem Termin zu uns zurückkehren. Und ihr durch die geschlossene Tür zuzurufen, dass man ihren Bruder tot aus dem Spremberger See geborgen hat, während sie sich mental auf die Besucher vorbereitete, erschien mir rücksichts- und pietätlos.«

Der junge Mann strich nervös sein dunkles Sakko glatt. Nachtigall bemerkte, dass seine Finger zitterten und er ungesund blass aussah. Fast tat der Assistent ihm leid. Er konnte nachvollziehen, dass Jonathan nicht der Überbringer dieser schrecklichen Nachricht sein wollte.

»Gut. Dann würden wir gern mit Frau Gausch sprechen.«

»Gewiss ist sie noch mit Ankleiden beschäftigt. Gregorilos legte seit jeher Wert auf Stil in seinen vier Wänden.« Dabei strich sein Blick abfällig über Nachtigalls schwarzen Anzug, wanderte über das ebenfalls komplett schwarze Outfit Wieners. »Ich werde nachsehen.«

»Das ist eine gute Idee.«

»Bitte«, murmelte Jonathan und öffnete das Portal weit. »Wenn Sie bitte hier im Entree warten wollen. Ich gehe sie holen.«

35

Doch das erwies sich als unnötig.

Auf der Mitte der Wendeltreppe ins obere Stockwerk stand eine Frau.

Die schwarzen Haare glänzten bläulich, die dunklen Augen waren stark geschminkt. Schwarzer Kajal zog sich um die Lider bis zum Augenwinkel. Die Lippen waren mattrot nachgezogen. Sie trug eine Art weiten Kimono.

»Wir haben überraschenden Besuch?«, erkundigte sie sich.

»Ja, die Herren sind von der Kriminalpolizei.« Jonathans Miene wurde besorgt. Er wirkte, als sei er bereit, Sophie aufzufangen, sollte sie plötzlich stürzen.

»Dann setzen wir uns rüber in den kleinen Salon.« Sophie lächelte, schwebte die letzten Stufen hinunter und wies auf die Tür links neben einer Kommode.

»Jonathan, bitte bring Kaffee und ein bisschen Gebäck.«

Nachtigalls Blick schwenkte über die Bilder an den Wänden. Bunt, weite Gewänder, jede Menge Aktion, Blut. Er blieb fasziniert stehen. Versuchte zu erkennen, was erzählt wurde.

»Gregorilos hat ein Faible für griechische Mythologie. Sehen Sie hier«, Sophie deutete mit dem Finger auf das erste Bild, »dies ist eine Darstellung der Ödipussage. Die hatte es ihm besonders angetan. Diese Szene zeigt den Mord des Ödipus an seinem Vater.«

Der Hauptkommissar nickte. Dunkel keimte Erinnerung auf. Eine tragische Geschichte.

Sophie stieß die Tür zum angrenzenden Raum auf und bedeutete den beiden Besuchern einzutreten.

Das kleine Zimmer war sonnenhell, die Möbel mit blumigem Stoff bezogen.

»Nehmen Sie bitte Platz. Jonathan sagte, Sie kämen von der Kriminalpolizei. Wie kann ich Ihnen helfen?« Sie hatte einen atemberaubenden Augenaufschlag. »Zu den Geschäften meines Bruders kann ich Ihnen natürlich kaum Auskunft geben, da müssen Sie warten, bis er wieder zurück ist.«

»Frau Gausch«, begann Nachtigall unbeholfen, »wir haben eine traurige Nachricht für Sie. Ihr Bruder wurde tot aus dem Spremberger See geborgen. Jonathan hat ihn bereits identifiziert.«

Schweigen.

Eine unerbetene Nachricht.

Trostlos und bitter.

Schwer und enttäuschend.

»Gregorilos?«, fragte sie erstickt, schlug dann beide Hände über den Mund, als mache das Aussprechen des Namens den schwebenden Verdacht zur Tatsache.

Nachtigall nickte.

»Aus dem See?«, fragte die Schwester leise.

»Ja. Möglicherweise hatte er einen Badeunfall.«

»Nie und nimmer! Mein Bruder schwimmt nicht öffentlich! Es ist eine Verwechslung. Ganz bestimmt ist der arme Mensch, den Sie gefunden haben, nicht mein Bruder. Jonathan hat sich getäuscht.«

»Er war sich sicher. Der Arzt am Fundort kannte Ihren Bruder ebenfalls und konnte ihn identifizieren. Zur Sicherheit werden wir aber einen DNA-Abgleich durchführen.«

»Ein Gregorilos hat keinen ›Badeunfall‹«, stellte sie klar. »Und – nur damit keine falschen Gerüchte aufkommen: Sollte es sich tatsächlich um den toten Körper dieses unvergleichlichen Mannes handeln, können Sie von Mord ausgehen! Ein Suizid käme für ihn nie und nimmer in Betracht. Ganz abgesehen davon, dass er keinen Grund dafür gehabt hätte. Gerade zwei Tage vor seinem Verschwinden unterschrieb er den Vertrag für eine Soloausstellung in der Stuttgarter Staatsgalerie! Er war so stolz und überglücklich.« Sie atmete tief durch, als habe dieser Monolog all ihre Kräfte aufgezehrt, und fiel schwer in einen der Blumensessel. Jonathan, der mit dem Tablett hereinkam, stellte es hastig ab und kniete neben ihr nieder, griff nach ihrem Arm.

Nachtigall beobachtete, dass er bei Sophie den Puls fühlte.

»Meinst du, es geht wieder?«, erkundigte er sich flüsternd.

Ein träger Augenaufschlag war die Antwort.

Der Assistent schenkte Kaffee in eine Tasse, gab Milch und Zucker dazu, half der Schwester des Opfers beim Trinken. »Nur einen kleinen Schluck nach dem anderen. Das wird dir wieder auf die Beine helfen.« Zu den Ermittlern gewandt, meinte er: »Bedienen Sie sich bitte selbst.«

»Du hast ihn gesehen?«

»Ja.«

»Es war wirklich Gregorilos?«

»Ja.«

»Hatte er verzerrte Züge, wie im Todeskampf? Oder sah er entspannt aus?«

»Nein, niemand hätte etwas in seinem Gesicht erkennen können, das über die letzten Minuten seines Lebens etwas aussagen würde. Daran konnte keiner erkennen, wie er gestorben ist.«

»Ich werde mich jetzt zurückziehen. Jonathan wird all Ihre Fragen beantworten können.« Damit erhob Sophie sich schwerfällig aus dem Polster und schwebte leicht schwankend hinaus. Nachtigall folgte ihr. »Es tut mir leid. Nur ein paar Fragen.«

»Kommen Sie«, seufzte die Schwester ergeben.

Jonathan trat ans Fenster, sah in den Garten hinaus.

»Es ist schwer, sich vorzustellen, dass er niemals wieder hier sitzen wird. Im Schatten mit seiner Staffelei, seinem Skizzenblock oder mit einem Buch.«

Michael Wiener stellte sich hinter den Assistenten. »Sehr schön hier.«

»Er hat es geliebt. Schönheit. Vollkommenheit. Die Verschwendungssucht der Natur.«

»Dennoch ist er hin und wieder verschwunden. War mehrere Tage nicht zu Hause. Und niemand wusste, wo er war.«

»Ja. Das ist richtig. Aber ich glaube, dafür kann man Verständnis haben. Inspiration sucht man nicht unter Rhododendronbüschen. Er brauchte diese ›Ausbrüche‹ – und wir haben nie nachgefragt.«

»Wie oft ist dieses ›Untertauchen‹ vorgekommen?«

»Einmal im Jahr, vielleicht auch zweimal. Er verschwand und war genauso plötzlich wieder da. Saß am Frühstückstisch, stand überraschend im Atelier.«

»Seine Schwester vermutet ein Gewaltverbrechen. Sehen Sie das ähnlich?«

»Ja. Unbedingt. Seine Angst, beim Schwimmen fotografiert zu werden, war schon beinahe paranoid. All diese peinlichen Bilder bei Facebook. Stars in unmöglichen Situationen. Deshalb vermied er es, in der Öffentlichkeit zu viel Haut zu zeigen.«

»Wer könnte ein Motiv gehabt haben, Gregorilos zu töten? Neider?«

»Oh ja. Davon gibt es viele. Wenn man den Zenit erreicht, tobt um einen herum nur noch Missgunst. Ein jeder glaubt, man könne ihm beim persönlichen Aufstieg behilflich sein. Es wird gebettelt, verleumdet und denunziert.«

»Namen, ich brauche einige Namen.« Wiener zückte sein schwarzes Notizbuch aus der Tasche, hielt den Kugelschreiber bereit.

»Walter Minkel. Er eiferte Gregorilos gern nach. Nicht in künstlerischer Hinsicht, sondern bei Geldanlagen. Gern fragte er ihn bei einem Glas Wein über Fonds und dergleichen aus. Einmal erwarb er Aktien eines Start-up-Unternehmens, in das Gregorilos investiert hatte. Die Typen meldeten Konkurs an, und die angelegten Gelder waren verloren. Minkel hatte nicht mitbekommen, dass Gregorilos seine Anteile längst wieder veräußert hatte. Er musste ebenfalls Konkurs anmelden, hatte sich verspekuliert. Klar war der sauer. Und wie. Er kam her und brüllte auf der Straße herum, beschimpfte Gregorilos laut. Die Polizei, die von irgendwelchen Nachbarn verständigt worden war, musste ihn praktisch mit Gewalt vom Bürgersteig entfernen.«

»Wie lang ist das her?«

»Etwa ein halbes Jahr. Es war vor der großen Ausstellung in München.«

»Haben Sie seine Adresse?«

Jonathan nickte. »Drüben im Atelier.«

»Ich weiß, dass es für Sie eine schreckliche Situation ist. Aber Sie denken an Mord. Je schneller wir mit den Ermittlungen beginnen können, desto größer die Chance, den Täter zu fassen.« Nachtigall erwähnte nicht, dass ein Einhaken nach vielen Tagen immer ein Problem darstellte. Selbst wenn sich jemand fände, der Gregorilos am Badesee gesehen hatte, würde der sich wohl kaum noch an Einzelheiten erinnern können. Es sei denn, es gab einen heftigen Streit, eine Prügelei. »Was für ein Mensch war Ihr Bruder?«

Sophie setzte sich in einen Schaukelstuhl, schloss die Augen.

»Eine schlichte Frage, auf die mir die Antwort unerwartet schwerfallen will. Er ist wenigen ein guter Freund. Stets verlässlich, unkompliziert, freundlich. Für sehr viel mehr Menschen allerdings ist er knallharter Geschäftspartner. Unerbittlicher Geldeintreiber. Arroganter, selbstverliebter Künstler, anspruchsvoll bis ans Limit des Erträglichen und gelegentlich wohl auch darüber hinaus. Und manchen ist er wohl so etwas wie ein Feind gewesen. Einige seiner Kritiker werden es so sehen, werden von Rufmordkampagnen sprechen, einige Kollegen ebenfalls, auch einige Journalisten könnten ihr Verhältnis zu meinem Bruder so empfunden haben, seine Art als feindselig bewerten. Ja, selbst unser Nachbar …« Sie schloss für einen kurzen Moment die Augen.

»Allseits beliebt war er demnach nicht. Womit machte man sich Gregorilos zum Feind?«

»Oh, das ging leicht. Manchmal genügte es, ein falsches Wort zu verwenden, nicht den richtigen Ton zu treffen. Sie glauben gar nicht, wie viele Kunstsammler zu seinem Atelier pilgerten, ihn bei der Arbeit störten und pseudo-intellektuell über seine Werke salbaderten. Diese Leute waren ihm widerlich, ihr Geschwätz für ihn unerträglich. Einmal verweigerte er sogar den Verkauf eines Bildes an einen besonders lästigen Kerl. ›Ihnen nicht!‹, hat

er getobt. ›Ihnen verkaufe ich nicht einmal einen Putz-
lappen – und wenn ich danach verhungern müsste!‹ In
dem Moment war ich unglaublich stolz auf ihn.« Ihre
Augen füllten sich mit Tränen. Sie tupfte sie vorsichtig mit einem weißen Stofftaschentuch ab. Als sie den
Kopf bewegte, bemerkte Nachtigall das eigenartige Wip-
pen ihrer Haare, sonderbar schwer, seltsam schwung-
los, befremdlich. Plötzlich wurde ihm klar, dass Sophie
eine Perücke trug. War sie krank oder wollte sie möglichst wandelbar scheinen, hatte sich aus modischen oder
praktischen Gründen für eine Zweitfrisur entschieden?
Er beschloss, nicht nachzufragen.

Sophie hatte den Blick offensichtlich bemerkt. »Gregorilos liebte es, wenn ich die Haare nach griechischem
Vorbild trug, meine Kleidung passend auswählte. Wenn
wir niemanden erwarten, trage ich gern Jeans und T-Shirt
und zeige meine eigenen Haare, blond, kurz, praktisch.
Perücken sind eine Lösung für diesen Widerspruch und
stellten ihn durchaus zufrieden.«

Nachtigall war überrascht. Das Griechentum des
Künstlers erstreckte sich demnach weit über die Selbst-
inszenierung hinaus.

»Ich kann verstehen, dass er sich durch kritische Bei-
träge verletzt fühlte und vielleicht auch Rachegedanken
hatte, wenn ein Journalist sich abfällig äußerte – oder gar
ein Kritiker. Da mag er so manche Dinge gesagt haben,
die ihm lebenslange Feindschaft garantierten. Aber der
Nachbar?«, hakte der Hauptkommissar nach.

»Oh der. Der besitzt einen riesigen, widerwärtigen,
hässlichen Hund. Räudig sieht er aus, jederzeit beißbereit.
Und er bellt den lieben langen Tag. Gregorilos hat das bei
der Arbeit gestört. Er behauptete, Kreativität wolle sich in

der Ruhe entfalten, könne überhaupt nur in der Stille …
Nun ja. Das Schlimmste aber ist, dass dieses blöde Vieh
immer wieder in unseren Garten kommt. Gregorilos liebt
Magnolien. Er war überzeugt davon, zwei der schöns-
ten Pflanzen durch Hundepisse verloren zu haben. Sie
haben laut und heftig über die Wirkung von Hundeurin
gestritten. Wenn ich mich recht erinnere, ist sogar noch
ein Gerichtstermin anhängig. Wegen gegenseitiger Mord-
drohungen, glaube ich.«

»Wäre es nicht für alle eine gute Lösung gewesen, den
Zaun zu sichern?«

»Ach, über diese Phase waren die beiden Streithähne
längst hinaus, hatten beide jedes Maß verloren. Vernunft
spielte keine Rolle mehr.«

Nachtigall unterdrückte ein Schmunzeln.

In der Reihenhaussiedlung in Sielow, in der er lebte,
wohnte man unvermeidlich sehr, sehr dicht nebeneinander, da blieben Streitereien natürlich nicht aus. Er wusste,
dass sich einige der Familien, die Wand an Wand wohn-
ten, regelmäßig vor einem Richter trafen. In seinen Augen
zankte man sich um Kleinigkeiten, was aber die betroffenen Parteien vollkommen anders bewerteten.

»Und sonst?«, fragte er zurückgenommen. »Gab es
Menschen, die ihn gehasst haben könnten?«

Sophie schloss müde die Augen. Nachtigall erkannte,
dass dieses Gespräch bald beendet wäre.

»Ach! Sehen Sie, Hass ist so eine große Emotion. Um
ihn auszulösen, bedarf es mehr als einer Lappalie.« Die
Frau seufzte tief.

»Geld ist immer ein Grund für große Gefühle«, wusste
der Hauptkommissar. »Glauben Sie mir, ich weiß, wovon
ich spreche.«

Sophie legte den Kopf ein wenig schief. »Privater oder beruflicher Natur?«, erkundigte sie sich schelmisch.

»Sowohl als auch«, räumte der große Mann ein.

»Gregorilos liebte es, an der Börse zu spekulieren. Gelegentlich hatte er überraschende Erfolge mit seinen Käufen und Verkäufen. Fragte ihn jemand danach, erzählte er bereitwillig. Manchmal hat dann einer der Kunstsammler versucht, einen ähnlichen Coup zu landen. Und das ging hin und wieder gründlich daneben. Einer seiner Bekannten musste sogar Konkurs anmelden. Er behauptete, das sei Gregorilos' Schuld gewesen. Mein Bruder sah das selbstverständlich völlig anders. Seiner Meinung nach war er nicht für die privaten Katastrophen anderer verantwortlich, die sich darum bemühten, auf einen fahrenden Zug aufzuspringen.«

»Welche Regelungen hat Ihr Bruder denn für Sie und Jonathan getroffen? Gibt es ein Testament?«, wechselte der Hauptkommissar das Thema.

Sophie stöhnte leise auf. Tapfer antwortete sie dann: »Jonathan und ich sind im Testament begünstigt. Wer sonst noch bedacht wird, kann ich nicht sagen. Möglich, dass er einen Teil seiner Bilder an seinen Galeristen verschenken oder einem Museum zukommen lassen möchte.«

»Jonathan und Sie – in welcher Weise?«

»Ach, das weiß ich nicht mehr. Gregorilos wirkte so gesund. Stark. Unverwüstlich. Ich glaube, ich dachte, er wird ewig leben. Auf jeden Fall bin ich niemals davon ausgegangen, dass er vor mir sterben könnte. Deshalb habe ich wohl nicht richtig zugehört, als er vor langer Zeit von seinen testamentarischen Verfügungen sprach.«

Sie nestelte an der Tasche des weiten Kleides, fand ein Päckchen Taschentücher, versuchte ungeduldig, eines herauszuziehen, wischte sich über beide Augen. Schniefte, putzte sich dann die Nase.

Automatisch fragte sich die innere Stimme des Ermittlers, wovon die Schwester des Künstlers mit dieser aufwendigen Aktion ablenken wollte. Polizistendenke!, schalt er sich sofort. Am ehesten war sie doch vom plötzlichen Tod des Bruders betroffen!

»Er war immer voller Pläne«, flüsterte Sophie. »Neue Projekte, neue Kontakte. Er sprühte vor Tatendrang. Und nun ist dieser wunderbare Mensch von einem anderen umgebracht worden. Ertränkt wie eine lästige Katze!«

Wieder schloss Sophie die Augen, und Nachtigall erkannte, dass er auf diese Weise aus dem Zimmer komplimentiert wurde.

Leise schloss er die Tür hinter sich.

»Moment!«, rief sie ihm nach.

»Ja?« Nachtigall öffnete die Tür erneut einen Spaltbreit und steckte seinen Kopf hindurch.

»Sagen Sie – soll das alles bedeuten, dass er schon an jenem Tag getötet wurde, an dem er verschwand?«

»Sehr wahrscheinlich«, antwortete er, dachte an den verwesenden Körper, die Fraßspuren, die abgelöste Haut. »Wir gehen davon aus.«

»Aber das ist unmöglich! Er hatte doch Jonathan in die Stadt geschickt. Er sollte Pizza für uns besorgen. Er kann doch nicht ertrunken sein, während wir uns den Bauch vollschlugen!«, kreischte sie schrill, begann zu würgen und rannte an Nachtigall vorbei aus dem Zimmer.

Jonathan seufzte, drehte sich langsam zu Michael Wiener um.

»Hier hat er gearbeitet. Das Atelier ist so gebaut, dass

er lichtdurchflutete Areale nutzen, aber auch den gesamten Raum beschatten kann. Alles elektrisch.«

Bilder.

Überall.

Und doch schien der Raum aufgeräumt. Nicht wie die Ateliers, die in den Medien gern gezeigt wurden. Leinwände lehnten an den Wänden, in unterschiedlichsten Größen, jungfräulich, fast als sehnten sie die Farbe herbei. Vollendete Werke an der einen, noch unvollendete an der anderen Wand. Eine leere Staffelei.

»Gregorilos hatte am Tag vor seinem Verschwinden dieses Bild abgeschlossen.« Jonathan Weiss zeigte auf ein verhülltes und verschnürtes Paket. »Er wollte es der Galerie in Berlin selbst vorbeibringen.«

»In den Schubladen hier sind die Farben?«

»Ja. Er hat sich das deckenhohe Regal extra dafür einbauen lassen. Pinsel, Farben, Blattgold, Lappen – alles an seinem Platz. Er war kein Freund hektischer Suchaktionen.«

»Kamen oft Kunden hierher?«

Jonathan ließ die Frage unbeantwortet. Wechselte das Thema.

»Es trifft Sophie hart. Die beiden waren unzertrennlich. Haben alles gemeinsam unternommen, geplant, umgesetzt. Da passte kein Blatt Papier dazwischen, wie man so sagt.« Tränen rollten über die Wangen des Assistenten. »Er war ein großer Mann. Bemüht, gerecht, voller Liebe und Empathie. Eine altgriechische Seele. Ich vermisse ihn so sehr!«, schluchzte er dann laut auf, drehte sich rasch um und starrte in den Garten hinaus.

»Trauern Sie nur. Tränen, die man vergießt, weil man jemanden verloren hat, den man sehr liebt, sind nichts, wofür Sie sich schämen müssen!«, Wiener hörte selbst, wie verschraubt das klang. Nicht ganz seine Sprache, eher wie ein Kalenderblatt. »Er war einer der wichtigsten Menschen in Ihrem Leben.«

»Das ist sicher wahr. Der Wichtigste überhaupt.« Weiss schniefte, putzte sich umständlich die Nase. Presste mit Daumen und Zeigefinger die Nasenwurzel zusammen. Und drückte die Finger dann auf die geschlossenen Lider.

»Was genau sind die Aufgaben eines Assistenten von Gregorilos?«, erkundigte sich Wiener.

»Das Organisieren von Ausstellungen gehört dazu. Ich telefoniere mit Galerien, Kunsthallen, Museen. Vereinbare Termine für Werkschauen, berate die Veranstalter bei der Auswahl der Werke, sorge dafür, dass alles gut verpackt und versichert auf den Weg gebracht wird. Ich vereinbare Interviewtermine für Gregorilos, lade die Presse zu Vernissagen ein, gebe Pressemitteilungen heraus. Daneben kümmere ich mich darum, dass alle laufenden Kosten pünktlich bezahlt werden, kaufe Leinwand, Farbe, Ton, Gips – kurz: alles, was er für seine Werke, die kreative Umsetzung seiner Ideen so braucht. Und ich sorge dafür, dass Sophie zu ihren Terminen kommt: Friseur, Kosmetik, Shoppen. Ich behalte den Überblick über alle Belange dieses Haushalts.«

»Würden Sie sich als engen Vertrauten bezeichnen?«

Diesmal kam die Antwort nicht spontan. Jonathan brauchte einige Momente, um nachzudenken.

»Ja«, gab er dann schlicht zurück.

»Gregorilos teilte also Sorgen, Ängste und Freuden mit Ihnen?«, erwartungsvoll sah Wiener den Assistenten an.

Langsam wandte sich der junge Mann zu ihm um. »Ja.

Ich bin sicher, es gab Dinge, die er ausschließlich mit Sophie teilte, aber in der Regel war ich miteinbezogen.«

»Gab es Feinde? Menschen, die Gregorilos fürchtete?«

»Nun, manche Menschen mochten Gregorilos nicht. Das ist normal. Niemand wird von allen geliebt. Aber es gab keinen, den er gefürchtet hätte. Feind ist ohnehin ein sehr belastetes Wort. Walter Minkel war furchtbar aufgebracht, als er realisierte, dass sein Geld verloren war. Julien Ring war not amused darüber, dass er von Gregorilos bei seinem langjährigen Galeristen einfach ausgestochen wurde. Aber ein Feind war er wohl nicht. Eher ein Neider. Sein Können reicht an die Expressivität eines Gregorilos nicht heran – und ich schätze, er weiß das auch.«

»Wir brauchen die Namen und Adressen all der Neider, der Verärgerten, der Beleidigten, der Gescheiterten. Vielleicht finden wir am Ende doch einen Feind darunter.«

Der Assistent nickte.

»Ich stelle eine Liste zusammen. Kann ich Ihnen die per Mail zukommen lassen?«

»Klar.« Wiener reichte ihm eine Visitenkarte. »Falls Ihnen noch etwas einfällt, können Sie mich unter dieser Nummer und der Mailadresse darunter erreichen. Wie sind Sie eigentlich Assistent bei Gregorilos geworden? Bewirbt man sich um die Stelle oder wird man zufällig ›entdeckt‹?«

»Selbstverständlich wird eine solche Vertrauensstelle nicht einfach als Suchanzeige in der Zeitung öffentlich ausgeschrieben, falls Sie das meinen. Ich bekam eines Tages eine Einladung in sein Atelier. Er unterhielt sich mit mir, wir tranken zusammen Tee, Sophie kam auch dazu. Alles ganz zwanglos. Ich ahnte zu diesem Zeitpunkt nicht, dass er besondere Pläne mit mir hatte.« Jonathan reckte das Kinn arrogant hoch. Wiener erkannte, dass der junge Mann auserwählt worden war. Ein guter Grund, sehr stolz auf sich zu sein.

»Wie kam er auf die Idee, Sie zu sich einzuladen?«, bohrte Wiener weiter.

»Damals lief meine Bewerbung für die Kunstakademie. Er meinte, so sei er auf mich aufmerksam geworden.«

»Und Sie waren glücklich hier? Haben alle eigenen Ambitionen aufgegeben?«

»Ja. Sehr glücklich sogar. Es war die glücklichste Zeit meines Lebens. Er gab mir die Gelegenheit, in meine Aufgaben hineinzuwachsen. Begleitete mich mit Liebe und Verständnis. Erzog mich nach griechischem Vorbild. Half mir, mich zu entwickeln und einen eigenen Charakter auszuformen. Die Kunst käme schon mit der Zeit, erklärte er mir. Technik kann man lernen, alles andere muss aus dem Künstler selbst nach außen drängen. Dazu braucht es eine gewisse Reife.«

Jonathan schwieg.

Schluckte schwer. »Es wird nie mehr einen Menschen in meinem Leben geben, der mir so viel bedeuten kann wie Gregorilos!«, stieß er dann hervor und stürmte ins Haus zurück.

»Seltsamer Typ«, murmelte Wiener leise vor sich hin. »Hoffen wir mal, dass er retrospektiv im Alter eine andere Zeit für die schönste in seinem Leben hält.«

5. KAPITEL

Wie weiter? Angeblich soll ich also schon einmal hier gewesen sein – doch so sehr ich mich auch bemühe, alles, was aus der Dunkelheit aufperlt, lässt sich nicht wirklich greifen, bleibt glitschig wie ein Stück Seife.

Strafe. Bedrängnis. Angst. Enge.

Konkreter wird es nicht.

Eine Pflegefamilie. Das weiß ich aus meiner Akte. Eine Familie bekam mich zur »Aufzucht«. An die Leute habe ich keine Erinnerung. Sicher war ich nicht der einzige Pflegling – aber selbst das kann ich nicht mit Bestimmtheit behaupten. Insgesamt war es wohl eine Erfahrung, auf die man gut verzichten konnte. Keine Frage! Doch ich selbst war nur relativ kurze Zeit bei dieser Familie untergebracht. Echte Bilder stellt mein Gedächtnis mir für diesen Lebensabschnitt nicht zur Verfügung, alle Dateien gelöscht, nur blasse Spuren sind geblieben. Gerüche. Schemen. Geräusche.

Meine Eltern lösten mich aus, bevor ich meinen dritten Geburtstag gefeiert hatte.

Danach wurde meine Welt hell und bunt. Vorbei war alle Düsternis, nun strahlte an jedem Tag die Sonne! Ich wurde geliebt, verwöhnt, war glücklich. Ein ganzes Kinderleben lang. Wunderbar. Auch heute habe ich ihnen nichts nachzutragen. Sie sind die besten Eltern, die man haben kann!

Wie gern würde ich ihnen das jetzt sagen!

Gerade weil ich weiß, dass sie in den letzten Jahren bezweifeln mussten, dass ich das so sah.

Und nun wird es zwischen uns ungesagt bleiben – wird ihre Trauer untröstlich machen.

Sollte man mich hier – wo auch immer das ist – je finden.

Der Gedanke, sie könnten glauben, dass ich nur verschwunden bin, um keinen Kontakt mehr zu ihnen haben zu müssen, bedrückt mich plötzlich. Fühlt sich bleischwer auf meinem Herzen an. Meine Schuld, dass es so weit gekommen ist. Mein krankes Verranntsein in eine fixe Idee.

Natürlich erzählten sie mir eines Tages von der Adoption.

Ruhig, sachlich. Sprachen von Offenheit und Transparenz – aber auch von Liebe und Verbundenheit.

Dennoch – ein Schlag.

Heftig. Gewaltig. Entwurzelnd. Brutal. Endgültig.

Und doch: Die Sonne kehrte zurück. Schließlich war ich von diesen Eltern erwünscht, ausgewählt – ja, um genau zu sein – *auserwählt*!

Die besten Eltern der Welt.

Es blieb nicht aus, dass ich gelegentlich über diese andere Frau nachdachte. Die, die mich geboren und mit kaltem Herzen abgegeben hatte.

Während der Pubertät fantasierte ich mir ein Bild von ihr, erfand eine Biografie.

Wahrscheinlich war ihr der Verlust ihres niedlichen Mädchens sehr nahe gegangen. Sie weinte, als sie das Neugeborene abgeben musste. Meine Lieblingsvorstellung kreiste um das Schicksal einer starken Frau, die sich im politischen Widerstand organisierte. Außerparteiliche Opposition. Sie war entschlossen und getragen von der Sehnsucht nach Freiheit, die sie auch für die Zukunft ihrer eigenen Kinder ertrotzen wollte. Doch dann flog eine ihrer Planungen für eine illegale Aktion auf. Sie und ihr Partner gerieten unter die Räder der Justiz. Als sie das Kind, das sie bis zu ihrer Inhaftierung unter dem Herzen trug, zur Welt brachte, nahmen ihr die Bewacher den Säugling aus den Armen, trugen ihn fort, und sie erfuhr nie etwas über das Schicksal des geliebten Mädchens. Damals durchaus ein gängiges Verfahren. Sogar in Fernsehdokumentationen wurde über solche erzwungenen Adoptionen berichtet.

Aber die Geschichte hatte einen gewaltigen Haken.

Sie war schön – aber nicht wahr.

Insgesamt reift in diesen Stunden in mir die Erkenntnis, es wäre besser gewesen, nicht allzu genau nachzufragen, zu forschen, zu bedrängen.

Diese Katastrophe – vermeidbar.

6. KAPITEL

Walter Minkel schien nicht betroffen.

»Ach was! Tot! Da hat ihn die göttliche Strafe ja früher ereilt, als ich zu hoffen wagte«, kommentierte er die Einleitung der beiden Kriminalbeamten, die an seiner Wohnungstür geklingelt hatten.

Er schob sich zur Seite, ließ die beiden in den schmalen Flur treten.

»Gregorilos war ein aufgeblasener Widerling, der seinen Spaß daran hatte, andere zu vernichten. Bei mir handelte es sich um finanziellen Ruin, bei anderen hat er die Reputation zerstört.«

»Wie?«, erkundigte sich Nachtigall.

»Nun kommen Sie erst mal weiter. Immer geradeaus ins Wohnzimmer.« Minkel wedelte mit den Armen in die entsprechende Richtung, als könne er so die beiden Fremden aus der Beengtheit des Eingangsbereichs wehen. Während die beiden Ermittler vorgingen, schwabbelte er langsam hinterher und erzählte: »Wir kannten uns schon seit Jahren. Bei einem meiner Besuche in seinem Atelier kamen wir – logisch – auf das Thema Geld. Schließlich verschenkt er seine Bilder und Plastiken ja nicht, es geht um Verkauf. Er berichtete stolz über die Gewinne, die er mit der Aktie eines Start-ups gemacht habe. Wenn man sein Geld nicht nur in Kunst anlegen wollte, sei das eine geschickte Variante. Setzen Sie sich!«, forderte er dann und fiel selbst ächzend in einen Sessel.

»Und Sie wollten.« Nachtigall überlegte, ob er sich auch von einem flüchtigen Bekannten zu einem Börsengeschäft überreden lassen würde. Nein, wurde ihm bewusst, Conny würde ihn von solchem Leichtsinn abhalten. Es sei denn, schwankte er dann, der Bekannte wäre nun wirklich ausgesprochen vertrauenswürdig.

»Was ist passiert?«, bohrte Wiener nach. Seine Augen wanderten über die abgerissene Kleidung Minkels, die Hausschuhe, deren Sohlen sich ablösten, die ehemals edle Strickjacke, deren Löcher unübersehbar waren. Eindeutig hatte dieser Mann schon bessere Zeiten gesehen.

»Das Start-up landete unsanft. Zerschellte. Konkurs. Solarenergie und Windstrom – plötzlich als Geldanlagemodell irgendwie out. Vom Winde verwehte Renditen. Die eingelegten Gelder waren weg, die Investoren die Geprellten. Ich musste Konkurs anmelden. Alles aufgeben, um meine Verpflichtungen zu bezahlen. Totalschaden. Ging alles ganz fix. Schmerzlos allerdings war es nicht.«

Minkel schob sein gewaltiges Körpergewicht stöhnend in eine andere Position. »Klar, ich weiß schon, was Sie jetzt denken. Wie kann man nur so blöd sein und eine kreditfinanzierte Investition in Aktien eines Start-ups tätigen! Ich kann nur sagen: stimmt! Saublöd!«

Der Mann stemmte sich aus dem Polster, stapfte zur Wohnwand und zog eine Schublade auf. Entnahm ihr einen Stapel Fotos.

Liebevoll betrachtete er jedes einzelne, bevor er es vor den Ermittlern auf den Tisch legte. »Privatinsolvenz. Ich musste meine gesamte Kunst verkaufen. Fast alles. Weit unter Wert. Weil die Gläubiger nicht auf günstige Gelegenheiten warten wollten. Das Geld sollte sofort zurückfließen. War natürlich keine Bank!« Er lachte unfroh. Es klang wie schlecht gelauntes Hundegebell. »Einen Teil verkaufte ich tatsächlich an Gregorilos zurück. Der Halsabschneider hat meine Notlage schamlos ausgenutzt. Er zahlte nur einen Bruchteil der Summe, die er mir für die Werke abgenommen hatte! Ich war so oder so nicht zu retten. Und das in meinem Alter. Andere genießen den Ruhestand, machen Urlaub in der Sonne. Ich sitze hier in meiner Zweiraumwohnung, versuche, irgendwie über die Runden zu kommen, und plane in meinen Gedanken jede Minute einen Mord. Da hätte ich gleich eine ganze

Handvoll Wunschopfer zu bieten. Gregorilos war nur einer von denen, die mich in die Katastrophe gestoßen haben. Aber der, der es am erfolgreichsten betrieben hat.«

»Sie hätten ihn gern bestraft?«

Minkel dachte offensichtlich darüber nach.

»Klar, am Anfang sicher«, antwortete er dann gedehnt. »Aber natürlich war alles meine eigene Schuld. Ich sah seinen finanziellen Erfolg, schaltete das Denken aus und eiferte ihm neidisch nach. So etwas geht eben gern schief. Als ich meine Firma verlor, da habe ich nur noch gedacht, dieser Saukerl hat mich in die Katastrophe getrieben. Ein Familienbetrieb, ursprünglich eine Schlosserei, später ein Betrieb für Werkzeugtechnik, seit Generationen in unserem Besitz, durch die harte Zeit gerettet – und dann verliere ich alles wegen Gregorilos. Meine Familie fiel wie eine hungrige Meute wilder Hunde über mich her. Ich muss jede Menge Anschuldigungen über mich ergehen lassen. Als der erste Schock überwunden war, erkannte ich natürlich, dass es meine und nicht seine Schuld war. Aber ganz ehrlich: Ich bin kein bisschen traurig darüber, dass er jetzt den Löffel abgegeben hat. Wie ist es denn passiert?«

»Genaueres wissen wir noch nicht. Aber er ist wohl ertrunken«, bot Nachtigall eine Kurzfassung an.

»Kein schöner Tod, oder? Nun, meiner Meinung nach hatte er schon ein bisschen Leiden verdient. Ruhig etwas mehr davon, grausame Folter oder Ähnliches.«

»Wo waren Sie am 21. 7. gegen Mittag?«

»Hä, bin ich verdächtig? Oh, das gefällt mir, endlich interessiert sich mal wieder jemand für mich. Und nicht aus finanziellen Gründen! Tatsächlich brauche ich nicht im Kalender nachzusehen.« Er lachte grob, legte die Patschhändchen auf seinen Bauch. »Ich habe gar keinen mehr.

Ich gehe nämlich nirgendwo hin. Zum Einkaufen in den Discounter und eventuell in die Apotheke, dann zurück. Die Termine, die mit meiner finanziellen Schieflage zu tun haben, kann ich Ihnen auswendig herbeten, die Beratungsstelle ist gleich um die Ecke. Für mich ist eine Frau Sander zuständig. Der Scheidungsanwalt meiner Frau schickt Post, ich habe keinen. Wie gesagt, bei mir ist alles überschaubar.«

»Gibt es jemanden, der bezeugen kann, dass Sie am 21. hier waren?«

»Sicher. Meine Nachbarin. Die weiß über jeden meiner Schritte Bescheid.« Er beugte sich mit Mühe etwas vor und flüsterte: »Ist ein sehr hellhöriges Haus. Erna Jentschel. Gleich nebenan.«

»Wie geht es nun für Sie weiter?«, erkundigte sich Wiener.

»Wie gesagt, ich musste Privatinsolvenz anmelden. Penni Minkel, meine Exfrau hatte – wie sie heute sagt, zu ihrer großen Freude – auf eine Gütertrennung und einen Ehevertrag bestanden. So blieb ihr Vermögen unangetastet. Privatinsolvenz bedeutet, dass meine Ausgaben einer pingeligen Kontrolle unterliegen. Ich kann mir weder große noch kleine Sprünge leisten. Wie gesagt, die Scheidung ist praktisch durch, meine Kinder sind erwachsen, die kümmert meine kleine Katastrophe nicht. Die beschäftigen sich mit den wirklich wichtigen Themen des Lebens. Loser wie ihr Vater werden ausgeblendet. Ansteckungsgefahr.«

Er ließ sich wieder weit ins Polster zurückfallen.

»Manchmal, wenn ich alle und alles so richtig satt habe, der Klagen überdrüssig bin … dann denke ich, es wäre am besten, ich nähme den Exit über die Bahnhofsbrücke ins Nirvana.«

»Diese Angaben überprüfen wir sofort«, meinte Nachtigall entschlossen und klingelte an der Tür nebenan.

Eine ältliche Dame öffnete die Tür gerade so weit, dass sie ins Treppenhaus blinzeln konnte.

Ihre Augen wirkten sonderbar trüb, und sie zog sie zu engen Schlitzen zusammen, als habe sie Probleme damit, ihr Gegenüber gut zu erkennen.

»Ja?«, fragte sie in drohendem Ton, der lästige Staubsaugervertreter abschrecken sollte.

»Kriminalpolizei Cottbus. Guten Tag, Frau Jentschel. Wir haben ein paar Fragen zu Ihrem Nachbarn Minkel.«

Sofort und ohne einen weiteren Kommentar wurde die Tür zugeschoben. Die beiden Ermittler hörten die Nachbarin dahinter an der Kette nesteln. Nach langer Wartezeit war es geschafft, und die beiden wurden in die Wohnung gebeten.

Das Wohnzimmer dominierte eine schwarze Lederkombination, in der Ecke, mit Blick nach draußen, hing eine Vogelvoliere an einem Ständer. Fröhlich flötend empfing der gelbe Vogel die Besucher.

»Ja, Edward, da staunst du?«, lachte die alte Dame, ruckelte am Bund ihres grauen Rocks, zippelte an den Ärmeln der Bluse. »Sonst kündige ich Besucher immer an, aber diesmal wusste ich nichts davon. Auch für mich eine Überraschung.« In verschwörerischem Ton ergänzte sie leise und eindeutig begeistert: »Kriminalpolizei!«

»Setzen Sie sich doch!«

»Es geht, wie gesagt, um Ihren Nachbarn«, leitete Nachtigall vorsichtig das Gespräch ein.

»Kriminalpolizei! Endlich kümmert man sich mal um meine vielen Anzeigen! Dieser Mann ist eine einzige Katastrophe. Wird er nun verhaftet? Das wäre gut.«

Der Kanarienvogel sprang gegen das Gitter, als versuche er dem Geschehen in der Sitzecke näher zu sein, hielt den Kopf leicht schräg, wollte offensichtlich nichts von den spannenden Ereignissen verpassen.

»Ist er ein schwieriger Nachbar?«

»Der hört schwer! Also trägt er kein Hörgerät – man wird ja nicht alt und braucht so etwas nicht –, sondern dreht den Ton lauter. Wenn der Fernseher drüben eingeschaltet ist, brauche ich gar nicht zu versuchen, eine andere Sendung ansehen zu wollen! Mein Enkel hat mir schon einen Kopfhörer geschenkt – mit Bluetooth – kabellos. Aber ich bekomme Kopfschmerzen, wenn ich das Ding länger trage. Außerdem wird es an den Ohren unangenehm heiß. Und alles nur, weil dieser unmögliche Kerl so eitel ist!«

Ihre silbernen Locken bewegten sich lebhaft, während sie sprach. Sie bemerkte den Blick des Hauptkommissars und kicherte: »Ja, ich weiß. Es sieht aus wie ein Pudelkrönchen! Meine Friseurin ist krank – und die Vertretung, naja, Sie sehen ja. Aber beim nächsten Termin ist sie sicher wieder gesund und bringt die Angelegenheit in Ordnung. Wenn man sich so im Spiegel sieht, bekommt das Wort ›Kopfsache‹ eine ganz neue Bedeutung.«

»Haben Sie Ihren Nachbarn am 21. auch gehört?«

»Ich höre ihn immer! Am 21.? Da muss ich mal eben im Fernsehprogramm nachsehen. Sie haben Glück, ich wollte es mit dem letzten Müll runterbringen, habe dann aber gezögert, weil ich das Kreuzworträtsel noch nicht gelöst habe. Es müsste also noch in der Küche liegen. Moment!«

Erstaunlich behände rappelte sie sich aus dem Sessel hoch und eilte in die Küche, war in einem Moment wieder zurück und präsentierte triumphierend die Fernsehzeitschrift. »Na, dann wollen wir mal sehen ...« Sie blätterte. »Da! Ja. Er war da. Er telefonierte, ging herum, telefonierte – so ging das den ganzen Tag. Eine kurze Pause am Vormittag. Dann kehrte er zurück, lärmte rum und zog am Nachmittag wieder los – zum Feierabendbier. Leider war er viel zu früh zurück. Gerade pünktlich zum Vorabendkrimi – irgendeine SOKO-Reihe. Ich musste den Kopfhörer verwenden, weil er irgendeine Info-Sendung geguckt hat. Und er ist auch nicht mehr aufgebrochen. Die Tür hätte ich gehört. Stattdessen ist er pünktlich ins Bad, danach ins Bett. Sein Schnarchen war meine Untermalung für den Spätfilm! War ein Herz-Schmerz-Schnulzending, das nennt man jetzt Schmonzette, da passte die Schnarcherei nun wirklich nicht dazu.«

Sie vertraute den beiden an: »Ich bin jetzt fast 80. Mein Mann ist vor mehr als zehn Jahren gestorben. Und es hätte also ein ruhiges Altwerden sein können. Und dann zieht der Kerl neben mir ein. Ehrlich: Wenn ich gestört werden wollte, hätte ich ja auch untervermieten können!«

Der Vogel flötete aufgeregt, hüpfte auf die Stange zurück und pickte Körner aus der Hirsestange. Knackte sie dann geräuschvoll. »Ja, mein Liebster! Dich stört der Lärm auch. Aber nun ist ja die Polizei hier und wird uns den Krachmacher vom Hals schaffen!« Ihre gute Laune war unüberhörbar.

»Ähm, es tut mir leid, aber wir sind die Mordkommission. Wir werden Walter Minkel nicht wegen der Ruhestörung mitnehmen können – zumal im Augenblick auch gar nichts aus der Nachbarwohnung zu hören ist«, stellte Nachtigall klar.

Die Nachbarin musterte ihn abschätzig – vom Scheitel bis zu den Schuhen. »Das ist doch wirklich unerhört.

Soll ich ihn erst umbringen, damit endlich jemand etwas unternimmt?«, plusterte sie sich auf, die Unlogik entging ihr wohl wegen ihrer Empörung.

Wiener warf einen nachdenklichen Blick auf den lang gestreckten grauen Wohnblock in der Berliner Straße. Ein Fenster am anderen. Direkt davor eine viel befahrene Straße. Straßenbahnverkehr.

»Walter Minkel hat sicher bis vor Kurzem in einem eigenen Haus gewohnt. Er empfindet es ohne Frage als sozialen Abstieg, ausgerechnet hier eine Wohnung beziehen zu müssen. Jede Sekunde wird er an die Katastrophe erinnert, jede Sekunde an Gregorilos.« Nachtigall sah ebenfalls an der schmucklosen Fassade hoch, warf einen letzten Blick auf den Eingangsbereich und das Klingelschild. »Ich denke mir, dass er in Wirklichkeit nicht gut mit dieser Situation klarkommt.«

»Glaubst du ihm trotzdem?« Wiener stieg ein, klickte den Gurt fest. Er klang skeptisch. »Mir war das alles zu dick aufgetragen.«

»Im Grunde bestätigt die Nachbarin, wenn auch sicher ungewollt, Teile seiner Aussage zur Zeitplanung.«

»Er hatte ein Motiv. Firma weg, Familie entzweit, er isoliert. Da kommt so einiges an emotionaler Belastung zusammen. Warum dann nicht den Verantwortlichen zur Rechenschaft ziehen?«

»Stimmt schon. Auf der anderen Seite sieht er ja durchaus, dass es sein eigenes Verschulden war. Aber natürlich besteht zwischen dem, was die Vernunft weiß, und dem, was die Wut dir sagt, oft eine unüberwindliche Kluft.« Nachtigall war unzufrieden. »Er behauptet ja, es sei eine Art Läuterung gewesen. So etwas ist mir immer suspekt.«

»Das kann alles eine schicke Fassade für uns gewesen sein. Und das Gerede über die Bahnhofsbrücke – nein, das nehme ich ihm nicht ab!«, entschied Wiener. »Und ich wette, am Ende hat er kein belastbares Alibi.«

7. KAPITEL

Dr. Pankratz warf einen nachdenklichen Blick auf seinen schweigsamen Patienten.

Ein Mann in den besten Jahren, deutlich zu klein für sein Gewicht.

»Na, was werden wir bei dir noch finden? Du hast ein ziemlich ausgedehntes Bad genommen, mag sein, dass du deine Geheimnisse gar nicht mehr preisgeben kannst«, murmelte er. Seine gepflegte Glatze war unter einer grünen Haube verborgen, die Schürze ließ erkennen, welch asketischer Körper sich darunter verbarg.

»Wenn du einfach nur schwimmen wolltest, warum bist du dann gestorben? Hast du vorher zu viel gegessen, zu lange in der Sonne gelegen? Lass mal sehen.«

Er griff mit den blauen Handschuhfingern nach den Händen des Toten, betrachtete sie genau, suchte nach Verletzungen und Verunreinigungen. Die aufgequollene, schrumpelige Waschhaut hatte sich an diversen

Stellen bereits abgelöst. »Fingerabdrücke können wir von dir ganz bestimmt nicht mehr nehmen. Aber ich denke, du hast seit vielen Jahren regelhaft einen Ring getragen. Der war dir inzwischen deutlich zu eng, dennoch hast du ihn nicht abgezogen. Hatte er eine Bedeutung für dich? Und wo ist er jetzt? Runtergerutscht sein kann er nicht. Leichenfledderei? Hier sind Ablederungen – hm, können natürlich auch aus anderem Grund entstanden sein. Aber warum dann hier am Ringfinger. Fragen über Fragen. Ich bin gespannt, welche du uns heute beantworten wirst.«

Deutliche Spuren von Tierfraß.

Die Fische in der Spremberger Talsperre hatten den Körper offensichtlich als attraktiv empfunden. Die zartesten Stellen hatten sie zuerst angelockt.

An den Füßen bot sich ein ähnliches Bild. Waschhaut, großflächig abgelöst, auf den ersten Blick keine Spuren von suspekten Verletzungen.

Der Rechtsmediziner umrundete den Edelstahltisch. Zog an den verbliebenen Haaren, betrachtete das Büschel in seiner Hand. Dann griff er nach einer Pinzette, umfasste mit der Spitze den vorderen Teil eines Fingernagels. Ohne Kraftaufwand konnte er ihn aus dem umgebenden Gewebe lösen.

»Leichenliegezeit etwa eine, maximal zwei Wochen«, diktierte er.

Endlich hörte er, dass jemand die Station betrat.

»Na da seid ihr ja! Ich dachte schon, ihr habt gar keine Lust mehr auf mich!«, begrüßte er Nachtigall und Wiener ungeduldig.

»Och, Lust darauf, dich im Restaurant zu treffen, hätte ich schon. Jederzeit. Du weißt, ein Gespräch mit dir ist immer ein Vergnügen für mich. Aber hier ...«, grinste der Cottbuser Hauptkommissar schief.

Thorsten Pankratz drängte den beiden Ermittlern Schutzkleidung auf, empfahl dringend, den Mundschutz zu benutzen.

»Hilft nur ein bisschen, klar. Ihr wisst ja schon, dass er nicht ganz frisch ist.«

»Ja. Kurz nach der Bergung haben wir schon einen Blick auf den Leichnam werfen können. Es handelt sich um Gregorilos. Ist ein prominenter Künstler aus Cottbus.« Wiener wirkte angespannt.

»Gregorilos?« Die Augenbrauen des Rechtsmediziners verschwanden unter dem Gummizug der Haube, die Stirn legte sich in dicke Falten. »Sicher nicht sein richtiger Name, ein Pseudonym, würde ich vermuten.«

»Klar. Er hatte ein Faible für griechische Mythologie und Geschichte. Sein wirklicher Name war Waldemar. Klang ihm wohl nicht fremd genug. Bisher wissen wir nur relativ wenig über ihn. Er teilte sich das imposante Haus mit Schwester und Assistenten. Der junge Mann war für alle Handreichungen und organisatorischen Belange zuständig. Er hat ihn auch direkt an der Talsperre identifiziert«, fasste Nachtigall die spärlichen Informationen zusammen.

»Ach – und woran? Ich fürchte, er sah sich nicht mehr sehr ähnlich. Auch jetzt, nachdem wir ihn gereinigt haben, sieht er nicht mehr aus wie vor seinem Tod.« Er schüttelte den Kopf. »Waldemar war zu prollig? Oder gibt es einen konkreten Gregorilos, der ihm als Vorbild diente?«

»Das wissen wir noch nicht. Aber wir stehen noch ganz am Anfang der Ermittlungen. Er hatte sich einige

Feinde gemacht, wir überprüfen gerade deren Alibis. Wir sind ein Zweierteam, da dauert alles ein bisschen länger.«

»Ja, nach euren letzten Erfahrungen seid ihr aber wahrscheinlich ganz zufrieden – so als Duo. Ihr wisst, was ihr aneinander habt.« Damit wandte sich der Gerichtsmediziner um und trat an den Obduktionstisch.

»So – diesmal also eine Wasserleiche. Er hat ungefähr eine Woche lang im Wasser gelegen, möglicherweise länger. Aber bei den momentanen Temperaturen ist das schwer zu beurteilen, Badewannenwassertemperatur. Wenn es sich tatsächlich um ein Tötungsdelikt handelt, wird es schwierig sein, Spuren der Tat nachzuweisen. Das Wasser selbst, die Fische, der fortgeschrittene Fäulnisprozess … Aber ich werde mir allergrößte Mühe geben, herauszufinden, ob er tatsächlich ertrunken ist oder ihm jemand beim Sterben im Wasser behilflich war.«

»Vielleicht wurde er ja vor seinem Tod in eine Schlägerei verwickelt. Sieht doch so aus, nicht?«, meinte Wiener erstaunt und deutete auf einige tiefe Abschürfungen an der Leiche. »An den Händen sind die auch, Stirn, Knie, Füße. Ich hätte nicht erwartet, dass sich Gregorilos zu Handgreiflichkeiten hinreißen lässt. Passt nicht zu dem Bild, das ich von ihm habe. Hätte ihm doch jemand zu Hilfe kommen müssen, am See herrscht an heißen Tagen viel Betrieb.«

Dr. Pankratz nickte. »Ich verstehe. Es sieht ein bisschen so aus. Aber diese Abschürfungen an den Handrücken, Fingern, an der Stirn, den Knien und den Füßen sind post mortem entstanden, haben nichts mit einer körperlichen Auseinandersetzung zu tun. Typischerweise entstehen sie, wenn der Leichnam im Wasser treibt – im seichten Wasser zum Beispiel, ufernah. Aber natürlich finden wir sie nicht nur bei Menschen, die im seichten Wasser ertrunken sind. Nach Eintritt des Todes sinkt der Körper rasch, wird durch die Bewegungen des Wassers über den Seegrund geschoben. Mit diesen Körperstellen reibt er über Hindernisse wie Steine, Reste von Bäumen, Müll. Wobei wir uns eine Stelle nachher noch gesondert ansehen werden, die passt nicht zum Bild. Also, ein Leichnam treibt üblicherweise kopfunter, Arme und Beine hängen in Richtung Grund.« Er demonstrierte eindrücklich, wie die beiden Ermittler sich das vorzustellen hätten. »So schleift er dann durch die Wasserbewegungen über Steine oder Geäst. Das hat natürlich Spuren hinterlassen.«

»Aber die Talsperre ist tief!«

»Im Pool passiert das auch nicht in gleicher Weise. Eine Folie oder Fliesen führen zu oberflächlicheren Läsionen. Treibt der Körper oben, werden die Extremitäten den Grund nicht mehr erreichen. Dann würden wir hier Schürfstellen zum Beispiel von Steinen am Ufer an anderen Stellen finden. Aber im Uferbereich ist das leicht möglich. Wie gesagt, im flachen Wasser hätten wir noch deutlich andere post mortale Verletzungen.« Der Blick aus den Augen des Mediziners war strafend, der Tonfall tadelnd. Wiener spürte, dass sein Gesicht sich rötete, und er schalt sich wegen seiner Unaufmerksamkeit. Es war schließlich allgemein bekannt, dass Dr. Pankratz sich nicht gern wiederholte, wenn er Informationen gab. Er erwartete, dass man ihm gespannt zuhörte.

»Die Haut hat sich an vielen Stellen großflächig abgelöst. Ich habe den gesamten Körper mit Speziallicht abgesucht – viel Hoffnung hatte ich nicht, und bedauerlicherweise haben wir auch nichts gefunden. Keine Einstichstellen, keine tiefer gehenden Verletzungen. Und – wie schon erwähnt – diese Abschürfungen sind an den typischen Stellen. Übrigens muss er einen Ring getragen haben – Ringfinger rechts. Der fehlt. Und da er sehr eng saß, kann er ihn nicht im Wasser verloren haben. Und – die äußere Inspektion hat auch Hinweise auf Vogelschnäbel ergeben, Krallen. Den Körper eröffnen konnten sie natürlich nicht. Sie haben nur rumgepickt. Er ist vor wenigen Tagen an die Oberfläche getrieben – Fliegeneier.«

Nachtigall versuchte, nicht allzu genau hinzusehen.

Der Anblick des Toten würde ihm auch schon bei flüchtigem Betrachten Albträume verursachen.

Hatte der Körper am Strand noch verschmutzt und dunkel ausgesehen, hatte sich das nach dem Abwaschen deutlich verändert. Bleich, die Mitte stark aufgetrieben, die Augen trübe, die Haut, die in Fetzen herunterhing – selbst für Menschen mit starken Nerven musste das belastend sein. Seine Augen wanderten zu Wiener hinüber. Er runzelte die Stirn. Gut, schlussfolgerte er, Michael musste wohl extrastarke Nerven haben. Er sah nicht schockiert, sondern interessiert aus.

»Dann wollen wir mal!«, leitete Dr. Pankratz die eigentliche Obduktion ein.

Alle Versuche des Hauptkommissars, sich wegzufantasieren, misslangen gründlich.

Der tote Mensch auf dem Edelstahltisch, der penetrante Verwesungsgeruch, die Geräusche, die bei der Öffnung des Körpers entstanden – all das war zu präsent.

»Intraabdominales Fett. War ja zu erwarten. Wir werden solche Anlagerungen an allen inneren Organen finden. Aber gehen wir systematisch vor.«

Der Gerichtsmediziner inspizierte die frei präparierte Halsregion. »Aha. Habe ich mir fast schon gedacht. Selbst nach der Liegezeit kann ich es noch sehen. Starke Reizung der Schleimhäute. Mal sehen, was wir in der Lunge finden. Ich tippe auf atypisches Ertrinken.«

»Atypisches Ertrinken. Also ist er nicht wirklich ertrunken, es gibt eine äußere Ursache?«, hakte Nachtigall nach. »Fremdverschulden?«

»Ertrunken ist er schon – als Folge von etwas anderem. Ich werde versuchen, Gift nachzuweisen.« Dr. Pankratz gab dem Sektionsassistenten ein Zeichen. »Blut, Urin und Mageninhalt. Nehmen Sie eine Probe aus Trachea und Ösophagus, sichern Sie das Präparat.«

Der junge Mann nickte und begann mit den Vorbereitungen, legte sich einige Gerätschaften und Behältnisse zurecht.

»Gift?« Der Hauptkommissar war verblüfft.

»Ja. Er nimmt es auf, geht ins Wasser, schwimmt ein Stück, und erst dann setzt die tödliche Wirkung ein. Möglicherweise ist er tatsächlich ertrunken, bevor ihn die toxische Substanz umbringen konnte.«

»Und niemand hat bemerkt, dass er in Not war? Er wird sich doch bemüht haben, jemanden auf seine Lage aufmerksam zu machen!« Wiener dachte an den gut besuchten Strand, den er schon so oft besucht hatte. »So was fällt doch auf.«

»Nun, wenn ihn die Wirkung überrascht hat, vielleicht nicht. Und die Zeugen, mit denen wir bisher über Gregorilos gesprochen haben, erzählten uns, er sei nicht gern öffentlich geschwommen, habe lieber seinen Pool genutzt. Also wird er vielleicht eine Stelle gewählt haben, die nicht ohne Weiteres einsehbar ist«, meinte Nachtigall.

Wiener nickte widerstrebend.

Dr. Pankratz sah auf. »Habt ihr seine Kleidung gefunden?«

»Bisher nicht. Die Kollegen suchen den Uferbereich ab. Wir wissen inzwischen, dass er eine weit geschnittene weiße Hose und ein weißes Hemd trug.«

»Welches Gift käme denn in Betracht?«, erkundigte sich Wiener ungeduldig.

Der Rechtsmediziner warf ihm einen kurzen, unergründlichen Blick zu. »Einige Beruhigungsmittel führen in hoher Dosierung zu Atemdepression. Drogen können so etwas ebenfalls verursachen. Ketamin käme infrage, auch ein Muskelrelaxans. Aber das müsste wohl intravenös verabreicht werden, wirkt sehr schnell. Für den Täter ist es in diesem Fall erforderlich, nah an ihn rangekommen zu sein. Warten wir die Analyse ab.« Er legte die bereits entnommenen Organe in vorbereitete Gefäße. Wandte sich dem Brustraum zu. Dazu musste er zunächst die Rippen durchtrennen.

Dann legte er die Lunge frei. »Wie erwartet, überbläht, kein Wasser, trocken. Aber das bedeutet nicht, dass er nicht doch ertrunken ist. Reflektorisch verhindert der Körper selbst das Eindringen von Flüssigkeit, der Larynx krampft, das ist eine Möglichkeit. Dann handelt es sich ja hier um einen Menschen, der im Süßwasser gestorben ist. Der Körper resorbiert post mortem die Flüssigkeit. Die Lunge trocknet wieder, sozusagen. Hm, tja, Hämolyse hat auch stattgefunden. Aber die ist nicht todesursächlich.«

»Also hatte Dr. Witte recht. Wir suchen einen Mörder. Einen, der ihm unauffällig Gift verabreichen konnte. Kannst du uns einen Zeitraum nennen, in dem jemand dem Künstler die tödliche Substanz verabreicht haben muss?«

»Nein. Dazu muss ich erst wissen, welche verwendet wurde. Und – die Substanz muss gar nicht selbst tödlich gewirkt haben. Er ist wahrscheinlich ertrunken – aber eben als Folge der Wirkung.« Dr. Pankratz arbeitete konzentriert weiter, während er erklärte.

Nachtigall bemühte sich darum, wenigstens eine emotionale Distanz zwischen sich und dem Opfer aufzubauen. Wenn er sich vorstellte, wie der Mann um Luft ringend … Nein!, verbot er seiner Fantasie, das Bild weiter auszumalen. Gregorilos, Künstler, drehten sich seine Gedanken weiter, vielleicht würden sie jemanden brauchen, der sich in der Szene auskannte. Neider mochte es viele gegeben haben, da konnten sie als Außenstehende leicht den einen oder anderen übersehen.

»Nach etwa einer Woche im lauen Wasser sieht er irgendwie nicht mehr so richtig menschlich aus«, fasste Wiener seinen Eindruck zusammen. »So bleich. Seltsam unnatürlich.«

»Ich weiß schon, was du meinst. Wie die von Area 51? Aber es wäre auch denkbar, dass er die Sonne strikt mied, denkbar wäre auch das Tragen von UV-Schutz-Kleidung oder das Auftragen von effektivem Sonnenschutzmittel. Eine sehr blasse Hautfarbe hatte er wohl schon zu Lebzeiten. Und das Wasser … nun ja.« Der Rechtsmediziner griff nach dem Gefäß, in das er die Lunge gelegt hatte. »Hier seht ihr – kein Wasser in der Lunge. Aber, wie schon erwähnt, das ist ein zu erwartender Befund. Allerdings ist auch die Verabreichung einer giftigen, betäubenden oder relaxierenden Substanz denkbar. Lähmung der gesamten Muskulatur würde auch die Atemmuskulatur betreffen,

Betäubung könnte in Bewusstlosigkeit führen, eine Lähmung der Atmung bewirken.«

»Wir gehen also von Mord aus«, stellte Nachtigall klar.

»Könnte er denn schon tot gewesen sein, bevor er …?«

Der Blick des Mediziners war unzweideutig. »Könnte. Muss aber nicht. Er hat auf jeden Fall versucht, viel Luft einzuatmen – ihm war klar, was passiert. Sehen wir uns mal den Magen an.«

Vorsichtig entnahm der Rechtsmediziner das schlauchartige Organ, legte es in eine Schale, öffnete die Wand mit dem Skalpell, untersuchte interessiert die Schleimhaut.

»Hier auch. Und so ein seltsamer Geruch. Alkohol ist mit dabei. Wir werden hochrechnen, wie viel Promille er zum Zeitpunkt seines Todes hatte. Aber da ist noch was anderes … Hm. Ich finde es raus. Irgendein Gift, da bin ich ziemlich sicher. Hm. Alkohol und eine giftige Substanz. Zusammen eine todsichere Mischung.«

»Der Arzt vom Dienst hielt einen Tod durch Fremdeinwirkung für die einzig annehmbare Alternative, die Schwester und der Assistent schließen einen Suizid kategorisch aus. Theoretisch wäre doch auch diese Variante denkbar, oder?«

»Peter, natürlich wäre es vorstellbar. Auf der anderen Seite aber auch nicht. Er hätte ein Medikament einnehmen und dann rausschwimmen können, um weit entfernt vom Ufer zu ertrinken. Aber mal ehrlich: Wer würde so sterben wollen? Gibt es einen Abschiedsbrief oder irgendeinen anderen Anhalt für die Annahme, er habe sich selbst getötet? Und glauben wir, dass Gregorilos in diesem Zustand hätte gefunden werden wollen?«

»Wahrscheinlich nicht. Nach den ersten Gesprächen

mit der Schwester und dem Assistenten müssen wir eher davon ausgehen, dass er durchaus eitel war. Und einen Abschiedsbrief haben wir nicht gefunden. Abgesehen davon, dass der verlorengegangen sein könnte. Oder vernichtet wurde, damit wir Suizid von vornherein nicht in Betracht ziehen. Alles ist denkbar. Wann hast du die toxikologischen Ergebnisse?«

»Bis morgen liegen die ersten vor. Ich werfe gleich die Maschine an – sozusagen.«

»Kannst du nach so langer Liegezeit wirklich noch etwas finden?«

»Nun, vielleicht nicht die Originalsubstanz. Aber möglicherweise deren Abbauprodukte. Metaboliten. Warten wir's einfach ab.«

Unerwartet näherten sich entschlossene Schritte.

Dr. März trat ein.

Wie immer in solchen Situationen fixierten seine Augen das Gesicht des Rechtsmediziners, verirrten sich nicht einmal für einen winzigen Moment zum Leichnam. Es war deutlich zu sehen, dass er sich darum bemühte, flach zu atmen.

»Es stimmt? Gregorilos?«

»Ja. Sein Assistent hat ihn identifiziert«, gab Nachtigall Auskunft. »DNA-Abgleich läuft. Der Zustand der Leiche ...«

»Todesursache?«

»Atypisches Ertrinken. Wir gehen von einem Tötungsdelikt aus.« Dr. Pankratz unterdrückte ein amüsiertes Grinsen. Jedes Mal wenn Dr. März zu ihm kam, trat er so herrisch auf – fiel hier ein, fragte knapp und verschwand, bevor der Geruch des Todes sich in seiner Kleidung festsetzen konnte.

»Nun, das wird nicht unbemerkt bleiben. Stellen Sie sich auf Interesse der Öffentlichkeit ein«, empfahl der Staatsanwalt zum Abschluss, nickte in die Runde und klapperte über den Gang davon.

»Mord an einem Künstler – so viele Spuren wird es an diesem See nicht geben. Sieht nach einem gehörigen Stück Arbeit für euch aus«, stellte der Rechtsmediziner fest. »Wenn ich weiß, was er bekommen hat, kann ich euch zumindest sagen, wie man es ihm beibringen musste – wie nah der Täter an ihn herantreten konnte. Je enger die Beziehung, desto geringer der Abstand, den man zwischenmenschlich zu ertragen bereit ist. Das engt dann den Kreis der Verdächtigen ein.«

Während der Sektionsassistent den Leichnam verschloss, nahm Dr. Pankratz den beiden Ermittlern die Schutzkleidung ab, begleitete sie bis zum Ausgang der Station.

»Na Michael, kommt ihr denn mit der neuen Situation klar?«, erkundigte er sich beim Abschied freundlich. Und Nachtigall fragte sich, warum es anderen sehr wohl möglich war, an diesem Thema zu rühren, ihm selbst aber nicht. Schuldgefühle? Scham? Angst vor Michaels Reaktion?

Wiener zögerte auffällig mit der Antwort.

Endlich rang er sich ein: »Danke. Wir versuchen, alles in den Griff zu bekommen. Mal mehr, mal weniger erfolgreich« ab. Ein dünnes Lächeln zeigte sich, war aber sofort wieder ausgelöscht.

Dr. Pankratz zog eine Augenbraue hoch. Sie verschwand unter der Haube, was den asymmetrischen Eindruck des Gesichts verstärkte.

8. KAPITEL

Jonathan stand in der Küche.

Starrte auf seine schmalen Hände.

Sie zitterten.

Eigentlich sollten sie ein schnelles Essen zubereiten, aber offensichtlich wollten sie nicht. Er würde sie nötigen müssen.

Die Köchin hatte frei, sollte heute am späten Nachmittag kommen und ein Buffet vorbereiten, das die Kunstsammler verwöhnen würde. Natürlich waren inzwischen alle informiert – er hatte das Treffen selbstverständlich abgesagt. Die unerwartete Nachricht hatte allgemein für Verwirrung und Entsetzen gesorgt.

Gregorilos. Tot aufgefunden. Ein schrecklicher Anblick.

Lieber hätte er das Wort »abstoßend« gedacht, aber das verbat sich von selbst. Gregorilos hätte nicht geduldet, dass etwas an ihm auf diese Weise bezeichnet würde.

Er kommt nie mehr zurück.

Seine Rechte angelte den Laib Brot aus der Box, die Linke griff nach dem Messer. Nachdenklich schnitt er schmale Scheiben ab. Etwas Leichtes sollte es sein. Sophies Magen war empfindlich, und eine Situation wie diese … Er schüttelte sich, als könne er den Tod seines Gönners aus der Kleidung jagen wie ein krabbelndes Insekt. Rührei und Brot mit Butter, Salz und frischem Schnittlauch wäre sicher verträglich. Vielleicht ein Glas Milch dazu, kalt mit einem Teelöffel Zucker.

Er schlug fünf Eier über einer Glasschale auf, rührte sie mit dem Schneebesen schaumig, während er in der Pfanne wenig Öl schonend erhitzte. Dann spülte er den Schnittlauch ab, hackte ihn klein, stellte die Butter auf die Arbeitsfläche, damit sie auf Streichtemperatur kommen konnte. Seine Finger gehorchten ihm immer besser, erledigten die gewohnten Aufgaben präzise.

Wie seltsam, dass das Leben weiterging. Unbeeindruckt. Wäre der Tote nicht Gregorilos, würde es vielleicht nicht einmal auffallen, dass er fehlte – nur denen, die direkt vom Verlust des Menschen betroffen waren. An Gregorilos' Schicksal nähme natürlich die ganze Stadt Anteil. Das Begräbnis würde zum medialen Großereignis.

Beim Wenden des Eieromelettes dachte er darüber nach, was die Polizei wohl als Motiv für einen Mord an einem Meister wie diesem annehmen würde. Neid, darüber hatten sie ja schon gesprochen. Habgier? Immer gut – aber hier?

Sophie erbte sicher das Meiste des Vermögens, kreisten seine Überlegungen weiter um diesen Punkt – ob dieser Nachtigall wirklich dachte, sie könnte ihren Bruder getötet haben? Niemals! Auf der anderen Seite wurzelte eine neue Idee in seinem Denken. Ein ganz anderes Motiv? Was, wenn sie nun plötzlich die Gängelei und ständige Bevormundung satt gehabt hätte? Es leid gewesen wäre, ihre Rolle für ihn zu spielen? Mord für die Freiheit? Würde die Polizei das als Grund annehmen?

»Na Jonathan, träumst du?«

Erschrocken fuhr er herum, hatte sie gar nicht kommen hören »N-Nein. Ich koche.«

Flink bestrich er die Brote mit Butter, streute den Schnittlauch darüber, hob das Ei aus der Pfanne, würzte mit Salz und Pfeffer. Stellte ein Glas Milch neben Sophies Teller, legte Messer und Gabel dazu.

»Danke. Das ist eine gute Idee.« Schweigend probierte sie vom Omelette, kaute den Bissen Brot gründlich, spülte mit Milch nach, ehe sie fragte: »Was wird denn nun? Hat Gregorilos mit dir über das gesprochen, was er nach seinem Tod gern geregelt gesehen hätte?«

»Nein. Wenn, dann wärest doch du der richtige Gesprächspartner für solch ein Thema gewesen.«

»Vielleicht wollte er mich nicht erschrecken. Der Tod war so gut wie niemals Gegenstand unserer Gespräche – weder der seine noch der meine.« Eine Träne rollte über Sophies Wange. Sie bemerkte es gar nicht. Jonathan schämte sich ein wenig dafür, dass er angenommen hatte, jemand könne diese sensible Frau überhaupt verdächtigen.

9. KAPITEL

Möglicherweise ist das alles hier das Werk meiner Adoptiveltern.

Aus pädagogischen Gründen.

Die sind durchaus manchmal so schräg drauf.

Der Versuch einer Erdung? Damit ich mich wieder auf mein Leben im Hier und Jetzt konzentriere und nicht den Geistern der Vergangenheit nachjage? Dann wird gleich die Tür aufgehen, sich alles als üble Einschüchterung erweisen. Aber ich werde nicht sterben. Soll nur eine flüchtige Begegnung mit dem Tod haben.

Zorn steigt in mir auf wie Kohlensäurebläschen im Sektglas.

Ich verwerfe dieses Bild sofort wieder. Alles Blödsinn.

Es ist bestimmt dem Durst geschuldet, der mein Denken und Sehnen übernehmen will. Noch gelingt es mir, ihn zurückzudrängen, aber mir ist bewusst, dass dies der Anfang der Qual ist. Schon zieht sich in meinem Mund alles zusammen, wenn ich nur an ein Glas Wasser denke. Noch ist Speichel da. Noch! Die Zunge bleibt dennoch kleben. Der Schwindel ist auszuhalten, ich muss mich ja nicht bewegen. Und im Sitzen bleibt er erträglich.

Sicher, die beiden hatten mir pflichtschuldig, wie gefordert, von der Adoption erzählt. Mehr aber auch nicht. Ich hielt das zuerst für eine Weigerung, dachte, sie wollten mir nach der ersten Wahrheit alle weiteren Informationen vorenthalten.

In mir murrte es nach dieser Eröffnung also beständig weiter. Eigentlich bin ich richtig gut ausbalanciert, brauche keine neue Familie, will sie auch nicht. Ich hatte ja die andere nie vermisst.

Aber mal schauen, wirklich nur gucken, nicht stören – das musste doch möglich sein.

War es nicht!

Man hatte mich damals einfach anonym abgegeben. Ohne die kleinste Nachricht für später. Weder mein genaues Geburtsdatum noch einen Namen hatte meine leibliche Mutter irgendwo notiert. Nichts. Die Decke, in die ich gewickelt worden war, konnte von überall stammen, eine gern gekaufte Polyesterdecke. Es gab kein Plüschtier, keinen Schnuller, keine Puppe. Meine Kleidung – aus der Erstlingsausstattung, die man in jeder Warenhauskette günstig erwerben konnte. In meiner Akte stand tatsächlich nur, dass ich am 30. Juni abgegeben worden war, nach Schätzung des Kinderarztes, der mich begutachtete, nur wenige Stunden nach der Entbindung. Mehr nicht. Meine ambitionierten Nachforschungen legten eine saubere Vollbremsung hin, bevor sie überhaupt begonnen hatten!

Marianne, meine beste Freundin, meinte, ich solle lieber froh als enttäuscht sein. Eine Mutter, die ihr Neugeborenes irgendwo abgibt, es nach den ersten Atemzügen im Leben im Stich lässt, sei gar nicht fähig zu lieben, sei herzlos. Zu allen Zeiten hätten Frauen Kinder bekommen und sie großgezogen – selbst in Kriegs-, Nachkriegs- oder Hungerjahren. Ans Weggeben habe damals keiner gedacht. Ich müsse endlich erkennen, dass erst der neue gesellschaftlich akzeptierte Egoismus so eine Handlungsweise ermögliche. Das übliche Blabla. Zu allen Zeiten haben Frauen versucht, sich ihrer unerwünschten geborenen oder ungeborenen Brut zu entledigen. Je nach medizinischem Fortschritt mit mehr oder weniger persönlichem Risiko, mehr oder weniger Erfolg.

Natürlich habe ich zum Thema »Kindsabgabe« eine vollkommen konträre Meinung. Auch jetzt noch. Meine erklärte Lieblingsfantasie ist, dass jemand meine Mutter gezwungen hat, das Neugeborene zur Adoption freizugeben, und gerade an grauen Wintertagen stelle ich mir gern vor, wie sie jeden Tag an ihr Kind denkt, sich nach ihm verzehrt.

Also beschloss ich, mein Ziel nicht so leichtfertig an der ersten Hürde über Bord zu werfen.

Alles, was ich für meine Nachforschungen zur Verfügung hatte, war eine Akte ohne konkrete oder gar hilfreiche Angaben.

Nicht gerade viel. Aber es musste eben genügen.

Wie lange bin ich nun schon hier?

Meine Uhr liegt wohl bei mir auf dem Wohnzimmertisch. So habe ich keinen Anhalt für das Verstreichen der Zeit. Wenn man nichts tun kann, dehnen sich die Minuten.

Ohne Wasser und Nahrung kann ein Mensch nur begrenzte Zeit überleben, das ist mir bewusst. Hier ist außer mir und der Kerze nichts.

Die Tür gibt es – aber sie ist verschlossen. Natürlich. Es gibt keinen Weg ins Licht.

Das heißt wohl, dass ich in diesem grässlichen Raum jämmerlich eingehen soll.

Natürlich gibt es einen Teil in meinem Denken, der dieses wenig Spektakuläre für mich nicht akzeptieren will. Es wird jemand kommen, versucht meine innere Stimme einen Vorstoß zur Beruhigung des Pulses, der mir bis in den Hals hinauf schlägt, jemand bringt dir etwas zu trinken und zu essen, bleib ruhig. Es hat vielleicht mit deiner Suche gar nichts zu tun. Es geht um Geld?, höhnt der emotionslosere Teil meines Hirns, und wer sollte wohl für meine Freilassung bezahlen?

Meine Eltern?

Sie kommen gut aus, sind aber nicht reich.

Kredit für Lösegeld? Welche Bank würde das übernehmen? Ohne jede Sicherheit? Nicht einmal die, dass die Geisel freikommt.

Also zahlt niemand.

10. KAPITEL

Winfried Kern schrieb gern.

Leidenschaftlich gern über Kunst und Menschen, die sie schufen.

Gregorilos war ihm vom ersten Moment an unsympathisch gewesen. Ein arroganter, aufgeblasener Affe, der viel Gewese um sich und sein »Gegriechel« machte, ohne jedes Talent, ohne Gespür. Warum also jetzt Bedauern heucheln?

Nachtigall beobachtete das Mienenspiel seines Gegenübers genau. Erkannte die widersprüchlichen Empfindungen im verwelkten Gesicht des Mannes, in das vom Leben tiefe Furchen der Enttäuschung gerammt worden waren.

»Gregorilos und ich waren nicht gerade Freunde. Er war eine schwierige Persönlichkeit.«

»Ja. Das haben uns andere auch schon erzählt«, bestätigte Wiener, als der Journalist so aussah, als habe er seiner Aussage nichts mehr hinzuzufügen.

»Nun, dann wissen Sie ja, was für ein unerträglicher Typ er war«, brummte Kern, klopfte eine Zigarette aus der zerknüllten Packung, reckte sich weit zur rechten Seite und öffnete das Fenster.

»Gregorilos wollte immer nur gelobt werden. War süchtig nach Anerkennung.« Das Feuerzeug klickte, und Kern nahm einen kräftigen Zug. Mentholgeruch breitete sich in der engen Dachkammer aus.

»Und genau das haben Sie nicht getan. Sie sind keiner, der anderen Honig ums Maul schmiert, nur weil sie von anderen gute Kritiken bekommen haben. Sie schwimmen nicht mit dem Schwarm, sondern lieber gegen den Strom. Richtig?«, fragte Nachtigall.

»Ganz genau. Und so begann unser Problem.« Der Journalist knurrte leise. Strich das schulterlange fettige Haar zurück.

»Wie sah es konkret aus, das Problem?«

»Er verklagte mich, bekam recht, und ich durfte ihn nicht mehr ›untalentierter Kleckser‹ nennen. Ein Schlag gegen die freie Meinungsäußerung. Volle Breitseite. Zensur!«

»Und weiter?«

»Er zog meine Eignung als kunstkritischer Journalist in Zweifel. Behauptete, durch das Urteil sei nun klar festgestellt, dass ich keine Ahnung vom Metier habe. Ich sei ein Kunstbanause, bar jeden Gespürs für das wahre Große.« Kern drückte die Zigarette im übervollen Aschenbecher aus. Ungeduldig. Ein Teil der Asche und Kippen schoben sich über den Rand auf die Unterlagen, die überall auf seinem Schreibtisch und dem Boden des Kämmerchens verteilt waren. Er bemerkte es nicht einmal. »Es dauerte nicht lang und ich wurde zu keiner Vernissage mehr eingeladen. Meinen Platz für die Kunstkritik bekam ein anderer Redakteur. Die Künstler behandelten mich wie den Überträger einer ansteckenden, meist tödlich verlaufenden Seuche, die Kollegen mieden mich ebenfalls. Als hätte ich Ebola! Ich wurde sogar am Tag des offenen Ateliers nicht mehr reingelassen!« Er atmete tief durch. »Sehen Sie, ich lebe von meinen Artikeln. Und plötzlich verdiente ich nicht einmal genug, um zu vegetieren!« Der Zorn rötete sein Gesicht. Schweißperlen bildeten sich. »Ich durfte über den Mops-

Club schreiben. Ich! Als Gnade der Redaktion, damit ich nicht verhungere. Ich! Wo ich doch Kunstgeschichte studiert habe!«

Die Faust donnerte auf die Tischplatte.

Zwei Teller mit schmierigen Essensresten und eine Kaskade aus Papier stürzten sich in die Tiefe, verteilten sich auf dem Boden.

»Meine erste Wohnung am Nordring – weg. Vielleicht war es ein Omen, dass ich auf den Nordfriedhof sehen konnte. Kevin, mein Lebenspartner – auf und davon. Meine Reputation – im Arsch! Ich wohne hier bei einer alten Dame im Dachgeschoss, zwei Zimmer, kleines Bad, Küche im Schrank! Und auch das hat nur geklappt, weil die alte Dame eine kleine Rente, ein großes Herz und viele Reparaturen am Haus geplant hat. So was ist einfach nur Scheiße. Scheiße, Scheiße, Scheiße!«

»Normalerweise vergisst die Gemeinde schnell. Das war in Ihrem Fall nicht so, es wurde nichts aus dem Gedächtnis gestrichen?«, erkundigte sich Nachtigall mitfühlend. »Ihr Ruf blieb dauerhaft beschädigt.«

»Klar. Weil dieser Arsch bei jeder Gelegenheit darauf zu sprechen kam! Immer wieder! ›Meine Kunst mag Ihnen gefallen oder auch nicht, wenn Sie beleidigend werden, tragen Sie die Konsequenzen. Fragen Sie Herrn Kern, Winfried Kern, früher ein bekannter Journalist. Der kennt sich damit aus.‹ Und dabei grinste er so selbstzufrieden, dass alle Versammelten erkennen mussten, der Kerl war wirklich gefährlich.«

»Und nun wurde er getötet«, warf Wiener ein.

»Aber nicht von mir – sollten Sie das andeuten wollen. Ich konnte den Kerl nicht ab. Ja! Ich bin kein bisschen traurig über seinen Tod. Ja! Und: Ich hoffe, dass Sie seinen Mörder niemals finden werden. Er hat ein gutes Werk getan, die Welt von dieser Pestbeule befreit!«

»Noch kennen wir das Motiv des Täters nicht. Also sollten Sie sich wohl lieber nicht wünschen, dass der Täter nie gefasst wird. Vielleicht hat er Kunstkritiker auch im Visier.«

Winfried Kern wurde schlagartig blass.

»W-w-w-was?«, entrang er sich mühsam. »Ich?«

Nervös schüttelte er die nächste Zigarette aus der knisternden Hülle. Hielt sie in seinen bebenden Fingern, betrachtete sie nachdenklich, als sei es seine letzte in diesem Leben. Zündete sie schließlich an. Sog gierig daran.

»Bisher gingen wir von einem persönlichen Motiv aus. Aber mit Sicherheit können wir das zum jetzigen Zeitpunkt der Ermittlungen nicht sagen.«

»Sie denken, es könnte eine Serie daraus werden?« Blankes Entsetzen lag in Kerns Blick.

»Wir wissen zu wenig. Natürlich ist es sehr unwahrscheinlich, dass Sie in den Fokus des Täters geraten. Ein sehr privater Streit ist eher als Grund für den Mord anzunehmen«, beruhigte der Hauptkommissar den aufgeregten Journalisten. »Wenn es ein Neider war, der ihn umgebracht hat, wird er sich wohl eher über Ihre vernichtende Kritik gefreut haben.«

»Aber vielleicht helfen Sie uns besser bei der Suche nach dem Täter. Sicher ist sicher.« Wiener nickte Kern aufmuntern zu. »Wo waren Sie am vorletzten Freitag? Am 21.?«

Kern drückte energisch den Stummel aus, klatschte mit beiden Händen auf seine Oberschenkel. »Okay, friends. Let's find my day planer. Ohne den kann ich mich nämlich an gar nichts mehr erinnern!«

Auf der Rückfahrt aus der Schwalbenstraße ins Büro stöhnte Wiener: »So ein Chaos! Wie kann man nur so arbeiten? Wenn Kern einen Artikel schreiben will, braucht er einen enormen Vorlauf, nur um die Rechercheergebnisse, die er schon hat, wiederzufinden, bevor er loslegen kann.«

»Ja, für mich wäre das auch nichts. Kreatives Chaos. Und nach jedem Ausmisten die Angst, du könntest das gerade gefundene Material zum aktuellen Thema versehentlich mitentsorgt haben.«

»Wenigstens haben wir mit sechs Augen den Kalender am Ende doch noch gefunden. Was behauptete er auch, das Ding sei blau? So kann man den im Grunde nicht aufstöbern! Der war rot! Wie bist du überhaupt auf die Idee gekommen, in der Schmutzwäschetonne danach zu suchen? Darauf ist ja nicht einmal Kern selbst verfallen!«

Nachtigall zuckte mit den Schultern. »Portemonnaies liegen gern mal im Kühlschrank, Autoschlüssel in der Keksdose. Warum nicht ein Kalender in der Schmutzwäsche?«

»Ich nehme jedenfalls meinen Terminkalender nicht mit ins Bad!«, stellte Wiener klar. »Wozu auch?«

»Er organisiert sein Leben nach klaren Prioritäten. Er weiß genau, worüber er den nächsten Artikel schreiben will und wann er ihn abgeben muss. Alles andere hat für ihn keine große Bedeutung. Da kommt es schon mal vor, dass der Kalender mit Jacke in der Wäsche landet.«

»Und dann muss er stundenlang nach dem Ding suchen!«

»Immerhin wissen wir jetzt, dass er am Tag von Gregorilos' Verschwinden einen Termin mit einem Kollegen in Berlin hatte. Wir prüfen das nach – aber wenn der

Journalist das Treffen bestätigt, ist Kern erst mal von der Liste gestrichen. Ich war noch nie in der Schwalbenstraße. Eigentlich eine schöne Wohngegend, viele rausgeputzte Häuschen. Und dann fährt man direkt auf dieses Ding zu. Militärischer Bereich steht dran. Aber genutzt wird das nicht mehr, oder? So ein riesen Areal.«

»Sah nicht aus, als hätte im Moment jemand Verwendung dafür, aber richtig verwaist kam es mir auch nicht vor. Hansen könnte das wissen, der beschäftigt sich gern mit solchen ehemaligen Militärkomplexen. Damit wir nicht vergessen, sagt er immer. Vielleicht gibt es ja eine Planung. Abriss und schicke kleine Einfamilienhäuser auf dem Gelände bauen. Wie auf der anderen Seite, auf dem ehemaligen Stasi-Areal.«

Wiener nickte, wechselte dann das Thema. »Walter Minkel war in seiner Lieblingskneipe und danach im Couchkino. Ist wohl sein normaler Tagesablauf.«

»Da müssen wir auch noch mal nachhaken. Er behauptete, seine geschiedene Frau zahle am Ende jeder Woche seinen Bierdeckel. Offensichtlich geht es ihr finanziell wesentlich besser als ihm. ›Ihre großherzige Geste‹, hat er das genannt. Recht ist es ihm wohl nicht, aber von dem, was ihm nach der Zahlung der Fixkosten bleibt, könnte er nicht jeden Tag dort auflaufen. Isst er nicht auch dort?«

»Ja. Er kann nicht kochen.«

»Wahrscheinlich finden seine einzigen sozialen Kontakte ebenfalls in der Kneipe statt. Frau Minkel wird sehr froh darüber sein, seinerzeit einen Ehevertrag abgeschlossen zu haben. Gütertrennung. Wollte sie unbedingt, seiner Darstellung nach.«

Kaum waren die beiden Besucher zur Tür raus, griff Kern nach seinem Handy, rief eine Nummer auf.

Wartete ungeduldig.

Endlich meldete sich eine Stimme.

»Mensch Minkel! Ich dachte schon, du gehst gar nicht mehr ran!«

»Was willst du, Kern? Wollten wir nicht so was wie Funkstille halten?«

»Schon – ja. Aber die Bullen waren eben bei mir. Wegen des Griechen. Und ich hab denen ein Alibi … nun ja … vorgeschlagen. Auf Dauer wird das aber nicht tragen, fürchte ich.«

Walter Minkel lachte rau. »Meins auch nicht. Wenn die meinem Kneipier auf die Füße treten, knickt der ein. Auf der ganzen Linie! Und? Dann sind die wieder am Zug. Wir müssen nichts beweisen – das ist deren Job. Keep cool, Kern.«

Winfried starrte das kleine Telefon an, das plötzlich verstummt war.

»Scheiße!«, fluchte er und fühlte sich sehr allein.

Wählte eine neue Nummer. »Kevin? Leg bitte nicht auf. Ich weiß nicht, wie ich das erklären soll, aber mir geht's nicht gut. Gregorilos wurde ermordet – und statt der erwarteten Freude fühle ich mich nur einsam. Können wir nicht zusammen irgendwo ein Bier trinken gehen?«

Als Wiener die Tür zu seinem Büro öffnete, blieb er verblüfft stehen.

»Hallo, Silke, wie schön dich zu sehen!«

Silke Dreier nickte nur.

Nachtigall, der die Begrüßung gehört hatte, streckte seinen Kopf durch die Tür.

»Hallo, Silke. Kommst du ins Team zurück? Das wäre ja wunderbar!«, behauptete er, versuchte, nicht an die Alleingänge der jungen Kollegin zu denken, die sie alle in eine lebensbedrohliche Situation gebracht hatten.

Die junge, sportliche Frau wand sich verlegen. »Ich würde gerne, wenn ihr mich noch wollt. Allerdings muss ich zugeben, dass ich noch nicht voll einsatzfähig bin. Für die nächsten sechs Monate ist Innendienst verordnet.«

»Klar wollen wir!«, freute sich Wiener.

»Wenn es für dich kein Problem ist, häufig allein im Büro zu sitzen und am Computer Hintergrundinformationen für uns zu sammeln, dann geht das schon klar«, beeilte sich Nachtigall mit seiner Zusage, war froh, dass sie nicht hören konnte, wie er erleichtert im Innern aufatmete. Endlich wieder zu dritt – und die Heißspornin im Innendienst. Perfekt.

»Dein Schreibtisch ist frei. Du kannst sofort mit einsteigen. Der Fall ist ganz frisch, wenngleich man das vom Opfer eher nicht behaupten kann.« Mit wenigen Sätzen weihte Wiener Silke in die wichtigsten Fakten ein, brachte sie auf den aktuellen Stand der Ermittlungen.

»Okay. Ich werde wohl damit beginnen, den finanziellen Hintergrund der Beteiligten zu checken. Wisst ihr schon, wer Gregorilos beerbt?«

»Nicht genau. Aber seine Schwester geht davon aus, dass sie selbst und der Assistent Jonathan Haupterben sein werden. Sicher ist sie sich nicht.« Nachtigall runzelte die Stirn. »Mag sein, dass sie auch einfach nur hofft, nicht plötzlich ohne Geld und Heim auf sich selbst gestellt zu sein.«

»Du meinst wie im Fall Mehring?«, fragte Wiener. »Ja, das war ein echter Schlag für die Familie. Firma verkauft, für die Kinder nur der Pflichtteil, die Witwe öffentlich beleidigt. Und alles per Video.«

»Wir wissen noch nicht, was für ein Mensch er war. Die allgemeine Formulierung ist: Er war ein schwieriger Charakter. Was auch immer das bedeuten mag.«

»Vor einiger Zeit habe ich einen Artikel über Gregorilos gelesen. Er lebe streng ›griechisch‹ – wie man das verstehen sollte, wurde nicht erklärt –, sei ein Anhänger der griechischen Mythologie. Das spiegle sich auch in seiner Kunst. Ist das so? Habt ihr davon irgendetwas bemerkt?«, erkundigte sich Silke.

»Bilder, die sich mit dieser Thematik befassen, hängen überall im Haus. Ich habe allerdings nicht nachgesehen, ob sie von ihm stammten«, räumte Nachtigall ein.

»Wenn du die Recherche übernimmst, können Peter und ich noch schnell die Alibis unserer ersten Gesprächspartner checken. Die Liste mit Namen von Leuten, die Gregorilos feindlich gegenüberstanden, kommt morgen.«

»Klar. Ich setze mich sofort dran«, verkündete Silke, setzte sich, fuhr den Rechner hoch und loggte sich ein.

»Gab es Ärger mit Hansen?«, wollte Wiener noch wissen, als er fast schon zur Tür hinaus war.

»Was soll ich sagen? Zu eng für meinen Geschmack. Also fragte ich nach, ob ich nicht ins Nachtigall-Team zurückwechseln könne, vielleicht brauche es Verstärkung. Es brauchte.«

»Gut für uns! Wir freuen uns!«, versicherten beide Ermittler und liefen eilig über den Gang davon. Ihre Schritte waren deutlich zu hören. Silke lächelte.

Wandte sich dem Monitor zu.

Solange niemand genauer nachfragte, war alles in bester Ordnung.

11. KAPITEL

Der Wirt vom »Eckchen«, Kurt Baumann, war über den Besuch der Kriminalpolizei wenig erfreut und hatte keine Lust auf ein Gespräch mit den beiden Beamten.

Er strich sich die Haare hinter die Ohren, wobei er den Kopf wie ein nervöses Huhn vorruckte. »Na, wenn der Walter das so ausgesagt hat, dann wird das wohl stimmen«, brabbelte er verärgert.

»Ich fürchte, das reicht nicht zur Bestätigung seines Alibis.« Nachtigall produzierte einen besorgten Gesichtsausdruck, zog die Mundwinkel skeptisch nach unten. »Immerhin geht es um Mord. Da brauchen wir eine belastbare Angabe von Ihnen.«

Die Köpfe derer, die am Tresen Platz genommen hatten, um nahe an der Quelle zu sein, wandten sich neugierig den Neuankömmlingen zu. Das versprach ein interessanter Abend zu werden. Mord!

Auch dem Wirt gingen die Augen über. »Mord? Echt jetzt? Und der Minkel braucht ein Alibi? Ne, das ist doch alles Kokolores!«

»Wir haben ein Opfer. Und Walter Minkel war mit ihm nicht gerade befreundet.«

»Gregorilos? Ermordet? Ist ja 'n Ding! Das ist der Einzige, über den der Walter sich aufregt. Aber ist in der letzten Zeit weniger geworden«, steuerte einer der Kunden bei.

»Genau. Früher musste man nur das Wort Grieche oder Griechenland ... ne? Da ist der abgegangen wie 'ne Rakete.

Aber nun wird ja ständig über die Griechen geredet. Überall. Hat ihn vielleicht abgehärtet«, bestätigte ein anderer. »Über Gregorilos und seine Halsabschneidereien hat er fast kein Wort mehr verloren.«

»War ja aber auch eine echte Gaunerei. Erst Kunst verkaufen, teuer, dann zurückkaufen und nicht mal die Hälfte vom Kaufpreis rausrücken. Und der hat genau gewusst, dass dem Walter das Wasser bis zum Hals steht«, wusste ein Gast, der am äußersten Ende der langen Theke saß.

»Immer die Ruhe«, beschwichtigte Baumann, warf einen prüfenden Blick auf den Füllstand der Gläser. »Der Walter Minkel kommt praktisch jeden Tag. Woher soll ich nun wissen, ob der an einem bestimmten Tag hier war oder nicht?« Er lachte grob, präsentierte bibergelbe Zähne.

»Bierdeckel!« Michael Wiener fixierte den verlebten Mann hinter dem Schanktisch kalt.

»Aber den hab' ich doch gar nicht mehr«, lamentierte der Wirt und warf die Arme in einer Geste der Fassungslosigkeit in Richtung Decke. »Ich kann doch nicht von jedem Kunden die Bierdeckel aufheben! Womöglich noch zusammenheften? Dann muss ich neben den Klos wohl ein Archiv anbauen!«

Lautes Gegröle unterstützte ihn.

»Sollen wir ein Team kommen lassen, das Ihnen beim Suchen hilft?«, erkundigte sich Wiener freundlich und lehnte sich so an den Tresen, dass der Eindruck entstand, er habe sehr viel Zeit mitgebracht. Könne warten.

»Hören Sie, ich rechne jede Woche mit der Ex von Minkel ab. Die überweist den Betrag. Der Bierdeckel landet im Müll. Am Anfang war dem Walter das ganz schön peinlich – aber inzwischen längst nicht mehr. Wir haben uns alle an das Prozedere gewöhnt.«

»Sie schicken also jede Woche eine Abrechnung. Gut. Wie soll ich mir das vorstellen? Da steht drauf, es wurden in der letzten Woche 20 Bier konsumiert? Ein bisschen konkreter wird es doch wohl sein.« Nachtigall trommelte einen unruhigen Rhythmus auf die Theke.

»Logisch. Sonst würde die mir das ja nicht glauben. Nein, sie kriegt eine richtige Rechnung. Mit Datum und Uhrzeit und allem. Der Walter unterschreibt, dass hier alles seine Richtigkeit hat – und ich schicke das Ding weg. Sie zahlt. Alles gut.« Kurt Baumann hatte seine Lautstärke gedämpft und sich weit zu den beiden ungebetenen Gästen gebeugt. Sein schlechter Atem war nichts für schwache Gemüter.

»Wir brauchen die Adresse der geschiedenen Frau.«

Der Wirt murrte.

Zog dann aber doch eine schmale Schublade unter der Kasse auf, entnahm ihr einen schmuddeligen Abrechnungsblock und einen gelben Kugelschreiber. In krakeligen Lettern notierte er die gewünschte Anschrift auf dem Block, riss das Blatt ab und reichte es über den Tresen, grimassierte dabei wie jemand, der ein Geständnis nur unter Folter gemacht hatte. »Sonst noch was?« Er machte eine raumgreifende Geste, die die wenigen Kunden umfasste. »Polizei ist schlecht fürs Geschäft!«

Kaum hatten die beiden Ermittler die Kneipe verlassen, zerrte er nervös sein Handy aus der Gesäßtasche, tippte rasch eine Nummer ein.

Als der andere sich meldete, erklärte er: »Du, Walter, die Bullen waren hier. Wegen des Bierdeckels. Ich glaube, wir müssen das mal für 'ne Weile aussetzen. Oder irgendwie anders aufziehen.«

Auf dem Weg zum Wagen rief Wiener bei Silke an.

»Wir brauchen die Telefonnummer von Penni Minkel. In der Töpferstraße in Spremberg.«

»Klar. Schicke ich dir aufs Handy.«

»Danke.« Er schob das Smartphone in die Jacke zurück.

»Meinst du, Silke hat Innendienst verordnet bekommen, weil die Verletzung noch immer Probleme macht?«, fragte er dann seinen Freund.

»Ich weiß es nicht. Mich hat ebenso wie dich überrascht, dass sie vorhin in deinem Büro stand. Aber ich denke, sie ist die Unterstützung, die in der letzten Mitteilung ganz allgemein angekündigt wurde. Mir hat auch niemand von Problemen zwischen ihr und Hansen berichtet. Normalerweise wird über solche Dinge ja durchaus beim Kaffee in der Kantine … Du weißt schon. Buschfunk.«

»Ich werde sie einfach morgen mal danach fragen«, beschloss Wiener.

»Ehrlich gesagt, Michael, ich halte das für keine so gute Idee. Auf dein Nachfragen hat sie sehr nebulös geantwortet. Vielleicht will sie nicht darüber sprechen. Warte, bis sie es dir erzählen möchte.«

»Meinst du?« Michael klang skeptisch. »Ich glaube, manchmal denken die Leute, dass es den anderen nicht interessiert, wenn er nicht nachfragt – sonst würde er doch Genaueres wissen wollen.«

Nachtigall lachte trocken auf. »Na, das wäre dann natürlich ein tragisches Missverständnis mit unkalkulierbaren Folgen.«

»Minkel hockte in seiner Kneipe, danach kehrte er in seine Wohnung zurück, schaltete den Fernseher ein und sah sich einen Krimi an. Die Schreie der Opfer konnte die Nachbarin bis in ihre Räume hören«, fasste Michael zusammen. »Aber solange wir nicht wissen, wann Gregorilos tatsächlich gestorben ist, kann ihm das nutzen oder nicht.«

»Die Nachbarin hat das so ausgesagt. Aber sie weiß ja nicht, ob er nun wirklich vor dem Fernseher gesessen hat. Er könnte sich davongeschlichen haben. Und der Wirt fällt als Alibigeber weg.«

»Wenn der Kollege Kerns die Angaben zum Treffen in Berlin bestätigt ...«

»Fangen wir von vorne wieder an. Wäre ja nicht der erste Fall, in dem wir das erleben.«

Das Smartphone meldete sich.

Wiener las die Adresse nochmals laut vor. »Töpferstraße 2. Spremberg.«

»Ach, das ist die Parallelstraße zur Kantstraße. Direkt vor dem Kreisverkehr. Rechts ab liegt das Schloss. Kennst du das? Schöne Wohnblocks, mit Innenhof, alles bunt, fröhlich, einladend. Und die Polizei ist direkt über die Straße! Keine Gegend für Einbrüche«, erklärte Nachtigall.

»So, das ist unser letzter Termin für heute«, entschied der Hauptkommissar. In diesem Moment klingelte sein Mobiltelefon. »Was haben die Menschen früher ohne diese Dinger gemacht? Wie konnte man Mörder fangen?«, grinste er, meldete sich, hörte zu, fragte nach. Als er das Gespräch beendet hatte, warf er Wiener einen verblüfften Blick zu.

»Das war Thorsten. Die Analyse hat einen Giftnachweis erbracht. Coniin. Das Gift des gefleckten Schierlings«, informierte er den Partner. »Klassisch griechisch.«

»Ein Schierlingsbecher! Da hat sich aber jemand richtig Mühe gegeben.«

92

12. KAPITEL

Eine dürre Akte.

Zwei Fotos. Der Säugling in der Kleidung, die er trug – und eines vollkommen nackt.

Man hatte mir erklärt, die Bilder seien zur Dokumentation gemacht worden. Man untersuche die Kinder immer auf äußere Verletzungen, Anzeichen von Gewalt und Missbrauch. Aber es war nicht vermerkt, dass man irgendeinen Hinweis darauf gefunden habe, mir sei so etwas angetan worden.

Direkt nach der Geburt verpackt und weggebracht.

Auf dem Bild war nichts zu erkennen.

Natürlich gefällt meinen Adoptiveltern die intensive Beschäftigung ihrer Tochter mit der Vergangenheit nicht. Ihrer Meinung nach sollte ich die Vergangenheit ruhen lassen, nicht zu tief bohren, um keine Enttäuschung erleben zu müssen. Ich kann die Ängste der Menschen, die mich voller Freude aufgenommen und liebevoll großgezogen hatten, nur allzu gut verstehen.

Sie sind mir und ich bin ihnen das Liebste auf der Welt.

Es ist ihnen nicht möglich, zu begreifen, dass mir das nicht reicht.

Denn: Das Rätsel um meine Herkunft muss gelöst werden!

Und nun?, frage ich mich, bin ich nun am Ende meines Weges angekommen?

In einer todbringenden Sackgasse gelandet?

Sterbe hier? Nur weil ich wissen wollte, was offensichtlich niemals jemand erfahren durfte?

Ein schaler Geschmack stellt sich ein. Die Lippen fühlen sich bereits spröde an.

Meine Finger werden kalt. Ich versuche, sie zu bewegen, merke, dass die Fesseln zwar nicht bereitwillig nachgeben, aber der ständigen Bewegung nicht standhalten können. Ist das Absicht? Weil es vollkommen gleichgültig ist, ob ich gefesselt bin oder nicht – es gibt für mich keinen Weg aus diesem Gefängnis?

Hartnäckig dehne ich weiter.

Versuche, mich daran zu erinnern, wie lang ein Mensch ohne Flüssigkeit überleben kann. Drei Tage? Vier? Nein, fällt mir ein, es muss auch über einen längeren Zeitraum möglich sein. In Nepal hatten Helfer nach dem Erdbeben Überlebende geborgen, die mehr als eine Woche verschüttet gewesen waren! Ist das Alter entscheidend, die persönliche Fitness?

Die Hände sind frei – na endlich.

Ich reibe an den Gelenken, die Finger bleiben erst mal kalt.

Tröstlich oder nicht?, kehre ich zur Frage zurück, die mich am meisten beschäftigt. Verlängerte es meine Hoffnung auf Rettung oder nur die Dauer des Todeskampfes?

Der Idiot hätte ja wenigstens vernünftig mit mir reden können.

Stattdessen nur kryptisches Durcheinander.

Der Durst beginnt zunehmend mein Denken zu beschäftigen.

Es fühlt sich an, als ziehe sich im Gaumen etwas zusammen, fast wie ein Krampf. Es kribbelt ein bisschen. Ich bemerke, wie ich schmatze.

Wenn ich eine Geisel bin, man Geld erpressen will, wird mein Bewacher zurückkommen, mit Wasser und etwas zu essen.

Alles gar nicht so ernst gemeint! Nur ein bisschen Geiselhaft. Sobald die Forderungen erfüllt sind, kannst du gehen. Nimm es mir nicht übel, es gab halt keinen anderen Weg …

Aber es ist mehr als unwahrscheinlich.

Vielleicht bilde ich mir das ja auch nur ein, aber ich höre eine Stimme in meinem Kopf wie eine vage Erinnerung.

Zum Abschied hatte sie gesagt: »Mit dir stirbt endgültig das Wahre!«

Warum?

Ich will noch nicht sterben!

13. KAPITEL

Penni Minkel erwartete sie rauchend im Eingang zur Wohnung, lasziv gegen den Türrahmen gelehnt.

Bei anderen hätte das aufreizend, ja sogar sexy gewirkt. Nicht so bei Penni. Ihre beste Zeit lag schon lang zurück.

Der durchtrainierte Körper sollte zwar die Jugendlichkeit bewahren, eine erotische Ausstrahlung jedoch hatte er nicht, wirkte eher bereit, den Kampf gegen den Rest der Welt erfolgreich zu Ende zu bringen.

Sie blies den Männern Zigarettenqualm ins Gesicht.

»Und?«, schnarrte sie unfreundlich mit Barstimme.

»Wir sind Ihres geschiedenen Mannes wegen hier.«

»Hören Sie bloß mit dem auf! Dieser Nichtsnutz hat sein ganzes Geld verzockt. Zum Glück konnte er nicht auch noch nach meinem grapschen. Das ist der Grund, aus dem ich ganz gut leben kann – er aber nicht. Manchmal geht es im Leben eben doch gerecht zu!«

»Sie bezahlen regelmäßig seinen Bierdeckel«, stellte Nachtigall fest. »Wir möchten …«

»Das geht Sie ja wohl so was von gar nichts an!«, unterbrach sie ihn fauchend und bleckte ihr großes, gelbliches zahnsteinverfärbtes Gebiss. »Seit wann kommt die Kripo, wenn eine Frau die Kneipenrechnung ihres Exgatten bezahlt?«

»Wir möchten …«, begann Nachtigall erneut und wurde zum zweiten Mal unterbrochen.

»Und selbst wenn ich das zahlen würde, damit er sich fix ins Grab säuft, ginge das die Polizei nichts an! Es ist meine Privatangelegenheit, wofür ich mein Geld ausgebe – solange ich nicht Illegales damit anstelle.« Ihr wutverzerrtes Gesicht war beeindruckend, der wilde Blick einschüchternd.

»Frau Minkel!«, donnerte Nachtigall und nahm nun keine Rücksicht mehr auf die Nachbarn. »Ich möchte wissen, ob Sie für den 21. Juli ebenfalls bezahlt haben. Oder Ihr Mann an jenem Tag vielleicht zu beschäftigt war und nicht in die Kneipe gehen konnte.«

Schnaubend drehte sich die Frau um, verschwand in der Wohnung und erschien nur Sekunden später mit einer Rechnung wieder bei den Ermittlern.

»Hier. Das Ding können Sie mitnehmen. Ich habe schon gezahlt, und die Steuer ist nicht an einer Beteiligung an den Kosten interessiert.« Damit drückte sie Wiener das Blatt Papier in die Hand und knallte die Tür ins Schloss. Die beiden Männer hörten, wie der Schlüssel im Schloss gedreht wurde.

Wiener grinste: »Das Gespräch ist offensichtlich beendet.«

Nachtigall drückte mit dem Zeigefinger auf die Klingel, bis die Fingerspitze weiß und langsam taub wurde. Endlich riss Frau Minkel zornbebend die Tür auf.

»Was noch?«, keifte sie, und über ihr Gesicht tobte ein Tornado hinweg. Ihre Augen zuckten unkontrolliert in unregelmäßigem Rhythmus, ihre Lippen waren grotesk verzerrt.

»Ich habe noch ein paar Fragen«, beschied ihr der Cottbuser Hauptkommissar aufreizend ruhig. »Kannten Sie den Künstler Gregorilos?«

»Oh ja! Das Schwein war die Ursache aller echten Katastrophen in meinem Leben!«

»Aller?«, hakte Nachtigall ungläubig nach.

Penni Minkel trat ins Treppenhaus, wagte einen Blick die Treppe aufwärts und abwärts.

Unerwartet rief sie laut: »So, genug Hörspiel für heute Abend, Ladys! Ich nehme die Herren von der *Kriminalpolizei*«, dieses Wort betonte sie besonders deutlich, »mit in meine Wohnung. Bei Fragen zum Inhalt des nachfolgenden Gesprächs wenden Sie sich also bitte an die Pressestelle!«

Dann umschlossen ihre Klauen mit den langen neonorangefarbenen Krallen Nachtigalls Handgelenk und zerrten ungeduldig daran.

»Na los alle beide!«, kommandierte sie dann.

Schloss kraftvoll die Tür. »Ich habe nicht aufgeräumt. Sie werden es also so nehmen müssen, wie Sie es vorfinden. Ich denke, Sie können damit leben!«, schnarrte ihre unangenehme Stimme wie ein Motorrad mit Motorschaden.

Im Wohnzimmer hing Zigarettenqualm wie Herbstnebel im November – roch nur schlechter.

»Gregorilos ist tot.«

»Na endlich. Das ist ja mal eine gute Nachricht. Wahrscheinlich an einem griechischen Lebensprinzip erstickt.«

»Nicht ganz. Er wurde ermordet.«

»Ach was! Wer hat sich denn um den Widerling noch solch eine Mühe gemacht?« Eilig und fahrig fanden ihre Finger die zerknüllte Zigarettenpackung, angelten eine heraus. Nach vier erfolglosen Versuchen ließ sich die unfreiwillige Gastgeberin von Wiener beim Anstecken helfen.

»Mord. Und jetzt sind Sie hier und fragen mich nach der Kneipenabrechnung vom ollen Minkel. Alles klar!«

»Ihr Exmann hätte ein gutes Motiv gehabt. Ein klassisches sogar.«

Penni Minkel lachte laut und roh. »Ja, theoretisch wäre das sogar richtig. Aber unsere Ehe war vorbei, bevor das gesamte Geld verloren war. Mit der Firma wollte ich nie etwas zu tun haben, und unsere Nachkommen können Eltern beiderlei Geschlechts nicht ausstehen. Ist ein genderübergreifender Widerwillen bei ihnen. Ich suchte mir eine eigene Wohnung, konnte mich immer zurückziehen, wenn ich wollte. Als er sein Haus verlor, hat mich das nicht betroffen. Er zog in die Berliner Straße. Immerhin ist er nicht obdachlos. Ohne diese idiotische Spekulation ginge es Walter jetzt natürlich besser. Das ist aber auch schon alles. Ein Mord an Gregorilos brächte ihm den gemütlichen Wohlstand nicht zurück. Walter ist ja kein Depp. Er weiß schon, dass es im Knast noch weniger komfortabel ist als in seiner kleinen Wohnung mit familiärer Anbindung in der Kneipe um die Ecke.«

Sie drückte die Kippe auf einem Unterteller aus, stand auf und begann in einem Stapel von Papieren nach etwas zu suchen. »Wenn das so ist und der Walter ernsthaft ein Alibi braucht, dann habe ich hier den Beweis dafür, dass er nichts mit dem Tod von Gregorilos zu tun hatte. Verdammt! Wo sind die blöden Dinger denn?« Noch einmal schichtete sie den Stapel um, dann zog sie triumphierend zwei Eintrittstickets heraus. »Ha! Da!« Sie drängte Nachtigall die bunten Papierstücke auf.

»Tierpark?«

»Ja. Glauben Sie bloß nicht, dass ich immer alles finde, wonach ich suche. Reines Glück, dass die noch nicht im Müll gelandet sind. Wir hatten was zu besprechen. Also holte ich ihn am frühen Nachmittag ab, und wir gingen in den Tierpark. Walter wollte die beiden neuen Tigerinnen bewundern, das neue Gehege, das für die beiden gebaut wurde, und den Baumstachlern einen Besuch abstatten, die neben den Stachelschweinen eingezogen sind. Leider war der süße Babyleopard nicht zu sehen. Wohl noch zu klein. Also während wir dort waren, haben wir über unseren Jüngsten gesprochen. Der will als Au Pair ins Ausland. Australien. Da gibt es viel zu regeln – und so richtig anfreunden mag ich mich mit dem Gedanken auch nicht. Mütter und ihre Nachzuchten. Ein schwieriges Verhältnis.«

Sie warf sich etwas ungelenk in den Sessel und zündete sich zufrieden eine neue Zigarette an.

Auf dem Weg zum Auto blieb Michael Wiener plötzlich stehen.

»Sieh mal. Die Getränkeliste für den 21. Ist deutlich kürzer als für die anderen Tage. Angeblich bestellte er um 15 Uhr das erste Bier, ist dann bis gegen 17 Uhr geblieben. Sonst verlässt er seine Kneipe nicht so früh. Normalerweise bleibt er bis 18, 19 Uhr. Der Ausflug in den Tierpark kann nicht lang gedauert haben.«

Nachtigall folgte dem Finger des Freundes, der über die Aufstellung glitt.

»Der liebe Herr Minkel produziert eine ziemlich hohe Wochenrechnung. Dessen Leber hat sicher schon ihren Schlag weg. Vielleicht auch das Hirn. Ist ja empfindlich. Es ist erstaunlich, dass seine Frau diese Kosten so bereitwillig übernimmt – offensichtlich fragt sie auch nicht nach, sondern zahlt kommentarlos. Falls Gregorilos schon kurz nach seinem Aufbruch zu einem Spaziergang ums Leben kam, hat Herr Minkel außerdem kein Alibi.«

»Ich frag mal bei Silke nach, ob sich bei ihr noch was ergeben hat«, sagte Wiener und tippte auf die Kurzwahltaste.

»Ach, du hattest die Nummer noch gespeichert? Ich habe mich vorhin schon gewundert.«

»Na ja, ich hatte so eine Ahnung, dass sie zu uns zurückkommt«, feixte Wiener.

»Wieso?«

»Wir sind die Netten!«, grinste der Freund breit. »Und bei uns ist immer was los.«

Silke hatte in der Zwischenzeit die Finanzdecke des Opfers überprüft.

»Gregorilos hat das Haus und ein kleines Vermögen von seinem Onkel geerbt. Er zog in die Villa ein, baute sie sukzessive um, richtete sich ein Atelier ein. Aber dieses Erbe war nur eine willkommene Basis, quasi Startkapital. Er ist ein überaus erfolgreicher Künstler. Seine Bilder und Skulpturen verkaufen sich direkt von der Staffelei weg, werden ihm sozusagen aus den Händen gerissen. Bei Versteigerungen erzielen sie Preise im fünfstelligen Dollarbereich. Er wird international gehandelt.«

»Er war also sehr reich, aus eigener Kraft. Hast du auch was zu Minkel und Kern gefunden?«

»Ja, aus eigener Kraft, das kann man so formulieren. Minkel dagegen ist mit seinem Familienbetrieb gescheitert. Als er das kleine Unternehmen übernahm, lief es ganz gut, dann kamen Krisen. Absatzmärkte brachen weg. Aber er konnte sich über Wasser halten. Als er den Spekulationsweg einschlug, dachte er sicher, er könne mit einem stattlichen Gewinn Ruhe in die Situation bringen, müsse sich nicht ständig um alle möglichen Kleinigkeiten kümmern. Das ist, wie wir ja wissen, gescheitert. Erst musste er Konkurs anmelden, dann Privatinsolvenz. Er lebt von staatlicher Unterstützung. Steht unter Aufsicht, seine Einnahmen und Ausgaben werden überprüft. Bei Kern sieht es ähnlich aus. Vor dem Skandal wollte er seine Unabhängigkeit nicht aufgeben. Im Internet finden sich Artikel von ihm, in denen er voller Stolz auf die Vorteile verweist, die freie Journalisten haben. Heute sieht er das sicher anders. Er lebt von der Hand in den Mund. Dass er schwul ist, weiß man in der Szene seit Langem. Sein Partner heißt Kevin Lange. Er wohnt noch in

Cottbus – unter der alten gemeinsamen Adresse. Werner-straße. Kern ist also gegangen, na ja, oder rausgeflogen. Hatte er euch das nicht mit anderem Vorzeichen erzählt? Lange ist fest angestellt bei einem Cateringservice. Er arbeitet als Koch!«

»Super. Vielen Dank. Für heute machen wir Schluss. Bis morgen also.«

»Halt! Ihr braucht vielleicht jemanden, der sich in der Kunstszene auskennt – oder? In der Spremberger Straße hat vor ein paar Monaten eine neue Galerie eröffnet, im ehemaligen Gebäude der Brandenburgischen Kunstsamm-lungen. Soll ich dort morgen mal fragen, ob jemand Zeit für euch hat? Wenn das nicht klappt, mache ich einen Ter-min für euch bei der Kulturbeauftragten im Rathaus. Rita Numrich. Ganz korrekt ausgedrückt ist sie Referentin für Kulturförderung. Ich glaube, sie kennt alle Künstler aus ihrer Stadt, der Region und darüber hinaus.«

»Versuch's bei der Kulturbeauftragten. Das wäre prima. Galeristen haben eine ganz eigene Sprache, formulieren mit Bedacht, wollen oft lieber keinen verärgern, da sind wir am Ende kein bisschen schlauer. Und Kevin Lange bestellen wir ein. Kannst du das bitte übernehmen? Gute Nacht.«

Als Michael Wiener seinen Kollegen wenig später vor dessen Haus in Sielow aussteigen ließ, fragte er: »Habt ihr was Besonderes vor? Ist ja sonst nicht unbedingt eine Lieblingsbeschäftigung von dir, deine Frau zum Shop-pen zu begleiten.«

»Stimmt. Conny wollte für eine Partyeinladung so allerhand einkaufen. Nagellack zum Beispiel. Rot. Und dann ganz sicher das richtige Outfit dazu. Das werde ich ja jetzt erfahren, wenn ich nach Hause komme«, lachte Nachtigall mit Vorfreude.

»Hat sie vielleicht einen Neuen? Du weißt ja, wenn Frauen ihren Typ verändern, steckt meist eine neue Beziehung dahinter! Und ich kann mich nicht daran erinnern, dass sie schon jemals Nagellack verwendet hätte. Sei auf der Hut!«, unkte Wiener und zwinkerte vielsagend.

Doch, gelegentlich schon!, wollte Nachtigall dem Freund nachrufen, aber dann grinste er nur und schwieg. Winkte Michael kurz nach, als dessen Wagen in der Dunkelheit verschwand.

Erst als er die Zufahrt zu seinem Haus entlangschlenderte, erkannte er, dass er schon wieder jede Gelegenheit für ein Gespräch mit Michael über Marnie und die Kinder hatte verstreichen lassen. Morgen, nahm er sich vor. Ganz bestimmt.

Conny lag auf der Couch.

Las in einem Buch.

Offensichtlich hatte sie ihn nicht gehört – die beiden Schnurrer aber schon. Begeistert strichen sie um die Beine des Hausherrn, bemüht, ihn auf dem Weg ins Wohnzimmer in Richtung Küche und Futterschälchen abzudrängen.

»Lass dir keinen Bären aufbinden!«, riet Conny von der Couch aus.

»Sie wollen nur ein bisschen Liebe und Streicheleinheiten«, behauptete der Hauptkommissar und koste die beiden mit Hingabe. »Und es ist durchaus erlaubt, die Polizei zu belügen, wenn man sich sonst selbst in eine schwierige Situation bringen würde. Hunger ist eine Notsituation, da ist eine kätzische Lüge akzeptabel.«

Er beugte sich über die Lehne und küsste seine Frau innig.

»Na, spannendes Buch?«

»Oh ja. Nicht nach deinem Geschmack, reine Unterhaltung mit geschichtlichem Hintergrund – eine Liebesgeschichte zwischen einer Hexe und einem Vampir. Wunderbar fantastisch. Dämonen kommen auch vor, nette und weniger nette.«

»Hm. Keine Geschichte für mich, stimmt. Hexen und Vampire … Warst du noch ausgiebig einkaufen – oder hattest du ohne mich keine Lust mehr?«

»Aber ja, ich war sogar ausgesprochen erfolgreich bummeln. Der Nagellack …« Sie schwenkte gut gelaunt ihre frisch lackierten Fingernägel vor seinen Augen. »Und dazu passend … aber das zeige ich dir später. Morgen habe ich noch einen Termin beim Friseur. Neue Farbe, neuer Schnitt – vielleicht bleibt aber auch alles beim Alten, mal sehen. Jetzt mache ich dir erst mal was zu essen.«

Sie legte das Buch zur Seite, schwang die Beine von der Liegefläche.

Nachtigall registrierte ihren trainierten Körper, das strahlende Gesicht, den Schwung ihrer Bewegungen.

»Was für eine tolle Frau ich doch habe!«, flüsterte er ihr ins Ohr, schlang seine Arme um sie.

Conny machte sich mit sanftem Druck frei.

»Du siehst mich eben nicht oft genug. Was ein Glück ist. So wird aus deiner Begeisterung nie Gewohnheit!«, konterte sie lachend und flitzte in die Küche.

Nachtigall trottete gemessenen Schritts hinterher. Was sollte diese Antwort denn nun wieder bedeuten? Eine Kritik? Fühlte Conny sich vernachlässigt? In letzter Zeit war ich mit so vielen anderen Dingen beschäftigt, musste mit mir ins Reine kommen, schon möglich, dass ich es an Zuwendung habe fehlen lassen, überlegte er besorgt.

Ein klägliches Maunzen erinnerte ihn an das drängende Problem seiner Mitbewohner.

»Klar. Ich habe euch nicht vergessen! Wir warten nur auf einen günstigen Moment«, beruhigte er die beiden, die ihn ansahen, als verstünden sie jedes Wort. »Ihr bekommt auf jeden Fall noch ein Betthupferl. Versprochen. Das laute Wehklagen ist gar nicht notwendig.«

Müde folgte er seiner Frau.

»War es denn wenigstens ein spektakulärer Mord?«

»Wie man's nimmt. Ein Maler, Künstler aus Cottbus. Man hat ihn schon seit Tagen vermisst, aber erst jetzt sein Verschwinden öffentlich gemacht. Heute früh hat ihn ein Bergungsteam aus der Talsperre geholt. Michael und ich wurden gerufen, weil der Arzt vom Dienst ihn kannte und versicherte, es könne sich nur um Mord handeln.«

»Und?«

»Sieht tatsächlich danach aus. Thorsten geht von einer Vergiftung aus. Mal sehen.«

»Künstler? Aus Cottbus? Wer?«

»Gregorilos. Aber das war natürlich nur sein Pseudonym.«

»Den kenn ich. Also weniger persönlich, sondern seine Werke. Ich war in einer Ausstellung.«

Nachtigall beobachtete, wie die rotlackierten Fingerspitzen sein Abendessen zubereiteten.

»Gefällt mir gut mit dem Rot«, stellte er fest. In der Tiefe brodelte der Gedanke, es sei möglicherweise gar nicht für ihn bestimmt, Conny wollte sich für jemand anderen verändern, einen anderen beeindrucken. Wen? Er warf ihr einen argwöhnischen Blick zu, den sie aber zum Glück nicht bemerkte.

Überhaupt machte sie einen ausgesprochen aufgekratzten Eindruck. Fröhlich und entspannt wie selten.

»Der hatte ein Faible für griechische Sagen. Ich war froh, dass meine Freundin uns für eine Führung angemeldet hatte – sonst wären uns all die Feinheiten verborgen geblieben. Du weißt schon, voller Symbolik für die Ränke um Liebe und Macht, Technikgläubigkeit. Tragik, überall Missverständnisse – wie im wahren Leben auch. Aber ohne Erklärung wäre ich komplett aufgeschmissen gewesen. Unsere heutigen Metaphern sind anders, manche der alten verstehen wir nicht mehr. Richtig gefallen haben mir die Exponate allerdings nicht. Wahrscheinlich fehlt mir das richtige Verständnis dafür.« Sie zuckte gleichgültig mit den Schultern. Lachte.

Gibt es jemanden, der sie glücklicher macht, als ich das kann?, bohrte eine Frage hinter Nachtigalls Stirn, stach Eifersucht in sein Denken und Fühlen vor.

»So, welches Dressing möchtest du? Ich habe übrigens auch Räucherlachs für dich gekauft. Toast?« Conny schien von seiner seltsamen Stimmung nichts zu bemerken.

»Balsamico«, entschied er, beobachtete, wie sie es über den Salat gab, den sie in eine Glasschüssel gefüllt hatte. »Zwei Scheiben bitte.«

Während der Toast bräunte, stellte Conny zwei Weingläser aufs Tablett, angelte zwei Teller aus dem Schrank. Nahm den Räucherlachs aus dem Kühlschrank. Die haarigen Mitbewohner merkten sofort, dass die Vorbereitungen nun in eine auch für Katzen interessante Phase gekommen waren, und brachten sich und ihre Forderungen wieder in Erinnerung.

»Nicht doch. Erstens: Ihr seid satt. Zweitens: Räucherlachs ist zu salzig für Katzen, die werden krank davon. Also Ruhe!«

»Peter, ich bin gleich fertig. Kannst du den Wein aus dem Kühlschrank mitbringen? Den weißen?«

Damit trug Conny das Tablett in Richtung Wohnzimmer davon. Ihr Becken schwang aufreizend von links nach rechts und wieder zurück. Denkt sie jetzt gerade an den anderen?, schoss dem Hauptkommissar durch den Kopf, und er ärgerte sich über sich selbst. So ein Blödsinn. Seine Conny liebte ihn, es gab keinen Grund, misstrauisch zu sein. Und alles nur wegen eines als Scherz dahingesagten Satzes! Idiot!, schalt er sich, fühlte sich aber kein bisschen besser dadurch. War es nicht bei Brigitte genauso gewesen?

Die Katzen wussten, dass nun ihre Chancen auf eine Extraportion gestiegen waren, und rieben sich intensiv an Nachtigalls Beinen. »Psscht.« Er legte seinen Finger über die Lippen, und die beiden verstanden. Setzten sich still vor den Kühlschrank, fixierten die Tür.

Eine Scheibe Kochschinken wurde gerecht aufgeteilt. »Peter?«

»Ja. Komme schon.« Er griff nach der Flasche. »Und ihr bewahrt Stillschweigen, klar?«

Conny hatte es sich wieder gemütlich gemacht. »Ein Glas ist doch erlaubt, nicht? Ist ja nun kein brandheißer Fall, wenn der Mann schon seit Längerem vermisst wurde.«

»Ein Glas geht schon. Ich habe ja einen entsprechenden Verteilungsraum«, entgegnete der Ehemann, strich mit leisem, schlechtem Gewissen über seine ausladende

Mitte und setzte sich neben sie. Griff nach dem Toast. »Mit Meerrettich. Lecker.«

Als er nachts zu seiner Frau hinüberschielte, fühlte er sich einsam, trostlos, verletzt.

Mühsam machte er sich bewusst, dass diese Empfindungen aus der Erinnerung hochdrängten. Seine erste Frau hatte ihn verlassen, und ihm war nichts von ihrer nebenehelichen Beziehung aufgefallen, bis der Neue praktisch in der Tür stand, um sie abzuholen. Er versuchte, sich zu erinnern, ob sie damals ihren Typ verändert hatte, es wollte ihm aber nicht einfallen. Ihre Gespräche, ja, die bekamen einige Monate vor ihrer Trennung eine neue Richtung. Sie sprach über Natur und Leben mit Rücksicht auf Ressourcen, vom Fischfang, Plünderung der Meere. Für ihn kam der Abschied vollkommen unerwartet.

Würde es ihm mit Conny nun wieder so ergehen? Polizisteneheschicksal?

Quatsch, schaltete sich der Intellekt ein, du hast nicht geringsten Grund, misstrauisch zu sein!

Nun ja, meinte die Erinnerung freundlich, nach dem letzten Kinobesuch hatte sie tagelang von diesem testosterongeschwängerten Typen geschwärmt, der, mit eindrucksvollen Muskeln bepackt, die Erde gerettet hatte. Konnte es sein, dass sie gerade jetzt, wo sie im Schlaf lächelte, von ihm träumte, dem Kerl mit Sixpack und Bizepsen wie Baumstämmen – eben einem durchtrainierten Kerl, jung und dynamisch. Einer Welt voller Abenteuer? War ihr der übergewichtige Hauptkommissar mit den unberechenbaren Arbeitszeiten zu langweilig geworden? Ihre Ehe Gewohnheit – hatte sie das nicht vorhin gesagt?

Er wälzte sich auf den Rücken zurück.

Am Fußende lag Casanova.

Natürlich illegal eingewandert, sein Platz war vor dem Bett. Der Kater hatte den Kopf gehoben, starrte seinen Menschen der Störung wegen missmutig an.

Er spürt auch, dass etwas nicht stimmt, dachte Nachtigall und fühlte sich doch wieder in seinem Argwohn bestätigt.

Vorsichtig zog er die Beine unter Casanova hervor, stand leise auf und schlich ins Bad.

Die Waage stand an der Wand. Er zögerte. Stieg dann doch endlich auf die Trittfläche, wartete, bis die Anzeige sich auf ein Gewicht festgelegt hatte. Zu viel!

Auch ein Blick in den großen Spiegel zeigte ihm, dass seine Maße noch stattlicher geworden waren. Verdammt!

Das Maßband aus dem Spiegelschrank über dem Waschbecken bewies ihm eine Zunahme des Körperumfangs. Dabei sollte der geringer werden! Natürlich wusste er um sein persönliches Risiko. Sein Hausarzt hatte kein Blatt vor den Mund genommen. Es stieg mit jedem Zentimeter Bauchumfang!

Konsequenzen waren angebracht. Wütend starrte er sein Ebenbild an.

Er musste mehr tun, glasklar. Sport musste mehr Raum in seiner Planung bekommen. Und dann würde er Conny damit überraschen, dass er am Marathon in Berlin teilnahm! Genau. Das würde sie beeindrucken!

Wenn es dann nicht schon zu spät war.

Alles war anders geworden. Durch ein Fläschchen Nagellack.

14. KAPITEL

Auch Jonathan fand in dieser Nacht keinen Schlaf.

Unruhig warf er sich auf der Matratze herum, schwitzte und fror im schnellen Wechsel.

Wenn er ganz still lag, konnte er das hemmungslose Schluchzen Sophies aus dem anderen Teil des Hauses hören.

Natürlich formulierte sie keine Vorwürfe.

Nein. Ganz subtil ließ sie ihn spüren, sie habe erwartet, dass er auf seinen Meister besser achtgebe. Nur seiner Unzuverlässigkeit wegen sei Gregorilos nun nicht mehr unter ihnen.

Jonathan nahm ihr diese Haltung nicht übel.

Sophies Angst vor der Zukunft. Einer Welt ohne den berühmten Bruder, der jederzeit bereit war, alles, wirklich alles für sie zu tun. Das innige Verhältnis der Geschwister. Etwas ganz Besonderes.

Deshalb hatte er, Jonathan, auch für Sophie den kleinen Altar unten im Eingangsbereich des Hauses gestaltet. Liebevoll, mit einem Porträt des Künstlers, einem seiner Lieblingsbilder zum Thema Ödipus, mehreren Kerzen und Trauerflor. Nun hatte sie einen Platz zum Trauern, konnte ihrem Bruder nah sein. Später würde er sich mit der gleichen Hingabe der Gestaltung des Grabes widmen. Sophies Einsamkeit brauchte einen Hafen – und er würde dafür sorgen, dass sie sich nicht verlor.

Vielleicht glaubte sie, er, der Assistent, könne an die Stelle von Gregorilos in ihrem Leben rücken?

Nein!

Bestenfalls für eine kurze Phase des Übergangs, da machte er sich keine Illusionen.

Macht sie sich überhaupt Gedanken über meine Zukunft?, fragte er sich und kannte die Antwort nur zu gut: wahrscheinlich nicht.

Wenn nur der Ring wieder auftauchte! Das einzige Ding, das Gregorilos ihm versprochen hatte, sollte er irgendwann einmal sterben.

»Weißt du, mein Junge, es ist nun einmal der Lauf der Dinge. Entstehen und Vergehen. Das Junge, das Frische darf noch bleiben, das Alte tritt ab, macht Platz. Wenn es dereinst bei mir soweit sein wird, sollst du meinen Ring fortan in Ehren weitertragen und dafür sorgen, dass die Welt Gregorilos nicht vergisst«, hatte er ihm vor Jahren erklärt, damals in seinem Atelier, an jenem Tag, an dem er ihn zu seinem Assistenten erwählte. Jonathan war sehr stolz und so glücklich wie nie zuvor in seinem Leben gewesen.

Eine große Ehre – ganz ohne Zweifel. Und nun war der Ring verschwunden! Sein Orden! Der ihm zustand!

Jonathan stand auf, schlich in den Flur.

Stieg vorsichtig die Treppe hoch, vermied jedes Geräusch.

Öffnete die Tür zu Gregorilos' Schlafzimmer, trat leise ein. Wankte in Richtung Bett. Ließ sich darauf fallen. Kuschelte sich unter die Bettdecke, sog tief den Geruch des wunderbarsten Menschen in seinem Leben ein. Fühlte sich für einen Moment getröstet.

»Ich sehne mich nach dir. In ein paar Tagen kann ich folgen! Mein Tod wird für mich eine Erlösung sein!«, flüsterte er. »Er wird uns vereinen. Untrennbar.«

Er warf sich auf den Bauch und drückte sein Gesicht tief in das Kissen, schluchzte laut seine Verzweiflung in die Dunkelheit.

Bis zum Morgen.

15. KAPITEL

Natürlich ist niemand gekommen!

Bis zu dem Zeitpunkt, an dem ich davon ausgehen musste, dass draußen längst der Morgen angebrochen war, hatte ich gehofft, gebangt, verworfen, wieder gehofft.

Es kann doch nicht sein.

Der will mich hier wirklich verrecken lassen!, denke ich immer wieder, kann den Endlosgedanken nicht anhalten. Erst voller Wut – dann mit zunehmender Verzweiflung. Später mit Angst.

Angst davor, dass er doch noch kommen könnte, um mein Leiden schnell zu beenden – und davor bei vollem Bewusstsein die Qualen des Verdurstens ertragen zu müssen. Ein Buch über die Besatzung eines Walfängers, der durch einen Pottwal zerstört worden war, fällt mir ein. In den winzigen Rettungsbooten wurden Nahrung und Wasser schnell knapp, der Durst zum größten Feind.

Das würde ich nun ebenfalls zu erwarten haben.

Austrocknen der Schleimhäute, einen widerlichen Geschmack im Mund, zäher, klebriger Speichel, den man nicht schlucken konnte, Halsschmerzen, Heiserkeit, Schmerzen, blutig aufgerissene und geschwollene Schleimhäute.

Ich spüre schon jetzt, wie das Schlucken zum Problem wird. Die Lippen versteifen.

Angst macht Panik Platz.

DURST!

Ein entsetzliches Sehnen, das den ganzen Körper befällt. Ich versuche an etwas zu essen zu denken, um ihn abzulenken – doch Hunger will sich gar nicht einstellen. Nur dieses Verlangen nach Wasser.

Sicher, Marianne hatte immer wieder eindringlich gewarnt. »Diese Leute haben dich doch bewusst weggegeben. Es gab einen Grund dafür. In ihren Augen einen guten. Wenn du nun plötzlich da auftauchst, werden die kein bisschen begeistert sein. Vielleicht durfte von der Schwangerschaft und dem Kind niemand wissen. Und dann stehst du als leibhaftiger DNA-Beweis vor der Tür! Im schlimmsten Fall muss man dich eben ein zweites Mal verschwinden lassen. Diesmal endgültig!«

Retrospektiv muss ich einräumen, dass die Freundin auf ganzer Strecke recht behalten hatte. Schöne Scheiße.

Schade nur, dass Marianne das nie erfahren wird.

Ob sie die Polizei verständigt hat?

Sucht man nach mir?

Gibt es Hoffnung?

Ich lehne mich gegen die kühle Wand.

Ziehe die Beine an, umfasse sie eng mit den Armen,

im Bemühen, mich selbst ein wenig wärmen und trösten zu können.

Hitze durchläuft meinen Körper, verschwindet, kehrt zurück. Frösteln und Schwitzen. Fieber.

Wenn man ernsthaft sucht, einen das Thema beschäftigt, spricht man natürlich auch darüber. Ich plapperte jedenfalls pausenlos, bei jeder Party, jedem Treffen mit Freunden, beim Einkaufen, beim Sport, in der Sauna – überall. Über mein Glück, adoptiert worden zu sein, von der Liebe zu meinen wunderbaren neuen Eltern und von der Suche nach meiner biologischen Mutter, die ich nur kennenlernen wollte, ohne jede Verpflichtung. Für die, die dann noch immer nörgelten, hatte ich mir ein Argument überlegt, das allen den Wind aus den Segeln nehmen musste. »Was«, fragte ich dann in die Runde der Skeptiker, die meinten, ich solle mein Glück bei den neuen Eltern genießen, die mich von Herzen liebten, und still sein, nicht das Leid derer vermehren, die immer nur mein Bestes im Auge hatten, »was, wenn diese arme Frau von Schuldgefühlen geplagt wird? Wenn die ihr Leben so sehr belasteten, dass es gar nicht mehr die Bezeichnung ›Leben‹ verdiente? Sollte sie dann nicht erfahren, dass es ihrer Tochter gut geht, dass sie glücklich ist? Hatte sie es nicht verdient, erlöst zu werden?«

Ein echtes Totschlagargument.

Die Nörgler und Miesepeter brachte es zum Verstummen.

Und irgendwann erbarmte sich einer der Zuhörer, und ich bekam den ersten entscheidenden Tipp.

16. KAPITEL

Michael Wiener druckte zum Dienstbeginn die Liste aus, die Jonathan per Mail geschickt hatte.

»So lang hatte ich die gar nicht erwartet«, staunte er, »Gregorilos muss vielen Leuten auf die Füße getreten sein.«

Silke lachte leise. »Viel Feind, viel Ehr. Einer der Lieblingssprüche meiner Großmutter. Ich denke, die meisten werden ein Alibi haben. Dumm, dass wir nicht genau wissen, für welchen Zeitraum sie eines brauchen.«

Sie fuhr mit den Fingern an den Namen entlang. »Die meisten kenne ich nicht. Du?«

»Nein. Nicht ganz meine Welt, fürchte ich. Lauter Kunstsammler, Kritiker, Kuratoren, Galeristen.«

Peter Nachtigall öffnete schwungvoll die Tür.

»Guten Morgen! Ich hatte heute früh schon einen Anruf von Jonathan. Er bestätigte die Vermutung von Thorsten, Gregorilos habe am Ringfinger der rechten Hand immer ein Schmuckstück getragen. Dem Assistenten ist letzte Nacht klar geworden, dass der Ring an der Leiche fehlte. Er kommt gleich vorbei und bringt Fotos mit.«

»Guten Morgen!«, antworteten die beiden Kollegen verspätet.

»Den Ring hat er nie abgezogen? Immer getragen, bei jeder Aktivität?«, wollte Wiener dann wissen.

»Ja. Angeblich trug er ihn immer, ohne Ausnahme. Er muss eine besondere Bedeutung für ihn gehabt haben.

Wohl auch für den jungen Mann. Der war sehr aufgeregt über den Verlust.«

»Bedeutung oder Wert – das ist hier die Frage, oder?«, meinte Silke. »Es wird jetzt geerbt. Das kann zum Aufbrechen ungeahnter Spannungen führen. Schon in normalen Familien wie meiner, ohne große Erbmasse. Und dann erst recht in einem solchen Fall …«

»Schon Neuigkeiten von Thorsten?«

»Nein. Er meldet sich bestimmt, sobald er uns weiterhelfen kann.«

»Silke, ganz sicher gibt es irgendwo einen Notar, bei dem das Testament hinterlegt wurde. Wir brauchen seinen Namen, Adresse und Telefonnummer. Frag ruhig bei der Schwester nach«, legte Nachtigall fest. »Haben wir schon Kontakt zur Kunstbeauftragten der Stadt? Numrich? Irgendjemand muss für uns das Künstler- und Kunstkennergewirr lösen.«

»Noch nicht. Dienstliche Beratung. Ich frage noch mal nach. Und die Daten des Notars kläre ich auch.«

»Besprechung zum jetzigen Zeitpunkt erscheint ja nicht notwendig. Heute Abend tragen wir alles zusammen, dann sehen wir, wo wir stehen. Es sei denn, bis dahin ergibt sich etwas Wichtiges. Kontakt … wie immer.«

In der Tür prallte Nachtigall mit Dr. März, dem Staatsanwalt, der die meisten ihrer Ermittlungen leitete, zusammen.

»Hoppla! Drängende Erkenntnisse?«, fragte er hoffnungsvoll. »Ihnen ist schon bewusst, dass der Fall für Aufsehen sorgt, oder? Das habe ich bereits gestern angesprochen. Noch ist das Interesse auf die lokalen Berichterstatter beschränkt, aber das wird sich im Laufe des Tages ändern, fürchte ich. Dann ballt sich dort draußen die Presse zusammen. Alle mit der gleichen Frage: Haben Sie den Täter schon – und wer war es denn? Ein paar wollen möglicherweise noch wissen, warum. Einige ganz sicher auch, wie.«

»Tut mir leid. Im Moment können wir keine Antworten anbieten. Wir gehen von Mord aus, das wissen Sie ja schon. Der Rechtsmediziner glaubt, Anzeichen für eine Vergiftung gefunden zu haben, muss aber noch ein paar Analysen durchführen. Sein Verdacht ist, dass man Gregorilos mit Schierling … Nach mehr als einer Woche im Wasser, sind die Untersuchungsverfahren etwas aufwendiger und dauern wohl auch länger.«

»Mit einem Schierlingsbecher?« Ungläubig weiteten sich die Pupillen des Staatsanwalts. »Das meint er ernst?«

»Ja. Er hat Hinweise darauf gefunden.« Nachtigall gelang es nicht, seine schlechte Laune zu verbergen. »Coniin.«

»Ist Ihnen nicht gut?«, erkundigte sich Dr. März leicht beunruhigt. »Nicht, dass Sie jetzt plötzlich krank werden. Sie wissen, während der Ferienzeit sind wir chronisch zu knapp besetzt.«

»Keine Sorge. Es ärgert mich nur, dass immer alle drängeln. Manchmal braucht so eine Ermittlung Ruhe und Zeit! Keine permanenten Störungen.«

»Gregorilos' Tod ist der Aufmacher der regionalen Presse, sogar einiger überregionaler Blätter. Verständlicherweise lechzen nun alle Reporter nach Neuigkeiten. Es wirkt nicht Auflagen steigernd, wenn man die immer gleichen Informationen regurgitiert. Können wir den Leuten nicht wenigstens eine Kleinigkeit anbieten?«

»Wenn wir ihnen etwas bieten, arbeiten sie dann auch mit uns zusammen?«

»Etwas klarer, bitte.«

»Nun, wir konnten bisher die Kleidung des Opfers nicht finden. Ein Ring, den der Künstler nie ablegte, wird ebenfalls vermisst. Wenn wir nun Bildmaterial zur Verfügung stellen, eine Beschreibung eventuell auch, könnte uns das zu Zeugen führen – möglicherweise gar zum Täter.«

»Versuchen wir das.« Dr. März nickte Silke Dreier freundlich zu. »Sie sind also wieder ein Team. Ich hoffe, alle sind mit der getroffenen Regelung einverstanden?« Die Antwort auf diese Frage wartete er gar nicht ab. »Gut. Innendienst – zumindest bis auf Weiteres. Frau Dreier, Sie melden sich, wenn Sie eine Änderung dieser Regelung für vertretbar halten, ja?« Er wandte sich wieder an den Hauptkommissar. »Innendienst, keine Ausnahme! Pressekonferenz heute Nachmittag um 16 Uhr. Bitte pünktlich!« Dr. März wandte sich schwungvoll um und ging mit energischen Schritten den Gang entlang.

»Puh!«, lachte Silke. »Gut gelaunt war der nun wirklich selbst nicht.«

»Die Presse. Ewiges Reizthema. Er wird sich wieder beruhigen. Aber wir drei müssen bis 16 Uhr etwas präsentieren können«, maulte Wiener. »Wo fangen wir an?«

»Jonathan und der Ring. Danach die Skizze zu den verschwundenen Kleidungsstücken. Sobald wir den Notar kennen, sammeln wir Informationen zu Erkrankungen und zum Testament. Und mit ein bisschen Glück meldet sich Thorsten mit dem Ergebnis der Analyse. Hoffen wir, dass es ein verwertbares ist. Wenn er sicher ist, können wir bei der Pressekonferenz den armlangen lateinischen Namen der Giftpflanze präsentieren. Bizarre Methode.«

»Also los!«, kommandierte Wiener und griff nach dem Autoschlüssel. »Wir haben keine Zeit zu verlieren!«

»Halt«, mahnte Nachtigall. »Zu schnell. Erst Jonathan.« Er spähte den Gang entlang. »Da kommt er schon.«

Jonathan Weiss sah übernächtigt aus, zerbrechlich geradezu.

»Es geht Ihnen nicht gut?«, erkundigte sich der Hauptkommissar empathisch, dachte an seine eigene schlaflose Nacht. Die Augen des jungen Mannes lagen tief in den Höhlen, die Augenlider hingen schwer herab, verdeckten fast die Pupillen, Augenringe verstärkten den Eindruck ebenso wie die durchscheinende, blasse Haut.

»Was soll ich darauf antworten?«, fragte der Assistent zurück, legte den Kopf in den Nacken und kämpfte gegen aufsteigende Tränen. »Er ist tot! Kommt nie mehr zurück. Ich muss seiner Schwester in diesen schweren Tagen eine Stütze sein. Für uns beide ist es eine entsetzliche Situation. Schmerzvoll, unerträglich schmerzvoll«, flüsterte er. »Wenn ich die Augen schließe, sehe ich ihn vor mir. Auf der Plane im Sand, von Fischen und Insekten angefressen, schutzlos allen voyeuristischen Blicken ausgeliefert. Zum Glück hat Sophie ihn nicht so …« Er schlug die Hände vors Gesicht, beugte sich auf dem Stuhl weit vor.

Nachtigall ließ ihm Zeit, sich zu fangen.

»Entschuldigung!«, murmelte Jonathan endlich, pfriemelte ein Taschentuch aus der Hosentasche, putzte sich die Nase, rieb mit den Händen die Tränen von den Wangen. »Ich stehle hier Ihre Zeit.« Er nestelte an seiner Umhängetasche und zog einige Fotos heraus, blätterte sie auf Nachtigalls Schreibtisch. »Sehen Sie hier? Diesen Ring hat Gregorilos immer getragen. Und den habe ich nach der Bergung an seiner Hand nicht gesehen. Es ist nicht vorstellbar, dass er ihn abgesetzt hat.«

Das Bild zeigte den Künstler beim Erschaffen eines seiner Werke.

Konzentriert auf die Leinwand, die auf der Staffelei stand, gesammelt, selbstbewusst.

Am rechten Ringfinger leuchtete ein goldgelber Ring mit breiter Schiene. Der große, funkelnde blaue Stein war eindrucksvoll gefasst.

»Ein Saphir. Die blaue Farbe steht für Klarheit des Geistes, Kraft des Denkens und unermessliche Kreativität. Der Ring eines Genies«, schwärmte der Assistent, und in seinen Augen schwammen erneut Tränen. »Es tut mir leid, dass ich sein Fehlen gestern nicht sofort bemerkte. Der Schock bei seinem Anblick vielleicht …«

»Sie sind sicher, dass er ihn auch zum Schwimmen getragen hat?«, hakte Wiener mit leichter Ungeduld nach, dachte an seine Frau, die zu solchen Gelegenheiten allen Schmuck ablegte aus Sorge, ihn beim Sport zu verlieren.

»Selbstverständlich. Ein Seelenring. Den legt man nie ab. Abgesehen davon, dass er zu fest saß, um einfach abgezogen werden zu können.«

»Wir werden Fotos von diesem Schmuckstück veröffentlichen. Kennen Sie den ungefähren Wert? Vielleicht möchten Sie eine Belohnung aussetzen? Für den ehrlichen Finder oder einen Zeugen, der diesen Ring irgendwo gesehen hat?«

»Ja«, presste Jonathan mühsam hervor, klang, als drücke jemand seine Kehle zu. »Der Wert liegt bei 25.000 Euro, aber das geht natürlich die Presse nichts an. Wir setzen 5.000 Euro Belohnung aus.«

»Vielen Dank. Wir geben das so weiter. Vielleicht finden wir auf diese Weise einen Zeugen, der uns mehr über die

letzten Minuten im Leben des Künstlers erzählen kann.«
Nachtigall nahm das Bild an sich. »Die Kollegin wird sich
darum kümmern.«

»Ich habe Ihnen auch einen Schnappschuss mitgebracht, auf dem Gregorilos die Art Kleidung trägt, die er
auch am Tag seines Verschwindens …« Der junge Mann
schluckte hart. »Der hier in der Mitte ist Gregorilos. Aufgenommen habe ich das Bild bei einem Künstlermarkt.
Die anderen drei finden sie namentlich auf meiner Liste.
Alle haben sie ihn beneidet – und dann zu solchen Events
eingeladen, weil sie wussten, der Name lockt Sammler
und Kenner von weit her an. Weil sie ein bisschen von
seinem Ruhm profitieren wollten. Aasgeier!« Er zeigte
auf ein anderes Foto. »Und hier trägt er ebenfalls eine
solche Kombination aus weiter Hose und Fischerhemd.
Entstanden vor einem Jahr etwa. Auf Kreta. Gregorilos
hat dort eine kleine Villa.«

Eine Viertelstunde später steuerte Wiener den Wagen in
den Kreisverkehr, nahm den Weg in Richtung Burg.

»Du liebe Zeit, so viel Trauer. War das nun alles echt
oder auch Schauspielerei?«, fragte er gereizt. »Mir war
das zu viel Schmerz. Echt.«

»Ich weiß nicht, vielleicht war es nicht gespielt. Er
wirkte ziemlich verloren auf mich. Silke sollte mal seinen
persönlichen Hintergrund überprüfen. Der junge Mann
war offensichtlich ein echter Anhänger des Künstlers, er
spricht über ihn wie über einen Heiligen. Kam dir das
auch so vor?«

»Ja. Er hat ihm einen Altar gebaut. Ich verstehe ja, dass
er trauert. Aber so hemmungslos? Ich meine, es war ja
nicht sein Vater, der aus dem Wasser geborgen wurde.«

»Ein emotional veranlagter junger Mann.« Nachtigall lehnte sich im Sitz zurück, versuchte, den Freund nicht merken zu lassen, dass er unglaublich müde war. In meinem Alter ist eine durchwachte Nacht nicht so leicht wegzustecken, registrierte er, fühlte sich vergreist und saftlos.

»Dieser Dr. Halming war nicht gerade begeistert. Er will sich vorab mit Sophie Gausch absprechen. Schweigerecht. Schweigepflicht.«

»Wir werden unsere Informationen sicher bekommen. Wenn nicht heute, dann besuchen wir ihn zur Testamentseröffnung. Mir wäre wohler, wenn Thorsten seine Analyseergebnisse ein wenig unterlegen könnte. Und dieses Zeitfenster ist ebenfalls ein Problem. Steht viel zu weit offen. Zu viel Möglicherweise in diesem Fall, das stört mich gewaltig.« Nachtigall konnte ein Gähnen nicht unterdrücken. »Kurze Nacht«, kommentierte er.

Wiener wurde prompt angesteckt. »Genau.«

»Sehen wir mal, was der Notar uns anbietet.«

Silke schreckte auf, als es klopfte.

Der Mann im besten Alter, der in ihr Büro trat, lächelte schüchtern, sah sich unsicher um.

»Kevin Lange. Sie hatten bei mir angerufen.«

»Silke Dreier. Guten Morgen. Nehmen Sie doch Platz.«

Lange setzte sich. Fühlte sich augenscheinlich unbehaglich.

»Sie haben von der Ermordung gehört? Gregorilos ist getötet worden.«

Der Besucher nickte.

»Wir möchten wissen, welches Verhältnis Ihr Lebenspartner zu diesem Mann hatte.«

»Oh – Sie wollen die Motivlage abchecken. Dachte ich

mir schon. Winfried. Wir haben eine gemeinsame Wohnung gehabt, Wernerstraße. Man konnte praktisch auf die Kammerbühne sehen. Heute sogar besser als früher. Die Ruinen sind weg, stattdessen ist dort eine Parkfläche. Er war gefangen in seinem Hass. Wir kamen nicht mehr miteinander klar. Er zog aus. Nun lebe ich allein in der alten Wohnung. Das Haus ist renoviert, sieht ein bisschen aus wie eine alte Burg. Roter Klinker, Zierbänder aus dunklen Ziegeln. Sogar Zinnen hat es. Aber ich bin allein. Wenn Winfried jetzt wieder auf normal schalten kann, wäre es toll, wenn wir wieder gemeinsam … Aber das wird sich zeigen, nicht wahr?«

»Hätte er genug Hass empfunden, um Gregorilos zu töten?«, wurde Silke konkret.

»Zu Beginn der Katastrophe. Er ist kein energiegeladener Mensch. Ich glaube, er hätte sich nicht aufraffen können, einen Plan in die Tat umzusetzen. Nein. Sicher nicht.«

»Auch nicht, um die Beziehung zu Ihnen zu retten?«

»Wohl nicht. Er ist verbittert. Und depressiv. Sitzt in seiner Dachkammer, raucht und brütet über sein Schicksal. Aber einen Mord kann er nicht begehen. Dazu wäre es nötig gewesen, das Haus zu verlassen.«

»Gregorilos wohnte nicht sehr weit entfernt. Zu Fuß wäre die Distanz zu schaffen gewesen.«

»Schon. Für einen psychisch gesunden Menschen wie Sie. Aber nicht für ihn. Und wenn ich das richtig verstanden habe, wurde er nicht in seiner Villa getötet. Und der Stausee – unerreichbar.«

Dr. Roderich Halming ließ der Kriminalpolizei ausrichten, man möge sich gedulden, er habe einen eng gepackten Terminkalender.

In Nachtigall brodelte Ärger auf. »In Ordnung«, antwortete er der Sekretärin gefährlich ruhig. »Wir suchen einen Mörder. Gut möglich, dass er sich in Ihren Akten versteckt. Meinen Sie, es wird Ihrem Chef gefallen, wenn wir hier alles auf den Kopf stellen, um den Täter in Ihren Schränken aufzuspüren?«

Die durchgestylte Frau richtete nervös mit beiden Händen die spraygesicherte Frisur, sprang auf und stöckelte ungelenk über den Flur davon.

»Dafür kriegen wir keinen Beschluss«, grinste Wiener breit. »Niemals.«

»Wir wissen das. Aber die Sekretärin offensichtlich nicht.« Nachtigall sah sehr zufrieden aus. »Erfolgreich auf den Busch geklopft.«

»Sie können eintreten!«, lispelte die Sekretärin Minuten später atemlos.

Dr. Halming wirkte wie ein Bestatter.

Alles an ihm war grau und farblos, korrekt und beflissen. Selbst die Augen ohne Glanz, in dezentem wässrigem Grau, unruhig bewegt. Die Hand, die er ihnen zur Begrüßung reichte, ohne verbindlichen Druck.

Mit professioneller Trauer im Blick meinte er getragen: »Es ist immer tragisch, wenn man einen geliebten Angehörigen verliert. Wenn es auch noch durch bewusste Gewaltanwendung eines Dritten geschieht, wiegt es umso schwerer.«

»Ja, das ist wohl so. Peter Nachtigall und Michael Wiener, Kriminalpolizei Cottbus. Wir ermitteln die näheren Todesumstände Ihres Klienten Waldemar Gausch, bekannt unter dem Pseudonym Gregorilos.«

»Jaja. Ich weiß. Ein schrecklicher Verlust fürwahr.

Nicht nur für seine Hinterbliebenen, sondern auch die gesamte Kunstszene. Man hat mich darüber informiert, dass Sie sich mit mir über die von ihm getroffenen testamentarischen Verfügungen unterhalten möchten.« Er bot Ihnen die beiden Besucherstühle vor seinem überdimensionierten schwarzen Schreibtisch an.

Nachtigall sah sich interessiert um.

Alles in Grau und Schwarz. Regal, Bilder, selbst die Buchrücken. Sicher, es wirkte seriös, ein bisschen edel – aber eben auch deprimierend und lustlos.

Dr. Halming schlug eine Akte auf, die einsam auf der Schreibunterlage gewartet hatte.

»Sophie Gausch hat Ihrer Bitte um Einsichtnahme zugestimmt«, begann der Notar mit Vortragsstimme. »Das Testament des Künstlers gliedert sich in drei Abschnitte. Hauptbegünstigte sind drei Personen: seine Schwester, sein Assistent und eine junge Frau mit Namen Sabrina Kluge. Diese drei Berechtigten erben zu unterschiedlichen Anteilen das Haus, das Grundstück, die Villa auf Kreta und den größten Teil des Vermögens sowie Anteile an den Vermarktungserlösen aus den Verkäufen seiner Kunstwerke. Sybilla Hauber, die Geliebte des Künstlers, erbt die Eigentumswohnung, die er als Ort des Zusammenseins eingerichtet hat – Ostrower Wohnpark, sehr schöne Anlage. Seine Galerie in Berlin wird ermächtigt – nach Entscheidung durch seine Schwester und den Assistenten Jonathan Weiss – 20 fertige Werke aus dem Atelier zum Verkauf zu übernehmen. Der letzte Teil regelt einige kleinere Legate. Walter Minkel erhält eine hübsche Summe, Winfried Kern ebenfalls, daneben Heike Brunn, Emilio Latenzo und weitere 16 Personen. Das sei eine Form der Wiedergutmachung, erklärte er mir. Ihm war bekannt, dass diese Personen in persönlichen und/oder finanziellen Krisen steckten. Durchaus auch als Ergebnis seiner juristischen Intervention. So blockierte er zum Beispiel Bucherscheinungen per einstweiliger Verfügung, weil sie angeblich Unwahrheiten über ihn enthielten, seine Persönlichkeitsrechte verletzten und so weiter. Das Testament sieht im Übrigen eine Überprüfung der Lebenssituation der Begünstigten vor. Je nach Engpass wird prozentual festgelegt, wie viel der Einzelne beziehen wird.«

Dr. Halming lehnte sich in seinem Sessel zurück, schloss erschöpft die Augen.

Die beiden Ermittler sahen sich verwundert an.

»Wiedergutmachung?«, fragte Nachtigall in die entstandene Stille. »Das kommt für mich überraschend, passt nicht in das Bild, das Zeugen von Gregorilos entworfen haben.«

Der Notar schlug die Augen wieder auf.

Es schien ihn entweder Überwindung oder Anstrengung zu kosten. Der Ausdruck in seinen Augen entzog sich einer Deutung. Freundlich war er allerdings auf keinen Fall.

»Wahrscheinlich sind mir Ihre Zeugen«, er sprach das Wort mit unüberhörbarem Ekel aus, »nicht bekannt. Das Wort Wiedergutmachung entstammte ursprünglich nicht dem Wortschatz meines Klienten, sondern meinem. Er selbst hat die Auszahlung der – wie er es bezeichnete – ›Rettungsgelder‹ für jeden der potenziell Begünstigten an Auflagen geknüpft, die zu erfüllen jedem von ihnen problematisch erscheinen dürften. Gregorilos forderte von allen – tja, wie formuliere ich das jetzt? – eine Art Kniefall. Zum Beispiel das öffentliche Eingestehen eines Fehlers oder einer Intrige, deren Motiv Neid war – Phil Paluschig.

Ist ein Künstlername, eigentlich heißt er Franz Stocker. Er hätte in einem Radiointerview bekennen müssen, Gregorilos sei ein herausragender Künstler, an dessen Können sein eigenes mageres Talent nur zu zehn Prozent heranreiche. Selbst im günstigsten Licht eine Selbsterniedrigung.«

»Und wenn die nicht erfolgt?«

»Sie meinen, weil der Begünstigte zu stolz sein könnte?« Nachtigall nickte.

»Dann wird die für ihn vorgesehene Summe auf die anderen Legate verteilt. Sollten alle ausschlagen, geht das rückgestellte Geld an ein Förderprojekt für ein Museum, das Gregorilos Werke aus dem Besitz des Künstlers als Dauerleihgaben ausstellen wird.«

»Sadismus! Er quält die vermeintlich Begünstigten«, stellte Wiener klar. »Egal, wie sie sich entscheiden, es wird ihrem Seelenheil schaden. Er verschlimmert damit die Lage, in die er die Betroffenen zuvor gebracht hat. Na, das nenn ich perfide!«

»Nun«, widersprach der Notar, »es liegt ja in der Entscheidung des Einzelnen, wie weit er gehen möchte.«

»Er kann sich entweder öffentlich erniedrigen und Gregorilos posthum huldigen, fortan ›dreckiges Geld‹ ausgeben, um sein Leben erträglicher zu machen – oder ein Museum mit dem Geld unterstützen, das Gregorilos Werk groß herausbringt. Prima Alternativen.« Wiener war deutlich wütend. »Die dritte Möglichkeit ist, das gesamte Erbe dem zu überlassen, der es sich am wenigsten leisten kann, stolz zu sein. Das ist unglaublich.«

»Darüber habe ich mit ihm ausführlich debattiert. Ich schlug einen Fonds oder eine Art Stiftung vor, Legate ohne Auflagen. Diese Idee gefiel ihm überhaupt nicht. Er erklärte mir, er wolle von seinem Platz neben Zeus aus lustvoll zusehen, wie die anderen sich im Staub wälzten, nur um an sein Geld ranzukommen.« Dr. Halming hob abwehrend die Hände, blockte jeden Kommentar. »Ich weiß, das klingt abscheulich. Es ist postmortale Rache. Aber der Wunsch des Klienten gilt in unserer Branche. Selbst wenn wir ihn auf zu erwartende Probleme hinweisen und er dennoch auf seinen Forderungen beharrt. Und die Erben können ja das gesamte Testament oder einzelne Regelungen darin anfechten.« Unglück im Blick sah er die Besucher an. »Es ist leider oft so, dass der Notar den Ärger über Ungerechtigkeiten und Härten abbekommt. Dabei trifft uns meist keine Schuld, wenn Erblasser fiese Formulierungen oder quälende Auflagen festlegen.«

»Sie erwähnten eine dritte Haupterbin – Sabrina Kluge. Wer ist diese Frau?«, wechselte Nachtigall das Thema.

»Das wüsste ich auch gern. Ihr Name sowie der von Frau Hauber fielen bei der Abfassung des Testaments, mir gegenüber hat der Verstorbene sie zuvor nie erwähnt. Frau Hauber bezeichnete er als seine Geliebte – bei Frau Kluge gab er keine weitere Erklärung. Ich bin auch nicht im Besitz ihrer Adresse, verfüge nur über eine Telefonnummer. Eine Mobiltelefonnummer, um genau zu sein. Selbstverständlich haben wir bereits mehrfach versucht, Kontakt mit ihr aufzunehmen, bislang allerdings vergeblich. Auch auf die Bitte um Rückruf auf ihrer Mailbox erfolgte bisher keine Reaktion.«

»Wenn Sie uns dann bitte die Nummer …«

Der Notar seufzte. Griff nach einem Notizblock, notierte eine Zahlenfolge, reichte den Zettel über den Tisch. »Bitte sehr. Vielleicht haben Sie ja mehr Glück als ich. Wenn Sie die Dame erreichen, richten Sie ihr doch bitte aus, dass wir dringend auf ihren Rückruf warten.«

»Werden wir«, versicherte der Hauptkommissar. »Über welche Summe reden wir hier eigentlich, wenn wir von der Erbmasse sprechen?«

»Sehr, sehr viel Geld. Gregorilos wurde im Augenblick sehr gehypt. Sein Vermögen beläuft sich auf eine Millionensumme.« Dr. Halmings Stimme bekam einen beinahe ehrfürchtigen Klang.

»So viel? Glauben Sie mir, es wurde schon für deutlich geringere Summen gewaltsam gestorben.«

17. KAPITEL

Beatrice Wagner setzte sich zufrieden auf eines der großen bunten Kissen, die über den Boden verstreut lagen. Aus einem gestreiften Baumwollsack zog sie mehrere farbige Knäuel Wolle, ein Nadelspiel aus Bambus, das, anders als die Nadeln aus Metall, nur diskret klapperte, schob ihre Brille auf die Nase und begann, die notwendige Anzahl Maschen anzuschlagen. Ihre Lippen bewegten sich tonlos und zählten mit. Als das Karree geschlossen war, strickte sie eine rechte und eine linke Masche im Wechsel. Nach so vielen Jahren als Strickerin hatte sie nun genug Muße, sich in dem geräumigen Zelt umzusehen. Ihre Arbeit am Bündchen einer Socke bedurfte keiner weiteren Aufmerksamkeit, die Hände bewegten sich automatisch im richtigen Rhythmus.

Außer ihr selbst hatten bereits etwa 20 Leute ein Kissen besetzt.

Warteten, in leise Gespräche vertieft, auf den angekündigten Vortrag. »Bin ich ein Schwein, weil ich Fleisch auf meinem Teller habe? Die Wirkung des Essens auf unseren Charakter.«

Eine kräftige Frau fiel auf das rote Polster neben ihr. Beatrices Augen huschten von den Versammelten über die Nadeln zu ihrer neuen Nachbarin.

»Ach Ulla! Wie schön, dass du kommen konntest!«

Ulla strahlte.

»Ulf kommt vielleicht auch noch. Klingt ja interessant, das Thema. Und diesen Griechen, der darüber sprechen wird, den kennt ihr?«

»Ja. Er behauptet, die meisten der griechischen Denker seien Vegetarier gewesen. Einige durchaus aus der Überzeugung heraus, dass der Mensch nicht berechtigt sei, ein Leben zu nehmen, nur um an das Fleisch des anderen Wesens zu kommen. Irgendwie logisch, nicht wahr? Und er fragt, ob unser permanentes Morden nicht den Charakter verdirbt und die Menschen brutal werden lässt. Mal sehen.«

»Weißt du, ich finde es toll, dass eine Frau in deinem Alter noch so interessiert an allen möglichen Themen ist. Finde ich bewundernswert, ehrlich!«

Was sollte man darauf antworten? Beatrice entschied sich für ein Zitat. »Schon Inge Meysel hat mal formuliert, dass Alter nur die Frauen erschreckt, die außer einer guten Figur nichts aufzuweisen haben. Ich für meinen Teil habe immer gewusst, dass gutes Aussehen dem Spiel der Vergänglichkeit unterworfen ist, und deshalb meine persönlichen Schwerpunkte früh völlig anders gesetzt.«

Kein weiterer Kommentar, wahrscheinlich überlegt sie noch, was das bedeuten sollte, dachte die Ältere mit Nachsicht. War ja auch ein komplizierter Satz gewesen.

Ulla spielte mit einem Ring an ihrem Daumen.

»Och, das ist aber ein schöner Stein«, meinte die Kissennachbarin versöhnlich. »Funkelt wunderbar. Ist der echt?«

»Hat Ulf mir geschenkt. Ist ein bisschen zu weit – das lasse ich anpassen, wenn wir wieder zu Hause sind. Dann frage ich auch, was das für ein Stein ist.« Begeistert streichelte sie das Schmuckstück, beinahe zärtlich fuhr sie die Schliffkanten nach.

»Sieh mal, Beatrice, es wird voll. Ich werde schnell ein Kissen für Ulf reservieren.«

Sie griff nach dem neben ihr, zerrte es näher zu sich heran und stützte ihre Hand darauf. »So!«

»Weißt du, ich denke schon die ganze Zeit darüber nach, wie die Workshops in eurem Sextainment Camp so ablaufen. Hier bei uns dreht sich alles ums Essen, die Produktion von Nahrungsmitteln, Inhaltsstoffe, Konservierung, konfektionierte Nahrung. Nichts vollkommen Unerwartetes. Aber bei euch? Erzähl doch mal!« Beatrice beugte sich neugierig näher zu Ulla hinüber.

»Hach«, seufzte die deutlich Jüngere und fummelte mit der freien Hand nervös an ihrem Dreieckstuch herum, zurrte den Knoten über dem ausladenden Dekolleté fester. Blickdicht. »Ist nicht das, was alle glauben.«

»Nein?« Die alte Dame klang, als würde sie diese Neuigkeit bedauern.

»Nix mit Shades of Grey oder so. Freie Liebe in allen Zelten und Schlafsäcken – ne, das gibt es auch nicht. Klar gab es SM-Workshops – aber mal ehrlich, nun habe ich Brandblasen, blaue Flecken, Striemen, und von Lust oder Spaß keine Spur, beim Fesseln hat sich Ulf so ungeschickt angestellt, dass der Kursleiter einschreiten musste. Mit der Schere! Im Kino sah das alles ganz anders aus. Hier knistert nix, schon gar nicht sexuelle Spannung!«

»Du bist enttäuscht.«

»Ja, ich merke es auch gerade.« Ulla verzog das Gesicht.

»Und? Nun wird sich ja vielleicht für Ulf und dich nichts ändern. Es sollte doch besser werden mit dem Sex, oder nicht?«, erkundigte sich Beatrice unverblümt, und Ulla prüfte mit einem raschen Blick, ob die neue Freundin rot wurde. Nein! Wurde sie nicht. Über ihrem Gesicht lag nur ein freundlicher Ausdruck von Besorgnis.

»Ach weißt du, die Männer, die sich für dieses Camp angemeldet haben, sind deutlich älter als mein Ulf. Sie sind ungeschickt, wenn sie dich berühren, kennen als Kontaktanbahnung nur die Sprüche, die schon in meiner Jugend blöd und albern waren. Und die anderen Workshops? Noch ältere Männer erzählen schlüpfrige Witze, geben altbackene Tipps zur Kontaktaufnahme. Hätte mein Großvater es mit den Touren bei meiner Großmutter probiert – meine Mutter wäre nie geboren worden!«

»Oh, das tut mir leid. Sie reden noch immer von Austern?«

»Tatsächlich. Ja. Das tun sie. Raten ab von zu schwerem Essen, bevor man die Frau ins Bett schleppt. Empfehlen, auf Zwiebeln zu verzichten. Es ist einfach nur unerträglich! Und weißt du, ich bin nicht so eine! Nicht einmal im Rahmen solch eines idiotischen Camps würde ich einen anderen Mann *ausprobieren*, um einen *Lernzuwachs* oder *Erkenntnisgewinn* zu haben. In diesem Camp geht es nur um Sextainment für Männer. Deren Fantasien sollen befriedigt werden. Frauen brauchen keine Lust zu haben, die sollen möglichst stillhalten und nicht viel reden. Das stört wohl die männliche Konzentration auf das Wesentliche! Sie sind nicht multitaskingfähig. Pah!«

Beatrice war eine gute Zuhörerin, hatte das feine Beben in der Stimme der anderen bemerkt. »Aber du machst dir Sorgen um Ulf.«

»Ja! Er wollte so gern hierher kommen. Und nun … vielleicht ist er gerade in diesem Augenblick mit einer dieser notgeilen Frauen im Bett! Er ist ja der einzige ›junge‹ Mann im Camp«, platzte es aus Ulla heraus.

»Und nun vermutest du, er könnte dir den Ring geschenkt haben, weil er mit einer anderen Frau geschlafen hat.« Beatrice zog energischer als nötig an der Wolle, und die Knäuel in ihrem Schoß tanzten wild durcheinander.

Ulla wischte sich schnell ein paar Tränen unter den Augen weg.

»Meinst du denn, er wäre anfällig? Sieh mal, ich bin deutlich älter als du und kann dir eines sagen: Männer tun gern so als ob. Ihr Draufgängertum ist Teil einer Inszenierung, passt in ihr beschränktes Auffassungsvermögen. Den meisten ist es viel zu kompliziert, zwei Frauen unter einen Hut zu bringen. Sicher, der Reiz des Neuen mag eine Rolle spielen. Aber dein Ulf, meine Liebe, ist nicht der Typ für so etwas. Gutes Essen, das würde dir Konkurrenz machen, körperliche Betätigung im Bett ist anstrengend, das fällt eher aus.«

Ullas Augen wurden kugelrund. »Echt?«, hauchte sie.

»Ja. Solche wie dein Ulf reden und träumen. Von Taten sind sie weit entfernt.« Beatrice verzog geringschätzig den Mund. »Bei meinem war das auch so.«

»Und der Bernd, der immer sabbernd vor mir steht und mich angrapschen will? Alles nur Fassade? Dieses Gerede von den Vorzügen der Polygamie? Das Verteufeln des monogamen Lebensstils – alles Show? Wichtigtuerei?«

»Probier' es aus, meine Liebe. Dort drüben steht er. Ich halte dir den Platz solange frei – auch einen für Ulf.«

Ulla folgte der sanften Kopfbewegung ihrer neuen Freundin. Stimmt, erkannte sie, da steht Bernd. Sie zwinkerte der anderen verschwörerisch zu, war flugs auf den Beinen und lief zu ihm hinüber.

Währenddessen entstand in der Nähe des Rednerpodestes Unruhe.

Beatrice zog die Augen zu Schlitzen zusammen, erkannte dennoch nur schemenhaft, dass eine Gruppe dort vorn lebhaft diskutierte. Meine Augen werden auch immer schlechter!, dachte sie ärgerlich, jetzt erkenne ich nicht, was da vor sich geht! Doch dann fiel ihr plötzlich ein, dass sie ja die Brille noch auf der Nase hatte – die falsche Brille!

18. KAPITEL

»Wohin?« Wiener schwang sich hinters Steuer, sah den Freund erwartungsvoll an.

»Kaffee?«, fragte der zurück.

»Ich glaube, wir sind vorhin an einer Bäckerei vorbei-
gekommen. Ziemlich am Anfang der Ringchaussee …«

Kaum zehn Minuten später saßen sie hinter einer Tasse
Kaffee und einem belegten Brötchen.

»Sabrina Kluge. Warum hat noch niemand diesen
Namen erwähnt? Wenn sie ihm so viel bedeutet hat, dass
er sie zu einem der Haupterben gemacht hat, müssen doch
seine Schwester und Jonathan sie ebenfalls kennen.«

»Zumindest von ihr gewusst haben. Oder sie war eine
heimliche Liebschaft?«

»Du meinst, sie könnte der Grund für seine nicht erklär-
ten Abwesenheiten gewesen sein?« Wiener biss hungrig
in sein Schinkenbrötchen.

»Wäre doch vorstellbar.«

»Ach, Conny macht jetzt doch Hausbesuche? Oder
kommt sie aus der Therme? Das ist ihr Auto, oder?«,
fragte Wiener verblüfft und zeigte durch die Scheibe.
Gleich darauf hätte er sich für diese unbedachte Äuße-
rung ohrfeigen können. Marnie würde … naja, zurück-
nehmen konnte er sie nun nicht mehr.

Nachtigall starrte mit brennenden Augen dem roten
Auto nach, das um die Kurve bog.

»Ja, stimmt. Aber in die Therme kann sie nicht gefahren sein. Sie hat Sprechstunde.«

Ratlos starrte er in seinen Kaffee.

Wiener wartete.

Als sein Freund das Gespräch nicht wieder aufnahm,
gab er sich einen Ruck. Einer von ihnen musste damit
beginnen, sonst würde es permanent zwischen ihnen hängen, als Wolke, die zu durchdringen keiner mehr wagte.
Nein, dazu war ihm die Freundschaft mit Peter viel zu
wichtig! »Marnie ist zurück. Die Kur war eine Auszeit,

135

sie hat Hilfestellungen bekommen. Und nun ist sie voller Pläne.«

»Oh, tatsächlich schon zurück? Ich dachte, sie bleiben noch länger weg«, schwindelte Nachtigall und schämte sich sofort dafür.

»Seit vorgestern. Sie und die Kinder möchten mal wieder ans Meer. Gut, Marnie möchte ans Meer. Die Zwillinge haben keine Ahnung, die sind ja noch viel zu klein. Jonas hat natürlich ein Problem mit Reisen. Aber wenn wir alles gut vorbereiten, könnte es gelingen.«

»Er kommt klar?«, hörte Nachtigall sich heiser fragen. Beklommenheit legte sich wie ein Tonnengewicht auf seine Brust, engte seinen Kehlkopf ein, pflanzte einen Kloß auf seine Stimmbänder, presste die Stimme zusammen, bis sie fast keine mehr war.

»Nun ja. Das Problem mit dem Atmen belastet ihn und die gesamte Familie. Die Lunge ist nicht voll funktionsfähig – und die riesige Narbe ist rigide, schmerzt ihn bei jeder Bewegung.« Wiener sah den Freund nachdenklich an. »Er lebt! Das ist an und für sich schon ein unglaubliches Wunder. Während der OP hat das Herzchen zweimal zu schlagen aufgehört – doch nun ist all das vorbei. Körperlich sind nur Beeinträchtigungen zurückgeblieben, von denen der Arzt meint, sie werden im Laufe der Zeit besser werden. Jonas spricht seit diesem Erlebnis nicht mehr, hat jede Nacht Albträume, über die er nichts erzählen kann. Aber auch das wird besser, wenn er sich irgendwann wieder sicher bei uns fühlt.«

»Jede Nacht?«, krächzte der Hauptkommissar entsetzt.

»Ja, manchmal mehrfach. Ist nur gut, dass Marnie schon vor der Geburt der Zwillinge entschieden hatte, eine Pause einzulegen. Im Moment ist sie ganz für die

Kinder da. Und wenn Jonas diese Betreuung länger benötigt, wird er sie bekommen. Es kommt schon vor, dass er leise lacht. Ein gutes Zeichen.« Michael Wiener legte dem Freund die Hand auf den Unterarm. »Ich weiß, warum du nicht fragst. Du bist selbst noch nicht im Reinen mit dir. Aber du warst nicht schuld. Mir ist klar, dass du noch immer Marnies Worte im Ohr hast. Sie war unter Schock.«

»Sie hat gesagt, sie will mich nie mehr wiedersehen. Ich verstehe das. Und natürlich denke ich immerzu an diese schreckliche Szene, sie verschwindet nicht aus meinem Kopf. Und es freut mich zu hören, dass es langsam vorangeht mit der Genesung, dass ihr einen Weg gefunden habt, damit umzugehen.« Nachtigall sprach so leise, dass Wiener Mühe hatte, ihn zu verstehen.

»Aber heute sieht Marnie das anders. Damals fühlte sie sich hilflos, wollte unbedingt jemanden finden, dem sie die Verantwortung aufbürden konnte. Auf mich war sie genauso wütend, hat behauptet, wäre ich Baggerfahrer geworden, hätte Jonas so etwas niemals zustoßen können. Wenn ich besser ermittelt hätte, wäre mir früher aufgefallen … All das ist vorbei.« Er atmete tief durch. »Sie möchte Conny und dich gern zum Essen zu uns einladen. Ihr habt das neue Haus noch gar nicht gesehen!«

»Michael – das ist wirklich lieb von euch. Aber …«

»Ich habe ihr schon gesagt, dass du noch nicht so weit bist«, antwortete Michael gereizt. »Glaubst du denn, ich sehe nicht, wie es dich beschäftigt? Wenn ich lache, denkst du daran, dass es mir ziemlich lange vergangen war, an der Kutzeburger Mühle siehst du schnell zu mir hinüber, wenn uns ein Kind begegnet, spüre ich deinen Blick … Du leidest. Für uns jedoch war wichtig, dass unser Kind überlebt hat! Daran hat zunächst niemand zu glauben gewagt. Wir haben unser Leben wieder in die Hand genommen – und du solltest es nun auch endlich tun! Lass es einfach gut sein, Peter!«

Nachtigall nickte, stand hastig auf und verschwand.

Besorgt sah Michael Wiener ihm nach. Peter wird es sich nie verzeihen, war ihm bewusst, er wird sich zeitlebens vorwerfen, dass er den Kerl nicht schneller durchschaut hatte. Dann wäre es nie so weit gekommen.

Während er seinen inzwischen abgekühlten Kaffee trank, ging er die Liste mit den Namen der Erben durch, die ihnen die Sekretärin ausgedruckt hatte.

Seufzend wählte er die Nummer von Sabrina Kluge. Erreichte nur die Mailbox. Hinterließ eine dringende Bitte um Rückruf.

Danach versuchte er es bei Sybilla Hauber.

Eine schlecht gelaunte Stimme maulte: »Ja? Wissen Sie eigentlich nicht, wie spät es ist? Um diese Zeit will ich noch nicht gestört werden! Ich brauche meinen Schlaf!«

»Frau Hauber, Kriminalpolizei Cottbus. Wir möchten uns gern mit Ihnen unterhalten. Könnten Sie bitte in unser Büro kommen? Juri-Gagarin-Straße.«

»Was soll ich? Ich denke ja gar nicht dran!«, keifte die Stimme.

»Doch, das rate ich Ihnen schon. Wir treffen uns dort in – sagen wir mal – einer Stunde. Der Beamte unten am Eingang wird Sie zu uns bringen. Peter Nachtigall und Michael Wiener.«

»Wieso?«, kreischte Sybilla schrill. »Ich hab' nix verbrochen!«

»Umso besser!«, beschied ihr Wiener und beendete rasch das Gespräch.

Meldete die Geliebte bei Silke an.

»Zwei Damen habe ich schon angerufen«, informierte er den Freund nach seiner Rückkehr. »Sabrina Kluge – Mailbox. Sybilla Hauber habe ich ins Büro bestellt. Silke weiß schon Bescheid und wird sie in Empfang nehmen, sollten wir noch nicht zurück sein, wenn die Dame kommt.« Er grinste. »Die war ganz schön sauer über die ›frühe Störung‹. Ist ja schon fast Mittag. Offensichtlich konnte sie sich aber nicht vorstellen, was die Polizei mit ihr zu besprechen hätte. Meinst du, sie weiß noch gar nicht, dass Gregorilos ermordet wurde?«

»Gut möglich. Keine Nachrichten gehört, keinen Blick in die Zeitung geworfen, noch nicht im Internet gewesen. Noch kann man der Information aus dem Weg gehen. Vielleicht war außer Gregorilos keiner in der Familie begeistert von ihr.«

»Na dann!« Wiener rappelte sich auf, griff nach dem Autoschlüssel. »Erst ins Rathaus, dann ins Büro? Oder umgekehrt? Allerdings fürchte ich, dass Sybilla nicht ganz pünktlich eintreffen wird.« Er feixte. »Sie klang nach umfangreichen Verschönerungsmaßnahmen.«

»Wo leben eigentlich die Eltern des Künstlers? Im Testament wurden sie wohl nicht direkt erwähnt.«

»Silke hat mir eine Adresse geschickt. In Pennsylvania. Wir haben einen Telefontermin mit ihnen heute Nachmittag.«

»Aha. Ausgewandert.«

»Der Vater von Gregorilos arbeitete bis vor einem Jahr an der Universität in Philadelphia, war Professor für Literaturwissenschaft. Schwerpunkt europäische Literatur. Die Mutter ist Modedesignerin.«

»Gut. Dann sprechen wir erst mit der Kulturbeauftragten der Stadt. Danach ins Büro, dann Telefontermin, danach Pressekonferenz.«

»Ich weiß nicht, wie das mit der Zeitverschiebung nach Pennsylvania aussieht. Silke hat nicht gesagt, für welche Uhrzeit sie den Termin vereinbart hat.«

An der Kreuzung bogen sie von der Ringchaussee auf die Hauptstraße ab.

Nachtigall entdeckte Connys Wagen in der Nähe eines Eiscafés.

Durch die großen Scheiben beobachtete er sie einen Vorbeifahrmoment lang – sie war offensichtlich in ein angeregtes Gespräch mit einem gut aussehenden Mann vertieft. Sie gestikulierte gut gelaunt und lebhaft, ihr Gegenüber hörte interessiert zu. War etwa 15 bis 20 Jahre jünger als er selbst, hatte einen modischen Kurzhaarschnitt und trug Bart.

Unwillkürlich fasste der Hauptkommissar nach seinem Zopf, strich sich übers Kinn.

Spürte den schon beinahe vertrauten brennenden Stich in seiner Brust.

Conny!, dachte er sehnsüchtig.

Starrte für den Rest der Fahrt schweigend auf den grauen Asphalt, blicklos, das Denken leer gefegt.

Plötzlich war alles grau und freudlos. Wie Halmings Büro.

»Wie kann ich Ihnen helfen?«, begrüßte Rita Numrich die beiden Ermittler freundlich. »Man sagte mir, Sie bräuchten Informationen zu Gregorilos. Ist das richtig?« Damit lud die Kulturbeauftragte der Stadt die beiden ein, in der Sitzecke des kleinen Büros Platz zu nehmen.

Der Raum wirkte schlagartig überfüllt.

»Schön hier«, stellte Nachtigall fest, versuchte, seine raumfordernde Statur und die Größe von zwei Metern unaufdringlich am Tisch unterzubringen. »Sie arbeiten umgeben von Kunst.«

»Ja, das ist tatsächlich sehr angenehm und anregend«, lachte die Referentin. »Der Mensch umgibt sich gern mit schönen und anspruchsvollen Dingen.«

»Sie haben keine Bilder von Gregorilos«, stellte Wiener fest, nachdem er sich umgesehen hatte.

»Das ist richtig. Gregorilos – nun, man mag seine Bilder und Skulpturen oder eben nicht«, entgegnete sie säuerlich.

»In der neuen Galerie auf der Sprem wird er auch nicht angeboten.«

»Oh, dort hätte man schon gern ein bisschen Geld mit seinen Werken verdient. Aber daran war er wohl nicht interessiert. Er verkauft sich international, sein Galerist ist in Berlin, weitere im Ausland. London zum Beispiel.«

»Die Bühne hier war ihm zu klein«, brachte Nachtigall alles auf den Punkt. »Er selbst zu wichtig.«

»Ja, wenn Sie es so ausdrücken wollen.« Rita Numrich zuckte mit den Schultern. »Nach der Krise läuft es nun wieder besser auf dem Kunstmarkt. Mit Werken von Gregorilos im Angebot könnte es noch besser laufen. Mehr nicht.«

»Ich habe gesehen, man bietet dort Scheuerecker und Mona an.«

»Ja. Hans Scheuerecker ist auch überregional bekannt. Wir freuen uns darüber, dass er der Galerie sein Vertrauen geschenkt hat, und nun wieder direkt vor Ort angeboten und gekauft wird.«

Die fröhliche Frau sah die beiden Besucher aufmunternd an. »Deswegen sind Sie aber nicht gekommen. Sie wollen sich ja eigentlich über Gregorilos unterhalten und nicht allgemein in eine Diskussion über den Lausitzer Kunstmarkt eintreten. Na dann!«

»Wir haben gehört, dass es viele Neider gab. Andere Künstler, die weniger erfolgreich sind.«

»Sicher. Phil Paluschig hat sich mal mit Gregorilos angelegt – und der konnte problemlos zurückschlagen. Er warf Paluschig vor, seine Werke am Kommerz auszurichten. Nicht zu malen, was ihn bewegte, sondern nur, was sich gut verkaufen würde. Ein schwerer Vorwurf an einen Künstler. Die Leute wollen glauben, dass der Verkauf von Kunst für den Künstler ein eher schmerzvoller Akt der Trennung ist, den er nur unternimmt, um dem Kunden einen Gefallen zu tun. Dass Maler oder Bildhauer auch von irgendetwas leben müssen, wird gern übersehen.«

»Weil man glauben möchte, das Werk sei der kreative Ausdruck eines inneren Verarbeitungsprozesses. Der Künstler benötige ein Ventil, um gesellschaftliche Probleme, private Belastungen …«, begann der Hauptkommissar, wurde aber unterbrochen.

»Genau. Ein Künstler, der Bilder malt, die sich am Geschmack der Kunden orientieren und die nichts mit dem Schaffenden zu tun haben, sind in den Augen mancher Kollegen ein Sakrileg. Aber eben auch für einige Kunstliebhaber. Der Streit zwischen Kunst und Design.«

»Ein Bild, das ich gezielt für die Wand hinter der Couch von Herrn Meier male, ist Design?«

»Ja, so könnte man die Diskussion vielleicht auf den Punkt bringen. Es ist dann nicht mehr als eine schicke Tapete.«

»Gregorilos hat also dafür gesorgt, dass man sein Werk nie für *Tapete* halten konnte. Das Hehre darin herausgestrichen. Zum Beispiel im Bezug zur griechischen Mythologie«, vertiefte Nachtigall diesen Aspekt.

»Oh ja. Das war aber schon ein echter Spleen. Natürlich war vieles Fassade. Wenn er dozierte, sich inszenierte. Auf der anderen Seite war auch echter Respekt vor der Tragödie im Spiel. Ödipus. Der Sohn erschlägt unwissentlich den Vater und heiratet ahnungslos die eigene Mutter. Das hat ihn wirklich beschäftigt. Er hat keine Kinder.« Sie lachte leise. »Aber das hat wohl eher etwas damit zu tun, dass er noch nicht die richtige Partnerin gefunden hat. Er lebt mit seiner Schwester unter einem Dach. Manche glauben, er sei homosexuell, aber geoutet hat er sich bisher nicht. Wahrscheinlich alles nur Gerüchte, die er möglicherweise selbst gestreut hat.«

Sie öffnete mit ein paar Mausklicks eine Bildergalerie auf ihrem Monitor.

»Wenn Sie mal sehen wollen …«, lud sie Nachtigall und Wiener ein, und die beiden stellten sich dicht hinter ihren Schreibtischstuhl.

»Dies ist eine Art elektronisches Werkverzeichnis. Es erhebt keinen Anspruch auf Vollständigkeit, aber hier erhält man doch einen guten Überblick über sein Schaffen.«

Gebannt beugten sich die Ermittler über die Schultern der Expertin.

»Dies hier zum Beispiel«, sie klickte eines der winzigen Bildchen an, worauf es bildschirmfüllend wurde. »Prometheus. Er schuf aus Wasser und Erde Menschen, was ein Vorrecht des Zeus war. Dafür wurde er an den Felsen in Skynthia geschmiedet, und jeden Tag kam ein Adler vorbei und fraß die Leber. Nachts wuchs sie wieder nach.«

»Es mag an mir liegen – aber so richtig erkenne ich das Motiv nicht.« Nachtigall kniff die Augen fest zusammen, doch es half nicht.

»Die Kunst der Vereinfachung und des Weglassens. Wenn man das nicht wirklich virtuos beherrscht, tja …«

»Er konnte das Ihrer Meinung nach nicht?«

»Kunst liegt oft im Ermessen des Marktes. Aber meiner Meinung nach sollte ein Maler sein Handwerk beherrschen – und bei Gregorilos bemerkte ich deutliche Mängel in der Ausdrucksfähigkeit und -kraft, er wusste nicht mit Farbe zur Verstärkung des Themas umzugehen usw. Am Ende muss jeder für sich selbst entscheiden, wie weit er sich von den Kritikern abhängig machen will. Es ist schon so: Wenn so viele ihn loben, dann traut sich niemand, eine andere Meinung zu haben. In den Augen anderer könnte es dann wie Unkenntnis aussehen.«

Rita Numrich klickte weitere Bilder aus dem Mythenzyklus an. »Daidalos, Pandora, Tantalos. Ihnen allen hat er Bilder dieses Themenzyklus gewidmet. Im allgemeinen Bunt geht das Motiv vollkommen unter, ist nicht einmal ansatzweise zu erkennen. Aber das ist nicht unbedingt ein Qualitätsmerkmal. Wenn Gregorilos über diese Werke sprach, klang es, als suche er nach seiner Identität in der ruhmreichen Geschichte seines Volkes. Nur dass er eben gar kein Grieche war! Viele haben ihm das sehr übel genommen.«

»Hm. Gab es außer Phil Paluschig noch andere Künstler, die Grund hatten, Gregorilos zu hassen? Wir haben hier eine Liste, ist jemand dabei, auf den das zutrifft?«

»Oh! Das ist eine ziemlich lange Liste!«, staunte Numrich. »Nicht jeder, der wütend auf ihn war, wird auch seinen Tod geplant haben. Gewünscht vielleicht – aber mehr nicht.«

Sie wies auf einige Namen. »Diese hier sind Redakteure und Journalisten. Sicher haben sie etwas Abwertendes über Gregorilos Werk geschrieben oder eine Vernissage vernichtend kommentiert. Das konnte er sehr übel nehmen, strengte gern Gerichtsverfahren an.«

»Winfried Kern?«

»Eine besonders tragische Geschichte. Er wurde völlig aus der Bahn geworfen. Ich glaube, er hatte ihn einen untalentierten Kleckser genannt. Ist schon an und für sich eine ungewöhnliche Formulierung. Und dann gebrauchte er sie auch noch öffentlich.«

»Und?«, fragte Nachtigall.

»Was und?«

»War er nun ein untalentierter Kleckser?«

Die Kulturbeauftragte räusperte sich. Holte tief Luft. »Gut, sage ich es am besten mal so: Der Kunstmarkt ist nicht frei von Einflüssen. Zeitströmungen. Stile wandeln sich, der Geschmack ebenfalls. Gregorilos fand eine Form des Ausdrucks, die hochgelobt wurde, die Preise stiegen rasant.«

»Sie meinen, die Bewertung könnte sich auch wieder ändern.«

»Möglich. Rembrandt gefällt nicht jedem. Dennoch wird niemand ernsthaft bestreiten wollen, dass er Kunstwerke auf hohem Niveau erschaffen hat. Ob man über Gregorilos auch so sprechen wird, wage ich zu bezweifeln.«

»In Ihren Augen war er kein großer Künstler?«

»Nein. Tatsächlich würde ich sagen, es mangelte ihm an Talent, an Farbverständnis und Kompositionskunst, an den grundlegenden Fertigkeiten – und darüber hinaus an Charakter. Sein Auftreten war arrogant und selbstverliebt, um in seinem griechischen Bild zu bleiben: narzisstisch. Er stieß andere vor den Kopf. Freundschaften hatte er keine, er hätte jeden ohne Bedenken im Regen stehen lassen. Okay?«

»Ja, vielen Dank für diese klaren Worte. Das hilft sehr.«

Die beiden Ermittler ließen sich noch Auskünfte zu weiteren Künstlern geben, verabschiedeten sich dann eilig und fuhren zügig ins Präsidium zurück.

19. KAPITEL

Beatrice erkannte, dass der Vorfall, über den man angeregt diskutierte, offensichtlich gravierend war.

Hoffentlich dauert es nicht zu lang, bis sie das Problem gelöst haben, dachte sie, sonst komme ich zu meinem nächsten Termin zu spät.

»Meine Lieben!«, meldete sich zu laut und deutlich übersteuert die Stimme des Veranstalters aus den Boxen. Es wurde langsam ruhig, die Gespräche verstummten.

Ein Techniker drehte hektisch an den Reglern des Mischpults herum.

»Meine Lieben!« Es pfiff noch immer. Beatrice schüttelte missbilligend den Kopf.

»Ich muss euch eine Mitteilung machen! Hört bitte alle zu.«

Aller Augen wandten sich nun der Rednertribüne zu.

»Unser Referent Gregorilos, den einige ja schon kennen, wurde ermordet.«

Aufschreie und Unruhe.

»Ja, wir vom Orga-Team sind alle entsetzt und verstehen, dass es euch ebenso geht. Aber natürlich wissen wir auch, dass viele von euch von weit her angereist sind, um ihn sprechen zu hören.«

Zustimmendes Gemurmel.

»Deshalb ist seine Schwester zu uns gekommen. Sie wird den Vortrag übernehmen. Und – bevor ihr nun zweifelt, folgende Information: Sophie lebt mit ihrem Bruder unter einem Dach, lebt seinen Stil und seine Esskultur, kennt sich bestens mit den Gedanken ihres Bruders zum Thema ›Vegetarische Ernährung‹ aus. Ihr habt keinen Wissensverlust durch die Änderung.«

»Wie wurde er denn ermordet?«, erkundigte sich eine tiefe Männerstimme.

»Oh, das wissen wir nicht. Die Polizei ermittelt fieberhaft.«

Der Sprecher des Orga-Teams, Hanno Jurczik, ein extrem schlanker Mann in naturfarbenem T-Shirt, grüner Hose und Birkenstocksandalen, nahm das Mikrofon nun in die Hand. In Beatrices Augen sah der Jesusverschnitt aus, als bräuchte er dringend mal etwas Anständiges zu essen – Schnitzel mit kräftigender Beilage zum Beispiel – Sättigungsbeilage hatte man das früher genannt. Flüchtig dachte sie an Steve Jobs, den Apple Chef, aber der wäre nie so ungepflegt vor sein Publikum getreten. Mit einem leisen Ziehen erinnerte sie sich daran, dass er vor einiger

Zeit verstorben war. Tja, die Endlichkeit des Seins, seufzte sie, und wenn man den Gedanken daran noch so weit von sich schiebt, er holt uns immer wieder ein. Ein flüchtiger Gedanke streifte Adelheid. Die einen starben an Krankheiten, die anderen durch Mord.

Sie streckte ihren Rücken durch und widmete ihre Aufmerksamkeit dem Geschehen auf der Rednertribüne.

Der junge Mann stellte sich vor das Publikum und breitete die Arme weit aus.

»Also, ich möchte alle neu Hinzugekommenen zu unserem Foodcarecamp begrüßen.«

»Lauter!«, forderten die hinteren Reihen. »Mann! Viel lauter!«

Mit entschuldigendem Lächeln zog Jurczik die Arme zum Körper zurück, wodurch das Mikrofon wenigstens wieder in die Nähe seiner Lippen kam. »Sorry. Technik ist nicht mein Ding. Ich werde versuchen, daran zu denken. So: Die Frage, die uns bei diesem Thema beschäftigen wird, ist die der Verantwortung für all das Leben auf dieser Welt. Dürfen wir wirklich Tiere schlachten? Sie unter schlechten Lebensbedingungen züchten? Sind sie nicht auch Lebewesen, deren Würde es zu respektieren gilt? Natürlich wissen wir, Ernährung soll ausgewogen und abwechslungsreich sein. Hier im Publikum sitzen Flexitarier neben Veganern«, der junge Mann mit schulterlangen Haaren und dem dünnen Bärtchen bis zum Nabel machte eine theatralische Pause. »Ja, seht euch nur gegenseitig in die Augen. Könnt ihr erkennen, ob euer Nachbar auf dem Kissen neben euch Fleisch liebt? Sieht er eher aus wie ein ›Körnerfresser‹, ein Instinkto oder Paläo? Macht er sich Gedanken über clean food? Sieht man uns etwa an, was wir essen? Ja!, rufe ich euch zu. Denn wir werden geprägt durch unsere Ernährung! Stärker, als ihr zu glauben gewagt habt. Mehr dazu von Sophie Gausch.«

Anhaltender Beifall brandete auf.

Sophie trat an das Rednerpult, sah aus, als wäre sie an jedem anderen Ort der Welt lieber als in diesem Zelt.

Ulla plumpste auf ihr Kissen zurück. »Jetzt auch noch ein Mord! Dieser Urlaub wird ja immer mehr zum Albtraum!«

»Nun, meine Liebe, wie ist es gelaufen?«, wechselte Beatrice das Thema.

»Du hattest völlig recht!«, empörte sich die andere. »Als ich zudringlicher wurde, blockte er ab, erfand eine fadenscheinige Geschichte. Bei dem läuft wohl gar nichts mehr!«

»Ach Ulla. Da gibt es eine Formel: Pro Zunahme an Bauchumfang in Zentimeter über normal sinkt die Potenz direkt proportional. Nun sieh dir Bernd an! Da kann nichts mehr übrig sein. Realistische Einschätzungen helfen in der Bewertung von Anbaggereien!« Sie kicherte. »Wahrscheinlich fühlt er sich aber trotzdem durch deine Annäherung gebauchkitzelt. Er glaubt sicher, dass du nicht weißt, dass er eine Ausrede erfunden hat, um zu verschleiern, dass er keinen mehr hochkriegt!«

Ulf setzte sich neben seine Ulla.

»Na, wir haben also einen neuen Redner.«

»Ja, die Schwester von Gregorilos, der eigentlich kommen sollte. Morgen spricht hier ein Gastrophilosoph. Essensethiker sozusagen. Der wird über die Verantwortung des Einzelnen für das, was er isst, referieren. Nachhaltiger Anbau, Arbeitsbedingungen für die Angestellten bei der Produktion, Gerechtigkeit bei der Preiskalkulation und solche Dinge. Da bin ich schon gespannt.«

»Na hören wir erst mal, was diese Frau uns über Fleisch auf dem Teller so zu sagen hat. Vielleicht kommen wir ja morgen wieder.«

»Gregorilos meinte, es verändert den Menschen psychisch, wenn er für die Gestaltung des Mittagessens den Tod von Lebewesen in Kauf nimmt. Und er meinte, es zeige, was für eine Kultur bei uns im Umgang mit Thanatos herrscht, ein Blick in den Schlachthof würde uns beweisen, dass wir den Respekt verloren hätten, verroht seien. Seine Schwester wird diese Auffassung wohl teilen.«

Und so herrschte für die nächste Stunde Schweigen zwischen den dreien.

Beatrice dachte daran, dass sie rechtzeitig zum Bus aufbrechen musste, wenn sie noch nach Duben wollte. Besuchstermin bei ihrer Freundin im Frauenknast. Wegen Mordes rechtmäßig verurteilt. Eigentlich ungerecht, wo das Opfer doch selbst Schuld hatte. Hätte der sich anders verhalten oder auch nur einmal das Gespräch gesucht – der Irrtum hätte vermieden werden können!

Ulla schämte sich ein bisschen wegen Bernd. Andererseits erinnerte sie sich durchaus voller Schadenfreude an sein entgeistertes Gesicht und die schnell geborene Notlüge.

Ulf dagegen dachte an die Leiche, die man aus dem See geborgen hatte.

Und an das, was geschehen war.

20. KAPITEL

Aus Wieners Büro sprang die beiden Ermittler eine süßliche Parfümwolke an, als sie die Tür öffneten.

Sybilla.

Ein »Prachtweib«, beachblond, großbusig, grell geschminkt, im engen roten Rock. Die Beine hatte sie übereinander geschlagen, sie trug hellrosa Highheels, deren Farbe weder mit dem Rock noch mit dem tief dekolletierten T-Shirt harmonieren wollte.

Silke warf den beiden einen erleichterten Blick zu.

»Die Zeugin ist gerade gekommen. Am besten, ich räume mal eben das Feld, dann könnt ihr in Ruhe mit ihr sprechen«, sprach's und floh auf den Gang hinaus.

Luftschnappen und die Lungen durchlüften, dachte Nachtigall verständnisvoll.

Wiener und Nachtigall zogen sich je einen Stuhl heran.

»Frau Sybilla Hauber? Sie waren die Freundin von Gregorilos?«

»Ja. Ich habe inzwischen auch gehört, dass er ermordet worden ist. Glauben Sie mal nicht, dass seine Schwester oder dieser sonderbare Assistent mich informiert hätten, nein, ich habe es aus der Zeitung! So eine Unverschämtheit. Hätten wir geheiratet, so wäre ich Teil dieser Familie geworden. Bloß gut, dass er nie gefragt hat!«

Sie gestikulierte wild.

»Naja. Ist doch wahr. Es hätte sich doch gehört, mich wenigstens mal anzurufen! Solch eine böse Brut!«

»Vielleicht haben die beiden nichts von Ihnen gewusst. Es könnte doch sein, dass Gregorilos das Verhältnis zu Ihnen geheim hielt«, meinte der Hauptkommissar.

»Ja! Das wäre ja mal wieder typisch für ihn! Ich bin die Spaßbasis – und mehr nicht. Nicht einmal wichtig genug, um den anderen gegenüber erwähnt zu werden!«, schnappte sie beleidigt.

»Wie lange hatten Sie die Beziehung zu Gregorilos schon?«, wollte Wiener wissen.

»Lang. Schon seit vier Jahren. Oder drei?«

»Er hat eine Wohnung für die Treffen eingerichtet. Am Ostrower Wohnpark.« Nachtigall sah die junge Frau interessiert an. Schätzte sie auf Anfang 20.

»Ja. Ich wohne da. Und er hat mir mal irgendwann gesagt, dass er mir die vererbt. ›Schatz‹, hat er gesagt, ›wenn ich den Löffel abgebe, dann ist die Wohnung deine. Damit du nicht plötzlich ohne Obdach bist‹ – oder so. Und nun hoffe ich, dass das auch stimmt.«

»Nach der Testamentseröffnung werden Sie es wissen. Waren Sie denn glücklich mit ihm?«

Sie sah ihn aus ihren grünlich schimmernden Augen verblüfft an. »Wie meinen Sie das denn?«

»Haben Sie sich bei ihm wohlgefühlt?«, formulierte Nachtigall seine Frage neu.

»Bei Gregorilos?« Sie lachte unfroh. »Ist das Ihr Ernst?«

»Ja. Sie hatten eine Beziehung. Er hat eine Wohnung für Sie beide eingerichtet, die er Ihnen vererben wollte. Liebten Sie sich?«

»Also«, sie strich mit einer aufreizenden Geste ihrer krallenbewehrten Hände den Rock über dem Schoß glatt, »ich glaube, Sie haben da einen völlig falschen Eindruck. Am Anfang, als er mich angesprochen hat, da dachte ich auch, er wäre eben so ein typischer alter Knacker auf der Suche nach weichem Fleisch zum Kuscheln, Liebhaben und ein bisschen Rumsexen. Das war es aber nicht.«

Der alte Knacker saß. Nachtigall zuckte fast unmerklich zusammen, Gregorilos war jünger gewesen als er selbst. Ohne dass er es verhindern konnte, schweiften seine Gedanken zu Conny ab. Er war ihr zu alt! Suchte sie deshalb einen Neuen? Jung, dynamisch, interessiert, voller Pläne und Abenteuer im Kopf? Sie langweilte sich mit ihm!

»Nicht?«, hakte Wiener nach und warf seinem Freund einen schnellen, irritierten Blick zu. Irgendetwas schien Peter nachhaltig zu beschäftigen, lenkte ihn ab. »Wie war es dann?«, fragte er weiter, stupste Nachtigall wie zufällig mit dem Fuß gegen die Wade.

»Gregorilos war weder an Knutschen noch an Kuscheln interessiert. Ein Date mit ihm lief völlig anders ab. Er rief mich auf meinem Handy an. ›Jetzt‹, sagte er meist nur. Für mich bedeutete das, ich musste alles stehen und liegen lassen, in die Wohnung laufen, mich duschen – er mochte mein Parfüm nicht, ich musste dann immer dieses hier auflegen – ich weiß nicht, ob man es überhaupt noch riecht?«

Die beiden Männer nickten synchron, bestätigten unisono: »Doch, doch.«

»Ich habe es extra benutzt, sozusagen in memoriam. Danach ab ins Bett. Gregorilos kam, warf sich aus den Klamotten direkt über mich. Sex mit ihm war nicht die wahre Freude, das kann ich Ihnen sagen!«

»Er war brutal – oder nur ungeschickt?«

»Ausgesprochen sadistisch. Manchmal konnte ich danach tagelang nicht zum Sport oder gar ins Schwimmbad. Ungeschicklichkeit war nicht im Spiel, er wusste genau, was er wollte. Er quälte mich, ich schrie, er kam irgendwann. Und er hat genau gemerkt, wenn ich nur so tat, als habe ich Schmerzen. Der wäre besser in einem BDSM-Club aufgehoben gewesen, Sie wissen schon, so einem Sado-Maso-Verein. Er liebte es, wenn … aber ich glaube, das geht Sie nichts an.«

»Ich fürchte doch. Wir ermitteln in einem Mordfall. Es ist jede Information für uns von Belang.«

Sie zog eine Schnute. Ihre intensiv pink nachgezogenen Lippen geschürzt, starrte sie vor sich hin.

»Wie Sie meinen«, begann sie dann patzig. »Er wollte, dass ich mir aus lauter Angst vor seiner nächsten Aktion in die Hosen pinkelte – und mehr. Es hat ihm gefallen, wenn er mich in helle Panik versetzen konnte. Manchmal habe ich noch stundenlang gezittert – nachdem er längst fort war.«

»Warum haben Sie sich weiter mit ihm getroffen?«, wollte Wiener wissen. »Wäre es Ihnen nicht möglich gewesen, die Beziehung zu beenden?«

»Und das Geld sausen lassen?«, lautete ihre Gegenfrage, und Wiener wäre keineswegs erstaunt gewesen, hätte sie ein »Spinnst du?« hinzugefügt.

»Er hat also gut bezahlt.«

»Gut genug, ja. Das Wichtigste war, dass ich garantieren konnte, dass er mit mir kein Kind bekommen wird. War für ihn von Bedeutung – warum auch immer. Wahrscheinlich wollte er keinen Unterhaltsforderungen ausgesetzt werden. Bei mir war er auf der sicheren Seite – mir fehlt das notwendige Organ.«

»Also lag ihm auch daran, keinerlei Verpflichtung aus dieser Beziehung zu haben.«

»Ja. Er nicht – ich nicht. Im Prinzip galt, jeder konnte jederzeit die Sache beenden. Aber das war nur theoretisch. Wo hätte ich schon hingehen sollen?«

»Er hielt Sie in finanzieller Abhängigkeit. Vielleicht brauchte er die Vorstellungen, Sie blieben aus freien Stücken, für sein Selbstwertgefühl«, meinte Nachtigall.

»Das war auch so ein Ding. Er war manchmal supergut drauf. Da hätte ich mir schon vorstellen können, dass aus uns mal was Festes wird. Aber dann wieder – nee. Wortkarg, depri, aggro. Das volle Programm. Dann war er immer besonders fies. Oder er kam nicht. Warf den Umschlag mit dem Geld in den Briefkasten, klingelte nicht, kam nicht hoch. Und dann wieder stand er plötzlich mitten in der Küche, hatte einen riesen Strauß Blumen dabei und war bester Laune. Wie eine Frau in der Midlife-Crisis.«

»Hat er Sie je mit in sein Haus genommen? In sein Atelier?«

»Nicht doch. Ich wurde den anderen nicht vorgestellt. Es ging um Sex. Nur um Sex. Von seiner Seite war nur Geilheit im Spiel – keine Liebe, nicht einmal Sympathie. Auch nicht an den guten Tagen. Ich war für ihn austauschbar. Wäre ich seiner Meinung nach zickig geworden, hätte er mir den Schlüssel abgenommen und einer anderen gegeben. Das hat er glasklar formuliert. Und mal ganz ehrlich – ohne ihn hätte ich wieder anschaffen gehen müssen. Wie früher.«

Als Sybilla gegangen war, stürzte Wiener zum Fenster und riss es auf.

»Du meine Güte!«

»Hoffentlich bleibt das nicht in der Kleidung hängen,

sonst glaubt Conny am Ende, ich gehe fremd!«, scherzte Nachtigall angestrengt und spürte dabei eine diffuse Angst, fühlte sich schon aussortiert. Was zum Teufel hatte seine Frau mit dem fremden Mann in Burg zu besprechen gehabt? Gut gelaunt sah sie aus, entspannt, geradezu aufgekratzt. Er versuchte, seine Gedanken wieder auf den aktuellen Fall zu konzentrieren.

»Sie hätte ein gutes Motiv gehabt. Er will die Beziehung beenden. Sie sieht sich in die Katastrophe schlittern, dann fällt ihr ein, dass sie erben wird, wenn er stirbt, und hilft kurzerhand nach.«

»Mit Schierling?«, fragte Wiener ungläubig. »Ich glaube nicht, dass sie die Pflanze kennt, geschweige denn weiß, wie man damit jemanden umbringen kann. Und von seiner Griechentümelei hat Sybilla kein Wort erwähnt.«

»Hat Thorsten inzwischen irgendetwas darüber herausgefunden, wie dem Opfer das Gift beigebracht wurde?«

»Mal sehen. Vielleicht ist in dem Stapel hier ein Bericht«, murmelte Wiener und begann Akten umzuschichten. »Dafür, dass wir so viele Informationen elektronisch sichern, brauchen wir noch immer zu viel Papier«, murrte er dabei. Dann zog er triumphierend eine Akte hervor. »Hier.«

Gemeinsam beugten sie sich über das Schreiben.

»Hm«, grunzte Nachtigall unzufrieden, »so richtig hilft uns das nicht weiter. Thorsten geht weiterhin davon aus, dass Coniin der tödliche Wirkstoff war. Nach eingehender Untersuchung des Mageninhalts glaubt er an eine orale Gabe als Zusatz zu einem Nahrungsmittel. Was genau es war, kann er nicht sagen. Er sucht nach Opium!«

»Silke hat uns übrigens etwas über den Schierlingsbecher ausgedruckt. Hier steht, dass das Zeug die Schleimhaut reizte und ein Trinken der Masse – oh, es war wohl eine Art Mus – den Delinquenten schwerfiel. Deshalb versetzte man das Ganze mit Opium. Gegen die Schmerzen beim Schlucken. Klingt nach einer sehr qualvollen Tötungsmethode.«

»Nun, Sokrates hat sie freiwillig gewählt. Er wollte seine Thesen nicht aufgeben und entschied sich stattdessen für den Schierlingsbecher.«

»Hat Jonathan nicht erzählt, Gregorilos habe sich angezogen und sei losgegangen? Hat er vorher noch etwas gegessen? Hat er jemanden getroffen, den er kannte – und der hat ihm etwas angeboten? Minkel am Badesee mit einem giftigen Sandwich in der Tasche?« Michael schüttelte den Kopf. »Das ist doch nicht wirklich vorstellbar!«

»Wie sieht es mit Kern aus? Er könnte Gregorilos einen tödlichen Snack geschickt haben. Die Wirkung des Giftes setzt nach einer halben Stunde ein – im günstigsten Fall. Es kann aber auch bis zu fünf Stunden dauern, ehe der Betroffene stirbt. Hat Kern sich mit Gregorilos getroffen, bevor er nach Berlin fuhr – oder war das Zeug in einer Praline versteckt? Mist! Ich muss los!«

Silke kehrte ins Büro zurück. »Puh, ihr lüftet! Was für ein betörender Duft die junge Dame umwehte! Das habe ich schon lange nicht mehr erlebt.«

»War als Gedenken an den Toten gedacht. Er hat diesen Duft besonders gemocht«, schmunzelte Wiener. »Offenbar ein wenig empfindliches Riechorgan.«

»Kevin Lange war hier. Er kann sich nicht vorstellen, dass Kern mit dem Mord etwas zu tun hat. Er selbst hatte an dem Tag durchgängig Dienst in der Küche des Hotels Brandenburger Stube. Ich habe schon angerufen, das wurde genau so bestätigt. Man kochte für eine größere Gesellschaft.«

»Wann ist der Telefontermin mit den Eltern des Opfers?«, fragte Nachtigall ein wenig gehetzt. »Ich muss jetzt zur Pressekonferenz.«

»In zwei Stunden.«

»Ich bin ja hier – wenn du noch nicht zurück bist, führe ich das Gespräch allein und zeichne es auf.«

»Du bist nicht hier. Du wirst nämlich jetzt klären, wo der gefleckte Schierling bei uns wächst, wie man das Gift gewinnt und wie man es notfalls aufbereiten kann, sodass der andere nicht merkt, dass er es zu sich nimmt.«

»Im Apothekenmuseum? Meinst du, dort wissen sie Bescheid?«

»Versuchs. Wenn nicht, können sie dir bestimmt sagen, wer dir weiterhelfen kann. Zum Beispiel die Vergiftungszentrale. Ich muss los!« Mit forschem Schritt stürmte der Hauptkommissar los.

»Na gut. Ich gehe einen Giftexperten suchen. Kannst du bitte mal versuchen herauszufinden, wer Sabrina Kluge ist? Die Kanzlei des Notars hatte nur eine Handynummer – und dort meldet sich immer nur die Mailbox. Vielleicht kriegst du raus, wo sie wohnt, was sie beruflich macht und welche Verbindung sie zu Gregorilos hatte.«

Silke lachte. »Okay. Willst du auch Haarfarbe, Lieblingsparfum und Lieblingsfilm erfahren?«

Wiener feixte. Lief davon.

Silke seufzte.

»Innendienst ist echt ätzend«, zischte sie wütend. »Und das hast du dir ganz allein zuzuschreiben, du alberne Kuh! Panikattacken! Aggressionsschübe! Nimm dich zusammen.«

Mit eckigen Bewegungen zerrte sie ihren Schreibtischstuhl zurück, rollte hinter den Monitor und begann mit
der Recherche. Ist doch wirklich öde. Den ganzen Tag
sitze ich hier allein, kriege nur Häppchen serviert und
darf Aufträge abarbeiten. Selbstständiges Denken ist nicht
erwünscht. Und an all dem bin ich selbst schuld! Nicht
zu glauben! Das muss sich ändern!, nahm sie sich vor und
wusste doch, dass es nicht so einfach sein würde, wie ein
neues T-Shirt aus dem Schrank zu nehmen. Hasserfüllt
starrte sie auf ihre Hände, die nur beim Gedanken an eine
Ermittlung, draußen, vor der Tür, wild zu zittern begannen. Silke Dreier! Nimm dich zusammen! Du Memme!
Angst vor der eigenen Wut zu haben, ist doch blöde!

Nachdem man sie damals im Krankenhaus zusammen-
geflickt hatte, sah eigentlich alles gut aus. Sicher, zu Nachtigall und Wiener wollte sie nicht zurück. Die Arbeit in
diesem Team schien besondere Risiken zu bergen. Erst
später begriff sie, dass sie nicht gesund geworden war.
Nachts. All diese Geräusche. Und Schritte vor ihrer Tür.
Oft konnte sie zwischen Traum und Realität nicht mehr
unterscheiden, schreckte auf, fühlte sich gefesselt und
geknebelt, die Schmerzen kehrten zurück. Mit unvermin-
derter Wucht holte sie das Erlebte wieder ein.

Posttraumatische Belastungsstörung, Angststörung,
Aggressionsschübe, Gewaltattacken – viele Erklärungen
für ein und dasselbe: Innendienst. »Solange Sie solche Pha-
sen erleben, sind Sie nicht im normalen Dienst einsetz-
bar«, hatte der Psychotherapeut erklärt. »Sie könnten in
einer Notsituation überrascht werden – dann ist Ihr Einsatz womöglich lebensgefährlich für das ganze Team. Hier
muss sich jeder auf den anderen verlassen können.« Jajaja,
dachte sie genervt, das verstehe ich. Logisch. Aber Innen-

dienst? Vielleicht wäre es ja besser, ich würde versuchen, mich zu desensibilisieren? Silke hämmerte mit den Fingern auf die Tastatur ein. Desensibilisieren hatte nicht geklappt. Gar nicht. An manchen Tagen schaffte sie es nicht einmal zum Einkaufen. Jeder, der hinter ihr stand, konnte ein Täter sein, einer, der es auf sie abgesehen hatte. Die Angst und der Zorn waren schneller vor der Tür als sie selbst. Scheiße!

Das warme Sommerwetter, von dem die Cottbuser in diesem Jahr wahrlich verwöhnt worden waren, hatte gut gelaunte Menschen auf den Altmarkt gelockt. Entspannt saßen sie in den Cafés, genossen große Eisbecher, Cappuccino oder Prosecco. Es wurde gelacht, und eine fröhliche Lockerheit lag über dem gesamten Platz.

Ein wenig neidisch beobachtete Michael Wiener einen Herrn im Anzug. Die Krawatte hatte er gelockert, die Beine ausgestreckt und das Gesicht der Sonne zugewandt. Nur ich bin mal wieder in Sachen Mord unterwegs, dachte er ein wenig verärgert.

Dann lächelte er plötzlich.

Machte kehrt und reihte sich in die Schlange vor der Eisverkaufstheke ein. Eine Kugel – das musste doch drin sein, bevor er sich über den Schierling informierte.

Er entschied sich für eine große Kugel Zitrone mit Waldbeerensoße in der großen Waffel. Keine Sahne – er war eitel genug, auch in diesem Moment an seine Figur zu denken.

Zufrieden schlenderte er mit der mobilen Abkühlung weiter in Richtung Apothekenmuseum.

Ein Schierlingsbecher, überlegte er dabei, eine ungewöhnliche Mordwaffe. Wie viele der Neider und Verärgerten aus Gregorilos Umfeld hätten denn überhaupt gewusst, dass es diese Tötungsmethode früher gegeben hatte? Lernte man das noch in der Schule? Wahrscheinlich nicht. Und wer belegte Griechisch als dritte Fremdsprache? Soweit er wusste, wurde das an keinem der Cottbuser Gymnasien angeboten. Suchten sie einen Mörder mit Sinn für Stil?

Er wischte sich den eisverschmierten Mund mit einem Taschentuch ab.

An die Arbeit.

Die Dame im weißen Kittel erwartete ihn bereits in der Tür zum Apothekenmuseum.

»Sie müssen Herr Wiener sein!« Begeistert schüttelte sie ihm die Hand. »Schön, dass Sie vorher angerufen haben, so konnte ich schon ein paar Dinge für Sie zusammenstellen.«

Sie führte den Besucher durch das Haus in einen Innenhof. »Hier sind die Labore, in denen der Apotheker früher die Rezepturen der Ärzte anmischte, aber auch selbst nach heilenden Wirkstoffen forschte. Ich habe den gefleckten Schierling schon bereitgestellt. Sie erlauben, dass ich vorgehe?«

Beeindruckt sah der Kommissar sich um.

Wände, so dick wie die Katze von Marnies Freundin. In diesen Räumen war es immer kühl. Allerdings auch ein bisschen zu dunkel für seinen Geschmack.

»So sieht er aus!«

Auf einem Tisch wartete ein Glaskolben mit Pflanze auf die Besucher.

»Sie dürfen ihn ruhig anfassen – aber ziehen Sie bitte Handschuhe an«, informierte ihn die Dame und reichte ihm ein Paar blaue Einmalhandschuhe. »Die sind besser als die, die Sie an den Tatorten aus der Tasche ziehen!«, kicherte sie dabei leise. »Alle Teile der Pflanze sind giftig. Kontakt mit Haut oder Schleimhaut sollten Sie also besser vermeiden.«

Wiener nickte, schlüpfte in die Handschuhe. Betrachtete die Pflanze mit einer gewissen Hochachtung. »Sieht gar nicht aus, als sei sie so gefährlich«, meinte er.

»Ja, eher unscheinbar. Aber das ist ein Täuschungsmanöver! Menschliche Täter sind auch oft genug der freundliche Nachbar von nebenan – oder? Dass er ein sadistischer Serienmörder ist, trifft die Leute meist vollkommen unvorbereitet. Ähnlich ergeht es Ihnen mit diesem Gift«, flötete sie fröhlich.

»Ich habe schon gehört, dass es eine ganze Weile dauern kann, ehe es wirkt.«

»Ja. Und dann weiß der Betroffene wahrscheinlich gar nicht mehr, wo er es verabreicht bekommen hat. Eigentlich schmeckt es nicht. Und es stinkt, wie Sie sicher bemerkt haben. Intensiv. Freiwillig würde man es also wohl nicht essen. Schnuppern Sie mal vorsichtig.«

»Uhh! Mäusepisse?«

»Ja«, sie wand sich ein wenig, zeigte sich genant. »Mäuse-Urin. Am giftigsten sind die unreifen Früchte. Das Gift Coniin ist ein Alkaloid. Bei einer letalen Dosis führt es zu einer aufsteigenden Lähmung, die in den Beinen beginnt.«

»Und die letale Dosis liegt bei …?«

»Bei 0,5 bis ein Gramm. Je nachdem, welchen Teil der Pflanze Sie verwenden und welche Gewichtsklasse Sie aus dem Weg räumen wollen, brauchen Sie mehr oder weniger Material«, sie kicherte albern. »Also nicht Sie persönlich.« Dann wurde ihre Miene wieder ernst. »Am wirkungsvollsten, wie gesagt, sind die Beeren. Die grünen.«

»Tatsächlich? Aber die schmecken doch sicher noch weniger als die reifen.«

»Das glaube ich auch. Sie sind bitter. Meist kommt es ja zu Vergiftungen, weil man den Schierling verwechselt. Wild-Kerbel sieht ähnlich aus, Wild-Kümmel ebenfalls. Und heute ist es ja wieder schick, in den Wald zu gehen und nach Herzenslust zu sammeln. Da kommt so was schon mal vor. Sie glauben gar nicht, was die Leute so alles nach Hause tragen! Bloß gut, dass sie das meiste davon eher wegwerfen. Und – ach, das hätte ich nun beinahe vergessen! Es gibt kein Antidot. Wenn das Opfer merkt, dass es vergiftet wurde, ist alles zu spät.«

»Kein Gegenmittel? Wie beim Knollenblätterpilz, nicht wahr?«

»Genau. Allerdings kann man Menschen mit Knollenblätterpilz inzwischen mit neuen Methoden retten. Anders hier. Hat man den Schierling erst mal zu sich genommen, kommt auch die Vergiftung. Und da man im Zweifel nicht sooo viel Material braucht, stirbt der Betroffene häufig. Wie gesagt – das ist dosisabhängig.«

»Ich glaube, das Zeug wächst da, wo ich gerne spazieren gehe. Kann das sein?«

»Am Waldrand? Auf einer Brache? Das ist gut möglich. Er kommt in Europa überall vor. Hat keine unerfüllbaren Wünsche an seinen Standort. Deshalb ist er durchaus weit verbreitet. Die Bauern sorgen allerdings dafür, dass er sich auf den Wiesen nicht breitmachen kann. Kühe und anderes Vieh vergiften sich auch, wenn sie ihn fressen. Und offensichtlich schreckt sie der Gestank nicht ab.«

»Vielen Dank! Wenn sich noch Fragen ergeben …«

»Dann schauen Sie gern wieder bei mir rein!« Gut gelaunt führte die Dame den Ermittler durch die Katakomben, zeigte ihm die anderen Räume, alte Gerätschaften, von denen Wiener nicht in jedem Fall wissen wollte, wofür man sie benutzt hatte, andere, bei denen schon die schiere Vorstellung ... nein, er war froh, dass die moderne Medizin inzwischen auf wesentlich subtilere Instrumente zurückgreifen konnte.

Beeindruckt verabschiedete sich Wiener von der freundlichen Führerin.

»Sehen Sie, der Schierling ist nicht nur giftig. Ist, wie bei vielen anderen Dingen, eben eine Frage der Dosis. Da er über die Haut aufgenommen wird, hatte man früher durchaus einige therapeutische Anwendungen entdeckt. Eine zum Beispiel bestand darin, in Schierlingssud getauchte Tücher auf die Brüste zu legen. Eine Maßnahme zur Busenvergrößerung.« Sie lachte wieder. »Allerdings fürchte ich, dieser Effekt war Begleiterscheinung einer Entzündungsreaktion. Die Brust war einfach angeschwollen. Gegen zu viel Manneskraft half er auch. Dazu strich man ihn auf die Hoden – und konnte nachts ohne lästige Triebe durchschlafen. Eine sicher schmerzhafte Methode. Ein echter Lustkiller.«

Langsam schlenderte Wiener zum Auto zurück.

Was für ein vielseitiges Mittel, dachte er anerkennend.

21. KAPITEL

Die Journalisten drängelten sich wie Sardinen in der Dose.

Der Raum drohte aus allen Nähten zu platzen.

Ein penetrantes Summen verriet, dass es großen Gesprächsbedarf gab.

»Gregorilos war ein international bekannter Künstler. Da mussten wir wohl mit einem Ansturm dieser Art rechnen«, brummte Nachtigall verärgert, versuchte, seine privaten Probleme in den Hintergrund zu drängen und sich auf die bevorstehende Aufgabe zu konzentrieren.

»Nun seien Sie nicht gleich wieder gereizt«, beschwerte sich Dr. März. »Was ist denn los mit Ihnen? Die Presse geht davon aus, dass die Öffentlichkeit ein Recht auf Information habe. Also beschaffen sie sich diese News.«

»Wir sollten uns beeilen. Ich habe einen Telefontermin mit den Eltern des Opfers. Sie leben in Pennsylvania. Oder soll ich sie einfliegen lassen?«

»Wissen Sie, wie teuer das wäre?«, fragte Dr. März konsterniert zurück. »Das können Sie nicht wirklich vorhaben!«

»Nein. Aber das Telefonat würde ich schon gern selbst führen.«

»Das kann Ihr Kollege Wiener übernehmen. Er wird hoffentlich daran denken, es für Sie mitzuschneiden. Außerdem können Sie eventuell weiterführende Fragen dann mit den Eltern auch per Mail klären! Einfliegen lassen – was für eine Idee!«

Nachtigalls Handy vibrierte.

Eine SMS von Michael. Staunend las er, was der Freund über das Gift des Schierlings in Erfahrung gebracht hatte.

»Sollen wir das Gift erwähnen? Oder lieber die Information dazu noch zurückhalten?«

»Ist sich der Rechtsmediziner inzwischen sicher?«

»Schierling, er bleibt dabei. Im Urin konnte er sogar noch Opium nachweisen.«

»Was?«, der Staatsanwalt blieb abrupt stehen. »Das ist nicht Ihr Ernst!«

»Doch. Coniin. Das Gift des gefleckten Schierlings wurde im Originalschierlingsbecher mit Opium versetzt, damit man das Zeug besser schlucken konnte. Herr Wiener beschafft gerade alle nötigen Informationen zu einer Vergiftung damit.«

»Das glaubt uns kein Mensch.« Dr. März schüttelte genervt den Kopf. »Kein Mensch!«

»Nun?«

»Gift. Wir sprechen von einer Vergiftung – und gut«, entschied der Staatsanwalt. »Coniin? Das ist Täterwissen, das wir besser noch für uns behalten sollten.«

»Hoffen wir, dass keiner es ganz genau wissen will!«

Als sie den Raum betraten, wuchsen Summen und Raunen zum Sturm.

»Guten Tag, meine Damen und Herren«, begann Dr. März freundlich. »Wie ich sehe, ist das Interesse an diesem Mordfall sehr hoch. Natürlich können Sie gleich Ihre Fragen stellen, aber erlauben Sie uns eine kurze Darstellung unserer Ermittlungsergebnisse bis zum jetzigen Zeitpunkt. Dadurch wird sich auch schon die eine oder andere Ihrer Fragen beantworten.«

Füße scharrten über den Boden, Kameras klickten,

Mikrofone wurden in Position gebracht. Ein Kameramann des rbb kniete direkt vor dem Tisch, hinter dem die Ermittler Platz genommen hatten.

»Wir wurden gestern zu einem Sucheinsatz am Spremberger See gerufen«, eröffnete der Einsatzleiter der Feuerwehr. »Taucher und Boote. Nach etwa zwei Stunden wurde das eine Tauchteam fündig. Eine halbe Stunde später konnten wir den Leichnam eines bis dahin unbekannten Toten bergen. Der hinzugerufene Arzt vom Dienst bestätigte den Tod und konnte auch sofort Hinweise auf die Identität des Mannes geben. Wir verständigten umgehend die Polizei.«

»Da haben Sie schon gewusst, dass es sich um Gregorilos handelt?«, wollte ein Zwischenrufer wissen.

»Nein. Es war nur ein erster Verdacht. Eine sichere Identifikation erfolgte erst später durch den Assistenten des Künstlers.«

»Wir haben gehört, dass Gregorilos schon …«, fragte die Stimme weiter, wurde aber von Dr. März unterbrochen.

»Nun haben Sie einfach ein wenig Geduld! Der Leichnam wurde obduziert. Gregorilos verstarb an einer Vergiftung, die dazu führte, dass er in der Talsperre ertrank. Wir ermitteln also wegen Mordes.«

Nachtigall übernahm den Stab. »Und zwar, wie Sie es von uns kennen, in alle Richtungen. Gregorilos hatte sich viele Feinde gemacht – ob der Mörder darunter ist, wird sich zeigen.«

Nun gab es kein Halten mehr.

»Soll das heißen, Sie stochern im Trüben?«

»Kann es sein, dass Sie noch keinen Verdächtigen haben?«

»Welches Gift wurde denn verwendet?«

Plötzlich riefen alle durcheinander.

Nachtigall sorgte mit einer herrischen Geste für Ruhe. Er hatte keine Zeit zu verlieren.

»Das Verschwinden des Künstlers wurde von seiner Familie erst Tage später gemeldet. Die Spurensuche gestaltete sich entsprechend schwierig. Wir haben für Sie einige Fotos vervielfältigt, die zum einen den Ring zeigen, den der Künstler nie abzog und der nicht bei der Leiche gefunden wurde – und die Kleidung, die das Opfer bei seinem Verschwinden trug, die ebenfalls noch nicht sichergestellt werden konnte. Sollten Ihre Leser oder Zuschauer wissen, wo sich diese Dinge befinden, wäre es für die Polizei hilfreich, wenn Sie uns diese Information geben könnten. Unter der üblichen Telefonnummer.« Nachtigall machte einem Beamten ein Zeichen, und der begann damit, die Fotografien auszugeben. »Sollten sich Ihre Leser an eine besondere Beobachtung erinnern, die sie am 21. des Monats am Stausee gemacht haben, sollten sie sich ebenfalls an uns wenden.«

»Soll das heißen, Gregorilos lag tagelang tot im Wasser des Stausees? Es wurde nicht nach ihm gesucht? Weil man sein Verschwinden nicht angezeigt hat?«

»Es war nicht so ungewöhnlich für den Künstler, dass er sich gelegentlich unangekündigt eine Auszeit nahm«, erklärte Nachtigall.

»Vielleicht hätte man ihn retten können, wäre sofort nach ihm gesucht worden!«, schrillte eine Stimme über das allgemeine Raunen.

»Er ist nicht nur ertrunken. Man hatte ihn vorab vergiftet. Eine Rettung wäre wohl auch bei einer rasch ausgelösten Suche nicht möglich gewesen«, meinte der Hauptkommissar und hoffte, man würde ihm seine zunehmende Gereiztheit nicht anhören.

»Wer wird sein Vermögen erben? Wird es eine Stiftung für kreative Kunst geben?«

»Da müssen Sie sich bis nach der Testamentseröffnung gedulden. Vielleicht werden Ihnen die Hinterbliebenen dann Auskunft erteilen«, parierte Nachtigall. Sah schnell auf seine Uhr.

»Wenn er erst nach Tagen gefunden wurde – ist dann die Spur nicht kalt? Glauben Sie, dass Sie den Mörder am Ende gar nicht finden werden?«

»Die Tat ist einige Tage her, das stimmt. Das Wasser hat auch viele Spuren vernichtet. Aber ein Blick in die aktuelle Kriminalstatistik wird Ihnen bei der Beantwortung der Frage helfen. Natürlich besteht die theoretische Möglichkeit, dass der Täter nicht gefasst wird – aber in mehr als 90 Prozent der Fälle gelingt es uns«, schaltete sich Dr. März an dieser Stelle wieder ein. »Ich denke, das war's jetzt erst mal von uns. Mit weiteren Fragen wenden Sie sich bitte an unsere Pressestelle. Sollten sich Neuigkeiten ergeben, werden wir Sie natürlich umfassend informieren. Vielen Dank.«

Leiser Protest mischte sich mit Stühlerücken, Papiergeraschel, Klappern und den Geräuschen, die beim Zusammenraffen der persönlichen Habe entstanden.

Plötzlich tönte eine Stimme über den Lärm hinweg. »Es war Kern, nicht wahr? Einer aus unserer Zunft!«

Kommentarlos verließen der Einsatzleiter der Feuerwehr, Dr. März und Peter Nachtigall den Raum.

Draußen fragte der Staatsanwalt: »Kern? Wer ist Kern?«

»Ein Journalist. Er hatte viele gute Gründe, den Künstler zu hassen. Aber er hat ein Alibi. Allerdings ist das

Zeitfenster für den Mord sehr groß – und ganz kann er es nicht abdecken.«

»Hm. Wann bekomme ich Ihren nächsten Bericht? Gibt es einen Hauptverdächtigen?«

»Wir ermitteln. Einen dringend Tatverdächtigen haben wir bisher nicht. Wir stehen ja auch erst am Anfang. Wenn sich jemand meldet, der Angaben zu Ring oder Kleidung machen kann, wäre das hilfreich. Ansonsten ist es natürlich schwierig, Zeugen zu finden. Aber wir haben ja jetzt einen Aufruf gestartet – mal sehen, viel verspreche ich mir nicht davon. Aber man weiß ja nie.«

22. KAPITEL

Die Kopfschmerzen nehmen zu.

Flüssigkeitsmangel. Das ist mir sehr bewusst.

Mein Hirn trocknet ein!

Bald wird sich das Denken verabschieden – und dann kommt der Tod. Meine Stimme klingt wie ein Reibeisen. Ich spreche mit mir, damit ich nicht ganz allein bin – aber das geht nicht mehr lang. Ich merke, wie meine Zunge an Beweglichkeit einbüßt, das Artikulieren fällt mir schwer. Ich denke, sie ist auch irgendwie geschrumpft. In meinem Mund zieht zäher Schleim lange Fäden, mein eigener Geschmack ekelt mich.

Seltsam, aber so richtig Durst empfinde ich gar nicht mehr.

Sicher, ich sehne mich …

Ist vielleicht wie bei der Nulldiät. Ab dem dritten Tag ist der Hunger weg.

Geht bei Flüssigkeitsmangel schneller, weil der Körper nichts so sehr benötigt wie Wasser.

Die Kerze habe ich inzwischen ausgepustet.

Um meine Haut nicht mehr sehen zu müssen.

Falten bleiben stehen, glätten sich nicht. Ich sehe aus, als hätte ich meinen 80. schon vor langer Zeit gefeiert. Wenigstens gibt es hier keinen Spiegel – immerhin ein kleiner Trost. So muss ich mich beim körperlichen Verfall nicht auch noch beobachten!

Manchmal denke ich an meine Eltern. Sie werden über meinen Tod nicht hinwegkommen. Anders als die Frau, die meine Mutter ist. Die Frau, die mich ohnehin nicht wollte.

Wie konnte ich nur so schwachsinnig sein zu glauben, wenn nach vielen Jahren die Tochter vor der Tür steht, könne das eitel Freude auslösen? Bescheuert!

Mariannes Prophezeiungen erfüllten sich aufs Grausamste.

Mein Tod als Preis für meine Neugier.

Das hat schon beinahe etwas Faustisches.

Der erste Tipp, den ich bekam, war ein Irrtum auf ganzer Strecke. Die Frau hatte ihr Kind bei der Geburt verloren, eine Totgeburt. Sie weinte, als sie mir davon erzählte, klammerte sich an meinen Arm und meinte, niemals wäre sie auch nur auf den Gedanken gekommen, ein Kind wegzugeben. Der Verlust ihres kleinen Jungen war das Schrecklichste, was sie je in ihrem Leben erleiden musste.

23. KAPITEL

»So, Sie sind also der Ermittler, der den Tod unseres Sohnes aufklären soll?« Die Stimme am anderen Ende der Leitung klang nah, nie hätte man vermutet, dass dies ein Gespräch nach Übersee war. »Das mit dem Beileid können Sie – wie sagt man das? – stecken lassen. Sie sind also bei der Kriminalpolizei, richtig?«

»Ja. Wir wissen, dass es sich um Mord handelt. Hat Ihr Sohn Ihnen gegenüber erwähnt, dass er sich bedroht fühlte?«

»Oh, unser Sohn?« Der leichte amerikanische Akzent des Sprechers bewies, dass er schon lange kein Deutsch mehr gesprochen hatte. »Aber Waldemar hat nie mit uns über Probleme gesprochen. Ich fürchte, Sie haben einen falschen Eindruck von ihm und seiner Beziehung zu uns. Er hat sich von uns abgewandt, weil er nicht mit einem spießigen Professor für Literaturwissenschaft der State University und einer Designerin in Zusammenhang gebracht werden wollte. Schon vor vielen Jahren. Und wir wollten mit diesem arroganten Menschen auch nichts mehr zu tun haben! Anmaßend war er, aufgeblasen, ein schrecklicher Wichtigtuer! Und mit den steigenden Preisen seiner Bilder wurde das immer schlimmer. Alles, was wir über ihn wissen, stammt von Sophie. Und auch sie telefoniert nur an diesen Pflichttagen mit uns. Sie wissen schon: Weihnachten, Neujahr, Geburtstage. Viermal im Jahr. Wir rufen sie gelegentlich an, nicht nur zum Geburtstag. Aber dann ist sie stets unfreundlich und wortkarg. Macht nicht richtig Spaß, das.«

»Das heißt, Sie haben im Grunde keinen Kontakt gehabt?«

»Richtig. Über den Austausch von Banalitäten ging es seit Jahren nicht hinaus. Haben Sie Kinder?«

»Ja. Drei.«

»Noch klein, oder? Sie klingen so young.«

»Ja. Sehr klein.«

»Dann wissen Sie es noch nicht. Die Freude an und mit den Kindern währt nicht ewig. Bei uns war sie schnell vorbei. Waldemar hat sich von uns losgesagt und uns die Tochter entfremdet, sie indoktriniert, gegen uns aufgehetzt. Glauben Sie mir, wir sind froh, in den USA leben zu dürfen. Müssen wir eigentlich zur Beisetzung nach Deutschland kommen?«

Wiener räusperte sich betreten. »Nur wenn Sie das möchten. Es ist Ihre Entscheidung. Alles freiwillig.«

»Oh, gut. Dann werde ich mit meiner Frau besprechen, ob wir das tun wollen. Ich lege keinen Wert darauf, Menschen kennenzulernen, die diesen Pseudogriechen gemocht haben. Und diese Affenliebe von seinem Assistenten. Der hat ihn regelrecht vergöttert. Ich kann nur hoffen, dass Waldemar ihn in seinem Testament großzügig bedacht hat, denn der arme Kerl wird lang brauchen, um über den Tod seines Gottes hinwegzukommen. Wenn Sie noch Fragen haben, nehmen Sie gern wieder Kontakt zu uns auf. Ansonsten wünsche ich Ihnen noch einen schönen Tag! Have a nice day!«

Damit war das Gespräch beendet.

Wiener starrte den Hörer an. War ratlos.

Als Nachtigall zur Tür reinkam, meinte er: »Der hat es sich wirklich mit allen verdorben. Die Eltern überlegen ernsthaft, ob sie überhaupt zur Beisetzung des Sohnes kommen sollen.«

»Ach? Ein Zerwürfnis, das über den Tod hinaus anhält. Ungewöhnlich.«

»Ja. Der Vater klang sonst sehr angenehm. Die Enttäuschung über den Sohn muss tief gewesen sein und wurde nicht überwunden.«

»Na ja, dazu braucht es mindestens einen, der wirklich will. Und wenn beide Seiten die Energie nicht aufbringen, bricht das Verhältnis dauerhaft.«

Nachtigall hörte sich den Mitschnitt aufmerksam an.

»Wie lang sind die Eltern schon in den USA?«

»Seit 20 Jahren. Da war Gregorilos selbst erst Mitte 20 und seine Schwester gerade volljährig.«

»Wenn man dann beide Kinder verlässt – dann muss die Kälte sehr groß gewesen sein. Er spricht davon, dass der Bruder die Schwester gegen die Eltern aufgehetzt hat. Vielleicht dachte der Vater auch, die Geschwister lebten in einer inzestuösen Verbindung, war angeekelt. Wenn wir auf Hinweise dafür stoßen, müssen wir uns noch einmal mit der sympathischen Stimme aus Pennsylvania unterhalten.«

»Oh, Silke konnte Sabrina Kluge auch nicht erreichen. Aber sie hat eine Adresse herausgefunden.« Wiener wedelte einen Zettel durch die Luft. »Ich habe ihr gesagt, dass sie für heute Schluss machen kann. Sie hatte noch einen Arzttermin.«

24. KAPITEL

»Wie praktisch. Sie wohnt in Cottbus!«, freute sich Nachtigall. »Na dann!«

Der große Wohnblock in der Makkarenkostraße sah nicht gerade einladend aus.

Überall Schmiereien an den Wänden, geballte Fäuste. Auf ihr Klingeln meldete sich niemand.

»Fragen wir eben mal bei den Nachbarn«, entschied Nachtigall und drückte auf die Klingel neben B. Solunker.

»Ja?«, fragte eine Frauenstimme aus der Gegensprechanlage. Gleichzeitig ertönte der Summer.

»Vierte Etage«, sagte Wiener und drückte auf den Knopf neben dem Fahrstuhl.

Als sie dem rumpligen Ding wenig später entstiegen, wartete Frau Solunker bereits in der geöffneten Tür. Ihre stattliche Figur wurde von neonorangefarbenen Leggins und einem grellgrünen T-Shirt in Farbe gesetzt, die nackten Füße steckten in roten Gummicrocks, und um die Haare wand sich ein türkisfarbener Turban. »Und? Die Sprechanlage funktioniert nicht richtig«, begrüßte sie die

Besucher mit einem eklatanten Mangel an Herzlichkeit. »Ich wollte mir gerade die Haare föhnen!«

»Kriminalpolizei Cottbus.« Sie zeigten ihre Ausweise, die einer gründlichen Prüfung unterzogen wurden. »Wir wollten eigentlich zu Frau Kluge, aber sie öffnet nicht.«

»Aha? Hat sie was angestellt?«

»Warum? Ist sie der Typ, der ständig irgendwas anstellt?«

»Nee. Das nun nicht. Aber wenn gleich zwei Kerle von der Kripo hier auftauchen … Da denkt man sich doch seinen Teil. Und hinter die Stirn kann man bei den Leuten ja nicht gucken!«

»Wir wollten uns nur mit Frau Kluge unterhalten.«

»Tja, was soll ich sagen? Sie ist schon seit zwei Tagen nicht nach Hause gekommen. Ist sonst nicht ihre Art.« Sie machte den Weg frei. »Kommen Sie rein. Ist vielleicht kein Thema für den Hausflur.«

Sie führte die Ermittler ins Wohnzimmer.

»Ich habe mich nämlich auch schon gewundert. Wegen der Katze nämlich. Sonst, wenn sie mal nicht nach Hause kommen kann, bekomme ich immer den Schlüssel, damit ich mich um den Kater kümmern kann. Aber diesmal – nix. Und der Kleine maunzt die ganze Zeit. Aber ich kann ihm ja nicht helfen. Und der Hauswart hat gesagt, das geht ihn nix an, er schließt die Tür nicht auf.«

Wiener wusste sofort, dass der Hauswart diese Entscheidung bitter bereuen würde.

Nachtigall drückte die Kurzwahl auf dem Display. »Wir brauchen einen Streifenwagen in die Makkarenkostraße 27. Findet raus, wo der Hausmeister ist, und bringt den mit. Und den Generalschlüssel!«

»So, wann haben Sie Frau Kluge zum letzten Mal gesehen?«

»Ach – vor zwei Tagen etwa. Sie kam vom Einkaufen zurück. Sie kann ja immer erst spät – sie ist selbstständig, und da diktieren die Kunden die Dauer des Arbeitstages – sagt sie immer. Wir haben uns kurz zugenickt. Das war's. Am nächsten Morgen habe ich sie gehört. Bleibt ja nicht aus, wir wohnen ja Wand an Wand. Danach ist sie nicht mehr zurückgekommen.«

25. KAPITEL

Jonathan kniete vor dem Altar.

Gregorilos wäre sehr zufrieden mit ihm. Vielleicht sogar ein bisschen stolz auf seinen Assistenten.

Sophie war gerührt gewesen.

Er war allein zu Hause, konnte seinen Tränen freien Lauf lassen.

Was sollte nun werden?

Wenn die Polizei den Täter schnappte … aber das würden die nicht. Er hatte die ersten Berichte im Internet gelesen. Es gab keine heiße Spur und nach einer so langen Liegezeit keine Hinweise an der Leiche. Offensichtlich kannten sie nicht einmal das Gift. Jedenfalls wurde bei der Pressekonferenz nichts darüber gesagt, nur allgemein darauf verwiesen.

Seine Gedanken schweiften weg von dem grausamen Ende seines Idols.

Gregorilos war immer gut zu ihm gewesen. Sicher, er lebte nach Prinzipien, ein Verstoß brachte einem jede Menge Ärger ein. Aber es waren edle Gebote, die den Alltag dominierten.

Der Assistent schloss die Augen.

Rief seinen Lieblingsgedankenfilm auf.

Gregorilos auf seiner Chaiselongue im Atelier, er trug weite weiße Kleidung und dozierte von einem Gesellschaftssystem, in dem das Reine und Gute für Struktur sorgen sollten.

»Frage dich immer, was es mit den anderen tut, wenn du etwas entscheidest. Schade ihnen nicht sinnlos. Gewiss, manchmal muss man sich zur Wehr setzen, den anderen Grenzen aufzeigen – aber das haben sie dann selbst verschuldet. Wer nicht rein in seinem Denken ist, begeht Fehler.«

Und dann las er aus der griechischen Mythologie.

Jonathan hing an den Lippen des Künstlers.

Saugte alles gierig auf, versuchte, sein Denken und Handeln den neuen Ansprüchen anzupassen. Nicht immer mit Erfolg.

Gregorilos konnte sehr böse werden, wenn er Gier, Selbstsucht oder andere verwerfliche Charakterzüge an seinem Zögling entdeckte.

Seine Strafen waren entweder physisch oder psychisch schmerzhaft – bei schlimmen Verstößen auch beides.

Als er daran dachte, tasteten seine Finger über die verdickten Narben an seinem Rücken.

»Der Edle darf denjenigen, der auf dem Weg zur Vollkommenheit gefehlt hat, strafen, ja er muss es sogar tun. Doch er achte drauf, dass ihm die Züchtigung keinen Spaß bereite, sondern er die Qual des anderen wie seine eigene empfinde.« Jonathan sah, dass der Meister litt, wenn er strafen musste, und empfand die Schuld daran als schwerste Bürde.

»Sei nicht ungeduldig«, wisperte er dem Bild zu. »Ich folge nach, sobald ich kann!«

Plötzlich wurde ihm bewusst, wie spät es bereits war.

Das Essen! Die Absprachen mit der Köchin fielen ebenfalls in seinen Aufgabenbereich.

Er sprang auf die Füße, küsste das Foto von Gregorilos zum Abschied und lief eilig in die Küche.

26. KAPITEL

»Was soll denn der Quatsch!«, beschwerte sich der Mann in blauer Arbeitskleidung. »Glaubt die Polizei, unsereiner hätte nichts anderes zu tun, als sich um ein Katzenvieh zu kümmern? Ist doch nur lächerlich so was! Die junge Frau wird dem Viech schon was zum Fressen hingestellt haben, bevor sie los ist. Meine Güte!«

Er fummelte an seinem Schlüsselbund, fand den Generalschlüssel und steckte ihn ins Schloss.

Bevor er ihn umdrehte, maulte er: »Und dann kommt die Frau Kluge wieder, und ich krieg den Ärger. Ich bin gar nicht befugt, die Tür aufzusperren! Oder habt ihr so einen Wisch für mich? Richterliche Anordnung oder so?« Er sah in die Runde. »Na siehste! Habt ihr nicht. Also bleibt zu!«

»Schließen Sie sofort die Tür auf. Eine ungeklärte Gefährdungslage rechtfertigt das allemal. Vielleicht ist Frau Kluge verletzt und kann nicht auf sich und ihre Situation aufmerksam machen! Also los!«

Mürrisch drehte sich Joachim Blauer wieder um, öffnete die Tür.

Ein widerlicher Gestank schlug den Wartenden entgegen. Nachtigall drängte sich am Hauswart vorbei in die Wohnung und schlug ihm die Tür vor der Nase zu.

»Na, mein Kleiner, wo bist du denn?«, lockte er leise und ging in die Hocke. »Ich habe gehört, du hast Hunger?«

Sofort antwortete ihm ein herrisches Maunzen, und ein prächtiger Kater schoss um die Ecke, warf den Hauptkommissar beinahe um, als er seinen mächtigen Kopf gegen dessen Knie rammte. »Okay.« Nachtigall lachte warm. »Ein Kleiner bist du nicht, das nehme ich zurück. Maine Coon, ja?«

Er hob das Tier hoch und ging zügig von Raum zu Raum.

Die Küche war nicht aufgeräumt. Das Frühstücksgedeck stand noch auf dem Tisch, in der Spüle das gesammelte schmutzige Geschirr mehrerer Tage. »Na, dein Frauchen hat wohl nur alle paar Tage mal abgewaschen. Bei einer Person fällt ja auch so viel nicht an.«

Im Schlafzimmer stand ein Einzelbett. Nicht gemacht. Auf dem Nachttisch stapelten sich Bücher.

Schnell bückte er sich und warf einen Blick unter das Bett – man konnte ja nie wissen.

Gar nicht lange her, da hatte ein Team vom ersten Angriff den Mörder unter dem Bett des Opfers übersehen. Also lieber einen Blick riskieren.

Auf dem Wohnzimmertisch standen eine leere Flasche Rotwein und ein Glas. Daneben Chips.

»Die waren dir wohl zu salzig, ja? Hast du den Wein getrunken, oder war das Glas leer?«

Bücher waren aus dem Regal gefegt, lagen als unordentlicher Haufen auf dem Boden, einer der Sessel lag auf dem Rücken, die Stehlampe auf der Seite. Jemand hatte einen Kerzenständer in den Fernseher geworfen. Schubladen waren aus der Kommode gerissen und ausgekippt worden. Nachtigall entdeckte Blut. Eine große Lache auf dem Teppich neben dem Tisch und viele Spritzer an der Wand dahinter, einen blutigen Handabdruck am Türrahmen. Etwas, das wie eine blutige Schleifspur aussah und in den Flur führte.

Das Bad war eng und dunkel.

Nachtigall fand einige Medikamente im Spiegelschrank über dem Waschbecken.

»Da muss der Rechtsmediziner mal drauf schauen. Keine Ahnung, was dein Frauchen so eingenommen hat.«

Die beiden führte ihr Rundgang in die Küche zurück.

Nachtigall suchte nach dem Katzenfutter, fand es in einem der Hängeschränke und füllte dem Kater etwas in sein Schälchen.

»Immerhin, deine Verdauung war gut. Für den strengen Geruch hier bist du verantwortlich, nicht? Deine Toilette entsprach nicht mehr deinen hygienischen Ansprüchen? Maine Coon sind stolze Katzen.«

Rasch kehrte Nachtigall mit dem Tier unter dem Arm zur Tür zurück.

»Niemand zu Hause. Der Kater ist ein wenig beleidigt, aber sonst geht es ihm gut. Im Wohnzimmer gibt es Spuren eines Kampfes. Wir brauchen den Erkennungsdienst. Frau Kluge ist nicht hier. Vielleicht finden wir auf dem Anrufbeantworter einen Hinweis darauf, wo sie geblieben sein könnte.«

Wiener nickte, trat in den Flur.

Kam nach wenigen Minuten zurück.

»Zehn neue Nachrichten auf dem AB. Sie war mit ihrer Freundin verabredet, die hat ganz hysterisch fünfmal angerufen. Im Büro ist sie nicht erschienen, von dort kamen zwei Anrufe mit Nachfragen, ob sie denn krank sein. Eine Nachricht von ihrem Chef, sie solle sofort eine Krankschreibung abgeben. Zwei haben keine Nachricht hinterlassen. Aber die Nummern sind gespeichert, wir können zurückrufen.«

Frau Solunker drängte sich durch. »Kann ich die Katze zu mir nehmen, bis Frau Kluge zurückkommt? Wir beide kennen uns ja schon gut, da wird er sich fast wie zu Hause fühlen. Ich hole nur rasch das Futter und seine Toilette zu mir rüber.«

»Moment noch. Herr Blauer, wir brauchen ein paar Daten von Ihnen. Ich fürchte, es wird ein bisschen Ärger für Sie geben. Tierquälerei zum Beispiel. Kollegen, kann sich einer von euch darum kümmern?«, meinte Nachtigall und zur Nachbarin gewandt; »Gut. Machen wir das so. Aber ich hole all seine persönlichen Dinge aus der Wohnung und hinterlasse einen Zettel für Frau Kluge, damit sie weiß, was passiert ist. Sie melden sich bitte sofort bei uns, wenn sie zurückkommen sollte.« Er gab der Nachbarin Kater und Visitenkarte.

Wenig später kehrte er mit Napf, Toilette und Futter-
dosen zurück.

Der Kater schlief bereits völlig entspannt auf der nach-
barlichen Couch.

»Ist doch eigenartig. Offensichtlich war es nicht ihre
Art, einfach abzutauchen.« Michael Wiener steuerte den
Wagen etwas zu aggressiv durch den Feierabendverkehr.
»Und das Wohnzimmer sieht nach Kampfplatz aus. Übri-
gens habe ich nirgends einen Laptop oder Rechner gese-
hen. Hat nicht heute praktisch jeder einen?«

»Den hat der Täter vielleicht verschwinden lassen. Wir
wissen ja noch gar nicht, worum es hier gehen könnte.
Möglich, dass brisante Daten auf der Festplatte zu finden gewesen wären, die uns auf die Spur des Täters hätten bringen können. Aber wir werden jede Menge DNA-
Spuren sichern. Als ich die Utensilien für den Kater geholt
habe, sind mir kleine Blutanhaftungen am Spiegelschrank
im Bad aufgefallen. Vielleicht hat der Täter sich verletzt
und brauchte ein Pflaster.«

»Wir fragen in diesem Büro nach. Die Nachbarin sagte
doch, Frau Kluge sei selbstständig – wieso hat sie dann
einen Chef? Vielleicht eher ein Auftraggeber. Das würde
auch erklären, warum der so sauer war.«

»Gregorilos wurde ermordet, eine der Haupterbinnen
ist spurlos verschwunden. Zufall? Ich glaube nicht an solche Zufälle.« Nachtigall starrte aus dem Fenster. Dachte
an den lachenden Mann, groß und schlank, der Conny im
Restaurant in Burg gegenübergesessen hatte. Wer war der
Kerl? Und – im Grunde war das die wichtigere Frage –
warum hatte sie ihm nichts davon erzählt, dass sie sich mit
jemandem treffen wollte? Er seufzte schwer.

»Am besten, wir bringen etwas Ordnung in die ver-
trackte Angelegenheit. Wir tragen jetzt erst mal alles
zusammen, was wir schon haben. Mal sehen, ob sich dann
ein Muster ergibt«, entschied der Hauptkommissar dann.
»Du kannst ja Silke morgen in alles einweihen.«

Das war aber gar nicht notwendig.

Silke Dreier wartete bereits auf die Kollegen, hatte
schon alles für die Besprechung vorbereitet.

»Prima. Dann können wir gleich loslegen«, freute sich
Wiener.

»Also gut. Was haben wir? Zum Opfer?« Er schrieb
Gregorilos oben auf das weiße Blatt des Flipcharts.

»Waldemar Gernot Gausch. Nennt sich erst nur noch
Gernot, tauft sich dann in Gregorilos um. Künstler. Sehr
erfolgreich.«

»Ich habe das nachgeprüft. Gregorilos ist offiziell als
Pseudonym eingetragen. Er durfte sich also tatsächlich
auch überall so nennen und konnte sich ausweisen«,
ergänzte Silke. »Es ging nicht nur um einen privaten
Künstlernamen.«

»Seine Eltern haben keinen Kontakt zu den Kindern.«

»Zeugen beschreiben ihn als arrogant, selbstherrlich,
intrigant, boshaft. Er hat, ohne mit der Wimper zu zucken,
Karrieren vernichtet.«

»Ich habe die Namen der Erben gecheckt. Klaus Grau.
Er war beim Lokalfernsehen angestellt. In einer Diskussion hat Gregorilos ihn bis auf die Haut blamiert. Seither
stagniert seine Karriere nicht nur, sie ist rückläufig. Tatsächlich bezieht er im Moment Harz IV.«

»Bis auf die Haut blamiert?«

»Ja. Grau hat sich auf ein Gespräch über griechische

184

Mythen und ihre Bedeutung für die heutige Zeit eingelassen, konnte aber nicht wirklich etwas beisteuern. Gregorilos hat ihn sehenden Auges in die Katastrophe laufen lassen, als Grau sich im psychologischen Dickicht verstrickt hatte. Peinlich. Auf YouTube kann man sich den Mitschnitt ansehen.« Silke schüttelte den Kopf. »Wie konnte er nur! Er muss doch gewusst haben, dass Gregorilos sich in diesem Themenkomplex bestens auskennt.«

»Selbstüberschätzung?«, meinte Michael.

»Als Täter kommt Klaus Grau nicht in Betracht. Er ist seit einer Woche in Urlaub. Die Agentur für Arbeit wurde korrekt darüber informiert. Emilio Latenzo ist Anfang des Jahres an einem Tumorleiden verstorben, Heike Brunn verunglückte bei einer Bergbesteigung tödlich, Julien Ring lebt in Frankreich, ist zurzeit im Orient unterwegs. Reportageauftrag. An den anderen bin ich dran.«

»Phil Paluschig fehlt uns noch!«, mahnte Nachtigall an, und Wiener notierte diesen Punkt auf einer Liste für den nächsten Tag.

»Todesursache ist atypisches Ertrinken. Erst verabreichte man ihm Coniin, das Gift des gefleckten Schierlings, dann ertrank er infolge der einsetzenden Lähmung«, steuerte Thorsten Pankratz bei, der unbemerkt ins Büro getreten war.

»Hallo! Wie schön, dass du kommen konntest. Setz dich zu uns. Wie du siehst, tragen wir gerade die Ergebnisse zusammen.« Nachtigall freute sich ehrlich, den Freund in der Runde zu haben. »Silke gehört auch wieder zum Team!«

»Willkommen.« Der Rechtsmediziner nickte der jungen Frau freundlich zu, zog sich einen Stuhl heran.

»Fragt sich nur, wie man ihm das Coniin beigebracht hat.« Wiener dachte an den abschreckenden Geruch.

»Ja, ich weiß, was du meinst. Einfach die Beeren zerquetschen und irgendwo untermischen, ist schwierig. Sie sind bitter, und der Geruch … nein. Aber vielleicht hat der Täter das Gift aus den Beeren gelöst und es in flüssiger Form einem Essen zugemischt.«

»Gelöst?«

»Kennt ihr ›Das Parfum‹? Von Patrick Süßkind?«

Die drei Ermittler nickten.

»So oder so ähnlich. Dann liegt die Substanz in Alkohol vor. Ich gehe davon aus, dass der Mörder diesen Weg gewählt hat. Man braucht nur Alkohol und einen Kolben. Einige Ratten, um die Wirkung zu testen und die richtige Dosis zu finden. Eine große Apparatur ist nicht vonnöten.«

»Schierlingsschnaps! Ich fasse es nicht! Und der Geruch ist auch weg?«, fragte Wiener beeindruckt.

»Ich weiß es nicht. Ich habe es noch nie ausprobiert.« Dr. Pankratz lachte leise. »Aber vielleicht sollte ich das mal. Natürlich ist theoretisch auch eine andere Beibringung denkbar. Als Brotaufstrich, mit viel Chili. Dann nimmt man vielleicht an, der Schmerz ist eigentlich Schärfe und ist bereit, ihn zu ignorieren. Bleibt aber das Problem mit dem Geruch. Den nehmen auch andere wahr, die nur danebensitzen. Tatsächlich haben wir keine Reste dieser Art in seinem Mageninhalt finden können. Nach so langer Zeit ist das auch nicht anders zu erwarten. Ich denke, er hat das Zeug als Beimengung getrunken. Alkohol im Blut zum Todeszeitpunkt etwa 1,8 Promille. Er ist niemandem als torkelnder Dicker in weißem Gewand aufgefallen, also ein an hohe Dosen gewöhnter Mensch. Durchaus möglich, dass er Alkoholiker war, seine Umgebung das aber gar nicht wahrgenommen hat.«

»Warum mit Schierling? Das Gift ist nicht wirklich berechenbar in seiner Wirkung – oder? Es klappt entweder schnell oder in einem Zeitfenster von fünf Stunden. Und die Dosierung ist ebenfalls nicht einfach. Erstechen oder erschlagen wäre sicherer gewesen.« Nachtigall sah die beiden anderen an. »Oder ging es dem Täter um die symbolische Wirkung? Grieche, Tod und Schierling? Gregorilos und der Schierlingsbecher?«

»Ja, ich gehe davon aus, dass er eine passende Tötungsart gewählt hat. Der Aufwand zur Extraktion ist hoch, und die Beibringung des Gifts eventuell schwierig. Auf jeden Fall muss der Täter den Mord schon seit längerer Zeit geplant haben.« Der Rechtsmediziner lehnte sich zurück. »Man hat dem Original Opium beigemengt, um die Schmerzen beim Schlucken erträglich zu machen. Ich habe, wie ich euch ja schon mitgeteilt habe, Spuren im Urin des Opfers nachweisen können.«

»Also ein echter Schierlingsbecher. Wir haben ein paar Verdächtige, die aber ein Alibi haben oder aus anderen Gründen ausscheiden. Du müsstest ja zum Beispiel auch wissen, dass Schierling giftig ist, wo man ihn findet, wie man das Gift extrahieren kann und dergleichen. Ist ja nun wirklich ziemlich aufwendig.«

»Ich kann mir auch nicht vorstellen, dass Walter Minkel durchs Brachland streift, um Schierling zu finden«, bestätigte Wiener. »Und dennoch. Seinem Alibi vertraue ich nun wirklich nicht.«

»Wir werden den Wirt morgen zu uns bitten. Wenn ihm das Publikum fehlt, ist er vielleicht gesprächiger«, entschied Nachtigall.

»Was ist mit Sabrina Kluge?«, fragte Wiener. »Ein Opfer?«

Nachtigall schrieb den Namen ans Flipchart. »Die Anrufe sind ein Indiz dafür, dass sie sonst nicht einfach verschwindet. Normalerweise kümmert sie sich auch um die Versorgung des Katers. Die Spuren in der Wohnung deuten darauf hin, dass ihr etwas zugestoßen ist.«

»Wer ist das?«, erkundigte sich Dr. Pankratz.

»Eine der Haupterben. Der Notar weiß nicht, in welchem Verhältnis sie zu Gregorilos stand. Er hat ihn im Unklaren gelassen. Wir müssen herausfinden, was für eine Rolle die Frau im Leben des Opfers spielte. Die Geliebte zum Beispiel ist nicht bei den Haupterben genannt.«

»Wenn wir morgen den Bericht der Spurensicherung haben, dann setze ich mich gleich drüber und suche nach weiteren Angaben, frage bei ihren Freunden nach«, versprach Silke eifrig.

»Noch ein Punkt für die Liste«, seufzte Nachtigall. »Ein Besuch im Haus des Opfers. Den Tagesablauf klären, Ess- und Trinkgewohnheiten erfragen.«

»Jonathan hat in Ausnahmefällen das Essen für alle zubereitet. Allerdings fiel das normalerweise in den Bereich der Köchin, die im Haus angestellt ist. Wenn ich ihn richtig verstanden habe, trafen sich die drei und aßen gemeinsam. Aber ich weiß nicht, ob Gregorilos Alkohol getrunken hat. Das müssen wir also klären. Wenn er das Gift als Schnaps bekommen hat, funktioniert das nur, wenn er kein fanatischer Abstinenzler ist.«

»Es gibt viele Leute, die Gregorilos gehasst haben. Zum Beispiel Winfried Kern«, Nachtigall begann, die Namen untereinander zu schreiben, »und Walter Minkel. Auch Phil Paluschig hat angeblich guten Grund gehabt, wütend auf ihn zu sein, aber den müssen wir noch befragen. Da das Zeitfenster recht groß ist, sind die Alibis nicht so, dass sie zuverlässig die gesamte mögliche Tatzeit abdecken. Minkel war angeblich in seiner Stammkneipe, danach in seiner Wohnung, wo die Nachbarin ihn gehört haben will. Kern war in Berlin. Aber natürlich haben wir hier das gleiche Problem. Insgesamt nennt das Testament 20 Namen von Erben, die ein kleines Legat bekommen können, wenn sie gewisse Auflagen erfüllen.« Mit ein paar Worten erklärte er die Forderungen und Konsequenzen.

»Ganz schön fies. Beeindruckend. Vielleicht sollte ich mir die Passage für mein eigenes merken«, feixte Dr. Pankratz. »Wenn wir davon ausgehen, dass Gregorilos zu seinem Spaziergang aufbrach und in den See zum Baden ging, können wir ja immerhin ungefähr festlegen, wann er gestorben ist. Wissen wir, wann er losging?«

Wiener blätterte in den Unterlagen. »Moment, ich finde das gleich. Jonathan hat es mir gesagt. Hm … Ah, hier. Es war gegen 14 Uhr. Die Schwester schlief noch. Gregorilos trug dem Assistenten auf, er solle etwas Leckeres zum Essen in Cottbus besorgen, und zog sich legere Kleidung an. Jonathan wusste, dass damit Pizza gemeint war. Er sah ihm noch nach, legte einen Zettel für die Schwester auf das Handtuch und fuhr los. Nach etwas mehr als 45 Minuten war er zurück. Von Gregorilos keine Spur.«

»Also hat er das Gift entweder am späten Vormittag bekommen, oder man hat es ihm auf dem Spaziergang verabreicht. Es ist aber so: Wenn er gegen elf Uhr Coniin zu sich genommen hätte, wären erste Vergiftungserscheinungen wohl schon vor 14 Uhr aufgetreten. Hunger gehört nicht dazu. Daher neige ich eher zu der These, dass ihm der Cocktail erst beim Spaziergang angeboten wurde. Möglicherweise hat ihm jemand aufgelauert. Einer von euren Verdächtigen zum Beispiel.«

»Wenn er erst nach 14 Uhr das Zeug bekommen hat, hat Minkel ein Alibi. Seine Kneipe.«

»Wenn wir davon ausgehen, dass der Schierlingsbecher ein Zeichen sein sollte – nehmen wir dann wirklich an, Minkel hätte es gewählt? Ihn störte doch nicht so sehr die griechische Pose – eher die Geldgier des Künstlers – oder ging ihm das Getue doch so sehr auf die Nerven?«, fragte Silke.

»Ein Ablenkungsmanöver? Wir sollen genau das denken.«

»Bleibt auch der Gestank als Hürde. Wer sollte so etwas schon aus Versehen trinken? Gerade wo er doch sicher alles über die Geheimnisse des Schierlingsbechers wusste!«

Thorsten Pankratz räusperte sich. »Vielleicht kann ich das klarstellen. Es gibt Erkrankungen, die den Geruchssinn des Menschen beeinträchtigen oder komplett ausschalten. Vorübergehend oder dauerhaft. Möglicherweise konnte er den Mäuseuringeruch also gar nicht bemerken.«

27. KAPITEL

Ulla war so enttäuscht.

Ein schrecklicher Tag lag hinter ihr, und eigentlich war ihr so richtig zum Heulen.

Rückblickend war der einzige echt gute Moment der gewesen, als sie Bernd vorgeschlagen hatte, sich mit ihr jetzt und sofort in den Schlafsack zu schlagen und endlich mal Taten folgen zu lassen! Ha – das Gesicht war Gold wert gewesen. Entsetzen war gar kein Ausdruck für das, was sich da ausbreitete. Bernd fing an zu stottern, wand sich wie eine Schlange, versuchte, Argumente gegen diese Aktion zu finden – und erkannte schließlich, dass nur die Wahrheit helfen konnte. Er sagte Nein. Und gestand, dass er seine Packung mit dem Viagra zu Hause vergessen habe. Er versicherte ihr eilig, Lust sei natürlich vorhanden, mehr, als sie sich vielleicht vorstellen könne, aber die notwendige Steifigkeit wolle sich eben ohne Unterstützung nicht einstellen.

»Gute Freunde?«, erkundigte er sich am Ende des Gesprächs vorsichtig.

»Klar! Ist mir auch das Liebste!«, gestand Ulla ihm zum Abschied, damit er sich nicht gar so schlecht fühlen würde.

Danach dann dieser idiotische Vortrag zum Thema »Bin ich ein Schwein ...«. Der Redner war nicht gekommen! Er hatte seine Schwester geschickt – oder sie sich selbst, wie man einräumen musste. Jemand hatte den Kerl umgebracht, was ja als Argument fürs Nichterscheinen kaum zu entkräften war. Aber musste der sich ausgerechnet jetzt ertränken lassen?, dachte sie ungerecht. Dieser ganze Urlaub hier war ein einziges Desaster! Das Sextainment Camp eine Katastrophe, der Vortrag über Essgewohnheiten uninteressant – ja und dann die Sache mit Ulf. Also die war ja nun wirklich der Gipfel der Gipfel.

Bedrückt starrte sie auf ihre Hand.

Der wundervolle Ring – weg!

Ulf war in die Stadt gefahren und völlig aufgelöst zurückgekommen.

Er müsse ihr ein Geständnis machen, kündigte er an. Es sei zwar bestimmt ein Schock für sie, ließe sich aber aufgrund der aktuellen Nachrichtenlage nicht umgehen.

Ulla dachte zuerst an Griechenland. Die Schuldenkrise.

Und in gewisser Weise lag sie sogar richtig damit.

Wie sich herausstellte, hatte Ulf schon seit ein paar Tagen gewusst, dass der Redner verhindert sein würde – er hatte ihn nämlich im See dümpeln sehen!

Grässliche Vorstellung.

Am Ufer hatte sich jemand mit einem Stapel Kleidung beschäftigt.

»Woher hätte ich denn wissen sollen, dass das die Kleider des Toten waren?«, fragte Ulf aufgebracht. »Die Leiche habe ich erst viel später gesehen! Mir fiel der Mann auf, der bewegte sich irgendwie sonderbar.«

Ulla war schockiert.

Der Dieb hatte die Kleider eingesteckt. In einen Jutebeutel. Und als er ein Taschentuch in seine Hosentasche schieben wollte, fiel etwas zu Boden. Ulf – von jeher mit einer Neugier ausgestattet, die Ulla absolut fremd war – beeilte sich nachzusehen, was ins Gras gefallen war. Dabei entdeckte er den Ring.

»Du hast mir etwas geschenkt, das ein anderer verloren hat?«, fragte sie pikiert.

Doch es sollte noch schlimmer kommen. Viel schlimmer.

In der Zeitung stand nämlich, dass dieser Ring dem ermordeten Redner gehört hatte, diesem Gregorilos, der eigentlich gar kein Grieche war, wie Ulf inzwischen wusste.

Natürlich hatte sie sich mit einem Aufschrei sofort das Ding vom Finger gerissen und ihm vor die Füße geworfen. Blut spritzte. Irgendwie hatte sie wohl den halben Daumen abgeschert. Es tat höllisch weh. Einem ersten Impuls folgend wollte sie die Lippen um die Wunde legen – doch dann schreckte sie davor zurück. Womöglich hatte die Leiche den Ring ja noch selbst getragen! Leichengift!, schoss ihr durch den Kopf, gefährlich, eventuell tödlich. Während sich Ulf in den Taschen seiner Jeans auf die Suche nach einem Taschentuch machte, kam Alex.

Nun, Alex war eigentlich kein Problem.

Gut erzogen und freundlich.

Er stöberte zwischen den beiden herum, schnupperte an Ulla, sah zu Ulf. Tobte dann weiter zu einer anderen Gruppe aus dem Sextainment Camp.

Ulf entschuldigte sich dauernd, der Daumen brannte fürchterlich – ihr war alles zu viel, und sie brach in Tränen aus.

Während ihr Mann sich um den Daumen kümmerte, forschten seine Augen über die Wiese.

»Scheiße, Ulla, der Ring ist weg. Alex muss den gefressen haben!«

Ihr war das herzlich egal. Sie würde jetzt an dem Leichengift eingehen, das über die grässliche Wunde in ihren Körper eingedrungen war. Ihre Tage waren gezählt!

»Hör doch auf zu weinen, Ulla. Ich schenk dir einen neuen Ring, viel schöner noch als der andere!«, versprach Ulf, der sich inzwischen auf allen vieren über den Rasen schob, die Hände tastend voraus.

Doch Ulla konnte gar nicht aufhören. Sie schluchzte hemmungslos. All ihre Enttäuschung, ihr Frust und ihre Wut wollten endlich raus.

»Hör mal, wenn du möchtest, kannst du ihn auch selbst aussuchen. Mit einem tollen Stein, ehrlich. Aber jetzt, meine Süße, müssen wir den anderen erst mal wiederfinden.«

Ulla kroch neben ihm her. Tränenblind war sie allerdings keine echte Hilfe.

Ulf war gereizt und ungerecht.

»Das ist nur deine Schuld! Hättest du den Ring nicht hysterisch weggeworfen, gäbe es das ganze Problem nicht!«

»Wenn du mir nicht den Ring geschenkt hättest, den man einem Leichenfinger abgezogen hat, wäre ich auch nicht so entsetzt gewesen. Vielleicht hättest du Geld in ein echtes Geschenk investieren sollen! Außerdem bin ich die Leidtragende. Mein Daumen tut wahnsinnig weh – und einen Ring habe ich auch nicht mehr.«

»Ich habe doch schon gesagt, dass du einen neuen bekommst! Was soll ich denn noch tun?«, schrie er sie unbeherrscht an.

Ulla kroch weg. Weg vom Ring, weg von Ulf, weg von all den Problemen. Setzte sich trotzig im Schneidersitz neben das Zelt.

Schwieg. Betastete den Finger. Machte sich Sorgen.

Dachte an all die Dinge, die Männer tun konnten, um ihre Frauen liebevoll zu trösten – über den Schmerz und den Verlust hinweg.

Über die Wiese zu robben und rumzuschreien, gehörten eindeutig nicht dazu.

Wütend schob sie die Unterlippe vor.

Ulf war ein Arschloch!, erkannte sie nun glasklar. Dieses Camp war wieder eine seiner bescheuerten Ideen – und jetzt auch noch dieses Fiasko.

Enttäuscht und gekränkt sah sie ihn zu der Gruppe laufen, in der auch Alex' Herrchen stand.

»He, Knut. Du, dein Hund hat gerade Ullas Ring verputzt.«

»Tja.« Herrchen zuckte mit den Schultern.

»Wir möchten ihn zurück. Jetzt.«

Knut lachte warm. »Lieber Ulf, das funktioniert so nicht. Wenn Alex nachher gefressen hat, drehe ich mit ihm eine Verdauungsrunde. Dabei könnte es sein, dass er ihn wieder hergibt. Ich bringe dir die Tüte nachher vorbei.«

»Tüte?«

»Na, der Ring kommt natürlich nicht allein aus Alex, sondern mit dem Rest der Mahlzeit. Ist doch logisch, oder? Du kannst aber gern danach suchen.«

Betreten machte sich Ulf auf den Rückweg zu Ulla.

»Wird dauern«, erklärte er knapp.

Er stapfte an seiner Frau vorbei und verschwand wütend in Richtung Parkplatz.

Klar, dachte Ulla beleidigt, nun geht er sich Bier holen. An mich denkt er nicht die Bohne!

Ulf war erst nach zwei Stunden zurückgekommen.

Hatte sich mit einem Kasten Bier neben das Zelt gesetzt. In mehr oder weniger regelmäßigen Abständen hörte sie das Zischen, wenn der Kronkorken von der nächsten Flasche entfernt wurde.

Im Beutel von Alex war der Ring nicht zu finden gewesen.

Knut hatte gar nicht mehr freundlich ausgesehen, als Ulf ihm das berichtet hatte.

Sein Gebrüll hörte man wahrscheinlich über den ganzen Campingplatz. »Du, das eine sage ich dir, wenn mein Hund Schaden nimmt, weil du Volltrottel ihm was zu fressen gegeben hast, dann gnade dir Gott! Darmverschluss oder so! Ich warne dich!«

»Dein Hund hat uns was geklaut!«

»Mein Hund klaut nicht! Solche moralischen Kriterien sind ihm kein Begriff!«

Nach einigem Hin und Her – am nächsten Morgen bekämen sie das neue Tütchen.

Und nun?, dachte Ulla, die nicht einschlafen konnte.

Passend zu den Unwettern in ihrem Denken und Fühlen tobte draußen ein eindrucksvolles Gewitter.

Als ruhig liegen nicht mehr ging, krabbelte sie aus dem Schlafsack. Ulf schnarchte bierselig.

Sie setzte sich an die Frontplane, zog den Reißverschluss ein Stückchen auf.

Und da sah sie es: im kalten Mondlicht. Direkt vor ihrem Zelt auf der Wiese. Eine bleiche Hand.

28. KAPITEL

»Eigentlich müsste doch Jonathan auch über die Erkrankungen Bescheid wissen«, murrte Nachtigall. »Wir rufen ihn einfach an und fragen nach.«

»Nun, wahrscheinlich wird sich seine Begeisterung in engen Grenzen halten, wenn wir schon wieder eine Frage an ihn haben. Er sah heute Morgen schon ziemlich angegriffen aus«, meinte Wiener.

Der Assistent meldete sich bereits nach dem ersten Klingeln.

»Kriminalpolizei Cottbus. Entschuldigen Sie bitte die Störung.«

»Ist ja keine. Gibt es neue Informationen?«

»Leider nicht, wir haben noch eine Frage zum Gesundheitszustand des Opfers. Hatte er chronische Erkrankungen oder irgendwelche Einschränkungen? Allergien? Essgewohnheiten?«, formulierte Nachtigall möglichst offen. Er wollte keinen Bedenken neue Nahrung bieten.

»Nun. Das Offensichtliche. Diabetes. Sein Bluthochdruck war mit Medikamenten gut eingestellt. Gegen den Diabetes sollte er eigentlich eine Diät einhalten – Gewichtsreduktion und Sport. Aber das war nicht seine Welt. Allergien hatte er nicht – aber nach einem schweren grippalen Infekt war sein Geruchssinn seit etwa drei Monaten außer Gefecht gesetzt. Zumindest teilweise.«

»Er konnte also Gerüche nicht wahrnehmen?«

»Ja. Das hat ihn besonders beim Malen eingeschränkt. Er roch immer an den Farben – ergab das Zusammenspiel mehrerer Töne einen Duft, entschied er, dass diese harmonierten, und verwendete sie für sein aktuelles Bild. Nun musste ich ihm meine Nase leihen. Er vertraute mir auch in diesem Punkt. Und der Arzt meinte, es würde sich möglicherweise bald bessern.«

»Wer wusste denn davon?«

»Alle. Gregorilos sprach permanent darüber. Es hat ihn natürlich beschäftigt. Ständig hat er jemanden gefragt, ob er auch schon mal betroffen war, und wie lange es dauern konnte, bis die Beeinträchtigung wieder verschwand.«

Jonathan schwieg einen Moment.

»Besondere Essgewohnheiten, hm. Viele der griechischen Philosophen waren Vegetarier. Gregorilos knüpfte dort an. Allerdings hat er sich nicht immer zu 100 Prozent daran gehalten. Im Grunde war er ein Flexitarier, wie die meisten Menschen. Das wusste außer Sophie und mir niemand. Er trank gern ein, zwei Gläser Wein – manchmal auch mehr.«

»Wir wissen nun, dass er mit Coniin vergiftet wurde.«

Keine Reaktion. Offensichtlich kannte der Assistent den Namen dieser Substanz nicht.

Nach einer längeren Pause erklärte er: »Gift, die Waffe der Frau – nicht wahr?«

»Nun, mit dieser Ausschließlichkeit kann man das nicht sagen«, formulierte Nachtigall zurückhaltend.

Jonathan begann unvermittelt zu schluchzen.

»Sophie ist verschwunden. Hoffentlich hat sie sich nichts angetan!«

29. KAPITEL

Das Haus war hell erleuchtet, als wolle Jonathan der Verschwundenen den rechten Weg zurück weisen.

»Er macht sich ernsthaft Sorgen«, stellte Nachtigall fest. »Erst verschwindet sein Idol, und nun ist auch noch die einzige andere Bezugsperson in diesem Haushalt abgetaucht.«

Wiener zuckte bei dem bildhaften Ausdruck merklich zusammen. »Na das wollen wir nicht hoffen. Vielleicht besucht sie nur eine Freundin.«

»Dann hätte sie dem armen Kerl doch eine Nachricht zukommen lassen. Sie weiß doch, dass er sehr beunruhigt sein wird, wenn sie nicht nach Hause kommt.«

»Fragen wir ihn. Vielleicht hat sie inzwischen angerufen«, meinte Wiener hoffnungsvoll.

Doch als der schmale Mann mit dem blassen Gesicht ihnen die Tür öffnete, war sofort klar, dass er keine Nachricht bekommen hatte.

»Sie ist nicht gekommen«, presste er hervor. Der Kloß im Hals war unüberhörbar. »Kommen Sie weiter.«

Er führte die Besucher wieder in das kleine Zimmer mit Blick auf den Garten.

»Wissen Sie, ob sie heute etwas zu erledigen hatte?«, begann Nachtigall tastend.

»Aber natürlich. Gregorilos sollte einen Vortrag halten. Am Spremberger See, Bagenz. Ich hatte ihr noch abgeraten, vorgeschlagen, dass ich den Vortrag übernehmen könne.

Wegen der Nähe, Sie verstehen schon. Der Geist von Gregorilos. In Bagenz veranstalten sie so ein Freizeitcamp, das sich das Thema Ernährung auf die Fahnen geschrieben hat. Er sollte über die griechisch-philosophische Sicht sprechen. Viele der Philosophen waren Vegetarier. Und nun …« Er seufzte. Fing sich wieder. Begann erneut. »Diesen Vortrag also wollte Sophie nun übernehmen, um den Veranstalter nicht hängen zu lassen. Zum Mittagessen sei sie zurück, rief sie mir zu. Aber sie kam nicht.«

»Sie haben bei dem Camp nachgefragt?«

»Das war das Erste. Ja, sagte man mir, sie habe den Vortrag gehalten, mit den Anwesenden noch eine interessante Diskussion geführt und sei danach aufgebrochen. Sie fahre nach Hause, hat sie gesagt.« Er presste die Zeige- und Mittelfinger fest gegen die Lider, um Tränen zurückzudrängen.

»Sie war mit ihrem Auto unterwegs?«

Jonathan nickte. »Sie fährt einen Fiat 500, schwarz.«

»Vielleicht hatte sie einen Unfall. Wir fragen bei der Notaufnahme nach.« Wiener zog sein Handy hervor.

»Habe ich schon. Sogar bei der Polizei. Es gab einige Unfälle, aber meist nur Blechschaden. Ihr Wagen war nicht verwickelt, und in der Notaufnahme ist sie auch nicht registriert worden.«

»Sie haben uns erzählt, Gregorilos habe sich gelegentlich unangekündigt eine ›Auszeit‹ genommen. Ist das bei Frau Gausch auch vorgekommen?«

»Nie! Wir haben ja beide unter seinem plötzlichen Verschwinden gelitten, weil wir nicht wussten, ob es ihm gut ging. Er war manisch-depressiv veranlagt. Schon deshalb wäre ein solches Verhalten für Frau Gausch undenkbar gewesen.«

Nachtigall warf dem Assistenten einen nachdenklichen Blick zu.

Schwieg. Ließ dem jungen Mann Zeit, seine eigenen Mutmaßungen zu formulieren.

»Ich …«, begann er stockend, »ich weiß natürlich, dass jeder Mensch seine eigene Art hat, mit Trauer umzugehen. Und nachdem heute Morgen auch noch dieser Brief des Notars im Kasten lag, mag sie extrem aufgewühlt gewesen sein. Neben unseren Namen standen da sehr viele weitere – einige der Personen, die zur Testamentseröffnung eingeladen waren, kannten wir nicht. Nicht einmal dem Namen nach, geschweige denn persönlich. Gregorilos hat zum Beispiel nie von einer Sabrina Kluge oder einer Sybilla Lauber gesprochen. Frau Gausch erging sich in Überlegungen über die Bedeutung dieser Frauen im Leben des Bruders. Vielleicht typisch weiblich. Mir schien, sie war eifersüchtig. Vielleicht glaubte sie an aktuelle und verflossene Geliebte.«

»Warum sollte Frau Gausch auf eine Geliebte des Bruders eifersüchtig sein?«, bohrte Nachtigall sofort nach.

»Nein! Nein!«, wehrte Jonathan hastig mit erhobenen Händen ab. »Nicht, was Sie jetzt denken. Natürlich gab es keine sexuelle Beziehung zwischen den Geschwistern. Nein! Aber normalerweise war Sophie in alles eingeweiht, was ihren Bruder betraf. Er erzählte ihr wirklich alles. Nur nicht von diesen beiden Frauen, die ja irgendeine wichtige Rolle in seinem Leben gespielt haben müssen, sonst hätte er sie in seinem Testament nicht bedacht. Ich glaube, sie war enttäuscht, empfand das als Vertrauensbruch.«

»Weil sie glaubte, er habe keinerlei Geheimnisse vor ihr?«

»Hatte er ja auch sonst nicht.«

»Sie machen sich große Sorgen. Was, glauben Sie, könnte ihr zugestoßen sein?«

Jonathan schwieg erneut.

Rang mit sich.

Setzte an, verstummte noch vor dem ersten Wort.

»Sie befürchten, dass sie sich das Leben genommen haben könnte?«, half Nachtigall sanft nach.

Zögernd ruckte der Kopf auf und ab. »Ich weiß nicht, was ich glauben soll. Sie haben gesagt, Gregorilos wurde vergiftet. Die Waffe der Frau, das kennen Sie doch zur Genüge.«

»Frau Gausch? Sie meinen, sie könnte ihren Bruder getötet haben?«

»Das haben Sie doch auch schon überlegt. Ganz sicher.«

»Erst ermordet sie den Bruder und dann richtet sie sich selbst?«

Jonathans Verzweiflung brach sich Bahn.

Er weinte hilflos in ein Taschentuch.

»Coniin ist das Gift des Schierlings. Hätte sie das gewusst? Und hätte sie es so aufbereiten können, dass ihr Bruder es nicht bemerkt?«

»Wir wissen, dass es das Gift des Schierlings ist. In diesem Haushalt dreht sich manches Gespräch um Sokrates und seine Entscheidung. Die Information können Sie überall finden. Und seit Sie mir das gesagt haben, glaube ich eher nicht daran, dass sie ihn getötet hat. Zu qualvoll. Sie liebte ihn. Wir beide wären ihm bedingungslos in jede Hölle gefolgt. Das war etwas, worauf er sich verlassen konnte. Ich weiß nicht, was ich denken soll! Es ist alles plötzlich so unübersichtlich geworden!«

»Wenn sie sich nicht umbringen wollte …«

»Sie trinkt selten Alkohol. Komasaufen scheidet aus. Dann läge sie jetzt im Klinikum.« Der Assistent starrte stumm auf seine Schuhe. »Wenn wir Suizid ausscheiden, Unfall ebenfalls, dann bleibt nicht viel, oder?«, flüsterte er, als habe er Angst, laut ausgesprochen würde die Vermutung zur Gewissheit. »Mord. Was, wenn Gregorilos' Mörder sie sich geschnappt hat?«

»Warum?«, fragte Wiener erstaunt.

»Vielleicht hat sie den Täter gesehen.«

»Und nun wurde sie zum Schweigen gebracht?«

Jonathan druckste ein bisschen herum. Dann ließ er seine Neuigkeit wie einen Silvesterkracher zünden.

»Heute Morgen sagte sie zu mir, sie wisse nun mit Sicherheit, wer Gregorilos getötet hat.«

»Wer?«

»Keinen Namen. Was, wenn sie ihn zur Rede gestellt hätte?« Der junge Mann schlotterte am ganzen Körper, als habe man ihn mit Eiswasser übergossen.

»Ich bin eine Waise. Ohne sie bin ich ganz allein«, flüsterte er noch, bevor er sich wieder in die Polster warf.

»Waren Sie den ganzen Tag über hier?«

Jonathan schüttelte den Kopf. Sah nicht auf. Hörte nicht auf zu wimmern.

»Dann wäre es denkbar, dass Frau Gausch nach Hause kam und hier von jemandem überrascht und womöglich verschleppt wurde?«

Diesmal nickte der junge Mann.

»Haben Sie Hinweise darauf gefunden, dass Frau Gausch während Ihrer Abwesenheit hier war?«

Nicken. »Ihre Handtasche liegt im Flur.«

»Wir brauchen den Erkennungsdienst«, entschied Nachtigall. Zum zweiten Mal an diesem Abend.

Peter Nachtigall fuhr mit einer Mischung aus Sorge, Beklommenheit und schlechtem Gewissen nach Hause. Zu seiner Überraschung brannte nur im Flur Licht. Herrschte Ruhe über dem Garten. Waren die anderen schon gegangen, das Essen bereits beendet, weil er mal wieder nicht rechtzeitig dabei sein konnte?

Er schloss auf.

Stille.

Zwei eifrige Maunzer, die ihn an der Tür abfingen, von Conny keine Spur.

Das Familiengrillen sei abgesagt und verschoben worden, stand auf einem Zettel, der auf dem Wohnzimmertisch lag. Sabines Kleine sei plötzlich erkrankt, und da man nicht die ganze Sippe verseuchen wolle, habe man beschlossen, das Grillen auf das kommende Wochenende zu legen. Sie selbst treffe sich mit einer Freundin. Kinobesuch und hinterher schön essen gehen.

Ha!, schoss Nachtigall durchs Denken wie ein Pfeil, Freundin! Dass ich nicht lache!

Enttäuscht trottete der Hauptkommissar in die Küche, eskortiert von pelzigen Schatten.

»Ihr sagt ja gar nichts«, nörgelte er unzufrieden. »Mir ist das zu still hier!«

Die beiden Katzen bedachten ihn mit diesem unergründlichen Blick, den der Mensch wohl nie würde enträtseln können.

»Hunger?« Er wusste selbst, dass dies eine vollkommen dumme und überflüssige Frage war.

Während er zwei Eier in der Pfanne briet, kümmerte er sich um Casanova und Dominos Problem. Erzählte ihnen beim Bestreichen der Brote mit Butter von der Rettung des Maine Coon Katers aus einer Wohnung,

204

hatte allerdings nicht den Eindruck, dass es die beiden interessierte.

»Vielleicht mögt ihr keine Maine Coon. Seid ihr am Ende eifersüchtig auf deren stattliche Größe, das wunderbare Fell, das Beherrschende ihres Charakters? Oh, macht euch da nur keine Sorgen, der Kater ist gut untergebracht, er zieht nicht bei uns ein. Und ihr beide seid doch ohnehin einzigartig.«

Lustlos trug er das Tablett ins Wohnzimmer, setzte sich auf die Couch.

Ein Buch erregte seine Aufmerksamkeit. Glänzend schwarzes Cover mit aufgestreuten bunten Blüten. Er griff danach.

»Ist das die aktuelle Lektüre der Dame des Hauses?«, erkundigte er sich bei den Katzen, die das für eine Aufforderung hielten, sich neben ihm zusammenzurollen.

Neugierig studierte er den Umschlagtext. »Aha. Wie sie gesagt hat. Hexen, Vampire und Dämonen.«

Er beendete das bescheidene Abendessen, schenkte sich ein Glas Wein ein.

Lehnte sich mit dem Buch zurück. »Na mal sehen, woran Conny solche Freude hat.«

Das war schnell entdeckt.

Eine Hexe, die nicht hexen wollte, ein ausgesprochen gut aussehender Vampir mit ausgeprägtem Beschützerinstinkt, sportlich, schick gekleidet und vollkommen sonnenunempfindlich. Eine tiefe Liebe zwischen diesen beiden nicht menschlichen Wesen, gegen jede Konvention. Die Hexe stark und entschlossen, mutig und doch sensibel – der Vampir stark, schnell, geschmeidig, gebildet, klug, einfühlsam – und ein bisschen dominant.

Abenteuer, Lebensgefahr. Rettung durch Liebe.

War es das, wonach Conny sich sehnte?

Einem Beschützer, der alle Blicke auf sich zog, weil er etwas Besonderes war?

Einem Partner, mit dem wieder Aufregung ins Leben einzog?

Mit dem Gefühl, abgehängt worden zu sein, den Kampf schon verloren zu haben, bevor er wusste, dass er sich in einem Wettbewerb befunden hatte, schlich der Hauptkommissar ins Bett.

Wartete.

30. KAPITEL

Vertrocknen ist kein Spaß.

Ich bin kaum noch zu einem klaren Gedanken fähig. Wahrscheinlich schrumpelt die graue Denkmasse in meinem Kopf bereits zu einem Dörrklumpen in Rosinengröße zusammen.

Die Zunge liegt inzwischen wie ein zäher Klops in meinem Mund. Sprechen könnte ich damit gar nicht mehr, sie hat jede Beweglichkeit verloren.

Der fürchterliche Geschmack in meinem Mund verursacht mir Übelkeit. Halsschmerzen. Aber ich kann keine Spucke mehr liefern, um die Schleimhäute zu befeuchten.

Die Lippe ist eine einzige Wunde. Harte Hautfetzen stehen ab, stechen in die jeweils gegenüberliegende Lippe, wenn ich versuche, den Mund zu bewegen.

Wenn ich sie abreiße, ziehen sie lange Hautfäden ab, es blutet dann. Immerhin. Das fließt noch.

Irgendwann hatte ich die richtige Frau gefunden.

Ein sonderbares Gefühl, vor jemandem zu stehen und zu wissen, das ist die Frau, die dich geboren hat, deine leibliche Mutter! Für Augenblicke empfand ich Stärke. Sie stand an der Kasse des Supermarkts vor mir. Ich betrachtete die Waren auf dem Band, musterte die Person, die im ausgeleierten Jogginganzug ruhig wartete. Ihre Hände waren rau, sahen nach harter Arbeit aus. Vielleicht arbeitete sie als Reinigungskraft. Sofort war eines meiner Lieblingsbilder wieder da. Diese Frau, meine Mutter, arbeitete hart, um ihre Kinder zu ernähren. Wollte ihre Zukunft sichern, ihre Ausbildung finanzieren, ihren Plänen Türen öffnen. Deshalb war sie sich für keine Arbeit zu schade, nahm jeden Job an, der Geld brachte.

Unauffällig folgte ich ihr.

Es war nicht meine Absicht, einfach in ihr Leben zu stolpern, sie mit meiner Neuigkeit zu überraschen.

Schnell wurde mir klar, dass diese Frau nicht ganz dem Ideal entsprach, das ich mir gewünscht hatte.

Ihre drei Kinder arbeiteten am Unterhalt der Familie mit.

Die beiden großen Jungs dealten.

Auf dem Schulhof, im Strichermilieu, in Kneipen und am Bahnhof. Die Einnahmen durften sie nicht behalten – einen Teil bekam der Boss, vom Rest die Mutter den Löwenanteil.

Die Tochter traf sich mit Kuschel-Daddy 1,2,3 und 4.

Reichen Männern, die gut für ihre »Kids« sorgten.

Als ich meine Mutter eines Tages endlich ansprach, reagierte sie mehr als ungehalten.

Die Geschichte, die sie mir als Erklärung anbot, war so abstrus, dass ich sie erst gar nicht glauben konnte.

31. KAPITEL

»Ach ja. So ein Unwetter klärt die Luft«, stellte Beatrice gewollt doppeldeutig klar.

Ihre wachen Augen fanden einen freien Tisch auf der Sonnenterrasse des Restaurants, von dem aus man einen wunderbaren Blick auf den Großräschener See hatte.

Die Kellnerin eilte mit Tüchern herbei und trocknete die letzten Spuren des nächtlichen Gewitters von den Sitzflächen der Stühle und dem Tisch.

»Eigentlich hätte er ja Ilsesee heißen sollen. Aber nein! Die Tourismusbranche möchte gern, dass alle wissen, dass der See zu Großräschen gehört. Sehr schade. Sie haben das mit der traditionellen Namensvergabe begründet. Geierswalder See, Spremberger See, Senftenberger See. Einfallslos, kann ich dazu nur sagen.«

Ulla, die nach der durchgeheulten Nacht kaum die Augen aufbekam, nickte stumm.

»Dagegen Ilsesee! Das wäre doch mal was Besonderes gewesen.« Beatrice legte ihren bunten Sack auf den Stuhl neben sich und zog ihr Strickzeug heraus. »Die andere Socke habe ich gestern noch fertig bekommen«, erklärte sie stolz. »Der Vortrag war ja so langweilig. Tragisch natürlich, dass der Bruder ermordet wurde. Na, hat man ja eher selten im Bekanntenkreis. Obwohl …«, sie machte eine dramatische Pause, »obwohl es ja in meinem Bekanntenkreis auch jemanden gibt. Aber auf der anderen Seite des Rechts – also kein Opfer im eigentlichen Sinne«, flüsterte sie verschwörerisch.

Ulla nickte. Beatrice hatte den Eindruck, die andere höre gar nicht richtig zu. Ein wenig beleidigt, weil die andere gar nicht nachfragte, nahm sie ihr Strickzeug auf. »Eine Mörderin«, setzte sie hinzu. Wieder keine Reaktion.

Die Bedienung kam, nahm die Bestellung auf.

Die beiden Frauen starrten auf den großen See hinaus. Nur das diskrete Geräusch des Bambusnadelspiels war zu hören.

Doch Beatrice konnte Wortlosigkeit nur schwer aushalten.

»Na, meine Liebe, was ist denn nun gestern tatsächlich passiert? Bestimmt fällt mir auch zu deinem Problem eine Lösung ein«, ermunterte sie die andere.

»Ach Bea.«

Beatrice konnte es gar nicht leiden, wenn man ihren schönen Namen so verunstaltete, verzichtete aber in Anbetracht der besonderen Situation großmütig darauf, Ulla zurechtzuweisen.

»Nun?« Die Nadeln klapperten einen regelmäßigen Rhythmus, eins rechts, eins links, eins rechts …

»Der Ulf, weißt du, der ist so ein grober Klotz! Kein bisschen Einfühlungsvermögen, das kann ich dir sagen.«

»Viele Männer haben in diesem Bereich eklatante Defizite. Wir Frauen müssen das ertragen, seit es das zweite Geschlecht gibt. Wäre von der Evolution darauf verzichtet worden, den Mann hervorzubringen – wer weiß, vielleicht wäre die Welt friedlicher.«

Immerhin grinste Ulla jetzt. Noch immer schmallippig zwar, aber ein Fortschritt, stellte die Ältere zufrieden fest.

»Du hast doch diesen tollen Ring gesehen vor dem Vortrag.«

»Den wolltest du enger machen lassen. Ja. So ein schöner Stein. Eine wunderbare Arbeit.«

»Ja. Aber den hat Ulf mir nicht gekauft!«

Beatrices Gedanken stolperten einen Moment. Gerieten in eine Art Knäuel und mussten erst sortiert werden.

Zum Glück stellte die freundliche Kellnerin gerade zwei Tassen Kaffee, zwei Gläser und einen Piccolo vor ihnen ab.

»Du meinst, er hat ihn geraubt?«, fragte sie dann atemlos. »Geklaut? Einen Juwelier überfallen?«

»Nein! Natürlich nicht. Eher – gefunden.« Und unter Tränen berichtete Ulla ihrer neuen Freundin von der Leiche, der Beobachtung, die Ulf gemacht hatte, ihrem eigenen Missgeschick, als sie das Schmuckstück abstreifte, von Alex und den beiden Tüten und – von der Hand.

»Oh mein Gott. Eine abgetrennte Hand? Wie entsetzlich für dich. Nach all dem anderen Schrecken nun auch das noch!«

»Ich konnte wegen Ulf und des Gewitters nicht schlafen. Da habe ich den Reißverschluss aufgezogen – und da lag sie. Erst dachte ich ja, ich habe doch Leichengift in mir.

210

Du weißt schon, vom Ring über die Verletzung direkt in die Blutbahn.« Sie betastete vorsichtig den dicken, weißen Mullverband. »Aber das Denken sonst ging auch noch ganz gut, wenn man mal von den Folgen des Schocks absieht.«

»Und Ulf hat geschlafen und nichts bemerkt?«

»Klar. Der hatte sich einen Kasten Bier besorgt und nach und nach fast alle Flaschen geleert. Glaubst du, der hätte vielleicht daran gedacht, mir auch was mitzubringen? Zum Beispiel eine Flasche Sekt? Zum Trost. Nö! Fehlanzeige. Nur an sich hat er gedacht! Ich bekäme einen neuen Ring, war alles, was ihm eingefallen ist.«

»Und dann? Hast du ihn geweckt?«

»Wie denn? Nach so viel Input war sein Hirn paralysiert«, schnaubte Ulla.

»Mag sein«, räumte Beatrice ein. »Aber ein paralysiertes Männerhirn ist immer noch besser als gar kein Beistand.« Sie schenkte den Sekt ein, und die beiden Frauen stießen an.

»Ich habe die Hand nicht mehr aus den Augen gelassen. Alex, der Hund von Knut, hatte ja schon den Ring gefressen, nun sollte er nicht auch noch die Hand verputzen.«

»Wie, du hast die ganze Nacht auf die Hand gestarrt? Um Himmels willen, Ulla!«

»Natürlich. Klein und dick war sie. Und wirkte so unglaublich blass, wie blutleer. Ich begann, mir Gedanken über den eigentlichen Besitzer zu machen. Schließlich fällt so ein Ding ja nicht einfach ab, nicht wahr?«

Beatrice lauschte gebannt. Nippte immer wieder an ihrem Glas. Dann wieder am Kaffee. Was für eine aufregende Geschichte! Der zu schnell getrunkene Sekt produzierte zusammen mit dem Extraschuss Koffein jede Menge Fantasiebilder.

»Und?«

»Einen Moment lang dachte ich tatsächlich, die Hand der Leiche sei gekommen, um ihren Ring zurückzufordern. Ich war wirklich in keiner guten Verfassung. In dem sonderbaren Licht über dem See – es sah sogar aus, als würden sich die Finger bewegen!«

»Nein!«

»Und alles nur, weil ich so enttäuscht von Ulf war! Der ist ja in die Stadt gefahren! Für Bier. Und er hat mir keinen spektakulären Ring zum Trost mitgebracht. So herzlos! Erst mir erzählen, der andere stamme von einer Leiche, und dann nicht für Ersatz sorgen. Er war schließlich ein Geschenk! Und nur an Bier denken! Nicht an die arme Ehefrau, die sich auch noch mit dem Ring des Toten verletzt hat! Ich habe die ganze Nacht geheult – weil er so ein liebloser Arsch ist!«

»Ich verstehe gut, dass du dich zutiefst verletzt gefühlt hast, meine Liebe. Männern geht eben jedes Gespür ab. Und was war mit der Hand?«

»Ulf fing gegen Morgen an, unruhig zu werden. Und irgendwann scheuchte ihn die volle Blase auf. Er kroch an mir vorbei aus dem Zelt, ohne jedes Wort oder etwa ein nettes ›Guten Morgen‹. Ich dachte, nun würde er ja sehen, was da lag. Er bückte sich, hob die Hand auf und warf sie im Vorübergehen in den Mülleimer. Und da erkannte ich es auch: ein aufgeblasener Einmalhandschuh! Ulf hatte eine Packung mitgebracht, weil er Alex' Tütchen nach dem Ring durchsuchen musste. Einen hatte er – so zum Spaß – aufgeblasen und liegen lassen. Auf die Idee, dass jemand sich bei dem Anblick erschrecken könnte, ist er gar nicht gekommen!«

Sprachlos starrte Beatrice ihr Gegenüber an. »Ein Einmalhandschuh?« Sie unterdrückte ein Kichern. »Du hast die ganze Nacht einen aufgeblasenen Einmalhandschuh angestarrt! Wie ungemein gedankenlos von Ulf. Er hätte ja wissen müssen, dass sich jemand ängstigen könnte«, kriegte sie gerade noch die Kurve zur Männerfeindlichkeit.

»Na eben. Und direkt vor unserem Zelt. Da, wo ich ihn nicht übersehen konnte!«

Die Ältere beobachtete eine Gruppe, die sich am gegenüberliegenden Ufer aufhielt.

»Sieh mal. Diese idiotischen Jugendlichen da. Die zertrampeln die Befestigung. Ist es denn zu glauben!«, regte sie sich auf. »Darf man gar nicht betreten, steht überall. Wahrscheinlich können die nicht lesen! Opfer mangelnder Schulbildung!«

Ulla folgte dem ausgestreckten Zeigefinger der anderen. »Wahrscheinlich können die nicht mal schwimmen. Lernt man ja heute nicht mehr in der Schule. Wenn da nun einer reinrutscht!«

Die Gruppe tobte ausgelassen, man verfolgte sich, warf sich balgend übereinander, kullerte und rutschte.

»Wieso sind die nicht in der Schule?«

»Ferien.«

Beatrice, die auf alle Wechselfälle des Lebens vorbereitet war, zog einen kleinen Feldstecher aus dem bunten Sack. Drehte an den Stellschrauben, bis sie die Gruppe eingefangen hatte und deutlich ihre Gesichter erkennen konnte. »Schade, dass ich damit nicht auch fotografieren kann«, zischte sie böse. »Sonst würde ich schon dafür sorgen, dass eure Eltern von dem hier erfahren. Das gäbe gehörig Ärger!«

Sie setzte das Fernglas wieder ab und wandte sich Ulla zu. »Lass uns mal überlegen, wie wir dein Problem mit Ulf lösen können. Gefühlskalte Männer sind leider häufig, die Partnerinnen leiden, und der Gatte merkt es nicht einmal. Und sollte er es doch registrieren, hält er seine Angetraute schlicht für launisch und zickig. Ich glaube, diese Situation erleben Frauen, seit es Männer gibt.«

Einige spitze Schreie von weit her unterbrachen sie.

Die Gruppe war in Auflösung begriffen, einige rannten in wilder Panik die Böschung hoch, als müssten sie ihr Leben in Sicherheit bringen.

Beatrice setzte den Feldstecher wieder an die Augen.

»Oh! Kein Wunder, dass sie es so eilig haben! Wie hieß die Frau, die gestern den Vortrag gehalten hat? Sophie irgendwas? Die ist gerade aus der Uferbefestigung gebrochen!«

32. KAPITEL

Als Peter Nachtigall am Morgen ins Büro kam, erwartete ihn auf dem Gang schon ein bekanntes Gesicht.

Der Wirt aus Minkels Stammkneipe.

»Guten Morgen, Herr Baumann!«, grüßte er ihn. »Schön, dass Sie gekommen sind.«

Der Mann machte an diesem Tag nicht nur einen ungesunden, sondern obendrein auch noch einen unglücklichen Eindruck. »Na ja. Bevor ich meine Kneipe aufsperre, ist noch eine Menge zu erledigen. Und da dachte ich, fange ich hier an.«

»Sie können uns also noch weitere Informationen geben?«

»Liegt im Auge des Betrachters«, blieb der Mann vage, und der Hauptkommissar wunderte sich.

»Nehmen Sie Platz«, eröffnete Nachtigall das Gespräch. »Ist Ihnen noch etwas zum Bierdeckel von Walter Minkel eingefallen?«

»Kann man so sagen.«

Was auch immer er erzählen wollte, es kostete ihn wohl Überwindung.

Nachtigall heuchelte Langmut.

»Es ist alles eine große Lüge. Und weil ich den Walter doch nicht in irgendwas reinreiten wollte, habe ich nichts gesagt. Aber einer meiner Gäste ist Anwalt. Und der meinte, es sei immerhin eine Mordermittlung, und wenn ich nun Informationen zurückhalte, könnte das auf mich zurückfallen und mich in echte Schwierigkeiten bringen.«

»Da hat er recht, der Stammgast.«

»Also bin ich nun hier.«

»Um mir was zu berichten?«, forschte Nachtigall mit sanftem Druck weiter. Irgendwann, dachte er, überwindet er sich.

»Der Walter hatte natürlich schon seit der Insolvenz eine Stinkwut auf den Griechen. Ist ja verständlich. Und gerade neulich hat er gesagt, man sollte ihm den Schierlingsbecher geben. Keine Ahnung, was das genau ist. Aber

Schierling ist giftig, das weiß ja jedes Kind.« Er machte eine Pause, knetete sein Basecap zwischen den Fingern. »Es ist so: Irgendwann, als der Walter mal wieder so richtig klamm war, haben wir uns einen Deal überlegt. Seine Ex zahlt ja den Bierdeckel. Anstandslos, muss ich zugeben. Zuerst habe ich einfach ein bisschen mehr draufgeschrieben – und diesen Überstand haben wir uns geteilt. Nach und nach ist es immer mehr Überstand geworden. Ich habe auch Tage in Rechnung gestellt, an denen der Walter gar nicht da war.«

»Und so ein Tag war der 21. Juli?«

»Genau!«, erleichtert strahlte der Wirt den Hauptkommissar an. »So, nu isses raus!«

»Das heißt, Ihre Aussage war falsch.«

»Na, ich hab ja gleich gesagt, dass ich das nicht so genau bestätigen kann, weil er eben ständig kommt«, rechtfertigte sich der Mann.

Nach einer Pause fragte er: »Kriege ich nun richtig Ärger? Mit der Polizei, meine ich. Muss ich wegen der kleinen Unregelmäßigkeiten ins Gefängnis?« Blanke Panik spiegelte sich in seinen Augen. »Dann mach ich mit meiner Kneipe Pleite. Ich habe ja niemanden, der die für meine ›Ruhezeit‹ übernehmen könnte!«

»Am besten, Sie versuchen, sich mit der Geschädigten zu einigen. Ist eine durchaus zugängliche Frau. Erklären Sie ihr die Lage – und wenn sie von einer Anzeige absieht, ist alles gut. Aber vielleicht möchte sie ja ihr Geld zurück.«

Der Wirt nickte und sprang auf. Lief eilig aus dem Büro.

»Was du heute kannst besorgen …«, rief er über die Schulter zurück und war verschwunden.

Das Telefon auf Nachtigalls Schreibtisch klingelte.

»Jens Meier hier. Ich habe eine Leiche am Großräschener See. Wenn ich die Zeugin richtig verstehe, dann handelt es sich um die Schwester des Toten aus dem Spremberger See. Der Arzt vom Dienst ist schon hier. Mord, hat er gesagt, sei nicht ausgeschlossen.«

»Okay, wir sind so gut wie unterwegs.«

Michael Wiener war nicht in seinem Büro.

»Er kam rein, meinte, er fahre mal schnell bei Paluschig vorbei, und rauschte davon«, erklärte Silke. »Soll ich ihn für dich anrufen?«

»Ja, das wäre prima. Großräschener See. Er soll so schnell wie möglich nachkommen.«

Phil Paluschig war um diese Stunde noch nicht wach.

Sicher, es klingelte an der Tür, das hörte er wohl. Doch das bedeutete ja nicht automatisch, dass er öffnen musste.

Entschlossen drehte er das Gesicht zur Wand.

Doch der impertinente Störer gab nicht auf.

Wütend stand der Künstler auf, wickelte seinen Körper in einen Bademantel und schlurfte zur Treppe, beugte sich über das Geländer in die Tiefe.

»Wer will was von mir?«

»Die Kriminalpolizei!«, hörte er deutlich.

»Wissen Sie eigentlich, wie spät es ist? Kommen Sie in vier Stunden wieder.«

Die Antwort war ein erneutes Klingeln.

Langsam nahm Paluschig die Treppe in Angriff.

Öffnete unten angekommen mit zornigem Schwung die Tür, bereit, dem anderen zu zeigen, wer hier das Sagen hatte.

»Sie!«, begann er und seine Stimme bebte vor Wut. »Sie ungehobelter Mensch! Was bilden Sie sich ein! Machen Sie, dass Sie Land gewinnen!«

»Nein.« Wiener zeigte seinen Ausweis. »Wir ermitteln in einem Mordfall. Da können wir auf Ihren persönlichen Schlafrhythmus keine Rücksicht nehmen!«

»Sie kommen doch nur wegen Gregorilos! Das hätte allemal Zeit gehabt!«, gab Paluschig patzig zurück, ließ den Ermittler aber ins Haus. »Ein Tag, der morgens beginnt, kann nicht gut werden! Ist nicht von mir – von Hemingway.«

»Ich kenne: Morgenstund hat Gold im Mund!«, entgegnete Wiener sonnig und folgte Paluschig in sein Atelier im angebauten Wintergarten.

»Ach nein!«, höhnte der Maler. »Morgenstund begrüßt dich also immer nur mit fauligem Atem, sonst bräuchte sie das viele Gold im Mund ja nicht!«, maulte der dann.

»Wir haben gehört, dass es zwischen Gregorilos und Ihnen immer wieder zu erheblichen Verwerfungen kam. Worum ging es dabei?«, steuerte Wiener zielstrebig den Kernpunkt an.

»Verwerfungen? Was für ein Wort für all die bodenlosen Unverschämtheiten, die ich mir gefallen lassen musste! Die Verleumdungen, die Abwertungen!« Paluschigs Gesicht verzerrte sich vor Wut, wurde eine Fratze. »Dieser Widerling! Kennen Sie den Unterschied zwischen Kunst und Design?«

Wiener verzichtete auf eine Antwort.

»Design entsteht für einen bestimmten Zweck, einen bestimmten Ort. Kunst ist Ausdruck von Gemütszuständen. Sie spiegelt die innere Zerrissenheit des Künstlers, seine Position zu Themen der Gesellschaft, seine Expressionsfähigkeit und nicht zu vergessen seine Fähigkeit, all das auf einen tragfähigen Untergrund zu bringen! Sei es nun Papier oder Leinwand oder irgendwas!«

Wiener nickte.

»Und mir, ausgerechnet mir! Wurde von diesem Kerl – mit dem ich früher tatsächlich mal befreundet war – unterstellt, ich sei kein Künstler, man könne mich bestenfalls als Designer bezeichnen. Meine Bilder seien rein marktorientiert!«

»Weil Sie Geld damit verdienen möchten?«

»Genau. Das wirft mir ausgerechnet der vor, der seine Kunst an jedermann verscherbelt, wenn nur der Preis stimmt. Und als ich mich wehrte, erschien seine Kritik meiner Bilder in den Medien. Nun wussten alle, dass ich angeblich erst frage, wo das Bild hängen soll welche Farben der Kunde bevorzugt, welches Motiv es haben soll, und welche Stilrichtung gewünscht wird. Ich male also kundenwunschkonform! Glauben Sie nicht, dass meine Verkäufe dadurch gesteigert wurden! Und das, wo Gregorilos Reichtümer verdient mit dem, was er als seine Kunst bezeichnet!«

»Kaufen die Leute nicht Bilder, von denen sie denken, die passen prima in ihre Wohnung, ihr Haus, ihr Büro?«

»Oft genug, ja. Aber wenn sie eines finden, dann ist es zufällig. Der Künstler hat es gemalt, bevor er die Kunden kannte, aus einem Bedürfnis nach Ausdruck für ein Thema, das ihn beschäftigt. Wenn dann jemand meint, es passe farblich super zum Sofa, ist es in Ordnung. Aber ich male nicht marktorientiert!«

»Diese Behauptung von Gregorilos war also geschäftsschädigend.«

»Nein.«

»Nein?«, staunte Michael Wiener und musterte den Künstler verständnislos.

»Sie war ruinös! Die Kunstsammler reagieren in diesem Punkt sehr sensibel. Kunst und Kommerz sind Gegensatzpaare. Wer unter Verdacht gerät, seine Kunst dem Kommerz unterzuordnen, der ist raus aus dem Spiel. Dass Maler und Bildhauer auch Geld brauchen, um ihren Lebensunterhalt bestreiten zu können, wird leicht übersehen.«

»Und Ihre Finanzierung war durch die Kommentare gefährdet?«

»Was heißt da gefährdet? Sie brach weg. Ich habe ewig gebraucht, um meinen Ruf wenigstens so weit wiederherzustellen, dass ich überhaupt gelegentlich etwas verkaufe. Wäre eben einfacher, der Staat würde Künstlern eine Art Grundsicherung anbieten – ich glaube, in Frankreich wird das so gehandhabt. Tut er nicht. Dann hätten wir zwar Geld für Miete, Strom und Butterbrot – aber die Leute würden denken, das sei typisch, der wird nur Künstler, weil er zu faul ist zu arbeiten. Ist halt schwierig.«

»Wo waren Sie am 21. Juli? War Dienstag der letzten Woche.«

»Da war ich den ganzen Tag hier.«

»Gibt es Zeugen?« Wiener hielt schon sein Notizbuch in der Hand.

»Drei Flaschen Mineralwasser, eine Flasche Weißwein.«

»Das wird nicht als Alibi ausreichen, fürchte ich.«

»Ja, junger Mann, das fürchte ich auch. Aber umgebracht habe ich dieses Arschloch trotzdem nicht! Auch wenn ich oft genug so richtig Lust dazu gehabt hätte. Wenn ich mühsam mein letztes Geld zusammenkratzen musste, um wenigstens ein Laib Brot zu kaufen, den ich dann zum Frühstück, Mittagessen und Abendessen verzehre. Ohne Butter, ohne Käse, ohne Wurst – nur so. Plain – nennen das die Amerikaner. Klingt wie eine Delikatesse! Und dann gelesen habe, dass für eines seiner ›Werke‹ eine unglaubliche Summe gezahlt wurde. Wenn mir jemand auf einem der Kunstmärkte erzählte, es sei doch für einen wie mich besser, ich würde Gregorilos nacheifern. Der hätte es nicht mehr nötig, einen Stand aufzubauen. So, als mache ich eben einfach nur etwas falsch. Dann, ja dann hätte ich ihn gern umgebracht.«

Wiener warf einen raschen Blick auf sein Handy, erkannte, dass er das Gespräch beenden musste.

»Wie?«

Paluschig sah den Ermittler einen Moment verblüfft an.

»Wie? Hm. Stilecht mit einem angespitzten Pinsel ins Herz – gestochen oder geschossen, wäre egal. Oder in einem seiner Farbeimer ertränkt. Mit Leinwand erstickt – zum Beispiel, weil ich sie ihm in Rachen stopfe, bis er keine Luft mehr bekommt. Ich bin ein kreativer Mensch, mir wäre schon etwas Passendes eingefallen, verlassen Sie sich drauf!«

»Hier!«, rief Nachtigall und winkte.

Die Gruppe aus Mitarbeitern der Spurensicherung, uniformierten Beamten zur Absicherung des Tatorts und bereits eingetroffenen Vertretern der Presse wäre aber auch ohne Hilfestellung nicht zu übersehen gewesen.

Michael Wiener bahnte sich einen Weg durch die Ansammlung, duckte sich unter dem Absperrband durch.

»Guten Morgen.«

Die anderen nickten stumm, gingen emsig ihrer Arbeit nach.

»Sophie Gausch. Sie steckte in der Uferböschung. Nach dem Unwetter ist ein Teil der Befestigung abgerutscht, und sie fiel förmlich aus der Wand.«

»Sophie Gausch? Jonathan war sehr besorgt gestern Abend. Mir schien es zu dick aufgetragen, aber es war möglicherweise mehr. Also war an seinem Verdacht was Wahres dran. Entführung, Verschleppung, Mord.«

»Ja. Im Licht der neuen Entwicklung muss man das wohl annehmen«, meinte Nachtigall unglücklich.

»Damit sind jetzt zwei der Haupterben entweder verschwunden oder tot«, stellte Wiener klar. »Und Paluschig hat kein Alibi. Angeblich war er den ganzen Tag zu Hause. Das kann aber niemand bestätigen. Aber wenn du mich fragst, der war es nicht. Zu unverblümt, zu schnörkellos.«

»Zwei der Erben – ja, das sehe ich auch so. Wir müssen Jonathan schützen. Ich habe schon einen Beamten losgeschickt. Wir werden eine Rund-um-die-Uhr-Überwachung organisieren.« Der Hauptkommissar seufzte. »Wenn wir verstehen würden, um was es eigentlich geht, wäre mir wohler.«

»Nicht um Geld? Nicht um das Wissen, wer der Mörder von Gregorilos ist?«

»So viele offene Fragen! Sicher ist nur, dass Jonathans Leben gefährdet ist, falls der Mörder davon ausgeht, dass Sophie ihr Geheimnis um seine Identität mit dem jungen Mann geteilt hat. Und allgemein wird ja davon ausgegangen, dass man in der Villa Gregorilos untereinander keine Geheimnisse hatte!«

Sie traten an den aus dem Schlamm geborgenen Körper heran.

»Bloß gut, dass ich nicht zurückgefahren bin. Ich weiß ja: Meist gibt es mehr als eine Leiche für mich. Guten

Morgen!« Dr. Pankratz ging in die Hocke. »Eindeutig Fremdeinwirkung. Eine Stichwunde im Rücken, eine vorn in der Brust. Wahrscheinlich beide tödlich – beide ins Herz. Aber genau weiß ich das erst, wenn ich sie obduziert habe.«

»Kannst du dabei herausfinden, welcher Stich zuerst gesetzt wurde?«

»Ist das für die Ermittlung erheblich?«

»Es macht den Unterschied zwischen in die Augen sehen und sich von hinten anschleichen – oder?«, murmelte Nachtigall. »Wir haben irgendetwas übersehen!«

»Versprechen kann ich dir nicht, dass sich die Reihenfolge der Beibringung dieser Verletzungen festlegen lässt. Wenn der Täter kurz nacheinander zugestochen hat, ist das praktisch nicht möglich.« Thorsten Pankratz seufzte. »Ich gebe mir Mühe, wie immer!«

»Wer hat die Tote gefunden?«

»Eine Gruppe Jugendlicher, die hier unterwegs war. Gemeldet wurde uns der Leichenfund von einer älteren Dame und ihrer Begleiterin. Sie warten drüben auf der Terrasse des Cafés«, informierte sie einer der Kollegen.

Peddersen kam zu Nachtigall hinüber.

»Also: Sie wurde erst kürzlich in diese Uferböschung gelegt. Auf jeden Fall vor dem Unwetter. Derjenige, der das versucht hat, kannte sich offensichtlich mit Erde, Wasser und Bewegung nicht so richtig aus, sonst hätte er einen anderen Platz gewählt. Die Jugendlichen trampelten auf dem durchgeweichten Erdreich rum, alles geriet ins Rutschen, und dabei wurde der Körper freigelegt.«

»Gestern hat sie noch gelebt«, murmelte Nachtigall betroffen.

»Eben – kürzlich vergraben. Vielleicht dachte der Täter,

die Leiche würde erst beim Steigen des Wasserspiegels freigespült. Wir haben schon gehört, dass sie erstochen wurde – denkbar, dass er auf die Verwesung als Helfer setzte. Wir hätten ein Skelett gefunden. Ohne Spuren für den Mord … Eventuell wäre die Tat als Suizid bewertet worden.«

»Glück für uns, dass das Unwetter den Boden aufgeweicht hat und eine Instabilität herbeiführte. Wo sind die Jugendlichen? Auch auf der Terrasse?«

»Nein. Die stehen am Aussichtspunkt. Mit einer Gruppe von Beamten. Abhauen geht nicht.« Peddersen grinste zufrieden. »Fünf.« Er wies mit dem Finger zu einer kleinen Anhöhe.

»Okay. Wie alt etwa?«

Peddersen zuckte mit den Schultern. »Schwer pubertär eben. Coole Boys.«

»Wir nehmen sie mit. Sie werden besser einzeln befragt. Coole Boys – das wird wieder solch ein zähes Gespräch«, meinte der Hauptkommissar lustlos. »Ein Wort zur Polizei, und du verlierst deine Ehre.«

»Kannst du dich noch an die Kids aus dem Park erinnern?«, fragte Wiener. »Das waren auch solche harten Brocken. Ich fange an. Wahrscheinlich hast du Kevin Lange im Büro sitzen.«

»Gut. Ich gebe das so weiter. Zwei Streifenwagen – in etwas mehr als einer halben Stunde sind sie bei euch.« Peddersen warf einen letzten Blick auf den Leichnam, kehrte dann zu den Kollegen des Erkennungsdienstes zurück.

»Wir sprechen mit den Zeuginnen, die die Leiche entdeckt haben, und fahren danach gleich rüber.« Damit stapfte Nachtigall davon.

»Ach, Frau Wagner!«, begrüßte der Hauptkommissar die ältere Dame, die die Wartezeit mit Stricken überbrückt hatte. »So eine Überraschung. Sie sind hoffentlich nicht wieder irgendwie verwickelt?«, fragte er misstrauisch.

»Aber nicht doch, Herr Nachtigall! Ich war auch beim letzten Mal nicht *verwickelt*. Zufälle und Wechselfälle des Lebens eben.« Sie schüttelte die Hand des Riesen, freute sich, dass er sie tatsächlich sofort erkannt hatte.

»Und Ihr Name?«, wandte sich der Hauptkommissar an die Dame in Beatrices Begleitung, die ungläubig die herzliche Begrüßung beobachtet hatte. Bea verwickelt in einen Mordfall?, das musste sich erst mal setzen.

»Ulla. Ulla Strobel. Wir wollten uns nur den See anschauen. Und nun das!« Sie schniefte. Nachtigall warf einen kritischen Blick in ihr Gesicht und erkannte, dass wohl nicht allein der Fund der Leiche für die Tränen verantwortlich war. Alle Anzeichen deuteten auf eine Krise in einem anderen Lebensbereich hin. Offensichtlich weinte die Zeugin schon deutlich länger.

»Die Tote ist die Schwester von diesem Gregorilos, nicht wahr?«, schaltete sich Beatrice wieder ein. »Die hat gestern einen Vortrag gehalten. Da habe ich sie gesehen und gehört.«

»Stimmt. Aber das dürfen Sie noch nicht herumerzählen. Erst, wenn Sie die Meldung in den Nachrichten gehört haben, können Sie auch darüber sprechen.«

Die alte Dame zog ein aufsässiges Gesicht. »Als ob ich zum Tratschen neige! Pffff. Das sollten Sie nun aber wirklich besser wissen!«

Nachtigall ignorierte die zur Schau gestellte Empörung. »Sie haben also hier Kaffee getrunken und dabei zufällig die Gruppe der Jugendlichen beobachtet.«

»Ja. Ulla und ich wollten einfach mal abseits der verschiedenen Camps ein ruhiges Gespräch führen. Und so sind wir von der Spremberger Talsperre hier an den Großräschener See gekommen.«

»Ach, Sie nehmen beide an diesen Themencamps teil? An welchem denn?«

»Ulla am Sextainment Camp und ich bei dem Camp der Leute, die sich mit food beschäftigen. Jetzt weiß ich's wieder, Foodcarecamp nennt sich das.«

»Sie beide sind sich also auf dem Campingplatz begegnet. Aha. Gregorilos wurde dort am See ermordet – wissen Sie das auch?«

Zu seiner Überraschung fing Ulla an hemmungslos zu heulen.

Wiener führte die Weinende ein Stück zur Seite, reichte ihr ein Taschentuch, sprach beruhigend auf sie ein.

»Es hat Sie wohl doch stark mitgenommen. Dabei war doch nur schlecht zu sehen, was dort drüben aus der Böschung rutschte«, meinte Nachtigall. »Wie konnten Sie überhaupt erkennen, um wen es sich handelte?«

Triumphierend zog Beatrice den Feldstecher aus dem bunten Sack. »Eigentlich ja für Vogelbeobachtungen. Aber man kann damit problemlos bis rüber ans andere Ufer gucken. Ich habe das kleine Glas immer dabei. Und heute war es ja ausgesprochen nützlich, nicht wahr?«

»Ja«, bestätigte der Hauptkommissar großzügig.

»Und Ulla weint nicht wegen Sophie Gausch. Die kannten wir ja beide nicht. Sie heult wegen ihres tölpeligen Gatten! So ein Vollidiot auch. Erst findet er einen Ring, den schenkt er seiner Frau, dann steht in der Zeitung was über das Ding, und sie muss ihn wieder zurückgeben. Sie ist enttäuscht, das verstehe ich gut. Ich hoffe, er ersetzt das Schmuckstück angemessen. Es war nämlich ganz besonders schön.« Nach einem kurzen Moment setzte sie hinzu: »Und sicher auch schön teuer!«

»Was? Ullas Mann hat den Ring des toten Malers gefunden? Und wollte ihn behalten?« Nachtigall war plötzlich sehr aufgeregt. »Ist er Zeuge des Mordes gewesen?«

»Das weiß ich nicht. Er hat auf jeden Fall den Ring gefunden, das ist wahr. Ob er noch mehr beobachtet hat, kann ich nicht beurteilen. Und Ulla, die Ärmste, hat sich daran verletzt, und nun ängstigt sie der Gedanke, sie könne sich mit Leichengift infiziert haben.«

Nachtigall starrte Frau Wagner fassungslos an. »Meine Liebe, Sie haben da ein unglaubliches Geschick, in Dinge hineinzugeraten, aus denen man sich lieber raushält«, ächzte er dann.

»Nun, wer mit offenen Augen durchs Leben geht, der entdeckt so manches!«, gab die alte Dame schnippisch zurück.

»Sie beide müssen leider mit ins Büro kommen, wir brauchen ein Protokoll Ihrer Aussagen. Und Ullas Mann bitten wir am besten auch gleich dazu.«

Ein aufgeregter Mann mit Bürostatur und Bierbauch kam mit hochrotem Gesicht angerannt. Sah sich hektisch nach allen Seiten um.

»Da ist er schon. Ich habe Ulla gesagt, sie soll ihn anrufen und herbestellen. War ja klar, dass Sie mit ihm sprechen wollen.«

»Frau Wagner – Sie sind unglaublich!«, kommentierte Nachtigall so neutral, dass man nicht genau erkennen konnte, ob es als Lob oder als Kritik gemeint war. Beatrice strahlte ihn an, hatte sich demnach für Variante eins entschieden.

»Michael! Wir nehmen die beiden Damen und den Herrn dort drüben mit!«

Ulla erkannte ihren Mann und rief erleichtert »Ulf! Da bist du ja! Es ist so schrecklich!«, und stürzte sich in seine Arme.

»So, dann wollen wir mal.«

Wenig später saß Beatrice Wagner bei Silke am Schreibtisch, gab die ganze Geschichte ausführlich zu Protokoll. Leise und beruhigend klapperte das Nadelspiel, während sie bereitwillig erzählte. Dabei holte sie weit aus, damit die junge Polizistin die Informationen auch richtig einordnen konnte.

Ulla und Ulf saßen bei Peter Nachtigall vor dem Schreibtisch und boten ihre Version der Ringschilderung an. Naturgemäß variierten ihre Angaben ein wenig.

Nachtigall seufzte.

»Sie haben gesehen, wie sich ein Mann an den Kleidern zu schaffen machte, auf den Rundweg zurückkehrte und etwas in die Hosentasche schob? Als er es wieder ein Stückchen hervorzog, fiel der Ring zu Boden, den Sie dann an sich genommen haben?«

»Ja«, bestätigte Ulf zögernd. »Am Nachmittag des 21. Ich brauchte ein bisschen Bewegung. Und nach dem Sturm war das Gewitter ja rasch und ohne Regen abgezogen.«

»Warum haben Sie dem Mann nicht nachgerufen, dass er etwas verloren hat?«

»Weil ich nicht wissen konnte, dass das Schmuckstück richtig was wert war! Sehe ich für Sie aus wie ein Schmuckprüfer? Hätte ja auch so ein Ding von Bijou sein können.«

»Hm. Sie haben den Ring an Ihre Frau verschenkt.«

»Ja. Aber nicht gleich. Es war ein bisschen schwierig mit dem Sextainment Camp. Ulla war nicht so recht glücklich. Die Männer waren nicht nach ihrem Geschmack.« Er grinste breit.

»Das ist überhaupt nicht wahr! Nicht nach meinem Geschmack! Ha! Sehen Sie, mein Mann wollte unbedingt da hin! Ich bin keine solche! Heirat ist ein Ehe- und Treueversprechen! Rechte und Pflichten. Untreue ist nicht vorgesehen. Und ausgerechnet mein Mann glotzt plötzlich begeistert auf die Ärsche anderer Frauen!«, mischte sich Ulla wütend ein.

»Sehen Sie«, nahm Ulf den Faden wieder auf, »das ist es, was ich meine. Sie war ziemlich gereizt. Hätte ich ihr den Schmuck geschenkt, wäre mir das als Schuldeingeständnis für einen Seitensprung ausgelegt worden. Also habe ich auf eine gute Gelegenheit gewartet.«

»Auf eine gute Gelegenheit? Ach so ist das also gewesen? Du schleppst mich ins Zelt, wirfst dich stöhnend und geil auf mich, und es geht gar nicht um Liebe – sondern nur um den richtigen Moment? Du Monster! Du gefühlloser Sadist!«, kreischte Ulla.

»Frau Strobel, würden Sie bitte einen Moment draußen warten? Ich hole Sie dann gleich wieder rein, wenn ich mit Ihrem Mann fertig bin.«

Ulla war so aufgebracht, dass sie es kaum schaffte, durch die Tür in den Gang zu treten. Es war, als habe sie die Kontrolle über ihre Beine verloren. Draußen fiel sie auf einen unbequemen Stuhl und stierte wütend die gegenüberliegende Wand an. Scheidung!, rief ihre innere Stimme, diesmal ist es genug!

Aus dem Büro war nichts zu hören.

Die beiden Männer sprachen leise. Wahrscheinlich bedauert dieser Hauptkommissar Ulf auch noch! »Ist Ihre Frau immer so hysterisch? Ach, das muss ja schlimm für Sie sein«, hörte sie schon in ihrer Vorstellung, »wie können Sie das nur aushalten?« Und Ulf antwortete sicher mit Leidensmiene: »Ja, es ist nicht leicht. Im Alter ist es immer schlimmer mit ihr geworden. Aber immerhin, sie kocht gut.«

Am liebsten hätte sie einen großen, schweren Gegenstand durch die Bürotür geworfen!

Männer! Hielten immer zusammen! Und keinen interessierten die Gefühle der Frau dabei – ihre Enttäuschung, die, war sie groß genug, in Wut umschlagen konnte, niemand nahm den Schock zur Kenntnis, den sie hatte, weil sie die Wunde durch diesen Leichenring ... und dann auch noch der tote Körper, der in Zeitraffer aus der Böschung sank. Typisch!

Und wenn man es genau bedachte, hätte Ulf ihr ja auch einen wunderbaren Ring mitbringen können, nachdem er erkannte, dass er den anderen zurückfordern musste! Ein direkter Austausch. Jaha, so hätte sie das an seiner Stelle gemacht, schon um den Schmerz über den Verlust so gering wie möglich zu halten. Aber nein! Von Ulf nur Vertröstungen auf später, leere Versprechungen! Ein Kerl, der seine Frau in so ein blödes Sextainment Camp schleifte! Ha! Statt sich um sie zu bemühen, schenkte er ihr einen gefundenen Ring vom Finger einer Leiche, forderte das Schmuckstück plötzlich zurück und sorgte nicht einmal für adäquaten Ersatz!

Beim x-ten Verwickeln des Riemens ihrer Handtasche

war dieser von der Öse abgerissen. Na toll, meine Lieblingshandtasche ist nun auch kaputt – wie meine Ehe. Alles nur seine Schuld! Männer!

Ulf trat auf den Gang heraus.

Bebend sprang sie auf, hielt ihm die Tasche unter sein verblüfftes Gesicht und fauchte: »Na, bist du jetzt zufrieden, dass du die auch noch zerstört hast? Ich würde so etwas nie getan haben! Und behalt doch deinen blöden Ringersatz! Du herzloser Arsch!« Damit ließ sie ihn ratlos zurück und rauschte zurück in Nachtigalls Büro.

Michael Wiener saß dem ersten Jugendlichen gegenüber.

»Wir haben Ihre Mutter verständigt. Sie wird sicher gleich eintreffen. Wenn Sie möchten, warten wir, bis sie hier ist.«

»Bei Ihnen ist wohl 'n Rad ab! Ich brauche niemanden, der mir die Ohren vollheult.«

»Ihr Name ist Philipp Sandner, Sie sind 16 Jahre alt und wohnen in Sandow. Korrekt?«

»Steht ja wohl so in meinem Ausweis!«

»Was wollten Sie am Großräschener See?«

»Pause machen. Wir waren mit den Rädern da.«

»Wo sind die jetzt?«

Der Junge schwieg.

»Okay, neuer Versuch. Was wolltet ihr am Großräschener See?«

»Spazieren gehen.«

»Ach komm! Wenn du so weitermachst, sitzen wir morgen noch hier!«

»Ist doch ganz gemütlich. Ihr könntet 'ne Pizza für mich bestellen – mit Funghi.«

»Nö.« Wiener stand auf. »Ich gehe mir jetzt einen deiner Freunde vorknöpfen. Der freundliche Herr hier«, er deutete auf den Beamten in Uniform, »wird bei dir bleiben. Dann bist du nicht so allein. Deine Freunde werden schon mit der Wahrheit rausrücken.«

Sprachlos starrte Philipp dem Rücken nach.

Als die Tür geschlossen war, murmelte er stolz: »Das glaub ich jetzt nicht. Der zieht echt den Schwanz ein! Ich bin voll die harte Nuss!«

»Sie sind Sandro Schwarz.«

»Ja. Steht ja auf dem Ausweis.«

Wiener hatte das Gefühl, auf *Repeat* gedrückt zu haben. Er schüttelte sich.

»Was wollten Sie am See?«

»Wir hatten ein bisschen Zeit. Wollten mal sehen, wie hoch das Wasser schon gestiegen ist.«

»Ihr hattet ja sicher eure Backpacks dabei.«

»Ja logisch. Aber die wollten wir nicht sinnlos durchs Gelände tragen.«

»Heißt?«

»Na was soll das schon heißen? Ich denke, ich bin hier bei den Bullen! Mordkommission! Lasst ihr immer andere für euch das Hirn benutzen? Selbst kombinieren ist out, oder was?«, ätzte der junge Mann.

Bevor Michael Wiener seinem Frust ein Ventil verschaffen konnte, klopfte es.

»Ja!«, rief er mürrisch.

Ein Kollege öffnete die Tür einen Spaltbreit und winkte ihn auf den Gang.

»Na endlich. Verhörpause. Sonst ist das auch Folter, nicht wahr? Dann können wir euch verklagen!« Sandro fläzte sich bequemer in den Stuhl. »Ich will jetzt eine Pizza. Und dazu eine große Cola.«

»Wohl kaum!«, antwortete Wiener und folgte dem Kollegen nach draußen.

»Wir haben die Rucksäcke der Knilche gefunden. Waren viel weiter oben im Gebüsch abgestellt.«

»Aha. Und war was Interessantes drin?«

»Aber! Lauter Viehzeug. Spinnen, Tausendfüßer, Schlangen. Entweder die sind in eine Zoohandlung eingestiegen – oder kennen jemanden, der diese Tiere nachzüchtet. Terrariumbesitzer. Alles giftige Viecher.« Er wies auf einen Tisch. Dort standen unterschiedlich große Plastikbehälter mit Deckel. Jede Box war beschriftet.

»Woher wissen wir, dass wirklich drin ist, was draufsteht?«, erkundigte sich Wiener. »Tarantel, Baumschlange? Und wie heißen die Tiere genau? Was da steht, sind doch nur die Familiennamen, oder?«

Der Kollege zog eine zusammengerollte Liste aus der Gesäßtasche. »Hier ist die Liste. In Klammern steht, wie viele der Tiere jeweils im Rucksack waren. Und identifiziert hat sie ein Fachmann aus dem Tierpark.«

»Danke. Welchem der Jungs gehörte der Rucksack, können wir das feststellen?«

»Ja. Sein Handy war auch drin. Philipp Sandner.«

»Okay. Ich spreche mit ihm über den Fund. Und die anderen bitte weiter gut im Auge behalten.« Wiener zwinkerte dem Kollegen fröhlich zu und kehrte zum überraschten Philipp zurück.

»Na, das hättest du mir auch gleich erzählen können!«, eröffnete er die zweite Runde.

Der junge Mann verschränkte die Arme vor der Brust und presste die Lippen fest aufeinander.

»Du willst dich nicht mehr mit mir unterhalten? Schade.«

Wiener legte die Liste vor sich auf den Tisch.

Bemerkte, wie der Jugendliche den Hals reckte, um erkennen zu können, was auf dem Papier stand. Philipp wurde um einige Nuancen blasser.

»Es ist so: Eure Rucksäcke waren nicht gut genug versteckt – dilettantisch sogar. Die Polizei hat sie selbstverständlich gefunden. Und nun wissen wir, was ihr so im Gepäck hattet.«

Die Augen des Jugendlichen suchten einen Punkt an der Wand oberhalb von Wieners Ohr, an dem sie sich mit gelangweiltem Ausdruck festsaugten. Kein Blinzeln, fiel dem Kommissar auf. Er würde das im Protokoll als Besonderheit vermerken.

»Ihr wolltet die Tiere am See aussetzen, nicht wahr? Giftige Schlangen, Spinnen und anderes Krabbelzeug. Prima Idee. Die Leute wären ständig schreiend vor irgendetwas auf der Flucht gewesen.«

Um Philipps Lippen zog sich ein geringschätziges Lächeln. »Na, endlich mal was los am Rentnersee!«

»Darum ging es euch nur am Rande, nicht wahr? Spaß haben an der Panik anderer. Ihr verfolgt ein ideelles Ziel.«

»Spannend. Ich glaube, ich kenne das Wort gar nicht«, behauptete der Jugendliche.

»Welches? Hysterie, Panik, Presserummel? Ihr habt alle Fünf Defizite im Bereich Aufmerksamkeitserlangung?«

Philipp starrte auf die Hände, die ordentlich auf seinen Oberschenkeln lagen.

Wiener wusste, dass dem Jugendlichen ein Tisch zwischen ihnen jetzt sehr willkommen gewesen wäre. So kam er sich wohl etwas ungeschützt vor.

Der Kommissar wartete, tat, als habe er so viel Zeit wie eben nötig.

Die Wortlosigkeit tat ihre Wirkung.

»Wenn ich jetzt alles erzähle, können wir dann gehen?«, fragte der Zeuge so leise, dass es kaum zu verstehen war.

»Kommt auf die Erzählung an.«

»Das Thema hat der Pa von Dennis aufgebracht. Der meinte neulich, es sei doch toll, dass die Leute von sonst woher kommen, um in dieses idiotische Fälschermuseum zu gehen. Im See-Hotel. Und wir sollten bloß nicht auf die Idee kommen, da nachzueifern. In der Schule nennt man das Abschreiben, und das läuft unter Betrugsversuch, wenn man erwischt wird.«

»Nun, wenn man drauf schreibt, dass man ein Bild gefälscht hat, ist man wenigstens ehrlich. Und gute Fälschungen finden viele Leute toll.«

»Ja super. Dann schreibe ich in der Schule drunter, dass ich abgeschrieben habe, und kriege dann wenigstens 'ne Zwei dafür? Weil es genauso stimmt wie der Text von Alex, der 'ne Eins gekriegt hat? Ist doch alles Scheiß! Fälschermuseum! Und den See und den Hafen, der ja so sinnig ›Marina‹ heißen soll. Was ein Quatsch. Vom Meer sind wir ja nun wirklich ganz schön weit weg.«

»Wo ist nun euer Punkt?«, erkundigte Wiener sich mit deutlich hörbarer Ungeduld.

»Für all den Mist ist Geld da! Noch mehr Touristen mit Glotzaugen, die durch die Gegend stiefeln. Davon profitieren nur die Hotels, Cafés und Restaurants. Wir aber nicht. Wir wollen schon seit Jahren eine geilere Stadt, die sich mit uns beschäftigt, die uns was bieten will. Pustekuchen. Das sieht auch Dennis' Pa so.«

»Und deshalb wolltet ihr giftiges Getier aussetzen?«

»Ja! Ist doch 'ne super Idee. Die Touris fangen an zu schreien – und die Stadt hat endlich finanzielle Freiräume, um sich für die Jugendarbeit zu engagieren.«

Sprachlos starrte Wiener den jungen Mann an. Konnte nicht glauben, dass er so dachte, nicht wusste, wie wichtig die Gäste für die Einnahmen der Stadt waren, die sich schon seit Langem Seestadt nannte. Selbst als vom See noch nicht einmal eine große Pfütze zu sehen war.

»Okay, es ist nicht meine Aufgabe, dir die Welt zu erklären. Tatsache ist, dass sie so nicht funktioniert, wie du dir das vorstellst. So, lass uns keine Zeit verlieren, wir haben tatsächlich anderes zu tun. Deine Eltern sind verständigt, ihr werdet alle abgeholt. Ich brauche jetzt nur noch die Adressen der Züchter oder Zoohandlungen. Woher habt ihr die Tiere?«

Er griff nach Kugelschreiber und Papier, sah Philipp auffordernd an.

Beatrice wurde gebeten, noch einen Moment draußen zu warten, und fand sich überraschend mit Ulf auf dem Gang wieder.

Ohne sich eines Blickes zu würdigen, saßen sie stocksteif nebeneinander. Der alten Dame kam die Stille des anderen ausgesprochen feindselig vor. Sie war froh, dass der Platz zwischen ihnen frei geblieben war.

Plötzlich hörten sie eine laute Frauenstimme aus einem der entfernteren Büros.

»Was soll das heißen? Hä? Körperverletzung?«

Die gemurmelte Antwort war nicht zu verstehen.

»Nein! Das sehe ich natürlich überhaupt nicht ein! Ich werde ja wohl noch meine Interessen verteidigen dürfen, junger Mann. Das ist mein gutes Recht. Es handelte sich um eine ganz normale Beschwerde – und dieser idiotische Metzger wollte nicht begreifen, was ich ihm da erzählte. Stellte sich dumm. Und dabei war das alles gar nicht schwierig. Er hatte mir ja schließlich das Fleisch verkauft – die angebliche Bio-Ware. Und als ich damit nach Hause kam, sagt mein Sohn, ich hätte mich gründlich bescheißen lassen! Nichts mit glücklichem Vieh auf natürlicher Weide.«

Gemurmel.

»Woran er das erkannt haben will? Na! Er ist Mitveranstalter des Foodcarecampmovements, einer neuen Bewegung zum Thema gesunde Ernährung. Organisieren Fortbildungen, klären die Verbraucher auf. Die wissen natürlich ganz genau Bescheid. Und er brauchte nur einen Blick darauf zu werfen und wusste sofort, dass hier von Bio nicht die Rede sein konnte. Keine Spur von Bio, sagte er. Das Fleisch war quer zur Wuchsrichtung gefasert! Das sei ein untrügliches Merkmal.«

Nach einer Pause klang ihre Stimme noch schriller.

»Nicht? Das hat gar nichts zu bedeuten? Sie haben ja nicht die leiseste Ahnung! Überall wird man heute betrogen. Und dieser blöde Metzger wollte den Beschiss eben nicht zugeben. Deshalb hat er nicht umgetauscht.«

Stille.

»Was soll das nun wieder heißen? Alles ganz natürlich! Schneiderichtung? Sie reden denselben Stuss. Wie hätte ich das akzeptieren sollen? Natürlich bin ich handgreiflich geworden. Logisch. Manchmal ist das einfach notwendig! Sagt mein Sohn auch. Das gesellschaftliche Gesamtinteresse ist übergeordnet. Und dass der Idiot auf mich zustürzt, konnte ich nun wirklich nicht ahnen. So ein Leichtsinn! Ist doch zu blöd, wenn man in sein eigenes Messer rennt!«

Gemurmel.

»Ja, auch dann, wenn es sich zufällig gerade in meiner Hand befindet! Besonders dann. Der Mann sollte schließlich wissen, dass das Ding gefährlich ist. War ja seins! Und jetzt zeigt der mich wegen Körperverletzung an! Ich fasse es nicht.«

Ruhe.

Dann, in etwas reduzierter Lautstärke: »Ja gut, wegen schwerer Körperverletzung. Dieser elende Betrüger!«

Beatrice und Ulf warfen sich verstohlene Blicke zu, ohne die gesenkten Köpfe zu heben.

»Hat halt jedes Camp seine eigenen Folgeprobleme«, flüsterte Ulf kichernd. »Quer gefasert! Deshalb kein Bio. Unglaublich!« Jetzt konnte er das Lachen nicht mehr unterdrücken. Er keuchte, wischte sich die Tränen ab, konnte gar nicht mehr aufhören. »So ein Schwachsinn!«, prustete er atemlos, lachte röchelnd weiter, hielt sich die Seite.

In diesem Moment kehrte Ulla zurück.

»Na, deiner guten Laune hat das alles ja wenigstens nicht geschadet – wie schön für dich!«, erklärte sie patzig, klemmte erneut die Handtasche unter den Arm und stapfte zornig davon. Rempelte eine kleine unscheinbare Frau an, die von einem Polizisten aus einem der anderen Büros in den Gang geführt wurde.

Ulf brüllte laut los vor Lachen.

Tränen rannen über sein Gesicht.

Auch Beatrice schmunzelte, fand es unglaublich, dass diese kleine Frau ... nein, das war einfach nicht zu fassen!

33. KAPITEL

Jonathan kniete vor dem Altar.

Berichtete dem Bild vom Verschwinden seiner Schwester und den bisher erfolglosen Ermittlungen der Polizei.

Weinte bitterlich. Erzählte von seiner Angst.

Immer wieder wischte er die Tränen mit einem Tuch ab, putzte sich die Nase. Sie ließen sich nicht stoppen. Verzweifelt presste er die heiße Stirn gegen das kalte Glas, hinter dem Gregorilos milde lächelte.

»Du weißt, dass ich ohne dich nicht leben kann?«

Er küsste das Bild zärtlich. »Mit dir auch nicht. Aber so?«

Er lauschte, als höre er eine Antwort.

»Es ist bald vorbei. Ich sehne mich so nach dir und der ewigen Stille. Es fällt mir schwer, noch all die Dinge zu regeln, bevor ich dir folgen kann. Aber ich werde es tun. Niemand bewirft Gregorilos mit Dreck!«

Als es unerwartet klingelte, sprang er auf und rannte förmlich zur Tür.

»Gibt es Neuigkeiten?«, fragte er atemlos.

Der Beamte, der dort stand, war ihm unbekannt.

Er warf einen prüfenden Blick in das verweinte Gesicht des Assistenten und entschied dann: »Besser, wir gehen rein.«

Jonathan ließ ihn mit bangem Gefühl ein.

34. KAPITEL

Silke Dreier telefonierte mit Dr. Halming.

»Ist es Ihnen inzwischen gelungen, Kontakt zu Frau Kluge herzustellen?«, erkundigte sie sich freundlich.

»Nein, leider nicht. Wir erreichen inzwischen ihr Telefon gar nicht mehr. Bei Ihnen hat es auch nicht funktioniert?«

»Nein. Bisher nicht. Wir möchten aber gern noch eine grundsätzliche Frage zum Testament des Künstlers klären. Sophie Gausch wurde ermordet aufgefunden, was mit Frau Kluge passiert ist, können wir noch nicht mit Sicherheit sagen, aber sie ist verschwunden. Bleibt von den Haupterben nur Jonathan Weiss. Was passiert mit dem Anteil eines Erben, der nicht mehr erben kann?«

Papiergeraschel im Hintergrund.

»Hier. Ich habe die Stelle gefunden. Moment …« Der Notar räusperte sich. »Also«, begann er gedehnt, »für diesen unwahrscheinlichen Fall ist tatsächlich auch eine Regelung getroffen worden. Die frei werdende Summe wird zweckgebunden als Spende an das Staatstheater fallen. Auflage ist, dass zumindest ein griechisches Stück pro Spielzeit inszeniert und aufgeführt wird.«

»Das bedeutet im Klartext, die verbliebenen Erben hätten keinen Vorteil.«

»Genau. Bei den kleineren Legaten fällt das ausgeschlagene Erbe an die übrigen, wird verteilt. Wenn alle verzichten, geht das Geld in eine Stiftung für ein Museum,

240

das Gregorilos' Werk ausstellen soll. Aber was heißt, Sie haben Sophie Gausch ermordet aufgefunden?«

»Jugendliche haben heute ihre Leiche entdeckt. Es ist eindeutig, dass es sich um ein Tötungsdelikt handelt.«

»Um Himmels willen. Der arme Junge. Jonathan ist nun vollkommen auf sich gestellt. Er liebte die beiden abgöttisch – wie soll er das nur verkraften? Bestimmt wäre es gut, wenn er psychologischen Beistand erhalten könnte.«

»Seine Eltern?«

»Oh, wissen Sie das gar nicht? Jonathan ist ein Waisenkind. Gregorilos hat sich immer um junge Talente gekümmert, sie gefördert. Bei so einem Projekt ist ihm Jonathan aufgefallen, und er nahm ihn in seinen Haushalt auf. Behandelte ihn fast wie einen Sohn. Ließ ihm eine gute Ausbildung angedeihen und war darauf bedacht, ihm gute Manieren beizubringen. Jonathan hat auf der ganzen Welt keinen, der sich nun um ihn kümmern könnte. Er ist völlig allein.«

Silke notierte die neuen Informationen für die Kollegen, legte sie auf Wieners Schreibtisch.

Sich gegenseitig aus dem Weg zu räumen, war für die Haupterben sinnlos. Frau Kluge war unter seltsamen Umständen verschwunden, Sophie tot. Wenn jemand die Erben auslöschen wollte, war Jonathan in Lebensgefahr.

Michael Wiener betrat gereizt das Büro.

»Oh ne! Diese Jugendlichen! Na, auf jeden Fall haben sie mit dem Mord nichts zu tun. Um alles andere soll sich der Staatsanwalt kümmern. Die Eltern haben sie gerade wenig begeistert abgeholt. Hoffentlich erwartet die so richtig Stress. Hausarrest in den Ferien zum Beispiel.«

»Jonathan ist eine Vollwaise.«

»Ja, das kann man durchaus so sehen. Er hat die beiden sehr geliebt.«

»Nein! Du missverstehst mich. Er war Waise und kam später in den Haushalt von Gregorilos, weil der das Talent des Jungen fördern wollte. Er könnte in Gefahr sein.«

»Oh, das haben Peter und ich auch schon diskutiert. Er hat einen Beamten vor der Tür. Ich nehme an, Peter kommt auch gleich, dann tragen wir alles zusammen. Vielleicht ergibt sich ja ein neues Bild. Ich brauche jetzt einen Kaffee. Du auch?«

»Ich bleibe lieber bei Mineralwasser«, lachte Silke unsicher. »Kaffee macht mich zu nervös.«

Tatsächlich kam wenig später Peter Nachtigall in ihr Büro.

»Lasst uns mal überlegen, was sich an unserer Ermittlung durch den Mord an Sophie Gausch ändert«, eröffnete er die Runde.

»Die Zeuginnen haben nur den Leichnam aus der Böschung rutschen sehen. Die Jungs hatten andere Ziele. Peddersen ist mit seinen Leuten noch draußen und sichert Spuren. Er hat an einer geschützten Stelle Reifeneindrücke gefunden, versucht, sie zu konservieren. Bei der Nässe schwierig – und es muss nicht heißen, dass der Mörder die hinterlassen hat. Das Unwetter hat wohl die meisten Spuren weggewaschen, nicht einmal Fußeindrücke konnten sie sichern. Dabei muss es die gegeben haben, wenn der Täter die Tote dorthin getragen hat. Ein Grabwerkzeug muss er auch noch dabei gehabt haben! Aber nach dem Starkregen – alles aufgeweicht, nichts zu identifizieren. Die Tatwaffe wurde bisher nicht gefunden – könnte sein, dass der Täter sie mitgenommen hat.«

Silke setzte die Kollegen über die Auskünfte des Notars in Kenntnis.

»Gut, er braucht also tatsächlich Personenschutz. Das habe ich schon veranlasst. Gab keine Diskussion darüber, dass man auf ihn aufpassen muss«, erklärte Nachtigall.

»Waldemar Gausch verließ den gut besuchten Strand und wurde getötet, Sophie Gausch beendet ihren Vortrag, bricht von der gut besuchten Veranstaltung auf und wird am nächsten Morgen tot im Großräschener See gefunden. Das ist eine Gemeinsamkeit«, begann Wiener. »Der Täter taucht in der Öffentlichkeit unter. Er ist unscheinbar – zumindest nicht auffällig.«

»Der Bruder wurde vergiftet, die Schwester erstochen. Da ist dann schon Schluss mit den Gemeinsamkeiten«, machte Silke klar. »Von Frau Kluge fehlt überhaupt jede Spur.«

»Wir können auf weitere Kollegen zurückgreifen. Das ist genehmigt. Lassen wir doch noch mal in der Nachbarschaft von Frau Kluge nachfragen, vielleicht hat doch jemand etwas beobachtet. Und eine Streife soll die Gäste am Strand des Sees nach Gregorilos fragen. Könnte sein, dass dann jemandem etwas einfällt. Die Aktion mit der Zeitung hat noch nichts gebracht?«

»Nein. Bisher kein Treffer«, bestätigte Silke.

»Und unsere bisherigen Verdächtigen passen nun irgendwie überhaupt nicht mehr ins Bild!« Michael Wiener klang frustriert.

»Oh, Walter Minkel hat kein Alibi mehr«, fiel es Nachtigall ein, und er fasste das Gespräch mit dem Wirt für die Kollegen zusammen.

»Ach nee! Ein Geldbeschaffungsprogramm auf Bierbasis! Genial.«

»Also ist Minkel wieder im Spiel. Und die Sache mit dem Schierlingsbecher kannte er auch.«

Silke meinte nachdenklich: »Jonathan fuhr los, um die Pizza zu besorgen. Sophie blieb zurück. Angenommen, sie hat sich einmal kurz aufgerichtet und gesehen, wie jemand ihrem Bruder nachging. Jemand, den sie kannte. Wenn der das bemerkt hat, musste er Sophie zum Schweigen bringen.«

»Warum hat sie uns das nicht erzählt? Nach dem Tod des Bruders muss ihr klar gewesen sein, dass jede Beobachtung wichtig sein könnte.«

»Nach Jonathans Angaben hat Sophie ihm ja erzählt, dass sie nun wüsste, wer der Mörder ist. Wieso erst jetzt?«

»Und wem hat sie das noch gesagt?«, murmelte Nachtigall.

»Weißt du, wenn man nur kurz aufwacht, dann erinnert man sich vielleicht gar nicht an eine solche Beobachtung. Zumindest nicht bewusst. Nur der Täter kann das nicht wissen, glaubt, er sei erkannt worden. Möglicherweise ist es ihr jetzt erst eingefallen. So oder so – durch ihren Tod bleibt es ihr Geheimnis.« Silke spürte ein leichtes Vibrieren, das durch ihren Körper lief. Schnell schob sie die Hände unter ihre Oberschenkel. Tat, als sei ihr plötzlich kalt. Das aggressive Zittern blieb besser unentdeckt.

»Wissen wir, wo Penni Minkel am 21. war? Die Tierparkkarte kann man kaufen und dann das Gelände direkt durch das Drehkreuz wieder verlassen, oder?«, fragte Nachtigall gedehnt. »Sie gibt sich sehr distanziert, aber eine Frau, die aus Sorge die Kneipenbesuche ihres Ex finanziert, weil der nicht kochen kann und kein Geld hat – ist das eine Frau, die für ihn auch ganz andere Probleme aus dem Weg räumen würde? Walter Minkel wäre am Stausee möglicherweise auch anderen aufgefallen. Penni hätten aber nur wenige Menschen mit Gregorilos in Verbindung gebracht – oder? Und wenn Walter Minkel vom Schierlingsbecher wusste …«

»Wir müssen das überprüfen! Aber würde das nicht bedeuten, dass sie den Künstler gehasst hat? Hattet ihr das Gefühl, sie leide unter der Scheidung? Als Motiv: Rache für das Scheitern der Ehe und das erzwungene Alleinsein?«

»So wirkte sie nicht auf mich – aber ausschließen lässt es sich ebenfalls nicht. Wir werden sie überprüfen. Wenn Sophie sie kannte, kommt sie genauso wie ihr Exmann auch für den Mord an Sophie Gausch in Betracht.« Nachtigall notierte den Namen Penni Minkel am Flipchart. Sehnte sich nach seinem Schwiegersohn, was höchst selten vorkam. Aber an diesem Punkt hätte er helfen können. Er erstellte operative Fallanalysen und konnte tiefe Einblicke in die Vorgehensweise und Psyche möglicher Täter geben. »Hier fehlt eine ordnende Hand«, bemängelte er. »Wir haben zwei Opfer und eine vermisste Person. Stehen ratlos vor lauter Einzelangaben und können kein Bild daraus entstehen lassen! Jetzt wissen wir auch noch, dass sich jemand an der Kleidung des ersten Opfers zu schaffen gemacht hat, dem Leichnam eventuell gar den Ring abgezogen hat. Wer? Die Beschreibung des Zeugen ist vage.«

»Meinst du, es war der Täter? Er sorgte dafür, dass Gregorilos das Gift trank, wartete, warf ihn ins Wasser, als die Wirkung einsetzte, zog ihm noch rasch den Ring ab, nahm die Kleidung mit und ging auf dem gut frequentierten Weg davon?«

»Möglich. Aber selbst die vage Beschreibung hat keinerlei Ähnlichkeit mit Walter Minkel«, stellte Nachtigall fest. »Derjenige, der sich da zu schaffen machte, hatte einen Grund, den Leichenfund nicht zu melden. Nicht einmal später, anonym.«

»Risikominimierung«, meinte Silke trocken.

»Penni Minkel könnte einen Grund gehabt haben, Gregorilos umzubringen und vielleicht auch Sophie. Aber für so kaltblütig, dass sie Ring und Kleidung an sich nimmt, halte ich sie nicht. Es ist kein schöner stiller Tod. Sie hätte ja zusehen müssen, warten, um in den Besitz des Schmuckstücks zu gelangen, ihn vom Finger des Sterbenden oder Toten ziehen. Nein, das traue ich ihr nicht zu. Und möglicherweise ist er ein gutes Stück rausgeschwommen, bevor er starb, dann wäre es ihr völlig unmöglich gewesen, an ihn heranzukommen.« Nachtigall seufzte.

»Und das Verschwinden von Sabrina Kluge? Hat das mit den beiden anderen Personen überhaupt etwas zu tun? Zufall?«, fragte Wiener. »Kannte Penni Minkel denn Sabrina Kluge überhaupt?«

»Wissen wir inzwischen, ob Frau Kluge die Familie Gausch kannte? Gibt es eine wie auch immer geartete Beziehung?«, schob Nachtigall eine weitere Frage nach.

»Nein. Ich habe mit ihrer Kollegin telefoniert. Die war sehr besorgt, meinte, es passe gar nicht zu Sabrina, dass sie sich nicht abmelde. Sie sei überkorrekt. Und natürlich würde sie nie den Kater einfach allein gelassen haben. Undenkbar. Der war ihr Lebenspartner. Eine innige Beziehung. Sie hat den Namen Gregorilos oder Gausch nie erwähnt, war an Kunst nicht interessiert, ging in keine Museen oder Ausstellungen. Das fand sie langweilig. Nach Minkel hatte ich sie nicht gefragt, aber das kann ich nachholen.«

»Nach Spurenlage in ihrer Wohnung müssen wir davon ausgehen, dass ihr etwas Ernstes zugestoßen ist. Unfall haben wir schon ausgeschlossen. In keinem Krankenhaus liegt eine Sabrina Kluge. Entführt? Ermordet? Ihr Bild ist an die Streifenwagenbesatzungen verteilt worden?«

»Ja. Das habe ich sofort veranlasst.« Silke sah auf die hingeworfenen Notizen auf dem Flipchart, die Nachtigall gemacht hatte, während er sprach. »Wenn Sabrina Kluge mit den Gauschs gar nichts verband – warum sollte Waldemar sie dann als eine der Haupterben einsetzen und nicht seine Geliebte. Mit der hatte er wenigstens Sex.«

35. KAPITEL

Ich bin mir jetzt absolut sicher, dass ich sterben werde.

Ich selbst kann mich nicht retten – und wer von außen sollte es tun?

Hoffentlich hat wenigstens jemand gemerkt, dass der Kater allein ist. Er ist groß und stark. Es wird ihm gelungen sein, auf seine Lage aufmerksam zu machen. Wenn nicht, bezahlt er jetzt mit seinem Leben, dass er zu mir gehörte. Unerträglicher Gedanke, dass ich ihn mit ins Verderben reiße.

Meine Tränen sind längst versiegt.

Besser so, dann wird nicht der letzte Tropfen Flüssigkeit aus meinem Körper sinnlos verschwendet!

Während ich anfangs noch in die eine Ecke gegangen und später gekrochen bin, damit sich mein Urin nicht überall verteilt, ist das nicht mehr notwendig. Es wird keiner mehr produziert.

Dumm, dass mein Körper für Hitze sorgt, so verschlimmert sich die Situation von Stunde zu Stunde. Fieber. Steigt.

Ich liege still da. Bewegen fällt mir so schwer.

Ich möchte mir noch über so viele Dinge klar werden, doch die Gedanken entgleiten mir immer wieder wie glitschige Eisstückchen.

Ich war ja so unglaublich dumm!

Wie konnte ich nur an meine eigenen Märchen derart fest glauben?

Indizien hatte ich genug – und dennoch. Immer wieder habe ich versucht, mit meiner Mutter in Kontakt zu kommen, obwohl mir klar sein musste, dass dies das Letzte war, was sie sich gewünscht hätte. Ich war nicht gewollt. Weder damals noch später.

Ein lästiges Ding!

Weggeworfen.

Verdammt – ich habe das Gefühl, mein Hirn trocknet ein.

Das Denken tut weh – und das Gedachte verquirlt sich irgendwie. Mir kommt es so vor, als verklumpe sich da was.

Alle anderen hatten recht – ich unrecht. All die Mahner und Warner.

Meine Mutter hatte überhaupt keine Lust auf Kontakt. Im Gegenteil, sie drohte mir. Klar! Schlagartig habe ich einen lichten Moment: Sie hat den Mord in Auftrag gegeben. Natürlich würde sie sich an mir nicht selbst die Hände schmutzig machen! Den Job konnte man ja vergeben. Dabei hätte es ja unser Geheimnis bleiben können – wie alles andere, was ich inzwischen rausgefunden hatte, auch.

36. KAPITEL

Penni Minkel war wenig erfreut, von Walters Wirt besucht zu werden.

»Was soll das?«, fauchte sie den Mann an. »Die Rechnung ist bezahlt! Vorschuss ist nicht drin!«

»Ja, das stimmt. Nichts mehr offen.« Der Wirt wand sich, druckste ein wenig herum, die Wahrheit wollte nicht leicht über seine Lippen. »Es ist was anderes nicht in Ordnung damit.«

»Was anderes?«

»Ja. Darf ich mal kurz reinkommen«, er sah sich nervös um, »ist kein Thema fürs Treppenhaus. Echt nicht.«

Mit einem geringschätzigen Grinsen ließ Penni ihn eintreten.

»Na los. Immer geradeaus. Was ein Wohnzimmer ist, wissen Sie ja wohl. Nur ihre Dauergäste haben das vergessen – die haben ihr Wohnzimmer bei Ihnen am Tresen!«

Der Besucher hüstelte.

»Es ist ein bisschen peinlich«, eröffnete er sein Geständnis.

»Was glauben Sie, ist mir in meinem Leben noch nicht begegnet? Mir ist jede noch so grässliche Peinlichkeit geläufig. Meine Sig Sauer ist gerade zur Reparatur – also keine Gefahr. Setzen Sie sich.«

»Es geht um Geld.« Er plumpste ins Sofa. »Um Ihr Geld.«

»Ja, logisch um meins. Der Walter hat ja nix.« Penni lachte rau. Besorgt registrierte der Wirt, dass sie sich offenbar köstlich amüsierte. Was sich wohl gleich ändern würde, wie er befürchten musste. Er hatte in seiner Kneipe viele Frauen wie sie kennengelernt. Erst lustig, gut gelaunt mit lauter ordinärer Lache. Und am Ende verstanden die nie Spaß – egal, wie dröhnend vorher ihr Gelächter gewesen war. Bei Geld war Schluss.

»Es ist so: Also der Walter, der bekommt ja wegen der Privatinsolvenz keinen Cent in die Hand, den er unkontrolliert ausgeben könnte. Der muss ja alles belegen. Jeden Cent! Sonst glauben die gleich, er will sie betrügen. Aber als Mann braucht man doch mal ein bisschen was – so richtig bar auf die Kralle.«

»Ja. Frauen geht es ähnlich. Geld zu haben, ist viel besser, als keines zu besitzen. Hätte der Walter mal besser bei seinen Geschäften bedenken sollen.«

»Nun ja.« Baumann senkte den Kopf, sah zwischen seinen Schuhen auf den Teppich. Konzentrierte sich auf das sonderbare Muster. War plötzlich verstummt.

Penni setzte sich auf die Lehne des Sessels, schlug die Beine übereinander, zündete sich eine Zigarette an und beobachtete den Besucher mit einer Art wissenschaftlichem Interesse. Sie ahnte schon, was er erzählen würde, hätte es sicher, wären die Vorzeichen andersherum gewesen, auch versucht. Allerdings lag es nicht in ihrer Absicht, dem Wirt das Geständnis in irgendeiner Form zu erleichtern. Sie sog den Rauch tief in die Lungen, hielt ihn dort, atmete dann langsam aus. »Ich kann auch Ringe!«, verkündete sie, sah dem Qualmwölkchen nach. »Aber Sie sind nicht gekommen, um mir bei meinen Kunststücken zuzusehen, oder?«

»Nein. Es ist so: Ich habe die Rechnungen ein bisschen frisiert«, beichtete der Besucher überstürzt. »Manche ein bisschen weniger, andere deutlich energischer. Der Walter tat mir leid. Den Überstand haben wir geteilt.« Er hob beide Hände vors Gesicht, als erwarte er einen Säureangriff.

»Halbe – Halbe?«

»Ja.«

Penni stand auf, marschierte durchs Zimmer. Wich seinem Blick aus, weil sie fürchtete, wenn sie diesem waidwunden Ausdruck in den Augen begegnen würde, einen Lachanfall zu bekommen. Aus verschiedenen Gründen keine gute Sache. Es würde dem Mann den Druck nehmen, das wäre pädagogisch ein Desaster – und ihr den Atem – sie würde einen Anfall bekommen und ihr Asthma-Spray suchen müssen, erschiene plötzlich nicht mehr stark, sondern hinfällig. Das durfte nicht geschehen.

Sie war entschlossen, die Show hier auszukosten.

»Und nun?«, fragte sie. »Was haben Sie sich vorgestellt, wie es zwischen uns nun weitergehen soll?«

251

»Ich zahle Ihnen meine Hälfte zurück. Und spreche mit Walter, der hat ja vielleicht noch was über«, beeilte sich der Wirt zu versichern. »Viel aber wohl nicht. Er hat ja nix für private Dinge.«

»Ist mir klar. Er hat ja nicht mal das Geld für den Kneipenbesuch. Also? Wenn ich euch beide anzeige, rückt der Walter ein. Sie vielleicht auch. Dann brauche ich für den Walter keine Rechnung mehr zu bezahlen, der kriegt nämlich sein Essen dann auf Staatskosten – ohne Bier versteht sich. Und ihr kleines florierendes Betrugsunternehmen wird geschlossen. Wenn Sie einsitzen, wird wohl niemand die Kneipe weiterführen, oder?«

Der sonderbare Mann stöhnte gequält auf.

»Deswegen bin ich ja hier. Damit Sie mich nicht anzeigen, sondern wir eine andere Lösung finden.«

»Ach ne«, höhnte Penni.

»Nun ja. Der Walter hat nun kein Alibi mehr für den Mord an diesem Maler. Und so wäre unser kleiner Deal ohnehin aufgeflogen. Spätestens, wenn die Sache zum Gerichtsverfahren wird. Sie hätten es so oder so erfahren«, gestand der Wirt unglücklich. »Ehrlich, ich geb's zu, es war eine blöde Idee!«

»Ja, das trifft es ziemlich genau.«

Schweigend saßen sie sich gegenüber.

Penni hoffe, das schlechte Gewissen würde ordentlich an dem Mann fressen, der ihre Großzügigkeit so schamlos ausgenutzt hatte. Walter – den würde sie sich später vorknöpfen. Auf dessen Mist war der Plan nicht gewachsen, aber das Geld hatte er gern eingesteckt! Na, der würde sich umgucken, nahm sie sich vor, diesmal musste er Ärger einstecken.

»Über welchen Betrag reden wir?«, fragte sie betont

eisig. »Sie müssen sich ja nur umsehen – Reichtümer habe ich nicht angehäuft. Sie haben sich also das Geld nicht von einer geholt, die darin baden kann.«

Der Wirt nickte stumm. Offensichtlich war ihm das auch schon aufgefallen.

»Daran ist der Walter schuld. Der hat gesagt, seine Ex könne sich alles leisten, worauf sie Lust habe. Na, das habe ich ihm abgenommen. Ich kannte Sie ja nicht.«

»So! Das hat der Walter gesagt!« Na warte, Freundchen, dachte Penni, du altes geschwätziges Waschweib! Zum Glück hast du ihm nicht alle Geheimnisse verraten. Schließlich gab es kein Gesetz, das regelte, dass man sein Geld zur Schau stellen musste. Meine Kröten vermehren sich unsichtbar, dachte sie zufrieden. Nur dem Walter muss ich sein loses Mundwerk stopfen!

»Also, ich habe immer so ungefähr 50 draufgepackt. Manchmal auch ein bisschen mehr.«

»25 für jeden von euch? So üppig?« Sie musste all ihre Beherrschung aufbringen, um ein Losprusten zu verhindern.

»Ich dachte, sonst fällt es Ihnen am Ende auf. Und in manchen Monaten war es auch mehr. Waren pro Woche ein paar Bier und ein größeres Essen. Übertreiben wollte ich es ja auch nicht.«

Penni hatte mit einem Mal den Spaß am Spiel verloren.

Ihre Miene verdüsterte sich, und ihr Ton legte an Schärfe zu.

»Nicht übertreiben. Aha. 200 Euro im Monat! Ihr seid alle beide elende, widerliche Schmarotzer! Gut, ich werde mir das mit der Anzeige überlegen. Aber der Walter, der darf sich frisch machen! Ich dachte, er kriegt immerhin einmal am Tag was Richtiges zu essen und kann mit ein, zwei Bier nachspülen. Dann waren es mehr Bierchen – das ist mir egal, er braucht niemanden, der ihm sagt, dass Leber, Hirn und Herz das nicht mögen. Aber abziehen lasse ich mich nicht!«

Der Besucher sprang eilig auf.

»Danke! Vielen Dank! Ich verspreche, dass ich es auch nie mehr tun werde. Weder für Walter noch für irgendjemand sonst!«

»Das will ich hoffen! Und ich kriege mein Geld zurück! In bar.«

»Selbstverständlich!« Auf dem Weg zur Tür verneigte er sich immer wieder. Lästig, dachte Penni, bloß raus mit dem Kerl, bevor ich kotzen muss!

37. KAPITEL

Nachtigall und Wiener rüsteten zum Aufbruch, als es klopfte.

Der Kollege Peddersen stand in der Tür.

»Habt ihr was?«, fragte der Hauptkommissar hoffnungsvoll.

»Wir haben uns in der Wohnung der vermissten Frau Kluge gründlich umgesehen. Das Blut stammt von ihr. Eindeutig Kampfspuren. Fingerspuren von ihr, von der

Nachbarin und einer anderen Person, die sich regelmäßig in der Wohnung aufgehalten hat. Es gibt verwischte, nicht verwischte, relativ frische und alte Fingerspuren von ihr. Vielleicht eine Freundin oder ein Freund. Ansonsten fanden wir an der Klinke, Innenseite, keinerlei Fingerabdrücke außer deinen – hier hat jemand abgewischt, auch an anderen Stellen wurde sorgfältig geputzt. Hinweise auf gewaltsames Eindringen sind nicht zu finden, weder an der Wohnungs- noch an einer der Zimmertüren. Sieht so aus, als sei jemand bei ihr aufgetaucht, sie ließ ihn rein und hat mit ihr oder ihm gemeinsam ein Glas Wein getrunken. Ihr Glas war auf dem Tisch zurückgeblieben, das andere stand in der Spüle, sorgfältig gereinigt, das vom Tisch mit ihren Spuren. Danach entwickelte sich wohl ein Handgemenge, und Frau Kluge wurde aus der Wohnung gebracht. Denkbar wäre, dass sie gestützt wurde, vielleicht noch selbst gehen konnte. Frau Kluge muss sich gegen ihren Angreifer heftig gewehrt haben, denn in der Nähe der Couch wurden Bücher, Nippes und Zeitschriften zu Boden gefegt. Allerdings ist ihr wohl nicht die Flucht in einen angrenzenden Raum gelungen.«

»Alles ihr Blut? Auch das am Spiegelschrank?«

Peddersen nickte. »Bisher hat die Analyse nichts anderes ergeben. Aber wir sind noch nicht mit allen Proben durch.«

»Mist.«

»Die Analyse läuft. Die Kollegen suchen nach Spuren von K.o.-Tropfen oder etwas Ähnlichem. Wir haben allerdings eine kleine Chance auf einen DNA-Treffer. In der Tür konnten wir Haare sichern – vielleicht vom Täter. Wie werden sehen.«

»Und bei Sophie Gausch?«

»Nichts. Alles ordentlich. Aber vielleicht wurde sie ja auch nicht von zu Hause entführt, sondern der Täter lauerte ihr auf. Die Handtasche hat sie möglicherweise schon am Morgen vergessen, als sie zu diesem Vortrag gefahren ist. Autoschlüssel waren nicht drin.«

»Insgesamt ist das alles unbefriedigend.«

»Ja, sehe ich auch so. Aber nicht zu ändern. Der Assistent meinte, Frau Gausch habe immer die Garage abgeschlossen. Hat das nie vergessen, ging im Zweifel kontrollieren. Nun war sie offen. Denkbar, dass der Täter von dem Abschließritual nichts wusste. Ach – und wir haben einen Zahn und eine Haarlocke entdeckt. In einem Pappschächtelchen. Es lag noch im Briefumschlag, wurde erst vor wenigen Wochen zugestellt. Der Assistent beteuerte, die Schachtel nie zuvor gesehen zu haben.«

»Ein Geheimnis, von dem der junge Mann nichts wusste? Das wird er nur schwer akzeptieren können!«, grinste Wiener.

»Wer sollte Sophie Gausch einen Zahn und eine Locke schicken?«, rätselte Nachtigall und betrachtete das Foto des Fundstücks interessiert. »Normalerweise bekommen so etwas enge Verwandte. Paten. Ich dachte, die Geschwister hätten außer den Eltern keine weiteren Angehörigen?«

»Haben sie auch nicht«, bestätigte Silke Dreier. »Das habe ich geklärt, als ich den Telefontermin mit den Eltern ausgemacht habe.«

»Einen Absender gab es nicht?«

»Nein. Kein Hinweis auf den Versender.« Peddersen signalisierte, dass nun alles gesagt sei. »Wir müssen uns durch die Fundstücke arbeiten und die Analyse abwarten. Sobald wir etwas haben, melde ich mich sofort.«

Nachtigall und Wiener griffen nach den Jacken und folgten Peddersen auf den Gang.

»Diese junge Dame hier möchte eine Aussage bei euch machen«, erklärte ein Kollege, der eine schmächtige dunkelhaarige Frau sanft vor sich herschob. »Zum Verschwinden von Sabrina Kluge. Da ist sie doch bei euch richtig?«

»Guten Tag«, begrüßte Nachtigall die Zeugin, nickte dem Kollegen zu. »Am besten, Sie sprechen mit Frau Dreier.«

»Mein Name ist Marianne Freitag. Ich bin die beste Freundin von Sabrina«, erklärte die Fremde mit piepsiger Stimme. »Wir kennen uns schon seit dem Sandkasten. Haben alles miteinander geteilt. Jemand von der Polizei rief an und hat mir erzählt, Sabrina sei verschwunden. Vielleicht kann ich helfen.«

»Das hoffen wir sehr. Im Augenblick haben wir nämlich noch keine Hinweise darauf, wo sie sich aufhalten könnte.« Wiener öffnete die Tür zum Büro, ließ die schüchterne Frau eintreten.

»Silke, das ist Marianne Freitag, die Freundin von Frau Kluge.«

»Wie schön, dass Sie kommen konnten!«, begrüßte Silke die Zeugin, kam hinter dem Schreibtisch vor und schüttelte ihr die Hand. »Wir haben ja schon miteinander telefoniert. Wir brauchen einige Informationen zu Ihrer Freundin, die uns bisher niemand geben konnte …«, hörten sie noch, bevor Michael Wiener die Tür leise zuzog.

»Die unbekannten Nummern auf dem AB, vermute ich«, meinte er.

»Und nun los, zu Penni Minkel.« Nachtigall rannte fast über den Gang.

Marianne Freitag setzte sich auf die äußerste Kante des Stuhls und sah sich unbehaglich im kleinen Büro um.

»Ich war noch nie bei der Polizei. Also bei der Kriminalpolizei. Bei uns auf dem Revier schon, als mir meine Handtasche geklaut worden war. Ist Jahre her.«

»Die meisten, die hier vor mir sitzen, kommen auch nicht ganz freiwillig her«, lachte Silke warm. »Möchten Sie einen Kaffee? Unserer schmeckt – das andere ist Tatort-Drehbuch-Fantasie.«

»Nein danke. Ich bin ja nur gekommen, weil Sie mich angerufen haben, sonst hätte ich nicht so schnell bemerkt, dass Sabrina ... Und inzwischen glaube ich, dass ich weiß, was mit Sabrina passiert sein könnte. Und ich bin die Einzige, die es weiß«, begann die junge Frau mit zitternder Stimme und bebenden Fingern, die über ihre Jeans huschten.

»War Sabrina in irgendwelchen Schwierigkeiten?« Silkes Miene wechselte zu konzentriert, ernst.

»Nun, das wäre dann genau das, was man als Worst Case bezeichnen würde. Sabrina wuchs bei liebevollen Eltern auf, im Haus neben dem meiner Familie. Wir verstanden uns bestens – immer, auch als die Pubertät manches komplizierte. Eines Tages kam sie aufgewühlt zu mir, setzte sich zu mir auf mein Bett und erzählte mir das Unglaubliche: Ihre Eltern waren gar nicht ihre Eltern!«

Silkes Miene musste wohl verständnislos gewirkt haben, jedenfalls schob Marianne schnell eine Erklärung nach. »Also sie waren schon ihre Eltern, rechtlich und was liebevolles Aufziehen anlangte – aber nicht ihre biologischen. Sie war adoptiert. Und nicht nur als pubertäres Wunschdenken, weil man es mit den Erwachsenen um einen rum nicht mehr aushalten konnte! Sie hatten sie zur

Seite genommen und ihr die Wahrheit gesagt. Von jetzt auf gleich sah Sabrinas Welt irgendwie anders aus. Sie liebte ihre Eltern. Sehr sogar. Und die beiden lieben ihre Tochter. Und doch, plötzlich war alles irgendwie anders.«

»War Ihre Freundin unglücklich über diese Nachricht?«

»Nein. Sie fand, ihre Familie sei in den letzten Jahren rundum perfekt gewesen, und daran habe sich durch die Adoption nichts geändert. Alles schick. Und doch – nach einiger Zeit fing sie an, über ihre leibliche Mutter zu fantasieren. Malte sich Lebensumstände aus, die sie genötigt haben konnten, ihr Kind wegzugeben. Es wurde zu einer fixen Idee, dass sie wenigstens einen Blick auf ihre Mutter werfen wolle, schon um zu sehen, ob sie noch unter ihrer Entscheidung von damals litt. Immer hartnäckiger versuchte sie, Puzzleteilchen zusammenzutragen. Allerdings gab es kaum welche. Nur Gerüchte. Ein Foto des Säuglings. Keine Nachricht an das Kind, kein beigelegtes Kuscheltier, kein Schmuckstück. Die Akte war so dünn.« Sie zeigte es mit Daumen und Zeigefinger. »Sabrina war nicht davon abzubringen. Irgendwann trat ein Fremder neben sie, tuschelte mit ihr. Eine neue Idee war geboren. In der Regel begleitete ich sie, wenn sie mal wieder eine ihrer *Mütter* in Augenschein nahm. Frauen, die angeblich im relevanten Zeitraum schwanger waren und dann kein Kind vorweisen konnten. Wir haben in den letzten Jahren etwa zehn ausfindig gemacht. Keine davon war die richtige.«

»Sie war darüber enttäuscht?«

»Vielleicht. Aber ihre Familie ging ihr über alles, deshalb ermittelten wir im Geheimen, um ihre Eltern nicht zu beunruhigen. Sie können sich gar nicht vorstellen, was für Frauen wir getroffen haben! Manchmal sah man

Sabrina ihre Erleichterung darüber, nicht das Kind dieser Frau zu sein, förmlich an. Alkoholabhängige waren darunter, die eine ganze Horde von Kindern um sich hatten. Einige hatten Veilchen, gebrochene Arme, waren grün und blau geprügelt. Nichts mit liebevollem Behütetsein. Sabrina kann gut mit Kindern, sie kommt leicht mit ihnen ins Gespräch. So erfuhr sie oft mehr, als gut für ihre eigene Psyche war. Richtig helfen – hätten wir schon gern gemacht, aber wie? Unsere wahren Beweggründe aufzudecken, lag ja nicht in unserer Absicht. Manchmal schlichen wir davon wie geprügelte Hunde.«

»Also Fehlschläge. Und nun glauben Sie, dass sie die richtige Frau gefunden haben könnte und dadurch in große Schwierigkeiten geraten ist.«

Marianne nickte. Schluckte. Suchte in der engen Hosentasche nach einem Taschentuch.

»Sie rief mich vor ein paar Wochen an. Abends spät. Ganz offensichtlich nicht mehr nüchtern. Sie meinte, es gäbe Grund zum Feiern. Alles sei geklärt, nur noch eine letzte Hürde zu nehmen. Natürlich wollte ich Einzelheiten wissen. Aber Sabrina konnte manchmal richtig bockig sein. Das Einzige, was noch zu erfahren war – ihre Mutter sei nicht ihre Mutter. Kryptisch.«

Silke rieb sich ratlos unter der Nase entlang, ertappte sich dabei und lächelte. Wickie. Zeichentrickheld aus Kindertagen. Das musste sie abstellen. Es war albern, einer Frau in ihrem Alter nicht angemessen.

»Damit kann ich nicht wirklich etwas anfangen«, gestand sie dann.

»Ich auch nicht. Ich rief am nächsten Abend wieder an. Meine Mutter, erklärte mir Sabrina, ist nicht die Frau, die mich geboren hat. Sie hat mich sofort abgegeben, ich kam in eine Pflegefamilie, die viele andere Kinder aufgenommen hatte, und wurde später von meinen Eltern adoptiert. Mehr war ihr nicht zu entlocken. Wir wollten uns Ende der Woche zu einem gemütlichen Abendessen treffen. Sie kam nicht. Das ist in all den Jahren nie passiert.« Nun begann die Zeugin doch zu weinen. Leise. Unspektakulär. Traurig. »Wir haben ein besonderes Band. Mehr als Freundschaft. Ich spüre, dass sie in großer Gefahr ist.«

»Sie haben sich sicher darüber Gedanken gemacht, wo sie sein könnte. Was ist Ihnen da eingefallen?«

»All die Orte, die wir als Kinder besucht haben. Dort war ich schon. Sabrina ist dort nicht. Auch nicht in der Hütte im Wald.«

Zusammen machten sich die beiden Frauen daran, eine Liste zu erstellen.

»Andere Hobbys – außer der Suche nach ihrer Mutter – hatte Frau Kluge nicht?«

»Wir sind gern ins Kino gegangen. Aber sonst …«

»Kunst? Hat sie sich dafür interessiert? Vielleicht erwähnte sie ja mal den Namen Gregorilos?«, blieb Silke hartnäckig.

»Ist das nicht der Maler, der gerade tot aufgefunden wurde? Nein, den kannte sie bestimmt nicht. Von Kunst besessen war sie nun nicht gerade. Aber manchmal gingen wir schon in eine Ausstellung im Dieselkraftwerk. Plakate, Zille – so was in der Art. Sie müsse mal wieder ein bisschen in Kultur machen, nennt Sabrina das.«

»Hat sie mal den Namen Minkel erwähnt? Penni oder Walter?«

Die Freundin schüttelte den Kopf.

»Oder einen Winfried Kern?«

»Nein. Nie. Sie hat Websites für Kunden erstellt. Sehr erfolgreich. Aber privat gab es nicht viele Kontakte. Vielleicht war sie zu besessen von dieser Familienangelegenheit.«

»Einen Freund gibt es doch sicher auch?«

»Mit Männern hat sie nicht wirklich Glück. Ich glaube, sie steht einfach auf die falschen Typen. Muskeln statt Grips. In der Regel hält so eine neue Beziehung nur ein paar Wochen. Katzenjammer, angebliche Neuorientierung, und dann folgt der nächste Muskelprotz.« Die Freundin zuckte mit den Schultern. »Vielleicht wird das ja noch.«

»Die Frau, die sie geboren hat, ist nicht ihre Mutter?«, wiederholte Peter Nachtigall die Auskunft, die Silke ihm gegeben hatte. »Und sie hat Websites erstellt. In der Wohnung haben wir keinen Computer gefunden …«

»So hat Sabrina Kluge es ihrer Freundin erklärt. Klingt in meinen Ohren kryptisch. Sie wurde adoptiert – die Mutter, bei der sie aufwuchs, war nicht ihre leibliche. Sie war bei einer Pflegefamilie untergebracht, an die sie keine Erinnerungen hat. Eine zweite nicht biologische Mutter. Und nun bringt sie noch eine dritte ins Spiel. Eine Leihmutter?«

»Vielleicht doch Wunschdenken?«, schaltete sich Wiener ein, der das Gespräch über Lautsprecher mithören konnte. »Sie fand ihre Mutter, war entsetzt und kam zu dem Schluss, dass es noch eine weitere Frau geben muss. Unsere Psyche trickst uns mitunter gewaltig aus.«

»Ich bleibe dran. Wir haben eine Liste mit Orten, an denen die Freundinnen früher gern gemeinsam Zeit verbracht haben, bei Problemen Trost suchten. Vielleicht finden wir sie dort irgendwo. Bis nachher!«, verabschiedete sich Silke und ließ zwei nachdenkliche Kollegen zurück.

»Jonathan Weiss ist in einem Heim gewesen. Vielleicht im selben wie Sabrina Kluge, bevor sie zu der Pflegefamilie kam? Es gibt eine Verbindung zwischen Ihnen?«, überlegte Nachtigall laut.

»Unwahrscheinlich – oder? Gregorilos hat neben seiner Schwester zwei Waisen als Haupterben eingesetzt. Hm – ein altruistischer Zug, den man uns bisher verschwiegen hat?«, fragte Wiener stirnrunzelnd. »Wenn sich die Zeugen in einem Punkt einig waren, dann doch in dem, dass Gregorilos egoistisch war.«

»Fragen wir bei Jonathan nach. Er war sein engster Vertrauter. Und – er hat uns doch gesagt, dass Sophie und er weder mit dem Namen Sybilla Hauber noch mit Sabrina Kluge etwas anfangen konnten. Demnach kannten sie sich nicht.«

»Sie hieß ja früher nicht Kluge. Den Nachnamen erhielt sie durch die Adoption«, gab Wiener zu bedenken. »Und Sabrina ist nun wirklich kein seltener Vorname.«

Es klopfte zaghaft.

Auf ihr freundliches »Herein« trat ein Pärchen zögernd durch die Tür.

»Wir wissen gar nicht, ob wir hier richtig sind. Aber Ihr Kollege hat uns vor Ihrem Büro abgestellt. Wir sind Horst und Hildegard Kluge.«

Silke kam rasch hinter ihrem Schreibtisch vor, bot den beiden Platz an.

»Schön, dass Sie sofort kommen konnten. Wir sind im Zuge von Ermittlungen zu einem Mordfall auf den Namen Ihrer Tochter gestoßen. Wir fanden in ihrer Wohnung einen verlassenen Kater und Spuren einer körperlichen Auseinandersetzung.«

Hildegard Kluge schluchzte unterdrückt.

Liebevoll legte ihr Mann seine Hand auf ihre Schulter, tätschelte beruhigend. Erfolglos.

»Siehst du, ich wusste ja, dass da irgendwas nicht stimmt!«

»Kampfspuren?«, fragte der Vater nach. »Sie glauben, man hat unsere Tochter entführt? Vergewaltigt, ermordet?«

»Tatsächlich wissen wir nicht, was in der Wohnung vorgefallen ist. Sicher scheint nur, dass sie nicht geplant hatte, längere Zeit abwesend zu sein. Ihre Nachbarin hätte sonst den Schlüssel bekommen, um den Kater zu versorgen.«

»Sie geht schon seit Tagen nicht an ihr Festnetz, und über ihr Handy ist sie ebenfalls nicht zu erreichen.« Die Mutter wischte mit einem Taschentuch die Tränen ab. »Das ist nicht ihre Art. Wenn sie wegfährt, wissen wir vorher Bescheid, und bei der Rückkehr meldet sie sich. Wenn wir sie tatsächlich einmal nicht erreichen können, sieht sie ja unsere Nummer im Display und ruft so schnell wie möglich zurück. Es kommt nie vor, dass der Kontakt über Tage abreißt.«

»Ihre Tochter ist ein Adoptivkind«, begann Silke Dreier vorsichtig. »Wir wissen von ihrer Freundin, dass sie auf der Suche nach ihrer leiblichen Mutter war.«

»Ja, das stimmt«, bestätigte der Vater. »Wir haben sie vor den Gefahren gewarnt, aber es war ihr wichtig. Nur gucken, hat sie immer gesagt – aber dann die Frauen doch angesprochen. Die meisten waren kein bisschen begeistert und froh, wenn sich herausstellte, dass sie für die Mutterschaft nicht in Betracht kamen. Aber das hat Sabrina nicht davon abgehalten, weiterzusuchen.«

»Dabei liebt sie uns! Und wir sie! Es war eine Form von Besessenheit, glaube ich. Eine Fixierung.«

»Und nun glaubte sie, auf der richtigen Spur zu sein?«

»Ja. Aber die Frau verweigerte jede Kontaktaufnahme«, stellte Frau Kluge beleidigt fest. »Nach all der Mühe. Und Sabrina wollte ja kein Geld oder eine späte Integration in die Familie. Sie hat eine eigene. Uns! Nur mal mit ihr einen Kaffee trinken. Aber nicht einmal eine einzige Begegnung wollte sie zulassen.«

»Wie heißt die Frau?«

»Das hat Sabrina uns nicht erzählt.«

»Bei keiner der Frauen«, ergänzte der Vater.

»Gibt es einen Platz, an den sich Ihre Tochter gern zurückzieht, wenn sie Ruhe braucht – oder Probleme durchdenken möchte?«

»Das fragen Sie am besten Marianne. Ihre beste Freundin.«

38. KAPITEL

Ulf sah zu, wie Ulla ihre Sachen packte.

Jede Bewegung ein Vorwurf. Mehr noch – eine Anklage.

»Ulla, ich kann nicht einfach nach Hause fahren! Ich muss doch noch den Ring ...«

Die eisige Welle traf ihn nicht überraschend, war aber dennoch unangenehm.

»Ich finde den Weg auch allein!«

»Ulla, nun hör doch auf. Es ist alles eine große Scheiße – aber ich bring's in Ordnung. Versprochen.«

»Ha!« Wütend zerrte sie am Reißverschluss der Reisetasche. Ein grässliches Geräusch verriet, dass er aus dem gedehnten Gewebe riss. Die Tasche platzte auf. Ulla knurrte, griff nach den Henkeln und schleuderte sie aus dem Zelt. Einige der Kleidungsstücke flüchteten aus der Enge, lagen als bunte Flecken auf dem Rasen.

Dann begann sie damit, ihren Schlafsack aufzurollen. Danach die Isomatte.

»Nun hör doch mal: Der Ring muss zur Polizei. Wenn das erledigt ist, hauen wir hier ab. Zusammen. Und heute, sobald du aufgehört hast, sinnlose Dinge zu tun, fahren wir nach Cottbus rein, lassen deine Lieblingshandtasche reparieren und gehen zu dem Juwelier. Dem hinter der Synagoge. Und du suchst dir einen neuen Ring aus. Schau, ich habe natürlich daran gedacht gehabt, dir einfach einen mitzubringen, aber ich wollte, dass er dir auch wirklich gefällt. Da ist es besser, wenn du ihn selbst … Ach, Ulla. Es ist nicht nur meine Schuld, dass hier alles blöd gelaufen ist.«

Ulla schniefte. Wischte zornig mit dem Taschentuch unter der Nase entlang.

»Ich gebe zu, es war eine schwachsinnige Idee, uns zu diesem Camp anzumelden. Sextainment ist nicht dein Ding.« Er hörte selbst, dass das schon wieder nach einem Vorwurf klang, und beeilte sich nachzuschieben. »Meins auch nicht. Ganz ehrlich nicht.«

Ulla unterbrach ihre Aktivitäten nicht eine Sekunde. Der Schlafsack verschwand im dazugehörigen Beutel.

Die Isomatte rollte sich willig unter ihren Händen ein. Die Gurte waren schnell befestigt. Fertig.

Ulf bekam plötzlich weiche Knie.

Wenn seine Ulla jetzt einfach ginge – wäre das nun das Ende ihrer Ehe?

So viele Jahre – und nun alles vorbei?

»Ulla.«

Wortlos schob sie auf allen vieren ihr Gepäck auf den Rasen.

»Wie willst du denn überhaupt von hier wegkommen? Ohne Auto!« In seiner Stimme schwang ein früher Triumph.

Verfrüht, wie sich sofort zeigte.

»Hallo, Ulla! Hast du alles?«, fragte der Typ vom Foodcarecamp, Hanno irgendwer, und beugte sich über die Tasche, hob sie auf, stopfte die herausgefallenen T-Shirts wieder hinein.

In dem Moment durchzuckte Ulf die Erkenntnis.

»Ich fahre dich nach Cottbus zum Bahnhof. Weißt du, von welchem Gleis dein Zug geht?«

Ulla nickte. Reckte zwei Finger in die Höhe.

Offensichtlich hatte sie ihre Sprachfähigkeit nicht nur ihrem Mann gegenüber verloren. Es schien ein generelles Problem zu sein.

Ulf starrte auf den Hinterkopf.

Dann sprang er vor, packte den Mann, drehte ihm den Arm auf den Rücken. Wütender Protest konnte ihn nicht abhalten, selbst als Ulla an ihm zerrte, ließ er nicht locker. Die beiden Männer lieferten sich keuchend und schweigend einen erbitterten Ringkampf.

Am Ende war es dem Sextainment Camp-Teilnehmer gelungen, diesen Typen vom Foodcarecamp auf den Bauch

zu werfen und seine Hände eisern auf dem Rücken fest-
zuhalten.

»Ruf die Polizei!«, ächzte Ulf seiner Frau zu. »Das ist
der Kerl, der sich an den Klamotten der Leiche zu schaffen gemacht hat.« Und dann teilte der Siegreiche dem auf
dem Boden liegenden mit: »Hiermit nehme ich dich vorläufig fest. Das ist mein gutes Recht.«

Peter Nachtigall wendete.

Schwungvoll.

Penni musste warten.

In kürzester Zeit hatten sie den See erreicht, waren mehr
als überrascht von der Szenerie, die sich ihnen bot.

Schaulustige beider Camps hatten sich um Ulfs Zelt
versammelt, diskutierten gestenreich und mehr oder weniger lautstark.

Beatrice Wagner stand etwas abseits, beobachtete mit
leicht zur Seite geneigtem Kopf die Reaktion der Meute,
während ihre Finger unermüdlich die Nadeln gegenein-
ander schlugen.

»Was ist hier los?«, polterte Nachtigall, und sofort bildete sich eine Gasse.

Ulf, Ulla und eine dritte Person saßen schwer atmend
auf dem Boden, die beiden Männer hochrot und ver-
schwitzt, Ulla mit Tränen im Gesicht. Daneben drei
Gepäckstücke und versprengte Kleidung.

»Was geht hier vor?«, fragte der Hauptkommissar noch
einmal, und sein dröhnender Bass sowie die eindrucksvolle Statur sorgten für Aufsehen.

»Das ist er!«, rief Ulf. »Der Typ vom See. Der sich an
den Klamotten von diesem Kadaver …«

Allgemeines Gemurre.

»Von dieser Leiche«, korrigierte er sich schnell, »zu schaffen gemacht hat. Dem der Ring …« Er verstummte, rang nach Atem.

»Der Blödmann hat mich festgenommen! Der hält sich wohl für so 'ne Art Sheriff! Angeber!«, empörte sich der Foodcarecamp-Teilnehmer.

»Das ist in Ordnung. Rechtlich einwandfrei. Wie ist Ihr Name?«

Nun schwieg der Mann verstockt.

»Hanno Jurczik«, half unerwartet Ulla weiter.

»Wenn ich das richtig verstanden habe, wurden Sie dabei beobachtet, wie Sie die am Ufer liegende Kleidung des ermordeten Malers durchsuchten.« Nachtigall baute sich so vor dem Verdächtigen auf, dass dieser ihn ansehen musste.

»Er hat das Mordopfer gefleddert!«, rief einer aus der Menge der Schaulustigen und ebnete damit den Weg für brummende, sensationslüsterne Entrüstung.

Der Hauptkommissar half den beiden Männern auf die Füße.

»Dann werden wir uns jetzt bei uns im Büro weiter unterhalten. Unser Auto steht dort drüben.«

Michael Wiener griff zu und führte Hanno Jurczik aus der Kampfarena – unter anhaltendem Protest der Zuschauer.

Ulf beugte sich zu seiner Frau hinüber. »Warte hier. Ich löse alles ein, was ich versprochen habe.«

Doch sie wandte den Kopf zur Seite, schnaubte gekränkt.

»Jetzt wälzt du dich auch noch im Dreck und prügelst dich rum. Deine Augenbraue ist aufgeplatzt, es blutet, und du wirst ein schickes Veilchen vorweisen können. Ich jedenfalls werde nicht mehr hier sein, wenn du sauber bist.«

Die Menge löste sich schon zögernd auf, die Camper trollten sich in ihre Zelte und zum Bier zurück.

Beatrice, die ein feines Gespür für Ungemach zu haben schien, setzte sich zu Ulla, nachdem deren Mann in Richtung Waschräume verschwunden war.

»Vielleicht bist du ein wenig zu streng mit ihm, meine Liebe? Du weißt doch gar nicht, ob er mit einer der Frauen im Schlafsack war. Du hast auch keine Besuche bei Männern abgehalten. Und für die anderen Katastrophen ist er nur bedingt verantwortlich.« Offensichtlich war sie der Meinung, es sei Zeit für ein paar allgemeine Wahrheiten.

»Er hat mir einen Leichenring geschenkt!«

»Nun, das war weder richtig noch besonders klug von ihm, das stimmt.« Beatrice schmunzelte und konnte sich dann nicht verkneifen: »Wenigstens hätte er ihn gründlich abwaschen können, ehe er ihn dir schenkte.«

Mit einem Satz war die Frau neben ihr auf die Füße gesprungen. »Du meinst ... er hat ...«

»Er ist ein Mann, der Ring sah sauber aus, warum also?«

»Bea, du nimmst mich auf den Arm!«

»Ein bisschen. Lach mal über dich und euren Streit. Du willst doch nicht wirklich alles hinwerfen? Nur weil dein Mann dich enttäuscht hat? Es kann ja nach so vielen Jahren Ehe nicht das erste Mal gewesen sein. Und ehrlich: Alleinsein ist Scheiße. Das kannst du mir glauben, ich habe jahrelange Erfahrung damit! Und mal ganz abgesehen davon: Er wollte dir diesen wunderbaren Ring schenken, einen, den er niemals kaufen könnte! Dir, weil du die wichtigste Person in seinem Leben bist! Er hat hier keine kennengelernt. Sonst wäre das Geschenk an die neue, frische, heiße Liebe gegangen.«

Ulla sah ihre neue Freundin an. Kam ins Grübeln.

»Ich bin sicher, er hat dir einen Ausflug in die Stadt angeboten. Einen Besuch beim Juwelier? Ich denke, meine Liebe, das solltest du annehmen. So schnell wird er nicht mehr solch großzügige Angebote machen.«

Plötzlich tauchte Knut hinter dem Zelt auf. »Juhu? Ist denn keiner da? Hallo?«

»Hier!«, rief Beatrice mit fester Stimme.

Knut schoss um die Ecke, schwenkte einen schwarzen kleinen Beutel. »Hier isser drin. Ich hab's beim Einsacken schon gesehen. Das Teil. Dein blöder Ring ist wieder ans Licht gekommen!«

»Super!«, freute sich Ulla.

Knut drückte ihr das körperwarme Tütchen in die Hand und mahnte weniger freundlich: »Und pass in Zukunft besser auf, wo du dein Zeug hinwirfst! Mein Hund ist ein erstklassiger Partner. Wenn der an einem Darmverschluss gestorben wär – du, ich weiß nicht, ich glaube, dann wäre ich nicht mehr ich selbst gewesen! Und du weißt ja, ich bin Jäger.« Damit drehte er sich um, verschwand in Richtung Wasser.

Beatrice sah derweil zufrieden dem Rücken ihrer neuen Freundin nach, die mit ihrer Beute zu den Waschräumen rannte.

»Hach ja«, seufzte sie, »diese Verwicklungen bleiben mir schon seit Jahren erspart. Schade eigentlich, sehr schade.« Flugs nahm sie die halb fertige Socke wieder zur Hand.

39. KAPITEL

»Sie haben den toten Körper nicht gesehen?«

»Nein. Der dümpelte wohl ein Stück weiter weg. Erst viel später ist mir der Körper aufgefallen.«

»Dann konnten Sie doch nicht sicher sein, dass der Besitzer der Kleidung auf keinen Fall nach dem Schwimmen zurückkommen würde«, fragte Nachtigall gereizt.

»Und? 'ne Badehose hätte der ja wohl angehabt.«

»Wie sind Sie in den Besitz des Ringes gekommen?«, erkundigte sich Michael Wiener.

»Der war in der Hosentasche. Ich habe ihn rausgenommen und in ein Taschentuch gewickelt. Als ich ihn in meine Tasche schieben wollte, muss er runtergefallen sein.«

»Sie haben also einen Stapel Kleidung gesehen, die Taschen durchsucht, den Ring eingesteckt und die Kleidung mitgenommen. Dass der Ring nicht mehr da war, ist Ihnen erst später aufgefallen«, fasste Nachtigall zusammen.

»Na ja, so könnte man das sagen – also wenn man böswillig ist«, bestätigte Hanno griesgrämig.

»Wenn man *böswillig* ist? Aha, wie also würden Sie Ihr Verhalten bezeichnen?«, fragte Nachtigall gefährlich ruhig.

»Es lag verwertbare Bekleidung ohne offensichtlichen Besitzer am Ufer eines öffentlich zugänglichen Sees. Ich konnte demnach nicht wissen, ob der Besitzer zurückkommen würde. Möglich war, dass jemand hier einfach seine Klamotten entsorgt hat! Das passiert ständig. Gefährliche Plastikmüllteile in den Taschen. Ich habe getan, was ein pflichtbewusster Mensch übernehmen muss: Die Taschen nach Müll durchsucht, danach die Kleidung an mich genommen, damit sie einem sinnvollen Zweck zugeführt werden kann und nicht einfach am See verrottet. Schutz der natürlichen Ressourcen hat für uns oberste Priorität – nicht nur bei der Auswahl unserer Lebensmittel.«

Wiener starrte den Zeugen verblüfft an.

»Sie haben also Cottbus vor einer Müllkatastrophe bewahrt.«

»Nun, so kann man das sehen.« Mit einem ausgesprochen selbstzufriedenen Gesichtsausdruck lehnte Hanno sich auf dem Stuhl zurück und verschränkte die Arme vor der Brust. »Erzählen Sie mir nicht, dass Sie noch nichts von dieser Mikroplastikmüllkatastrophe in den Meeren gehört haben. Das Zeug wird auch über die Flüsse eingetragen.«

»Als Sie merkten, dass der Ring sich nicht mehr in Ihrer Tasche befand, gingen Sie zurück, um ihn zu suchen.«

»Aber selbstverständlich. Dieser glänzende Tand ist gefährlich. Kleine Kinder stecken alles Mögliche in den Mund – und an diesem Ring hätte man ersticken können. Ich wollte sichergehen, keine Gefährdungslage hinterlassen zu haben.«

Wiener registrierte die Vibrationen, die durch Nachtigalls zunehmende Verärgerung entstanden, deutlich.

Der Zeuge schien nichts zu spüren.

»Und dabei fiel Ihnen die Leiche auf?«

»Ja. Im Augenwinkel hatte ich eine Bewegung bemerkt, die nicht zu dem passte, was ich erwartete. Also wurde ich in meiner Suche gestört, sah auf, meinte, einen Körper erkennen zu können. Dann setzte ich die Suche fort.«

Nachtigall stand auf.

Ging hinter Hanno in dem kleinen Raum auf und ab.

Der Kopf des Zeugen ruckte von einer Seite zur anderen, als er versuchte, den Hauptkommissar im Blick zu behalten.

Mit einer raschen, unvorhersehbaren Bewegung drehte Nachtigall sich um, donnerte mit seiner Faust auf den Tisch und beugte sich ganz nah zu Hannos Gesicht hinunter, fing die Augen des Mannes ein, die sich bemühten, zu fliehen, und zwang sie, direkt in seine zu sehen.

»Die Polizei nennt das Diebstahl!«, polterte der Hauptkommissar. »All Ihre schönen Geschichten zur Rettung der Welt helfen Ihnen nicht da raus! Sie wollten die Kleidung an sich bringen. Und: Den Ring fanden Sie nicht in der Hosentasche des Opfers! Nein, Sie mussten ins Wasser waten und ihn dem Mann vom Finger ziehen! Sie haben einen Toten beklaut! Und: Sie wussten natürlich sehr genau, um wen es sich handelte! Denn Gregorilos war von Ihnen zu einem Vortrag eingeladen worden! Deshalb war Ihnen auch sehr bewusst, dass der Ring einen hohen Wert haben musste! Aus diesem Grund gingen Sie ihn suchen!«

Jurcziks Arroganz schnurrte augenblicklich zusammen.

Er erbleichte so plötzlich und gründlich, dass Wiener schon befürchtete, der Mann könne kollabieren.

Dann fing sich der Leiter des Foodcarecamps wieder.

»Das können Sie mir nicht beweisen! Nichts davon! Der Ring war in der Hose, die Leiche habe ich nur flüchtig bemerkt, vielleicht nicht einmal als solche erkannt.«

»Unterlassene Hilfeleistung!«, schlug Wiener freundlich vor. »Herr Jurczik, Sie haben eine offensichtlich hilflose Person sich selbst und ihrem Schicksal überlassen, während Sie ihre Habe an sich brachten. Und das ist nur Ihre Version der Geschichte.«

Die Finger des Zeugen begannen zu flattern.

»Ich fürchte, Ihr Status hat sich etwas verändert. Wir vernehmen Sie jetzt nicht mehr nur als Zeugen. Sie sind jetzt Beschuldigter.«

Es folgte die obligatorische Belehrung über die Rechte.

Danach trat Nachtigall ans Fenster, sah hinaus, schwieg und wartete.

»Was wollen Sie damit sagen?«, erkundigte sich der Zeuge deutlich verunsichert. »Meine Version? Beschuldigter?«

»Nun«, sprang Michael Wiener ein, »das bedeutet, dass wir nicht wissen, ob Sie den Mann auch umgebracht haben, bevor Sie ihm Kleidung und Schmuck stahlen.«

»Was?«, keuchte der Mann.

»Wäre doch denkbar.«

»Nein! Natürlich nicht!«

»Ich kann das bis zu einem gewissen Punkt verstehen. Sie haben einige Vorgespräche mit Gregorilos, sehen ihn mit diesem Ring, der schon von Weitem schreit, er sei sehr wertvoll. Möglich, dass Sie daran dachten, wie viel besser das Geld in einem Naturschutzprojekt wirken könnte, als nur an der Hand eines Künstlers durch die Gegend getragen zu werden. Der Ring war jede Menge Geld wert, damit wäre das nächste Foodcarecamp gesichert gewesen.« Michael Wiener nickte verständnisvoll. »Dafür begeht man schon mal einen Mord – nicht wahr?«

Hanno Jurczik sah sich hektisch um, als könne plötzlich jemand unter dem Schreibtisch hervorspringen und seine Unschuld bezeugen. »Das können Sie doch nicht im Ernst annehmen! Dann hätte ich ja dafür sorgen müssen, dass der Mann in der Nähe des Ufers stirbt! Wie hätte ich das denn Ihrer Meinung nach bewerkstelligen sollen?«

»Dann erzählen Sie uns, wie es wirklich war.«

Silke schreckte auf, als es hart an ihre Tür pochte.

»Ja!«

»Hier!« Ein Mann in den besten Jahren stürmte in den kleinen Raum, hielt einen winzigen Gegenstand hoch, den Silke nicht auf den ersten Blick identifizieren konnte.

»Der Ring! Ich habe ihn wiederbekommen!«, rief Ulf triumphierend.

»Oh, das ist ja wunderbar. Der Ring von Gregorilos?«

»Ja. Aufgrund vieler Verwicklungen landete er in einem Hundebauch. Aber nun ist er wieder da!« Er legte das Schmuckstück auf Silkes Hand, bemerkte ihr Zögern. »Ich habe ihn natürlich gründlichst gereinigt. Keine Sorge. Ist nichts mehr dran.«

Kaum war Ulf gegangen, klopfte es erneut, und der Kollege Peddersen brachte persönlich seinen Bericht vorbei.

»Frau Dreier – nicht wahr? Also, wir haben das gesamte Camp auf den Kopf gestellt und dabei so allerhand Dinge gefunden, die überraschend sind. Die Kleidung des Malers konnten wir bei Herrn Jurczik sicherstellen, wir haben aber auch eine kleine Kiste mit Wertgegenständen bei ihm gefunden. Ringe, Armbänder, teure Uhren. Spenden, sagt seine Mitorganisatorin des Camps. Für nachhaltige Projekte zu Nahrungsmittelerzeugung weltweit. Das kann man ja überprüfen. Und in einer Handbibliothek neben dem Schlafsack des Herrn entdeckten wir ein Buch über Giftpflanzen. Markiert war der Schierling. In dem zugehörigen Artikel ging es um den Schierlingsbecher. So. Und nun zum Verschwinden der Sophie Gausch.« Peddersen zog ein Buch hinter dem Rücken hervor. »Dies ist ein Tagebuch. Allerdings umfasst es nur einen relativ kurzen Zeitraum, möglicherweise gibt es irgendwo im Haus noch mehr. Oder in ihrem Computer.« Er reichte Silke das in braunes Leinen gebundene Buch und winkte kurz zum Abschied.

Nachtigall drehte sich langsam um.

Sah aus, als könne er seinen Ärger nur noch mit Mühe unterdrücken.

»Ihre Mutter ist wegen schwerer Körperverletzung festgenommen worden. Aus nichtigem Grund hat sie sich handgreiflich mit einem lokalen Metzger auseinandergesetzt und ihm im Zuge der Diskussion ein Schlachtermesser tief in den Körper gerammt. Je nach Schwere der Verletzung und Analyse der Tatumstände wird versuchter Totschlag daraus, vielleicht mehr. Vielleicht haben Sie ja ein ähnlich hitziges Temperament? Gregorilos brach zu einem Spaziergang auf. Sie trafen sich zufällig, es ergab sich ein Disput über das zu zahlende Honorar. Luden ihn auf einen Friedenstrank ein – sahen ihm beim Sterben zu, nahmen ihm den Ring ab und stahlen die Kleidung, damit niemand auf die Stelle aufmerksam werden würde«, grollte der Hauptkommissar.

»Nein! Nicht doch! Und das mit meiner Mutter – das war ein Unfall. Der Idiot ist in das Messer gestürzt.«

»Nein. Ist er nicht. Aber das spielt für Sie nur am Rande eine Rolle. Hier geht es um das, was Sie getan haben!«

Michael Wiener spürte die leichten Bewegungen seines Handys, sah auf das Display und las die SMS von Silke.

»Aber ich habe ihn nicht umgebracht! Er war tot! Als ich ihn da im Wasser sah, war klar, dass man ihm nicht mehr helfen konnte.«

»Wann haben Sie ihn denn dort gesehen?«, stieß Nachtigall scharf nach.

»Vor ein paar Tagen. Nach dem kurzen Sturm, an dem Tag, als das Gewitter doch nicht kam. Schwarzer Himmel und dann doch Entwarnung. Gegen 15 Uhr. Vielleicht ein bisschen später. Er trieb kopfunter. Ich habe ihn erst gesehen, als ich die Kleider einsammeln ging.«

»Leichen sinken auf den Grund – wie wollen Sie also erklären, dass Sie Gregorilos den Ring abziehen konnten?« Michael Wiener bemerkte Jurcziks angewiderten Gesichtsausdruck.

»Er muss angetrieben worden sein, hatte sich verhakt.«

»Und dann?«

»Und da dachten Sie an den Ring.«

»Er konnte doch jetzt damit eh nichts mehr anfangen! Ich zog nur schnell den Ring ab, schob den Körper zurück, er ging unter und verschwand. Und uns konnte das Schmuckstück nützlich sein. Das übergeordnete Ganze! Ein jeder sollte dazu beitragen!« Schrill bohrte sich die Stimme in Nachtigalls Ohr.

»Das handhaben Sie öfter so, nicht wahr«, mischte sich Wiener an dieser Stelle ein. »Sie nehmen den Menschen ab, was sie nicht mehr brauchen können, und finanzieren damit das übergeordnete Ganze?«

»Hä?«

»Nun, unsere Kollegen haben in Ihrem Zelt eine Kiste mit Wertgegenständen gefunden. Zweifellos hätte der Ring auch dort landen sollen. Natürlich werden wir die Gegenstände mit unseren Listen von gestohlenen Schmuckstücken vergleichen. Vielleicht können wir dann bei dem einen oder anderen *Spender* erfragen, welches Projekt er fördern wollte.«

»Das ist ja wohl …«, pumpte der zierliche Mann.

»Und Sie kennen sich auch mit Giftpflanzen aus, nicht wahr?«

»Ja logisch. Wir bieten geführte Sammeltouren an. Bringen die Menschen wieder näher heran an die Natur. Da müssen wir natürlich wissen, welche Kräuter giftig sind und welche nicht. Am Ende macht sich einer der Teilnehmer einen grünen Smoothie und stirbt. Dann heißt es gleich, wir seien schuld. Nein, da passen wir schon auf«, versicherte der Mann eifrig.

»Schierling?«

»Oh, der ist sehr gefährlich. Und die Stadtmenschen verwechseln ihn gern mit allerhand anderen Kräutern. Da fehlen die Grundkenntnisse. Wieso interessiert Sie der Schierling?«

»Weil er Sie auch interessiert. Sie haben sich die Pflanze in Ihrem Buch markiert, den Artikel gründlich durchgearbeitet.«

Jurczik wurde wieder fahl.

»Und daraus wollen Sie mir jetzt einen Strick drehen?«

»Vielleicht.«

40. KAPITEL

Ich kann nun nicht mehr aufstehen.

Das ist die schlechte Nachricht. Aber es gibt auch eine gute. Ich bin nicht mehr allein.

Meine Mutter ist gekommen. Sitzt neben mir. Ich kann ihre Stimme eigenartigerweise in meinem Kopf hören, ihre Lippen bewegen sich nicht. Sie möchte mich auch nicht berühren, und ich schaffe es nicht, zu ihr rüberzurobben.

Sie erzählt mir von ihrer persönlichen Erfahrung mit der Schattenseite des Lebens.

Glücklich war sie wohl nie.

Das tut mir leid, denn ich war es durchaus. Bis ich in diese Situation hier geraten bin.

Kommen die Krämpfe, versuche ich ruhig zu atmen, doch inzwischen hilft auch das nicht mehr. Ich warte, bis sie vorüber sind. Lang kann es nicht mehr dauern. Ich kann den Tod schon spüren. Sein langes Gewand weht mir manchmal übers Gesicht. Dann bin ich froh darüber, dass ich die Kerze gelöscht habe und ihn nicht auch noch heranschleichen sehen muss.

Wenn ich die Augen schließe und wieder öffne, kommt es vor, dass sie gegangen ist. Aber dann kehrt sie plötzlich wieder zurück. Sehen kann ich sie in dieser Finsternis nur, weil sie wirkt, als würde sie angestrahlt. Nicht diabolisch mit einer Taschenlampe vom Kinn aus – nein – eher so, als glimme ein Feuer in ihrem Innern. Sie sieht aus wie eine Heilige.

Zart ist sie, ein wenig durchscheinend.

Sie erzählt mir von ihrer Lage, den Lügen, der Gewalt.

Meinen Vater kannte sie kaum, er ging ein paar Mal mit ihr aus – mehr war nicht gewesen. Aber in seiner Vorstellung war sie ihm versprochen. Er schlich ihr nach, verfolgte sie auf Schritt und Tritt, tauchte plötzlich neben ihr auf, begleitete sie ungebeten.

»Weißt du, wie das ist?«, höre ich ihre sanfte, zarte Stimme in meinem Kopf. »Der Kerl ist immer da. Zu jeder Zeit. Plötzlich hast du dein eigenes Leben verloren, und er hält es in seiner Pranke. Wenn er ein bisschen zudrückt, geht dir vollständig die Luft aus.«

»Ja, das kenne ich. Manche meiner Beziehungen haben sich ähnlich angestellt. Versucht, meinen Alltag ihrem Willen zu unterjochen. Aber wenn sie mich zu sehr beengen, mache ich Schluss.«

»Ja, heute ist das kein Problem mehr. Aber vor 20 Jahren? Vielleicht war ja auch nur meine Familie so rückständig. Ich weiß es nicht. Eines Tages hielt er um meine Hand an. Ganz förmlich, bei meinem Vater. Mich hatte er gar nicht gefragt. Verstehst du? Stillschweigend mein Einverständnis vorausgesetzt.«

»Und, du konntest doch noch immer ablehnen.«

»Mein Vater stimmte zu. Sofort. Wahrscheinlich wollte er mich so schnell wie möglich unter eine Haube bringen. Wie die aussah, hat ihn nicht interessiert. Meine Meinung dazu auch nicht. Er erklärte mir, wenn man über einen so langen Zeitraum – in meinem Fall waren das ja mal gerade ein paar Wochen – immer zusammen gehe, dann sei das für alle ein sichtbares Zeichen dafür, dass man dies auch in Zukunft tun wolle. Fertig.«

»Du konntest dich nicht mehr lösen?« Mitleid stieg in mir auf. Eine Zwangsheirat mit einem ungeliebten Kerl, einem ungehobelten Typen, der einem das eigene Leben verbieten wollte. Wie grauenhaft! Wie wehrlos und ausgeliefert musste sie sich gefühlt haben, niemand stand ihr bei, es gab schlicht kein Entrinnen!

»Nachdem er mit meinem Vater handelseinig war, vergewaltigte er mich aufs Brutalste. Ich sei ihm versprochen, also könne er sich jetzt nehmen, was ihm ohnehin zustehe. Tagelang konnte ich danach das Haus nicht verlassen. Meine Schmerzen waren zu stark, die Blessuren zu deutlich zu sehen. Wochenlang trug ich langärmlige Blusen, um das Schlimmste zu verdecken.«

Meine eigene Großmutter war wütend auf ihre Tochter, schrie sie an, sie solle sich eben nicht so zickig haben, dann passiere so etwas auch nicht. Sie sei selbst an ihrem Zustand schuld, habe Widerstand geleistet, wo das Recht des Mannes Vorrang hatte.

Unglaublich!

»Heute gibt so was nicht mehr! Da kann man den Kerl anzeigen!«

Erneut schüttelt mich ein Krampf.

Und als ich die Augen wieder öffne, ist der goldene Schein verschwunden, und ich bin allein in der Dunkelheit.

41. KAPITEL

Peter Nachtigall rief in der Villa des Künstlers an und erreichte einen der Kollegen, die zur Sicherheit des Assistenten abgestellt waren.

»Sagen Sie Herrn Weiss bitte, dass wir ihn benötigen. Er muss Sophie Gausch identifizieren und den Ring ebenfalls.«

»Das wird nicht möglich sein, Herr Nachtigall«, erklärte der Kollege. »Wir mussten einen Notarzt rufen.«

»Warum? Was ist passiert?«

»Als ich ihm die Nachricht vom Leichenfund überbrachte, reagierte er erst sonderbar gefasst. Kehrte in die Küche zurück, schickte die Köchin nach Hause und gab ihr für den Rest der Woche frei. Kaum war die Frau zur Tür raus, erlitt er einen Nervenzusammenbruch. Rollte schreiend auf dem Boden umher, ein Weinkrampf setzte ein. Ich hielt ihn für suizidgefährdet und benachrichtigte die Rettung.«

»Das war sicher richtig. Was wird nun?«

»Moment, ich gehe fragen.«

Es polterte, als das Telefon auf einer harten Unterlage landete.

In Warteposition.

»Der Notarzt ist bei Jonathan Weiss«, flüsterte er Michael Wiener zu.

Wiener kehrte über den Gang in sein Büro zurück.

Silke war so in ihre Lektüre versunken, dass sie einen

Schreckensruf ausstieß, als die Tür schwungvoll geöffnet wurde.

»Entschuldige. Weißt du, ich muss mich erst daran gewöhnen, dass ich hier nicht mehr allein sitze!«

»Nein, es ist meine Schuld. Ich war ganz gefangen.«

»Ist das der Grund für deinen Innendienst?«, fragte Wiener empathisch. »Schreckhaft, ängstlich? Nach dem, was du durchgemacht hast, wäre das nur allzu verständlich.«

»Nein, nein. Das habe ich im Griff«, log sie hastig und lenkte schnell auf ein anderes Thema ab. »Peddersen hat mir das Tagebuch von Sophie Gausch gebracht. Ich glaube, wir müssen einige unserer Grundannahmen revidieren. Ach, und die Eltern reisen nun doch aus Pennsylvania an. Morgen werden sie hier sein.«

»Klangen sie schockiert?«

»Schwer zu sagen. Naja, eigentlich nicht. Sie gehen von Suizid aus, obwohl ich ihnen erklärt habe, ihre Tochter sei ermordet worden. Vielleicht konnten sie sich das nur nicht vorstellen.«

»Und das Tagebuch?«

»Ganz ehrlich?«

Wiener nickte.

»Ist nur über einen kurzen Zeitraum – aber ich denke, sie hat ihren Bruder gehasst!«

»Ach. Bisher hatten wir ja einen völlig anderen Eindruck!«

»Ja. Eben. Ich werte die Passagen bis heute Abend aus. Zur Besprechung kann ich euch mehr sagen. Im Moment sieht es so aus, als wäre Waldemar ein schrecklicher Tyrann gewesen.«

Sie stockte, dann fiel ihr plötzlich ein: »Das Alibi von

Kern ist ja nun auch geplatzt. Der Kollege hatte sich im Wochentag geirrt. Ich habe bei ihm nachgefragt, weil ich ihn in einer Kurzreportage gesehen habe, live. So kam er in Erklärungsnot.«

»Dann sind ja nun alle wieder aktuell. Phil Paluschig hat gar nicht erst versucht, ein Alibi aus dem Ärmel zu schütteln. Aber wenn wir davon ausgehen, dass das Verschwinden von Frau Kluge mit den beiden Morden zusammenhängt, müsste einer von ihnen auch sie gekannt haben.«

»Haben wir sie danach gefragt? – Eben. Ich hole das nach. Frau Freitag jedenfalls meinte, ihre Freundin Sabrina kenne weder einen Walter noch eine Penni Minkel. Auch einen Journalisten namens Kern nicht.«

Mit einem harten Ruck wurde die Tür aufgerissen.

Nachtigall schob den Oberkörper durch den Spalt. »Jonathan ist in der Psychiatrie. Wir fahren hin und nehmen den Ring mit. Zum einen sind wir dann sicher, dass wir das richtige Schmuckstück haben, zum anderen kann er die Sorge ablegen, der Ring sei für immer verloren. Na los! Danach Besprechung.«

Michael Wiener hastete hinter seinem Freund her.

»Also ins Klinikum?«

»Ja. Erst zu Jonathan und dann zu Dr. Pankratz.«

Im Auto warf Wiener dem Freund einen prüfenden Blick zu. »Was ist los?«

»Nichts, es muss ja nicht immer was los sein, wenn man es ein bisschen eilig hat.«

»Peter!«, beschwerte sich Michael Wiener vehement.

»Gut. Nagellack, neues Outfit, Friseurtermin. Du hattest recht. Conny hat einen anderen. Er ist jünger als ich, sportlicher als ich, sieht besser aus als ich. Noch Fragen?«, ätzte Nachtigall fuchtig.

»Alles vielleicht nur ein Missverständnis?«

»Und was ist mit Nagellack und Outfit, neuer Frisur? Nein. Ich habe sie gesehen, als wir bei Dr. Halming waren. Mit ihrem Neuen, in der Eisdiele. Sie konnte ja nicht ahnen, dass uns die Mordermittlung nach Burg führen würde.« Nun klang der Hauptkommissar nur noch tieftraurig. »Das Ende fühlt sich immer schrecklich an.«

»Peter, das wird sich alles aufklären. Conny ist nicht der Typ …«

»Ach, das habe ich beim ersten Mal auch gedacht. Und du hast gleich vermutet, sie mache sich für einen anderen schick. Heute Morgen – ein neuer Farbton in den Haaren. Der Schnitt ein wenig verändert – jugendlicher. Alles klar.«

»Das war ein Scherz von mir, Peter. Nicht im Mindesten ernst gemeint.«

»Nun, so wurde eben unversehens Ernst daraus.«

In einem ruhigen Moment schrieb Michael eine SMS an seine Frau. »Peter weiß von dem Neuen!«

Jonathan lag in einem Bett, das zu groß für ihn zu sein schien.

Das Gesicht fahl, die Lippen farblos. Die Lider zuckten.

»Sehen Sie, ich habe Ihnen ja gesagt, wir haben ihn sediert. Er schläft. Und das ist gut so. Wenn ich das richtig verstanden habe, hat er innerhalb kürzester Zeit den Verlust zweier engster Vertrauter erlitten. Er hat keinerlei Verwandte, steht nun ganz allein in der Welt. Damit muss er nun erst mal in Ruhe fertig werden. Die Zeit müssen Sie ihm geben.«

Nachdenklich beobachtete Nachtigall das Zucken im Gesicht des jungen Mannes.

»Man hat Sie darüber informiert, dass wir zu seinem Schutz einen Beamten vor der Tür postieren? Er wird sofort wieder seinen Platz einnehmen und niemanden zu Herrn Weiss durchlassen – außer den Ärzten und Angehörigen des Pflegepersonals. Wir fürchten, es wird einen Mordanschlag auf ihn geben.«

»Ach? Im Moment ist er selbst sein größter Feind, würde ich denken. Und davor werden wir ihn, so gut es geht, beschützen«, konterte der Arzt.

»Wenn er aufwacht, wird es ihn sicher freuen zu hören, dass der Ring wiedergefunden wurde. Bitte benachrichtigen Sie uns, sobald wir mit ihm sprechen können.« Damit schüttelte Nachtigall die Hand des Arztes und traf auf dem Gang mit Wiener zusammen, der gerade einen Stuhl für den Kollegen neben die Zimmertür stellte.

»Nein, außer dem medizinischen Personal geht hier keiner rein. Auch nicht mit Vorlage eines Ausweises. Der junge Mann hat keine Angehörigen. Lassen Sie sich also nicht linken.«

»Sicher nicht!«, behauptete der Bär und nahm Platz. »Ich bleibe hier, bis die Ablösung kommt. Wer wird das sein?«

»Jens Meier. Der übernimmt dann bis morgen. Danach sind Sie wohl wieder dran.«

»Na, wäre schön, ihr könntet euch ein bisschen beeilen mit dem Mörderfangen. Ich habe nämlich morgen Hochzeitstag. Meine Frau möchte schick ausgehen ...«

»Wir geben uns größte Mühe«, meinte Wiener augenzwinkernd.

Thorsten Pankratz hob überrascht den Kopf, als die Tür zur Station geöffnet wurde.

Hatte er das Signal überhört?

Die Schritte, die über das Linoleum näherkamen, waren ihm vertraut.

»Na ihr beiden?«, begrüßte er die Ermittler beinahe fröhlich. »Seid ihr dem Täter nähergekommen?«

»Das würde ich gern behaupten, es wäre aber gelogen. Zwei Opfer und eine verschwundene Person. Tatsächlich tappen wir nicht gerade in einem Lichtmeer«, grantelte Nachtigall. »Eigentlich hatten wir gehofft, du könntest uns neue Informationen anbieten.«

»Soso. Na dann werde ich mir Mühe geben, euch zu erhellen – um in deinem Bild zu bleiben.«

»Wir haben außer diesen beiden Mordopfern eine vermisste Frau, Anfang 20. Sie ist eine der Haupterben des Malers. Kampfspuren in ihrer Wohnung … Angenommen, man hat sie verschleppt und hält sie irgendwo gefangen, in ausweisloser Lage – wie lange könnte sie ohne Wasser und Nahrung überleben?«

»Anfang 20? Tja, genau kann ich das natürlich nicht sagen, es hängt ja auch mit den äußeren Umständen zusammen. Es ist ein Unterschied, ob sie in einem kühlen, feuchten Keller oder im Backraum einer Großbäckerei sitzt. Etwa drei bis vier Tage.«

»Woran stirbt man eigentlich, wenn man verdurstet?«, wollte Wiener wissen.

»Letztlich stirbt man, weil die Organe nicht mehr mitarbeiten. Am Anfang spürt man die Zeichen des Austrocknens, man hat Durst. Ab dem dritten Tag zeigen sich deutliche körperliche Symptome wie Fieber, Blutdruckabfall wegen des Volumenmangels, die Niere produziert keinen

Harn mehr, es kommt zum Nierenversagen. Das Hirn nimmt Schaden. Der Mensch beginnt zu halluzinieren, ist zunehmend verwirrt, nicht immer ansprechbar. Muskelabbau setzt ein, durch das Eindicken des Bluts kommt es zu Thrombosen, Übelkeit und Erbrechen setzen ein. Am Ende kommt es zum Herzstillstand durch die ansteigende Kaliumkonzentration. Aber da ist der Mensch in der Regel bereits komatös.«

»Länger als vier Tage ist nicht möglich?« Nachtigall wurde unruhig. »Das heißt, wir sind auch noch unter extremem Zeitdruck!«

»Kein Erpresserbrief? Keine Anrufe mit Lösegeldforderung?«

»Nein. Nichts. Keine Zeugen für ihr Verschwinden, niemand hat irgendeine Beobachtung gemacht, etwas gehört. Als hätte man sie weggebeamt. Wir suchen mit Hochdruck, die Nachbarn wurden befragt, die Blitzerfotos aus der Umgebung der Wohnung ausgewertet, Freunde und Arbeitskollegen konnten keine Angaben machen – und da es bisher keinen Anhalt gibt, wo sie sein könnte, ist es die Suche nach der sprichwörtlichen Nadel.«

»Bei dieser Frau hier können wir ein paar Fakten festmachen«, wandte sich Dr. Pankratz dem gereinigten Körper von Sophie Gausch zu. »Nachdem wir den Schlamm entfernt hatten, wurden noch weitere Verletzungen sichtbar, die uns einige Rückschlüsse auf den Tathergang ermöglichen.«

In der nächsten Stunde erfuhren Peter Nachtigall und Michael Wiener, dass der Täter dem Opfer an Größe deutlich überlegen war, offensichtlich einen Überraschungsangriff auf den Rücken ausführte, wobei die Frau durch den Schwung des Offenders zu Boden gestoßen wurde.

»Seht ihr? Diese Verletzungen sind dabei entstanden. Sie stürzte, versuchte, sich mit den Händen abzufangen, fiel auf die Knie. Diese Stelle an der Lende ist ein Schuhabdruck. Das bedeutet, dass der Täter sein Opfer mit einem Tritt in die Seite zum seitlichen Umkippen zwang. Danach drehte er die Frau auf den Rücken und stach erneut zu.«

Der Rechtsmediziner zeigte auf die Stichkanäle. »Beide direkt bis ins Herz. Den Stich in die Brust hat das Opfer wahrscheinlich nicht mehr bemerkt. Es handelt sich um ein Messer mit einer relativ breiten, langen Klinge. Glatter Schliff. Ich fürchte, so eines findet man fast in jeder Küche. Sehr scharf. Vielleicht hat der Täter es extra vor der Tat geschliffen. Es durchstach jedenfalls mühelos die Kleidung und das Gewebe des Opfers. Es gibt keine Anzeichen für Zweit- oder Probeversuche.«

»Wann?«

»Gestern. Vor dem Mittagessen. Das Opfer hielt den Vortrag im Foodcarecamp und wurde entweder auf dem Weg zum Auto überfallen – was ja eher unwahrscheinlich ist, bei so vielen Menschen, die sich dort aufhalten, oder sie kam nach Hause und wurde dort Opfer eines Mordes. Stand das Auto denn in der Garage?«

»Nein. Allerdings lag die Handtasche des Opfers im Haus auf einer Kommode. Unser Zeuge hält es für möglich, dass sie die Tasche gar nicht mitgenommen hat. Meine Erfahrungen mit Frauen sind in diesem Punkt anders. Eher lassen sie den Mantel liegen als die Handtasche«, meinte Wiener. »Nach dem Auto suchen wir. Bisher ebenfalls ohne Erfolg.«

»Wie lange ist die andere Frau schon verschwunden?«

»Seit etwas mehr als zwei Tagen.«

»Und ihr geht davon aus, dass ihr nur nach einem Täter sucht?«

»Wir haben uns beim Notar erkundigt. In Gregorilos' Testament werden vier Legate von hohem Wert aufgeführt. Der Assistent, die Schwester und eine Unbekannte sind Haupterben. Daneben gibt es noch eine Geliebte. Alles andere sind kleinere Legate.«

»Gregorilos wurde vergiftet, danach seine Schwester erstochen, und die Unbekannte ist verschwunden?«

»Genau.«

»Ich verstehe. Aber worin besteht der Zusammenhang?«

»Das versuchen wir gerade herauszufinden«, seufzte Nachtigall und wandte sich schnell ab, als der Sektionsassistent damit begann, den Körper zu verschließen. Die große Nadel, der dicke Faden ... ihm wurde schon wieder übel.

Dr. Pankratz bemerkte, dass der Ermittler seine Farbe wechselte, das Gesicht einen grünlichen Schimmer bekam.

Geschickt drängte er ihn auf den Gang hinaus, weg von dem Edelstahltisch und den Gefäßen mit Präparaten.

»Ich bringe euch noch zum Aufzug. Eure Kittel und Handschuhe bitte hier hinein.«

Wenige Schritte später erklärte der Rechtsmediziner: »Ich sehe, was euch umtreibt. Aber es ist doch so, dass erst durch den Mord an Gregorilos das Testament eine Bedeutung bekam. Die Notwendigkeit, Erben aus dem Weg zu räumen, ergab sich erst nach dem ersten Mord. Ich weiß, es geht um viel, viel Geld in diesem Fall. Aber ich denke, das war gar nicht das Motiv.«

»Ja, da hast du recht. Wenn ein Erbe ausfällt, vergrößert sich für die anderen die Summe nicht. Der Täter ist nicht unter den Haupterben. Deshalb passen wir jetzt auf die anderen gut auf«, seufzte Nachtigall.

42. KAPITEL

Silke hatte schon alles für die Besprechung vorbereitet.

Papier lag bereit, die Stifte für das Flipchart, Pappstreifen für die Pinnwand.

Sie wusste ja, wie das Team vorging.

Team, dachte sie ärgerlich. Ich wäre auch gern ein vollwertiges Mitglied. Aber nein, ich habe ja Innendienst! Wut stieg in ihr auf. Sie erlaubte ihr, eine gewisse Höhe zu erreichen, dann würgte sie sie ab. Eine Technik, die man ihr im Anti-Aggressionstraining beigebracht hatte. Bei Wutzwergen klappte es schon ganz gut. Aber wenn der Zorn zu schnell wuchs, sie es nicht rechtzeitig bemerkte, konnte sie ihn nicht mehr deckeln. Und dann … Ja, das ist der Grund, warum dein Freund nicht mehr bei dir wohnt, nicht wahr?, rief sie sich frustriert ins Gedächtnis. Es ist eben ein bisschen gefährlich mit einer Frau wie mir. Körperlich fit, bestens trainiert und dann im Wutanfall – da war für einen Normalo die Chance gering, sie bändigen zu können, die Wut suchte sich zügellos ein Ventil. Sie war gut ausgebildet – Kampfsport ihr großes Hobby.

Tja super, resümierte Silke, entweder ich pinkel mir vor Angst in die Hose oder ich schlage alles kurz und klein, breche Nasen und Rippen, trete die Patella aus der Halterung. Klar, dass man so jemanden lieber allein wohnen lässt und ihm Innendienst verordnet.

»Das bleibt auch so, bis Sie mich davon überzeugt haben, dass Sie für Ihr Team keine Gefahr darstellen. Unüberlegte, unkontrollierte Aktionen sind bei einem Einsatz eventuell tödlich! Für Sie und alle anderen!«, äffte sie ihren Trainer nach. »Jaja. Deshalb werde ich jetzt die Ruhe selbst. Und alles andere geht niemanden etwas an. Innendienst! Scheiße«, fluchte sie dann doch zum Abschluss.

Es klopfte.

»Ja?«

Hansen! Na der hatte ihr gerade noch gefehlt!

»Was ist?«, fuhr sie ihn unfreundlich an. Hatte aber sofort ein schlechtes Gewissen. Hansen konnte ja nichts für die Situation.

Er hinkte in den Raum, sah sich um.

»Na, allein? Alle weg?«

»Sind gleich wieder hier. Dann ist Besprechung.«

»Hast du ihnen erzählt, warum du Innendienst schieben musst?«, fragte Hansen flüsternd.

»Nein. Das geht sie nichts an! Ich bin für die Aufgaben im Hintergrund zuständig. Bis auf Weiteres.«

»Okay. Von mir erfahren sie es nicht. Ist deine Sache. Aber ich weiß, dass Nachtigall auf Ehrlichkeit setzt. Es schadet dir, wenn er es zufällig von jemand anderem erfährt.«

Schon wieder baute sich die Zornblase auf. Silke atmete tief durch. »Wenn du nicht quatschst, erfährt er es ja nicht!«, fuhr sie Hansen an.

»Reg dich nicht gleich wieder auf, ja?« Er wies anklagend auf sein Bein. »Einmal reicht!«

»Mann, ja. Ich habe mich bei dir entschuldigt. Und es ist ja auch nicht sooooo schlimm, oder? Prellung, nichts gebrochen. Ich habe das Team gewechselt, also wird es wohl auch nicht mehr vorkommen.«

Hansen zog den Kopf zwischen die Schultern und trollte sich.

Auf dem Gang stieß er auf Nachtigall und Wiener. »Na, Sehnsucht nach deiner Kollegin gehabt?«, erkundigte sich der Hauptkommissar mit leichtem Argwohn in der Stimme.

»Nein. Die könnt ihr gern behalten!«, fauchte der Kollege überraschend heftig zurück, wies anklagend auf sein Bein und hinkte eilig davon.

»Was war das denn?«, meinte Wiener besorgt. »Die beiden hatten wohl einen bösen Streit, oder?«

Silke trank einen großen Schluck Mineralwasser.

Merkte, wie sie langsam ruhiger wurde. Zu blöd, dass ich mich von dem Kerl immer wieder provozieren lasse, dachte sie verärgert, hoffentlich hält der wirklich die Klappe.

»Na, du hattest Besuch?«, begrüßte Wiener die Kollegin lachend, als er eintrat. »Den musst du aber ganz schön gereizt haben. Ich kenne Hansen sonst als zu schwerfällig für echte Wut.«

»Ja, der versteckt das sonst nur gut. Und wenn du dich langsam gibst, erspart dir das eine Menge Arbeit«, gab Silke schlagfertig zurück.

Nachtigall kam ebenfalls dazu. »So, dann legen wir gleich los!«

»Wir haben also inzwischen drei Opfer. Waldemar Gausch, Sophie Gausch und die verschwundene Sabrina Kluge. Jonathan Weiss und Sybilla Hauber haben Personenschutz – zumindest bis auf Weiteres. Der Assistent ist in der Psychiatrie, sediert, zurzeit nicht ansprechbar. Sophie Gausch wurde erstochen. Der erste Stich ging in den Rücken, traf das Herz, der zweite wurde durch die Brust geführt und traf ebenfalls das Herz. Beide Stiche tödlich. Dr. Pankratz geht davon aus, dass sie den zweiten nicht mehr bemerkt hat«, fasste er die neuen Entwicklungen knapp zusammen.

»Wir wissen inzwischen, dass der Maler tatsächlich gegen 14 Uhr zu seinem Spaziergang aufbrach. Ein Kellner der Kneipe hat ihn gesehen, als er vor der Tür seines Restaurants eine rauchen wollte. Der Mann fiel ihm auf. Statur, Bewegung, Kleidung.«

»Dann wissen wir, dass er die ganze Zeit mit Schwester und Assistenten zusammen war, tatsächlich zu einem Spaziergang aufbrach. Aber im Grunde ist das nicht neu«, maulte Wiener.

»Ja. Aber der Zeuge erzählte, Gregorilos habe etwas zu trinken dabei gehabt. Und er hat in einigem Abstand eine Frau gesehen, die ihm folgte. Nicht mehr jung, schlank, blond, Zigarette.«

»Penni? Ich fasse es nicht!«

»Die Sache mit dem Tierpark war also als Alibi für sie gedacht und nicht für ihren Ex.«

»Was wollte sie am See? Wusste sie, dass Gregorilos auch dort sein würde?«, fragte Silke verwundert.

»Ich denke nicht, dass er seine Pläne publik gemacht hat. Wenn ich Jonathan richtig verstanden habe, wollte er dort am liebsten niemanden treffen, den er kannte. Und hätte Penni Minkel ihn zufällig getroffen, wäre sie wohl nicht mit einem Schierlingsbecher auf eine Begegnung vorbereitet gewesen. Das Gleiche gilt auch für unseren Essensexperten. Den Schierlingsbecher musste der Täter vorbereiten – eine Tat im Affekt oder bei einer unvermuteten Begegnung scheidet aus. Und die Beschreibung ist vage, passt auf viele Frauen. Es ist nicht sicher, dass es Penni war.«

»Ja«, mischte sich Wiener wieder ein, »genau das ist der große Unterschied zum Mord an Sophie Gausch. Sie wurde erstochen, ein Messer kann man natürlich in einer Tasche mit sich tragen, und niemand würde es bemerken. Allzeit bereit sozusagen. Bei einer günstigen Gelegenheit kommt es zum Einsatz und verschwindet wieder, wird unsichtbar.«

»Ich möchte noch einmal zu Gregorilos zurück. Als er dem Assistenten den Auftrag gab, Pizza zu besorgen, ging es ihm noch gut. Erst auf dem Weg zeigte er eine Reaktion. Also nahm er das Gift zu sich, nachdem er zu seinem Spaziergang aufgebrochen ist. Weder Ulf Strobel noch Hanno Jurczik haben eine Flasche erwähnt. Also hat er sie vielleicht ausgetrunken und weggeworfen. Im besten Fall in einen der Mülleimer, ansonsten ins Gebüsch. Ich habe schon einige Kollegen zum Suchen geschickt. Finden wir die Flasche, können wir möglicherweise Reste des Gifts nachweisen und die Fingerabdrücke des Täters sichern«, erklärte Nachtigall hoffnungsvoll.

»Gut, das ist möglich. Die Wirkung setzt ja unter Umständen sehr schnell ein. Nach einer halben Stunde schon. Er ist langsam gegangen, nehme ich an. Hektik war nicht seine Sache, es war warm, er wollte genießen.«

»Sophie hat beim Aufwachen etwas bemerkt. Der Täter wusste, dass sie ihn erkannt hatte, beschließt, sie aus dem Weg zu räumen. Hier kommt es darauf an, sie so schnell wie möglich auszuschalten. Eine flexibel einsetzbare Waffe ist die Lösung. Es geht nicht mehr darum, einen stilsicheren Weg zu wählen. Sabrina Kluge passt noch immer nicht«, seufzte Nachtigall. »Und wir haben gehört, dass für sie die Zeit knapp wird. Wenn wir sie bis morgen nicht finden, stirbt sie eventuell.«

»Winfried Kern?«

»Sein Alibi ist geplatzt. Er weiß nicht, wo er am 21. überhaupt war. Klar ist, dass er nicht nach Berlin fahren konnte, er hatte einen gewaltigen Hangover. Irgendjemand feierte Geburtstag, und er hat sich die Kante gegeben. Für ihn gilt dieselbe Motivlage wie für die anderen. Sie hassten Gregorilos, und wenn Sophie zufällig einen von ihnen gesehen hat, dann hatte er Grund, zu fürchten, erkannt worden zu sein. Dass Gregorilos den Vortrag im Foodcarecamp halten sollte, war bekannt, steht bei Facebook und bei Twitter. Sophie würde das übernehmen, der Täter passte sie danach ab und tötete sie.«

»Wo?«

»Er überredete sie, ihn mitzunehmen, zog unterwegs die Waffe und zwang sie zum Großräschener See zu fahren.«

»Die Handtasche? Sie war nach dem Vortrag noch zu Hause.«

»Das ist nicht sicher. Ich begreife nicht, dass niemand sie zu ihrem Wagen gebracht haben will. Eine ganz besondere Frau, der Bruder Mordopfer, warum konnte sie einfach unbeachtet verschwinden? In diesem Camp sind so viele Leute!« Nachtigall lief unzufrieden auf und ab. »Erst wird der Künstler getötet. Fünf Tage später kann er tot geborgen werden. Und dann überschlagen sich die Ereignisse? Sabrina Kluge verschwindet, und Sophie Gausch stirbt. Warum? Erst hat er so viel Zeit verstreichen lassen ...«

»Sieht so aus, als wartete er ab, ob Gregorilos wirklich tot war«, überlegte Wiener laut.

»Warum war das wichtig? Er selbst wusste ja längst Bescheid! Als ob es ihm wichtig war, dass die anderen es ebenfalls wussten. Sollten sie Schmerz über den Verlust empfinden?«

»Nun«, mischte sich Silke wieder ein, »das mit dem Schmerz, das war wohl dann ein Irrtum.«

»Aha?« Nachtigall sah die Kollegin gespannt an. »Wie das?«

»Ich habe das Tagebuch von Frau Gausch gelesen. Es umfasst einen Zeitraum von drei Wochen. Sie hat jeden Abend das Wichtigste notiert. Und immer ist es ihr wichtig, zu erwähnen, was für ein Scheusal ihr Bruder ist. Entweder es war einmal ein wunderbares Verhältnis, und in der letzten Zeit ist etwas Gravierendes vorgefallen – oder es war schon immer angespannt zwischen den beiden. Nach außen haben sie Harmonie gespielt. Offensichtlich hat er ihre Schritte pingelig überwacht. Sie musste sich abmelden, durfte nicht treffen, wen sie wollte. Ihr Bruder hat festgelegt, in welches Café sie gehen durfte, welche Kleider sie zu tragen, welches Parfum sie zu benutzen hatte. Ein goldener Käfig – aber einer mit sehr engen Stäben. Sie schreibt an vielen Stellen explizit ›Ich hasse ihn‹ oder ›Ich ertrage dieses Schwein nicht länger‹, einmal schreibt sie: ›Wäre ich doch bloß mit in die USA gezogen, wie viel glücklicher könnte ich sein!‹ Sie träumt davon, ihn sich selbst zu überlassen, einfach abzuhauen. Was natürlich auch als Suizidandrohung gesehen werden könnte. Aber sie hat ja nicht erst ihn und dann sich umgebracht. Würde sonst gut gepasst haben.«

»Sabrina Kluge? Sie fehlt in jedem dieser Szenarien.« Nachtigall starrte die Notizen auf dem Flipchart an, als seien sie Hieroglyphen, ein Gitter aus Zeichen, hinter dem sich der Mörder verbarg.

Die Tür wurde kraftvoll aufgestoßen, und Dr. März stand im Raum.

»Oh das ist schön. Sie arbeiten! Ich weiß ja nicht, was genau in dieser Abteilung gerade stattfindet, aber tatsächliche Ermittlungserfolge sind für mich nicht zu entdecken!«

»Es ist ein unübersichtlicher Fall. Aber es wird schon.«

»Es wird schon? Ja, Herr Nachtigall? Das sollte auch so sein, denn morgen titeln die Zeitungen in großen Lettern über unfähige Polizisten, die in irgendwelchen Foodcamps Durchsuchungen vornehmen! Harmlose Workshopteilnehmer des Mordes bezichtigen! Jugendliche sinnlos festhalten, die sich nur einen Scherz erlauben wollten! Alles schick auf Seite eins!« Der Staatsanwalt sah aus, als könne jeden Moment Dampf aus seinen Ohren schießen. Nachtigall hatte ihn schon oft wütend erlebt, aber so noch selten. »Wir haben drei Opfer – und können die Verbindung nicht herstellen. Zwischen den Geschwistern schon, aber die dritte Person passt nicht ins Bild. Und doch wissen wir, dass sie mit dem Fall zu tun hat«, versuchte Nachtigall zu beruhigen. »Vielleicht hat der Tod des Malers gar nichts mit all den früheren Verleumdungen oder Geldforderungen zu tun. Das Motiv liegt womöglich in einem vollkommen anderen Lebensbereich. Der Künstler verschwand immer wieder für einige Tage. Unangekündigt war er weg und ebenso unangekündigt zurück. Wir versuchen herauszufinden, was er in diesen Abwesenheiten unternommen hat.«

»Da kann ich vielleicht helfen«, ölte die Stimme des Staatsanwalts. »Mich hat nämlich ein Kollege aus Bad Saarow angerufen. Dort gibt es ein großes Hotel direkt am See. Gregorilos ist dort immer wieder angereist, hat eine Suite gemietet. Danach musste man ihm Damen und Herren zuführen. Offensichtlich war er nicht allzu festgelegt. Er feierte Sexorgien bis in den Morgen, schlief dann aus, und am Abend begann das Spiel erneut. Gelegentlich hörte man schrille Schreie aus den Zimmern. Dennoch gab es nie Klagen – er hat wohl sehr gut entschädigt. Anrufe bei der Polizei gab es bestenfalls von wütenden Nachbarn. Daher stellte man ihm nach Möglichkeit die abgelegenste Suite zur Verfügung.«

»Von den Damen wird ihm niemand einen Schierlingsbecher zubereitet haben – oder? Er hat alle Befindlichkeiten mit großzügigen Zuwendungen geregelt, zur Zufriedenheit aller Beteiligten, nehme ich an.«

»Wahrscheinlich. Herr Nachtigall, wenn Sie nicht bis morgen Mittag irgendein greifbares Ergebnis vorweisen können, wird sich die Presse auch überregional auf unsere Ermittlungen einschießen. Und tatsächlich habe ich keine Lust darauf, mich vor irgendjemandem zu rechtfertigen!«

Damit rauschte er davon, schloss betont leise die Tür hinter sich. Maximale Selbstkontrolle.

Kaum waren die Schritte verhallt, wurde die Tür erneut geöffnet.

Dr. Pankratz trat ein und sprudelte ohne Begrüßung los: »Ihr glaubt gar nicht, was ich gefunden habe! Die Analyse von Zahn und Haar – ihr wisst schon, aus der kleinen

Schachtel – die beiden Dinge stammen von ein und derselben Person – und sie ist mit Gregorilos verwandt! Weiblich, direkter Nachkomme. Die Analyse wurde zusätzlich erschwert, weil auch die DNA der Mutter aus der Familie stammt.«

»Was?«

»Ja. Gregorilos hatte eine Tochter. Ich hatte euch ja schon gesagt, dass Sophie Gausch wenigstens einmal entbunden hat … oh, habe ich nicht? Nun, im Bericht steht es jedenfalls. Ich denke, Zahn und Locke gehören zu ihrem gemeinsamen Kind.«

»Bruder und Schwester? Eine inzestuöse Verbindung?« Nachtigall fühlte sich etwas überrumpelt. »Das kann ich schwer glauben.«

»Wo ich gerade dabei war, die Analysen zu vergleichen, habe ich mal nachgesehen – und tatsächlich. Sabrina Kluges DNA ist ein Treffer. Sie ist die Tochter der beiden Gauschs. Zahn und Locke stammen von ihr.«

»Da haben wir nun die Verbindung.« Wiener klang erleichtert.

»Ja, aber wie hilft uns das weiter? Ich könnte mir einige Szenarien vorstellen, aber dann ist die Reihenfolge der Tode und des Verschwindens falsch. Niemand sollte es erfahren, er verschleppt die Tochter, tötet die Schwester, dann sich selbst. Aber so war es nicht. Sophie lässt die junge Frau verschwinden, tötet den Bruder und dann sich selbst – so war es ebenfalls nicht. Sabrina Kluge tötete Gregorilos, inszenierte einen Kampf in ihrer Wohnung und brachte dann ihre Mutter um? Silke, finde doch bitte mal raus, ob sie für dieses Foodcarecamp angemeldet war!«

Die Kollegin rollte blitzschnell hinter ihren Monitor.

Das Klicken der Tastatur war das einzige Geräusch, die Männer schienen den Atem angehalten zu haben.

»Nein. Offiziell angemeldet ist sie nicht. Aber zu den Vorträgen kann jedermann kommen. Eine Spende genügt.«

Nachtigalls Handy störte.

»Ja!«, meldete er sich unfreundlich.

»Was? Wie konnte das passieren? Wozu glauben Sie, sitzen Sie da?«

Er verstaute das Handy in der Hosentasche, griff nach der Jacke. »Jonathan ist verschwunden. Der Kollege war auf der Toilette, die Schwester, die für den Moment aufpassen sollte, wurde zu einem Patienten gerufen. Weg war er. Wir fahren hin!«

43. KAPITEL

Der Kollege Holger Mantel war zerknirscht.

»Ja, ich hätte nicht weggehen dürfen. Aber die Schwester wollte ja kurz …«

»Wenn Sie hier auf einen Patienten aufpassen sollen, dann können Sie die Verantwortung nicht einfach an eine der Schwestern abtreten! Das ist doch nicht zu fassen! So was passiert nur im Fernsehkrimi – echte Polizisten wissen, dass sie ihren Platz nicht verlassen dürfen!«

»Ja. Sie haben ja recht.« Mantel senkte den Kopf und setzte zerknirscht hinzu. »Ich dachte ja auch, der schläft. Ich verstehe nicht, wie es dem Kerl möglich war zu verschwinden! Von allein konnte der doch gar nicht raus.«

»Ist er möglicherweise auch nicht! Jemand ist zu ihm hineingegangen und hat ihn mitgenommen. Vielleicht in einem Rollstuhl.«

Nachtigall sah sich aufgebracht um. »Irgendjemand hier wird doch beobachtet haben, wie Jonathan entführt wurde! Fragen Sie die Schwestern! Wir erkundigen uns bei den Leuten auf dem Gang. Es gibt doch einen Transportdienst hier, oder? Ich will wissen, ob jemand gesehen hat, wie ein Kollege, den er nicht kennt, einen Mann aus dieser Station abgeholt hat!«

Plötzlich pochte ein Finger hartnäckig gegen Nachtigalls Schulterblatt. »Ja?«

»Sie sind von der Polizei, oder?«, fragte ein kleiner Mann, der den Kopf weit in den Nacken legen musste, um dem Hauptkommissar ins Gesicht sehen zu können. »Und Sie suchen nach dem jungen Mann, der heute eingeliefert wurde, oder?«

»Ja. Haben Sie gesehen, wie er die Station verlassen hat?«, erkundigte sich Nachtigall freundlich.

»Nein. Aber gehört habe ich ihn. Der hat so laut geweint. Schlimm. Ein so junger Mann sollte keinen Grund für so ein großes Leid haben.«

»Da haben Sie sicher recht. Aber nun ist er nicht mehr in seinem Zimmer, und wir machen uns Sorgen um ihn.«

»Manche hier gehen, um ganz zu verschwinden«, orakelte der Fremde.

»Sie meinen, er ist weggelaufen, um sich umzubringen?«

»Nun, so ein verzweifelter Mensch. Und er hat immerzu einen komischen Namen gemurmelt. Sehr eigenartig.«

»Einen Namen? So ein bisschen griechisch?«

Der kleine Mann nickte.

»Gregorilos?«, hakte Nachtigall nach.

»Genau. Der ist mir aufgefallen, weil ich den noch nie gehört habe. Sokrates, den kennt man. Schon wegen des Schierlingsbechers. Platon, Diogenes – Pythagoras – schon aus der Schule.«

Die beiden Ermittler sahen sich an. Der Gifttrunk. Schon wieder.

Einer der Ärzte legte dem Patienten die Hand an den Oberarm.

»Haben Sie mit den Herren alles besprochen? Dann gehen Sie jetzt bitte zu Ihrem Einzelgespräch mit Ihrem Therapeuten.«

Der Angesprochene nickte, verabschiedete sich kurz und lief mit schnellen kurzen Schritten davon.

Der Hauptkommissar wandte sich um. »Na sehen wir mal nach, welche Kleidung Jonathan jetzt trägt. Im Pyjama fällt er im Stadtbild zu sehr auf.«

Der Raum war hell, das Bett sah aus, als sei der Patient nur mal eben zur Toilette gegangen. Auf dem Nachttisch stand eine Flasche Mineralwasser. Das Glas daneben war halb voll. Kleine Kohlensäureperlen waren zu erkennen. Die Schranktür ragte in den Raum, die Fächer dahinter waren leer.

»Er musste sich umziehen.«

»Entweder hat der Entführer ihn bedroht, oder er hat sich als Pfleger ausgegeben und behauptet, der Patient müsse sich umziehen, weil die nächste Untersuchung irgendwo anders stattfinden solle. Außerhalb des Hauses.«

»Warum sollte Jonathan das glauben?«, fragte Nachtigall. »Weil er keine Erfahrungen mit Krankenhäusern hat?«

»Zum Beispiel.«

»Er war sediert. Das Umziehen wird dementsprechend länger gedauert haben. Ein verlangsamter Patient, leicht desorientiert. Vielleicht sogar unwillig. Was mag der Entführer ihm erzählt haben? Sophie warte am Ausgang? Alles nur ein schrecklicher Irrtum, sie sei natürlich nicht tot?«

»Fragen wir mal, was sie ihm gegeben haben.« Wiener eilte davon.

Nachtigall trat neben den Kollegen Mantel. »Wie lange waren Sie weg? Der Patient hat sich komplett angezogen. Er hatte Beruhigungsmittel bekommen, also hat das länger gedauert als gewöhnlich. Und danach verließ er mit seinem Entführer die Station. Also – wie lange?«

»Zehn Minuten etwa«, nuschelte der Beamte leise.

»Was? Und dann?«

»Als ich zurückkam, war die Schwester weg. Also habe ich kurz ins Zimmer geguckt. Wollte nachsehen, ob alles in Ordnung ist. Nix war in Ordnung. Also bin ich losgelaufen und habe ihn gesucht. Dachte ja, der Kerl kann nicht weit gekommen sein in dem Zustand. Nix. Dann habe ich Sie verständigt.«

Wiener warf dem Freund einen besorgten Blick zu.

»Das heißt, Sie haben endlos viel Zeit vertrödelt!«, zischte Nachtigall böse. »Während Sie … Wir sprechen uns noch!«, drohte er und lief los, um den Stationsarzt aufzustöbern.

»Wie kann der Patient einfach aus seinem Zimmer verschwinden?«, fragte er den jungen Mediziner, der den Hauptkommissar verwundert ansah.

»Ich verstehe Ihre Frage gar nicht. Wir sind keine geschlossene Abteilung. Kein Gefängnis. Kein Hochsicherheitstrakt. Unsere Patienten melden sich ab und können die Station verlassen. Gelegentlich melden sie sich auch nicht ab. Kommen nach einer Zigarette zurück, und wir wussten nicht einmal, dass sie fort waren. Andere, die es bewusst darauf anlegen, verschwinden plötzlich. Sie sind nicht entmündigt oder so etwas.«

»Sie sind eine psychiatrische Klinik!«

»Natürlich sind wir das. Aber kein Knast. Wenn Sie auf jemanden aufpassen wollen, müssen Sie einen Bewacher vor die Tür setzen. Ich dachte, ich hätte jemanden dort sitzen sehen. In Uniform.«

Nachtigall atmete tief durch. »Der Beamte war leider einen Moment unaufmerksam. Wenn jemand die Station verlässt – wird er von Kameras erfasst?«

»Videoüberwachung? Nein. Nur auf dem Parkplatzgelände. Aber die Aufnahmen werden nicht gespeichert.«

»Jonathan Weiss war sediert. Was haben Sie ihm gegeben?«, wollte der Hauptkommissar noch wissen, hatte schon die Hand auf der Klinke.

»Ich sehe mal eben in der Akte nach«, beschied ihm der Arzt ruhig.

Nachtigall fragte sich, ob hier alle irgendwie sediert waren – er hatte schließlich keine Zeit zu verlieren, musste Jonathan wiederfinden – möglichst, bevor der Täter zuschlagen konnte. Vielleicht ist meine Wahrnehmung verschoben?, überlegte er dann.

»Peter!« Michael Wiener rannte über den Gang.

Der Arzt sah missbilligend von der Akte auf, als die Tür zu seinem Zimmer aufgerissen wurde. »Peter! Schnell!«

Auf dem Weg aus der Station erfuhr der Hauptkommissar, dass in einem der Funktionsräume ein Fremder entdeckt wurde.

»Jonathan?«

»Das wissen wir noch nicht. Aber er lebt, allerdings ist er auf dem Weg in die Notaufnahme – er wurde offensichtlich brutal niedergeschlagen.«

44. KAPITEL

Es ist schön, nicht einsam sterben zu müssen.

Meine Mutter ist hier. Meine Adoptivmutter ebenfalls. Sie sehen sich nicht an, wahrscheinlich stimmt die Chemie nicht. Aber zu mir sind sie freundlich.

Wenn ich aus der Bewusstlosigkeit aufschrecke, sehe ich sie, eine rechts, eine links von mir.

Sie sprechen nicht.

Weder miteinander noch mit mir.

Dabei hätten sie sich doch sicher viel zu erzählen! Die eine wüsste über die Schwangerschaft zu berichten, die andere über mein bisheriges Leben. So könnten sie die beiden Bereiche wenigstens jetzt zusammenführen. Immer wenn ich zu mir komme, hoffe ich, dass auch die andere kommt. Aber sie will nicht – wollte von Anfang an nichts mit mir zu tun haben.

Vielleicht taucht sie noch auf.

Oder besser nicht? Ihre Rolle in der Geschichte war vielleicht für die anderen nicht wichtig.

UND: Mich haben sie belogen! Ein Leben lang! Meine Adoptiveltern nicht so lang, die haben den ehrlichen Weg gewählt – aber die anderen! Eine Lüge nach der anderen. Abgespeist wurde ich. Mit Halbwahrheiten und erfundenen Geschichten. Ja, es stimmt schon, im Grunde haben sie mir erzählt, was ich gern hören wollte. Die Weichspülerlösung für empfindliche Gemüter!

Aber dass ich nun deshalb sterben muss, ist einfach nur unfair!

45. KAPITEL

»Das ist nicht Jonathan!«, stellte Nachtigall enttäuscht fest, als er den Mann auf dem schmalen Bett erblickte. »Das muss der Mann sein, der ihn entführen wollte.«

Der Arzt sah etwas ratlos von einem zum anderen.

»Wenn Sie nicht von der Polizei wären, würde ich denken, Sie haben auch einen Schlag über den Kopf bekommen. Für mich klingt das alles nach wirrem Gerede. So was hat dieser Herr vorhin auch schon geboten. Will sagen: Wir sind daran gewöhnt.«

»Hatte er einen Ausweis dabei?«, erkundigte sich Wiener.

»Nein. Keine Papiere, kein Handy, keine Autoschlüssel, kein Portemonnaie. Wir wissen also nicht, wen wir benachrichtigen sollen. Aber er wird ja wieder klar, dann können wir ihn fragen«, beruhigte der Mediziner.

»So lange können wir nicht warten. Wir ermitteln in zwei Mordfällen. Ein Mann wurde vor wenigen Minuten aus der Psychiatrie entführt – wahrscheinlich von diesem Herrn. Wir müssen wissen, was er mit den Morden zu tun hat, und warum er ein drittes Opfer …«

»Halt! Dieser Patient hat einen üblen Schlag auf den Kopf bekommen, war bewusstlos – ist noch immer nicht ansprechbar. Wir haben die Platzwunde versorgt und hoffen, dass keine weiteren Komplikationen auftreten. So! Dieser Mann wird Ihnen erst mal keinerlei Auskünfte zu dem geben können, was in den letzten Stunden passiert ist. Wir verlegen ihn auf eine der Stationen der Unfallchirurgie. Dort können Sie ihn morgen befragen. Vielleicht.«

Nachtigall maß den Arzt mit einem vernichtenden Blick.

»Dann stirbt seine Geisel!«, polterte er, zwei Meter Länge und über 100 Kilo Gewicht, bebend vor Zorn.

Wiener mischte sich rasch ein. »Peter, wir können jetzt nicht den ganzen Fall erklären. Das ist sinnlos, man versteht uns nicht. Das Beste ist, wir versuchen, Jonathan zu finden. Die Kollegen werden wissen, welche Kleidung er trug, wir leiten eine Fahndung ein. Komm!«

Der Freund packte den Riesen am Arm und zog ihn mit sich. »Komm. Hier können wir nichts erreichen. Wir setzen einen Polizisten neben ihn und warten darauf, dass er aufwacht und klar denken kann.«

»Setzen jemanden daneben! Das hat ja bei Jonathan auch super geklappt.«

Silke Dreier war frustriert.

Streifen hatten all die Orte angefahren und unter die Lupe genommen, an denen sich Marianne Freitag und ihre Freundin gern aufhielten. Doch nirgends konnten die Beamten eine Spur der vermissten Sabrina finden.

»Es ist, als habe dich der Erdboden verschluckt«, murmelte die junge Frau vor sich hin. »Jetzt haben wir zwar eine Verbindung zwischen dir und den Gauschs – aber das hilft gar nicht wirklich weiter. Im Tagebuch jedenfalls hat Sophie an keiner Stelle erwähnt, dass sie eine Tochter hat. Warum wurde das Kind an eine Pflegefamilie abgegeben?«

Sie griff nach einem Bogen Papier und einem Kugelschreiber, begann die verschiedenen Gründe, die ihr dazu einfielen, aufzuschreiben.

Sie wusste nichts davon, glaubte, ein totes Kind geboren zu haben.

Dagegen sprachen der Zahn und die Haare. Irgendjemand wusste, wer die Mutter des Kindes ist.

Sie wollte das Geheimnis um die Beziehung zu ihrem Bruder nicht gefährden.

Deshalb beschlossen die Geschwister, das Kind an Pflegeeltern zu geben.

»Meine Mutter ist gar nicht meine Mutter – wie hast du das gemeint? Sophie hat das Kind gar nicht ausgetragen? Aber die Obduktion hat etwas anderes ergeben. Das kann nicht sein«, grübelte Silke weiter.

Ihr Telefon klingelte.

Im Display erschien »Michael«.

»Hallo, Michael. Gibt's was Neues?«

»Jonathan wurde aus seinem Zimmer im Klinikum entführt«, begann Wiener atemlos seine Zusammenfassung. »Es muss ihm aber irgendwie gelungen sein, den Kerl zu überwältigen. Nun ist er verschwunden. Möglicherweise mit dem Auto des Entführers. Der kann nur im Moment keine Angaben machen, er ist nicht vernehmungsfähig.«

»Jonathan Weiss ist jetzt allein unterwegs? In seinem Zustand?«, hakte Silke alarmiert nach. »Er ist vielleicht suizidgefährdet. Habt ihr das bedacht?«

»Ja natürlich. Wir fahnden nach ihm. Bisher ohne Ergebnis.«

»Spremberger Talsperre? Er will Gregorilos noch einmal ganz nahe sein?«, schlug die Kollegin vor. »Der Ort hat ja auch mit Sophie zu tun.«

»Daran haben wir gedacht. Aber die Streife hat ihn dort bisher nicht gefunden. Auch nicht an der Stelle, an der die Kleider lagen.«

»Wenn es mehr als einen Täter gibt, dann ist er einem weiteren Angreifer vollkommen schutzlos ausgeliefert. Und in seinem Zustand wird wohl auch sein Beurteilungsvermögen stark eingeschränkt sein. Leichte Beute.«

»Wurde die Flasche inzwischen gefunden? Die, in der das Gift gewesen sein könnte?«

»Moment. Ich schaue mal eben …« Silke suchte im Intranet einen Hinweis. »Noch nicht. Aber die Kollegen suchen noch. Anhand der Flaschen, die in der Villa gefunden wurden, wissen wir, dass er ein ganz besonderes Mineralwasser bevorzugt hat. Das erleichtert die Suche. Eine charakteristische Flaschenform, extrem teuer, extrem selten im Müll der Talsperre.«

»Peter meint, wir hätten an irgendeiner Stelle einen Hinweis übersehen.«

»Hm, Michael? Die Beziehung zwischen den beiden Geschwistern und Frau Kluge ist ja nun geklärt – aber warum soll Jonathan auch sterben? Weshalb betreibt jemand einen solchen Aufwand, um ihn in seine Gewalt zu bekommen? Meinst du, der Täter glaubt, der Assistent wüsste um das Inzestgeheimnis? Und was wäre so schlimm daran, wenn die Welt davon erfahren sollte? Künstler ticken eh anders, man würde es als Besonderheit akzeptieren – oder?«

»So einfach ist das nicht. In den Niederlanden, kein Problem, in vielen anderen Ländern nicht – aber bei uns. Es ist strafbar. Und der griechische Gregorilos mit einem schwarzen Fleck auf der Weste, der moralisch einwandfrei Handelnde als Häftling?«

»Er könnte einfach über die Grenze ziehen. Und der Reputation würde der Inzest bestimmt nicht schaden, im Gegenteil. Es wäre eben unkonventionell. Ein bisschen illegal – das ist abenteuerlich. Er könnte eine Lösung finden – einen besonderen Touch bekommen und dennoch ohne Makel bleiben. Geschicklichkeit ist das Zauberwort.«

Wiener lachte. »Wir fahren zur Villa, vielleicht ist Jonathan dort. Frau Hauber hat Personenschutz, hoffentlich einen, der zuverlässiger funktioniert als der im Klinikum. Bis später!«

Grübelnd starrte Silke auf ihre Notizen.

»Peter hat sicher recht.«

Sie wollte nach ihrer Jacke greifen, noch eine wichtige Information einholen, war schon an der Tür.

»Scheiße! Innendienst.«

Genervt warf sie die Jacke über Wieners Stuhl. »So ein Blödsinn! Ich kann nicht alles telefonisch klären!«

Wütend starrte sie den Monitor an.

Dann war ihre Entscheidung gefallen.

»So ein Mist, dass die Aufnahmen vom Parkplatz nicht gespeichert werden! Sonst könnten wir mit ein bisschen Glück den Wagen identifizieren, mit dem Jonathan nun unterwegs ist. Er hat Beruhigungsmittel bekommen! Wahrscheinlich ist er gar nicht fahrtauglich!«, schimpfte Nachtigall.

»So was in der Art hat Silke auch gesagt.«

»Ist doch wahr! Uns läuft die Zeit davon!«

»Wir wissen gar nicht, ob wir überhaupt je eine Chance hatten«, gab Wiener zu bedenken. »Das ist nur unsere Hoffnung. Gregorilos und seine Schwester hatten auch keine. Warum glauben wir, dass Frau Kluge noch zu retten ist?«

Nachtigall sah seinen Freund durchdringend an. »Weil«, begann er langsam und betonte dabei jedes Wort, »der Täter Frau Kluge aus der Wohnung verschleppt hat. Hätte er sie *nur* umbringen wollen, warum dann nicht sofort?«

»Peter, das ist kein Beweis.«

»Nein. Es ist eine Hoffnung.«

Silke fuhr mit dem Taxi in die Beuchstraße.

Stieg in ihren Stadtflitzer.

Wenig später parkte sie den Wagen vor dem Haus der Kluges.

Grenzstraße.

Einfamilienhäuser, überschaubare Grundstücke, genau der richtige Abstand zum Nachbarn. Ideale Gegend, um Kinder aufzuziehen und sie langsam ins Leben wachsen zu lassen. Die Verlockungen der Stadt nah genug – und doch weit genug entfernt.

Klingelte.

Trat ungeduldig von einem Fuß auf den anderen.

Endlich näherten sich schwere Schritte, die Tür öffnete sich widerstrebend.

»Hallo, Frau Kluge. Erinnern Sie sich, ich arbeite bei der Mordkommission.«

»Hören Sie, ich bin besorgt, aufgeregt, tief beunruhigt – aber nicht dement, Frau Dreier. Was kann ich für Sie tun?«

Die Tür wurde aufgezogen, die Besucherin trat in einen gemütlichen Flur, alles in Orangetönen gehalten, vermittelte er eine lebensfrohe Stimmung. Frau Kluge wurde davon nicht erreicht.

»Als Sie ein Kind adoptieren wollten, an wen haben Sie sich denn gewandt?«, fragte Silke ohne Überleitung.

»An die entsprechenden Behörden. Anträge mussten ausgefüllt, Begehungen zugelassen werden. Man überprüfte die Lebensverhältnisse, den finanziellen Spielraum, die Einstellung zu Kindern, die pädagogische Eignung. Und dann, eines Tages, kam eine Dame vorbei und erklärte, es sei nun soweit.«

»Sie durften Sabrina aus dem Heim abholen.«

»Sabrina war nie in einem Heim! Das habe ich Ihnen schon erklärt. Sie wurde direkt in eine Pflegefamilie gegeben. Und dort durften wir sie abholen.«

»War das ungewöhnlich?«,

»Nein, durchaus nicht. Warum fragen Sie nicht beim

Jugendamt nach? Kommunikation zwischen den Abteilungen ist nicht eine der Stärken der Polizei, oder? Ich möchte nicht mehr darüber sprechen!«

»Hatten Sie den Eindruck, das Kind sei dort zufrieden gewesen?« Silke vermied das Wort glücklich, wollte nicht einen weiteren Widerspruch produzieren. Frau Kluge hätte ja denken können, man wolle ihr unterstellen, das Kind aus besten Verhältnissen gerissen zu haben.

»Nein. Aber unglücklich war die Kleine auch nicht. Die Familie hatte jede Menge Zöglinge zu betreuen, da blieb für den Einzelnen nicht so viel Zeit. Sabrina war in ihrer Entwicklung ein wenig zurück, ein wenig verdreckt, ein wenig ängstlich. Bei uns hat sie sich sofort wohlgefühlt. Von Heimweh keine Spur. Später hatte sie gar keine Erinnerung mehr an die Zeit.«

»Wo lebte diese Familie denn?«

»In Burg. Weidenweg, in der Nähe der Schule. Viel Natur um das alte Gehöft. Es lebten so viele Kinder dort, dass ich erst dachte, es handle sich um einen Kinderhort. Heute ist alles unbewohnt. Verfallen.«

»Danke schön. Wir melden uns, sobald sich etwas Neues ergibt.«

Damit stürmte Silke davon, sprang in ihr Auto und brauste los.

»Hallo, Michael. Ich möchte gern überprüfen, ob Sabrina vielleicht zum Haus ihrer Pflegeeltern gefahren ist. Wo seid ihr?«

»Wir sind in der Villa der Gauschs. Hier ist Jonathan nicht.«

»Ich melde mich wieder. Übrigens, das Gehöft liegt in Burg, Weidenweg.«

»Ich denke, du hast Innendienst?«, fragte Wiener, doch da hatte die Kollegin schon aufgelegt.

»Silke überprüft ein Gehöft in Burg. Das Haus der Pflegeeltern.«

Nachtigalls Handy brummte.

»Ja? Thorsten?«

»Ich habe da eine interessante Neuigkeit für dich …«

Nachtigall trat in den Garten hinaus, weil Wiener ebenfalls zu telefonieren begonnen hatte.

»Der Vater des Künstlers ist gerade in Frankfurt gelandet. Er hat sich bei mir gemeldet, um mich zu fragen, ob ich das von Sophies Schwangerschaft wüsste. Habe ich bestätigt. Die Geschichte, die er mir dann erzählt hat, ist so haarsträubend, dass ich sie zunächst nicht glauben konnte. Es gab nie einen Inzest. Das Kind wurde in vitro gezeugt. Im Reagenzglas sozusagen. Als perfekter Nachkomme von perfekten Erzeugern – nach Auffassung von Waldemar.«

»Das muss doch vor Jahren unglaublich teuer gewesen sein?«

»Ja. Aber das war den beiden gleichgültig.«

»Hätten denn die beiden perfekten Erzeuger dann nicht auch die perfekte Erziehung umsetzen sollen?«

»Das ist, was der Vater auch nicht verstehen kann. Man gab das Kind weg. Der Großvater würde nun gern herausfinden, wo das Enkelkind lebt und es kennenlernen.«

»Wir arbeiten dran.«

Er rief ins Haus: »Michael, wir fahren nach Burg. Falls Silke recht hat, bleibt nicht viel Zeit. Komm! Und wir brauchen die Spurensicherung – Sophies restliche Tagebücher müssen irgendwo sein. Sie sollen das Unterste zuoberst kehren! Es ist verdammt wichtig!«

Wiener brauste los.

Durch Werben, an der Abzweigung nach Müschen vorbei, an der ihr letzter Fall seinen Ausgang genommen hatte, in den Ort hinein. Bog in die Ringchaussee ab, sauste an idyllischer Landschaft vorbei, bemerkte nicht einmal die fahlen Kühe, die auf der Weide standen wie Gespenster und neugierig dem dunklen Wagen nachstarrten.

»Wir waren gerade erst hier. Stell dir vor, wir hätten damals den Tipp schon gehabt!«

»Der Notar wusste ja auch nichts über Frau Kluge. All die sonderbaren Dinge – und nun kommen wir vielleicht zu spät.«

Nachtigall dachte wehmütig an seine Frau. Seit jenem Tag, als er sie in der Eisdiele gesehen hatte … War das tatsächlich erst vor zwei Tagen gewesen? Er seufzte.

Wiener bog scharf rechts ab, fuhr langsam an der alten Schule vorbei, die inzwischen eine Pension mit Ferienwohnungen beherbergte. Wenige Minuten später entdeckten sie ein verfallenes Anwesen.

»Dies?«, fragte Wiener.

»Überprüfen wir es.«

Vor der Tür stand ein dunkler Skoda Oktavia.

»Wir sind nicht allein. Der Besitzer?«

»Er wird uns nicht gleich erschießen – oder?«

»Sollen wir auf uns aufmerksam machen?«

»Nein«, entschied Nachtigall. »Wenn es der Entführer ist, verscheuchen wir ihn bloß. Und wir wissen nicht, wo er Jonathan versteckt hat!«

Das Gebäude war nicht groß. Die Fenster blind, die Türen verrammelt. Einzig eine Art Hintertür konnte geöffnet werden. Geräuschlos schwang sie auf, als Nachtigall die Klinke herunterdrückte. Schnell inspizierten sie die Räume. Ohne Knarren setzten sie die Füße vorsichtig.

Entdeckten eine steile Treppe unter einer Bodenluke.

Stiegen hinunter, fanden sich in undurchdringlichem Dunkel wieder.

Als Wiener die Tür zu seiner Linken aufschob, wusste er, dass sie hier richtig waren.

Uringestank.

Typisch für Geiselgefängnisse.

Er tippte Nachtigall an, und sie gingen vorsichtig hinein.

Silkes Telefon klingelte.

»Hallo, Frau Dreier. Herr Nachtigall ist nicht zu sprechen?«

»Nein. Tut mir leid.« Sie hoffte, dass das Motorengeräusch dem anderen nicht auffiel. Innendienst, brannte hinter ihrer Stirn, du darfst gar nicht hier sein.

»Gut, dann teile ich Ihnen jetzt mit, dass der Patient mit der Kopfverletzung wieder ansprechbar ist. Meiner Meinung nach kann er nicht weiterhelfen. Mir scheint, seine Erinnerungen sind ein wenig, tja, durcheinandergeraten. Aber wenn die Kriminalpolizei es noch immer für wichtig hält, mit ihm zu sprechen, dann wäre das nun möglich.«

»Danke. Ich gebe das so weiter. Die Kollegen werden sich dann sicher bei Ihnen melden.«

»Ach, der Patient fährt einen dunklen Skoda. Der steht nicht mehr auf dem Parkplatz. Hat seine Frau festgestellt. Können Sie den als gestohlen aufnehmen?«

»Ich notiere mir das. Dankeschön!«

Immer freundlich bleiben. Auch wenn der Entführer jetzt seine Karre vermisst, er hat ein Recht darauf, dass

die Polizei sich darum kümmert. Sie dämmte die Wut-
blase ein. Kein Problem. Na siehst du, geht doch. Du
kannst es!

»Die Frau hat ausgesagt, man habe den kranken
Schwiegervater besuchen wollen, ihr Mann suchte eine
Toilette und kam nicht wieder. Als er seinen Namen nennen konnte, riefen wir sie auf ihrem Handy an und sie
kam zu uns in die Notaufnahme. Von der geplanten Entführung hat sie angeblich nichts gewusst.«

»Nun, ist ja vielleicht auch keine Information, die man
breit streut, oder?«, gab Silke patzig zurück, beendete das
Gespräch.

Sie nahm die Abzweigung in die Ringchaussee.

Ein grelles Licht blendete die beiden Eindringlinge.

Schützend hielten sie ihre Hände vor die Augen, konnten nichts von dem erkennen, was vor ihnen lag.

»Setzen!«

»Wer sind Sie?«

»Setzen!«

Nachtigall zog Wiener mit sich.

»So ist es besser. Waffen her.«

»Wir haben keine dabei.«

»Quatsch. Los, her damit. Und damit ihr nicht glaubt,
es ist ein Spaß, ich habe eine!« Das laute Klicken beim
Entsichern der Waffe war Beweis genug.

Die Pistolen rutschten klappernd auf die Lichtquelle zu.

»Ihr seid ihretwegen hier. Ich auch. Die ist so zäh.
Bewusstlos, aber noch immer am Leben. Eigentlich dachte
ich, sie wäre jetzt bereit. Aber nein. Wir werden noch ein
paar Stunden warten. Ist doch schön, sie stirbt mit Publikum.«

Nachtigall konnte es nicht glauben. Jonathan Weiss!

Und dann verstand er plötzlich! Alle Teilchen rutschten an ihren Platz, aus den verstreuten Pixeln wurde endlich ein Bild.

»Jonathan – was soll diese Inszenierung hier? Lassen Sie uns einen Rettungswagen rufen. Frau Kluge ist vielleicht noch zu retten.«

»Nein. Sie stirbt. Das ist wichtig. Sie muss verschwinden, sie ist eine lebendige Beleidigung.«

»Das stimmt nicht. Sie ist Ihre Schwester.«

Nachtigall spürte, wie Wiener überrascht zusammenzuckte.

Jetzt war nicht der richtige Zeitpunkt für Erklärungen.

Weiss hatte die Reaktion des Kommissars offensichtlich nicht bemerkt.

»Und? Nur biologisch! Wir kennen uns nicht.« Jonathans Stimme war eisig. »Sie ist nicht wie ich.«

»Sie ist ein Kind von Gregorilos und Sophie. Wie Sie auch.«

»Das können Sie gar nicht wissen.«

»Doch. Und wir werden es auch beweisen.«

»Da bin ich gespannt. Sabrina und ich werden in wenigen Stunden gehen. Lösen uns von den irdischen Fesseln. Und man wird nie mehr von uns hören.«

Leises Wimmern. Die junge Frau lebte tatsächlich noch. Nachtigall versuchte hektisch, sich eine Gesprächsstrategie auszudenken.

»Ich verstehe, was Sie erreichen wollen. Gregorilos. Es ging nur um ihn, die ganze Zeit.«

»Er war so wunderbar. So rein. So besonders. Niemand darf ihn beschmutzen! Niemand!« Die Stimme wurde hysterisch.

»Wer hat denn damit begonnen, ihn zu besudeln?«, fragte Nachtigall sanft weiter, überlegte fieberhaft, wie er den jungen Mann eventuell überwältigen könnte. Er selbst war im Licht, jede seiner Bewegungen würde der andere sehen. Seine Hand tastete nach Michael. Der war abgerückt.

Gut, vielleicht eine Chance.

»Sophie. Ich habe ihre Tagebücher gefunden. Die alten. Da steht alles drin. Auch über das Kind.«

»Tagebücher sind doch nicht öffentlich. Damit wollte Sophie nur ihre Erinnerung bewahren. Sie hatte nicht vor, den Inhalt publik zu machen. Sie hat ihn nicht beschmutzt.«

»Gregorilos verschwand. Und sie wollte ein Buch schreiben. Über das Leben mit ihm. Sie erklärte mir, sie wolle die Wahrheit in die Welt schreien, alle sollten wissen, was für ein Mensch Gregorilos wirklich war!«, jaulte Jonathan auf.

»Gregorilos bekam den Schierlingsbecher. Eindrucksvoll. Wie haben Sie das hingekriegt?«

»Ach, das war nicht so schwer. Er sollte schon einen passenden Tod haben. Einen griechischen. Und er hat immer heimlich Wodka in sein Mineralwasser gemischt. Nicht ganz halbe-halbe, aber schon ordentlich. Damit Sophie das nicht merkte, klebte ich einen kleinen blauen Punkt auf die Flaschen mit der Mischung. Aber Sophie mochte seine Sorte Wasser ohnehin nicht, sie hatte ein eigenes mit viel Kohlensäure. Er nahm eine Flasche und ging los. Ich fuhr in die Pizzeria. Alles am See passierte ohne mich. Genial.«

Sabrina Kluge gab erneut einen Klagelaut von sich.

»Lassen Sie uns einen Arzt rufen. Ich nehme mir danach

Zeit für Ihre Geschichte. Ihr Tod ist doch nun vollkommen sinnlos.«

»Der Tod ist immer sinnlos«, beschied ihm der Assistent. »Hier wartet die Befreiung.«

Silke parkte ihren Smart neben dem Wagen der Kollegen.

Entdeckte den dunklen Skoda. Wusste, was das zu bedeuten hatte.

Seltsam still war es auf dem Gelände.

Vorsichtshalber angelte sie nach ihrem Baseballschläger hinter dem Beifahrersitz.

Schlich schnell einmal um das gesamte Gebäude herum.

So viele Leute hier, und es ist nichts zu hören? Wenn Peter und Michael Sabrina gefunden hätten, dann müsste doch zumindest ein Rettungswagen auf dem Hof stehen. Eigenartig, dachte Silke. Ist sie längst tot?, fragte sie sich entsetzt, kommen wir alle zu spät?

Die schmale Tür war leicht zu finden.

Ohne Quietschen gab sie bereitwillig den Weg frei.

Silke schlüpfte aus ihren Schuhen. Irgendetwas ist hier oberfaul, war ihr klar.

Die Leiter in die Dunkelheit.

Sie rang mit sich. Dort unten war ein Keller. So einer wie der von Frau Tannenberg. Ihr Puls raste, als sie sich daran erinnerte. Es fiel ihr nicht leicht, die Atmung unter Kontrolle zu bekommen, den Herzschlag zu beruhigen. Wenn ich es jetzt nicht tue, werde ich bis zur Rente Innendienst schieben! Diese Erkenntnis gab den Ausschlag.

Sie stieg hinunter.

Blieb stehen. Sah den Lichtschein, hörte die Stimme Nachtigalls. Er versuchte offensichtlich, jemanden zu beruhigen. Silke lauschte, verstand, was Peter erreichen wollte. Als der Kerl mit dem Licht antwortete, war ihr sofort bewusst, dass man bei dem mit Worten nichts erreichen konnte. Der würde die Frau sterben lassen! Eiskalt.

Sie huschte in einem günstigen Moment an der Türöffnung vorbei, versuchte, sich an den Grundriss des Hauses zu erinnern.

Ihre Großtante hatte einen ähnlichen Hof besessen. Als Kinder hatten sie immer im Keller gespielt. Der abenteuerlichste Platz im ganzen Haus. Die einzelnen Kellerräume waren miteinander verbunden. In den meisten Häusern war aus alltagspraktischen Gründen nach dem Krieg auch eine Tür vom Nebenraum zum Schutzraum eingebaut worden. Wie war das also? Hier durch diese Tür und dann links und dann wieder links … Nein, falsche Abzweigung.

Noch einmal von vorn.

»Rücken Sie zu Ihrem Kollegen zurück! Ich kann sehen, was Sie planen. Verstehen Sie doch, Sie sind in meiner Gewalt. Ich kann mit Ihnen anstellen, was mir beliebt. Erschießen ist eine Option«, erläuterte Jonathan die Situation beinahe gut gelaunt.

Die schnellen Stimmungswechsel waren besorgniserregend. Nachtigall bekämpfte die Unruhe, die sich in ihm breitmachen wollte. Verdrängte den Gedanken daran, dass Conny ja schon jemanden gefunden hatte, der sie über den Verlust des Gatten hinwegtrösten würde. Es war seine Aufgabe, die Geisel zu retten und Michael und sich selbst aus dieser vertrackten Lage herauszubringen. Möglichst unbeschädigt.

»Sie wussten also, dass Sabrina Ihre Schwester ist. Woher?«

»Oh, diese dumme Person. Sie kam eines Tages zu uns in den Garten. Stiefelte überall herum, als gehöre es ihr. Ich sah mir das eine Weile an, dann stellte ich sie zur Rede. Und sie wusste von den Reisen nach Amerika. Weigerte sich mir zu erzählen, woher. Wollte mit ihrer Mutter Kontakt aufnehmen. Doch Sophie Gausch verweigerte sich. Also habe sie beschlossen, einfach mal zu Besuch zu kommen. So eine naive dumme Ziege! Ich brachte sie nach Hause, versprach, den Boden für eine Begegnung mit Sophie zu bereiten. Was ich natürlich nicht zulassen würde. Von dem Zahn und der Locke wusste ich leider nichts, sonst hätten Ihre Leute die kleine Kiste nicht gefunden.« Jonathan wurde zunehmend ungeduldig. Er scharrte mit den Füßen über den Boden. »Herrgott, warum krepierst du nicht endlich. Ist ja nicht so schwierig, einen letzten Atemzug zu tun, und dann aus.«

Nachtigall hörte, dass der Mann hinter der Lampe an irgendetwas herumzerrte. »Vielleicht sollte ich einfach nachhelfen! Einfach den Lauf an der Stirn aufsetzen und peng.« Wieder wimmerte die junge Frau leise.

In diesem Moment schleuderte etwas in den Raum.

Nachtigall duckte sich, bekam die Lampe zu fassen, die durch die Luft flog.

»Du Schwein!«, schrie eine weibliche Stimme. Im Lichtkegel erkannte der Hauptkommissar, dass Silke sich mit einer Schlagwaffe auf Jonathan stürzte, die ersten Hiebe verfehlten ihn knapp, doch dann landete sie Treffer um Treffer. Der Assistent jaulte auf vor Schmerz, wand sich, krümmte sich zusammen. Wiener brüllte, Silke solle aufhören, er habe die Waffe. Nachtigall rannte los, warf sich auf seine Mitarbeiterin, spürte einen Schlag gegen die Schläfe. Doch seinem Gewicht hatte die junge Frau nicht viel entgegenzusetzen. Er registrierte, wie sie sich heftig gegen ihn wehrte, der Widerstand aber langsam schwächer wurde. »Michael, hast du ihn?«

»Ja. Aber er hat ganz gut was abgekriegt, denke ich. Sabrina Kluge atmet, aber schwach, und der Puls schlägt furchtbar langsam. Ich rufe einen Notarzt.«

Nachtigall gab Silke frei. »Frau Dreier! Können Sie mir erklären, wie Sie hierher kommen? Ist das Ihre Vorstellung von Innendienst?«, herrschte er die Kollegin an.

Silke war so außer Puste, dass sie nicht antworten konnte.

»Dr. März wird wenig begeistert sein, wenn er das erfährt! Ein Schlag hätte doch gut ausgereicht!«

Dann setzte er leise hinzu. »Danke!«

Dr. März erwartete die drei bereits in ihrem Büro.

Sein Zorn war nicht zu übersehen.

»Wie konnte das passieren?«, begann er betont beherrscht. »Schon wieder? Und Sie mit einem Kopfverband!«

»Frau Dreier erkannte die Situation und rief uns an. Ich erlaubte ihr, nach Burg zu fahren. Sie konnte schneller dort sein als wir. In Anbetracht des zu erwartenden Zustands der Geisel war jede Minute wichtig.«

»Das ist Ihre Erklärung?«, fragte der Staatsanwalt drohend. »Herr Nachtigall?«

»Ja.«

»Wo ist Frau Kluge?«

»Im Klinikum. Die Ärzte meinten, der Zustand sei ernst, aber die Frau ist noch jung und widerstandsfähig. Sie sind sich sicher, dass sie sie retten werden. Im Moment ist sie noch nicht vernehmungsfähig, man wird uns verständigen.«

»Herr Weiss?«

»Ebenfalls im Klinikum. Er wird geschient und genäht. Alles nicht so ernst. Morgen können wir mit ihm sprechen.« Nachtigall war müde. Hatte Kopfschmerzen. Eine leichte Gehirnerschütterung und sieben Stiche an der Schläfe. Wollte nach Hause. Dachte an Conny – und den jungen Mann, überlegte entmutigt, ob er zu Hause noch willkommen war. Der unglaublich eindrucksvolle Vampir aus dem Roman fiel ihm wieder ein. Was war er schon dagegen?

»Ihre Wunde?«

»Nichts. Sieben Stiche. Macht mich männlicher. War ein Kollateralschaden. Im Keller war es stockdunkel.«

»Frau Dreier, morgen bitte in mein Büro. Gleich zu Dienstbeginn! Sie gehen jetzt – alle drei! Morgen bekomme ich dann den Bericht. Ihnen ist schon bewusst, dass dieser Einsatz ein Nachspiel haben wird – oder?«

Damit verließ Dr. März den Raum, schloss wieder beherrscht und leise die Tür.

»Komm, ich fahre dich nach Hause.« Michael Wiener war schon in der Tür. Nachtigall saß hinter seinem Schreibtisch. »Wir werden ihn wohl einem Psychiater vorstellen müssen. Totale Verblendung?«

»Ja. Wir fragen ihn morgen nach dem Hotel in Bad Saarow. Nach Frau Hauber. Ich bin sicher, er wusste von alldem. Jedes Vorkommnis eine Scharte an der edlen Kunstfigur Gregorilos. Er liebte ihn abgöttisch. Konnte nicht verkraften, dass der Mann hinter der Figur gar nicht so perfekt war.«

Nachtigall stand auf.

»Weißt du was? Angeblich hatte es ihm doch die Ödipusgeschichte besonders angetan. Und er versuchte, möglichst keine Nachkommen zu produzieren. Aber am Ende ist seine größte Angst wahr geworden. Sein eigener Sohn hat den Schierlingsbecher für ihn gemixt.«

»Wie du darauf gekommen bist, musst du mir morgen erklären.«

»Das war gar nicht so schwer.«

»Die Spurensicherung hat die Tagebücher gefunden. Sophie hatte eine Tür in der Wandverkleidung. Dort bewahrte sie die Kladden auf. Vielleicht hat er mal beobachtet, dass sie dort etwas hineinschob. Und so kam alles ans Licht.«

»Dann werden wir ja die Wahrheit Stück für Stück erfahren«, meinte Nachtigall erschöpft. »Wir machen Schluss für heute. Und Silke?«, er zwinkerte der jungen Frau zu. »Mach dir nicht zu viele Gedanken. Ohne dich wäre die Sache vielleicht nicht gut ausgegangen. Jonathan war wild entschlossen. Er hätte Sabrina getötet, die beiden lästigen Polizisten umgebracht und danach sich selbst erschossen. Dr. März ist das sehr bewusst.«

Michael Wiener brachte den Freund nach Hause.

»Wir haben doch ein neues Haus in Döbbrick. So ein trutziges Klinkerhaus. Sehr gemütlich. Der kleine Ort ist wunderschön. Direkt vor den Toren der Stadt und doch mit ländlichem Charakter. Von unserem Haus aus sieht man die ungewöhnliche Petruskirche und kann fast bis auf den Anger schauen, auf dem mitten im Ort Pferde weiden. Toll! Für die Kinder sowieso.«

»Ungewöhnliche Kirche? Ist mir noch nicht aufgefallen«, murrte der Hauptkommissar.

»Von der einen Straße aus hat sie eine halbrunde Rückfront, einen hölzernen Turm, schöne Rundbogenfenster.

Dann fährt man herum und guckt in den Rückspiegel. Schon hat sie ein völlig anderes Gesicht. Eine Giebelfront, wie sie auch ein Haus am Cottbuser Altmarkt haben könnte, geschwungen, alles rot und mit weiß abgesetzt.« Er deutete mit den Händen an, wie er geschwungen meinte. Es sah aus wie eine Tanzbewegung.

»Muss ich mir mal ansehen. Döbbrick, das ist doch gleich bei mir hinten aus Sielow raus. Zehn Minuten?«

»Ungefähr, ja.«

Wiener hielt am Straßenrand. Nachtigall schob die Beifahrertür auf.

»Hast du noch ein Bier für mich?«, fragte der Freund.

»Ganz bestimmt. Vielleicht auch einen Salat«, antwortete Nachtigall. »Ich freue mich, wenn du noch ein bisschen Zeit hast. Dieser Fall war ziemlich verwirrend – und wir müssen auch noch versuchen, den Ärger von Silke fernzuhalten, falls meine Einschätzung nicht stimmt und man ein Disziplinarverfahren einleiten möchte. Hast du schon eine Idee?«

Als er die Tür aufschloss, wehte ihn der Duft von Grillgut an.

»Nanu. Wir haben Besuch?«

Die Katzen begrüßten die beiden Neuankömmlinge mit der üblichen Begeisterung. Aus dem Garten waren Gläserklirren und Stimmen zu hören.

Die beiden Männer hielten darauf zu.

Bunte Lichter über dem Rasen, eine gedeckte Tafel, Rauch und Duft aus Richtung des Grills.

Eine kleine Gestalt kam auf sie zugelaufen. Warf sich Wiener in die Arme.

»Na, mein Großer? Alles in Ordnung hier?«

Jonas nickte.

Nachtigall strich dem Jungen über den Kopf. Fühlte sich gehemmt und beklommen.

Und plötzlich stand Marnie vor ihnen, umarmte ihren Mann, küsste ihn, schlang dann auch ihre Arme um den Herrn des Hauses. »Guten Abend! Wie schön, dass wir nun doch noch alle zusammenkommen konnten. Hat Michael dir erzählt, dass wir gar nicht weit von hier wohnen?«, fragte sie in lockerem Ton.

Nachtigall schluckte. Spürte einen dicken Kloß im Hals.

Ausgetrickst, dachte er ein wenig verärgert. Die haben dich einfach ausgetrickst.

Aus der Küche gesellte sich Conny zu der kleinen Gruppe. »Na, Fall gelöst, Mörder gefangen?«, lachte sie, strich dann zärtlich über den Verband. »Sehr schlimm?«

»Geht schon. Der Verband ist nur eine Art Orden. Ein großes Pflaster hätte es auch getan. Aber so ist es viel eindrucksvoller. Und diesmal ist es nur eine leichte Gehirnerschütterung.«

Alles hätte schön sein können – doch in dem Moment erkannte Nachtigall noch einen Besucher, der im Garten saß und den Kinderwagen sanft schaukelte.

Der Mann aus der Eisdiele!

»Oh, ich sehe, du hast ihn entdeckt. Michael, kannst du bitte mal einen Blick auf das Fleisch werfen?«

Sie zog ihren widerstrebenden Mann zu dem Fremden hinüber. »Darf ich vorstellen: Dr. Hans-Jörg Schultheiß. Er ist ein Kollege, der bei mir in die Praxis einsteigen wird. Sein Schwerpunkt liegt auf Venenerkrankungen und Geschlechtskrankheiten. Eine gute Erweiterung unseres Spektrums. Und bei der Neuorganisation der Sprechzeiten bleibt vielleicht ein wenig mehr Freizeit für das

Familienleben!« Conny lachte glücklich. Gab ihrem Mann einen Kuss. »Setzt euch doch alle wieder. Das Fleisch ist gleich fertig, der Wein kalt. Herrn Dr. Schultheiß' Lebenspartner steht auf der Autobahn im Stau, wird aber gleich kommen.«

Der Hauptkommissar nahm auf dem Stuhl neben dem Fremden Platz. Erleichterung wollte sich trotz dieser unerwarteten Entwicklung nicht einstellen. Ein homosexueller Partner für die Praxis – er musste seine Gedanken erst mal neu ordnen, verdauen, dass er sich vollkommen verrannt hatte.

Wenige Minuten später merkte er, wie sich eine kleine Hand unter seine Pranke schob. Sanft unterstützte er den Jungen, der auf seinen Schoß kletterte, wie früher, ganz selbstverständlich, als sei nichts geschehen. Nach kurzer Zeit hatte er sich an die breite Brust gekuschelt, den Daumen in den Mund geschoben und war eingeschlafen. Nachtigall wagte kaum zu atmen, wollte diesen wunderbaren Augenblick nicht durch eine unbedachte Bewegung zerstören.

»Sieh mal, wie groß die Zwillinge schon sind! Das geht so schnell in den ersten Monaten, unglaublich!«, freute sich Conny, zwinkerte Michael verschwörerisch zu und drückte ihm eines der Mädchen in jeden Arm. »So, nun hat der Papa Zeit für euch, meine Süßen!«

Marnie stand bei Conny am Grill, lud das Fleisch auf Teller, brachte sie zum Tisch, spießte die Würstchen vom Rost, wendete die Maiskolben, drehte die bunten Gemüsespieße.

»Meinst du, es wird wieder wie früher?«, fragte sie leise. »Michael mag Peter sehr. Er kann es nicht gut ertragen, dass ihr Verhältnis belastet ist.«

330

»Keine Sorge. Peter leidet ja auch darunter. Ab heute gilt: Alles auf Anfang. Sieh doch mal, wie verliebt er deinen Sohn anguckt. Da könnte ich ja fast neidisch werden. Ich denke, er hatte Angst, dass Jonas schreiend wegläuft, wenn er ihn sieht, dass du noch wütend bist. Entspann dich – das wird wieder.«

Jonas ruckelte sich im Schlaf in eine bequemere Position. »Peter!«, murmelte er verschlafen und seufzte zufrieden.

Conny kicherte, als sie sich viel später an ihren Mann kuschelte.

»Soso – in meinem Buch hast du also diesen traumhaften Vampir entdeckt. Ja, den hätte ich auch gern – aber leider ist er durch und durch fiktiv. Ist ein wahrer Mangel.«

»Nun ja, es war ja nicht nur dieser Blutsauger. Du hast so seltsam reagiert in der letzten Zeit. Und dann der Nagellack und die neue Haarfarbe …«

»Da muss ich also nur mal einen Nagellack kaufen, und schon glaubt mein Mann, ich hätte eine neue Liebe!«

»Ja, war albern!«, flüsterte Nachtigall müde.

»Ach ja? Denkst du etwa, ich könne keine neuen Kontakte mehr knüpfen?«, fragte Conny leicht beleidigt nach, aber das hörte der Hauptkommissar zum Glück schon nicht mehr.

Er schlief.

Lächelte.

46. KAPITEL

Als Nachtigall und Wiener am nächsten Morgen ins Büro kamen, blieben sie allein.

»Hallo, ihr beiden!«, stand auf einem Post-it am Monitor auf Michaels Schreibtisch.

»Meinst du, man hat Silke beurlaubt? Suspendiert? Oder hat er sie fristlos entlassen? Dieser Fall war so verwirrend, und zwischen den Leichenfunden und der Suche nach der verschwundenen Frau hatten wir kaum Zeit für die Ermittlungen. Aber das war ja nicht ihre Schuld. Und ohne ihr beherztes Eingreifen hätte die Sache im Keller auch ganz anders ausgehen können. Eine getötete Geisel, zwei getötete Ermittler und der Täter auf der Flucht.«

»Wir sollen mit Jonathan Weiss sprechen. Es geht um die Psyche des Mannes. Wir werden möglicherweise ein Gutachten zur Schuldfähigkeit brauchen.«

»Sollen wir einen der Kollegen vom psychologischen Dienst anfordern, der uns begleitet?«

»Nein. Das Gespräch führen wir.«

Jonathan Weiss war blass.

Er saß in seinem Krankenhausbett, der eine Arm geschient, der andere verbunden, mehrere Pflaster im Gesicht, eines am Hinterkopf.

Die Prellungen am Körper konnten die Ermittler nur ahnen, wenn sich das Gesicht des jungen Mannes schmerzvoll verzog, sobald er sich bewegte.

Nachtigall betastete unwillkürlich das breite Pflaster an seiner eigenen Schläfe.

»Wir haben den Alkohol, die Reste der Beerenernte und die großen Glaskolben im Keller gefunden. Sie haben das Gift extrahiert, der Spezialgetränkemischung von Gregorilos zugegeben. Warum?«

»Das habe ich Ihnen doch schon gesagt. Ich liebte ihn. Seine Reinheit, seine Stärke, seine klaren Vorstellungen von Moral. Er war perfekt. Sophie war perfekt. Alles änderte sich, als diese dumme Ziege kam und mein Leben zerstörte. Gregorilos traf sich mit Huren. Billigen Frauen, die er dafür bezahlte, dass er sie beim Sex quälen durfte. Mir hatte er eingebläut, wenn man jemandem Schmerzen zufüge, dürfe das niemals mit Vergnügen für einen selbst verbunden sein. Ha! Sie zeigte mir, wie das ablief. Es war ekelhaft. Moral, angeblich so wichtig für ihn, hatte in der Realität keine Bedeutung für ihn. Und ich erfuhr durch sie auch von unserer Geschichte. Er hatte mich nicht auserwählt, weil er die künstlerische Begabung in mir schlummern sah, sie selbstlos fördern wollte. Sophie hatte mich geholt. Sie wusste nicht, dass ich ihr Kind war, zufällig suchte sie mich aus. Vielleicht entdeckte sie eine Ähnlichkeit. Gregorilos sollte durch die Annahme eines Zöglings einen Teil der Schuld abtragen – ganz allgemein.«

»Sie haben also zu dritt unter einem Dach gelebt, Vater, Mutter und Sohn. Wussten aber nichts von ihrem verwandtschaftlichen Verhältnis?«, vergewisserte sich Nachtigall.

»Einige Jahre lang. Dann kam diese Frau und erzählte mir, ich sei das Kind von Gregorilos und Sophie. Das sei ein Geheimnis. Ich müsse es für mich behalten. Sie kam und berichtete mir von den Huren, von den Menschen, die Gregorilos ins Unglück gestoßen hatte. Zeigte mir Zeitungsberichte. Es war schrecklich. Ich war das Produkt eines Inzests! Mein Vater eine selbstherrliche Bestie. Ich fühlte mich verraten. Das Schlimmste war, dass diese Frau behauptete, sie sei meine Schwester! Einmal mit der eigenen Schwester – aber noch ein Kind?«

»Woher wusste diese Frau all diese Fakten?«

»Die hat nicht locker gelassen. Wollte unbedingt ihre Mutter finden. Wurde von Frau zu Frau geschickt, fand irgendwann eine, die sie geboren hatte. Aber – oh Überraschung – diese Frau wünschte sich ein Kind, war bereit, eines austragen, das nicht ihres war. Nach der Entbindung war es schlicht übrig. Die echte Mutter konnte es nicht zu sich nehmen, und die andere durfte es nicht behalten, der Mann hatte herausgefunden, dass es nicht von ihm sein konnte. Es gab Krach, das Gör musste weg. Das war Sabrina. Sie kam in eine Pflegefamilie. Wurde adoptiert. Ich jedoch nicht! Mich legte man einfach vor einer Tür ab. Und mich hat auch niemand adoptiert. Insgesamt war ich in vier verschiedenen Heimen. Vier Höllen.«

»Warum wurden Sie nicht adoptiert?«

»Weil ich mich von Anfang an sonderbar benommen habe. Schwer erziehbar. Psychisch sehr auffällig. Fordern Sie meine Akte an.«

»Sie haben Gregorilos getötet, weil er nicht mehr perfekt war?«, fragte Wiener ungläubig.

»Er war eine Lüge.«

»Und Sophie?«

»Sophie war Teil der Lüge. Das steht in ihren Tagebüchern. Und ohne ihren Bruder war sie nichts. Ich tötete ihn – mit Schierling. So blieb Sophie die Chance, mich in alles einzuweihen. Ehrlich zu sein. Aber das war sie nicht.

Also löschte ich sie aus. Blieb nur noch meine Schwester. Ohne sie hätte ich niemals mein Leben verloren! Sie war schuld an dieser Katastrophe. Deshalb sollte sie ebenfalls sterben. An dem Ort, an dem sie ins Leben gefunden hat, sollte sie es beenden.«

Es klopfte.

»Ich glaube, es ist gut fürs Erste. Der Patient muss sich erholen.« Der Arzt blieb in der Tür stehen, ließ den Ermittlern keine Wahl.

»Wir kommen morgen wieder«, verabschiedeten sie sich von Jonathan.

»Sie war der Beweis für die Lüge – ihr Tod konnte sie allerdings nicht komplett tilgen. Mein Tod erst hätte die Reinheit des Künstlers Gregorilos wiederhergestellt. Und mich an seine Seite zurückgeführt. So war alles sinnlos«, wisperte der Assistent und schloss gequält die Augen.

»Haben Sie ein psychiatrisches Konsil angefordert?«, wollte Nachtigall vom Stationsarzt wissen. »Der junge Mann hatte einen Nervenzusammenbruch. Sie sollten eine Suizidgefährdung nicht ignorieren.«

»Jaja. Er wirkt auf mich ganz stabil, aber das Konsil ist schon organisiert. Und Ihr Kollege hier passt ja auch auf.« Damit wies er auf den uniformierten Beamten, der vor dem Zimmer saß.

Nachtigall musterte ihn scharf. Atmete auf. Dieses Gesicht kannte er nicht.

»Und?«, fragte Wiener, als sie in den Fahrstuhl stiegen.

»Nun, ich glaube, er ist noch nicht fertig. Er wird versuchen, die Sache zum Abschluss zu bringen.«

»Du meinst, er wird seine Schwester besuchen?«

»Möglich. Sie hat überlebt. Das war nicht vorgesehen. Ich denke, er ist zu ihr gefahren, weil er ebenfalls dort in diesem Keller sterben wollte. Sie hat sein Leben zerstört – das war seine Formulierung. Ich denke, er hat nach wie vor die Absicht, ihr beim Sterben zuzusehen und sich dann umzubringen.«

»Vor ihrer Krankenzimmertür ist auch ein Beamter postiert. Hoffen wir, dass diesmal alles reibungslos klappt.«

»Die Idee, ihn Tabletten nehmen zu lassen, war übrigens von ihm selbst. Man versuchte, ihm eine Spritze zu verabreichen, doch er reagierte so hysterisch auf die Nadel, dass man darauf verzichtete.«

»Und er die Tabletten verschwinden lassen konnte. Pech für den Skodabesitzer, dass er gerade in dem Moment aus der Toilette kam. Jonathan packte ihn, bedrohte ihn mit der Waffe und schlug ihn wenig später nieder, brachte sich so in den Besitz von Geld und Wagenschlüsseln. Und wir hielten den armen Kerl für einen Entführer.«

Im Büro von Silke Dreier saßen die Eltern der Mordopfer.

Übernächtigt sahen sie aus, mitgenommen durch die lange Reise.

»So, da wären wir. Wir glauben, dass Sie Fragen an uns haben könnten.«

»Ihre freundliche Kollegin hat uns mit Kaffee versorgt, bevor sie zu einem Termin musste. Der deutsche Kaffee ist besser als der, den man üblicherweise in Amerika bekommt. Sehr lecker.« Auch die Mutter machte keinen besonders aufgewühlten Eindruck. »Ich sehe, Sie wundern sich. Aber unseren Kindern waren wir fremd und sie uns.«

»Sie haben zwei Enkelkinder«, erklärte Nachtigall.

»Kinder von Gregorilos und Sophie. Ja. Diese beiden wurden in den USA gezeugt. Damals war es eine ziemlich revolutionäre Methode und teuer ebenso. Meine Tochter und mein Sohn zeugten ihren Nachwuchs im Reagenzglas. Vorsorglich fror man einige der Embryonen ein. Dann implantierte man einige der befruchteten Eizellen. Sophie gebar einen Sohn. Waldemar geriet in Panik. Sein Griechenwahn war so manifest geworden! Das Kind durfte nicht bleiben. Es starb im Waisenhaus. Unsere Tochter war untröstlich, wollte kein weiteres Kind ihres Bruders austragen. Jahre später schenkte Sophie einer Freundin eine – oder waren es mehrere? – der Eizellen. Das ist hier illegal. Der Eingriff wurde in einer privaten Klinik in den USA vorgenommen. Diese Freundin gebar ein Mädchen. Doch ihr Mann hatte inzwischen heimlich herausgefunden, warum seine Frau nicht schwanger werden konnte: Es lag an seinen Spermien. So flog der Schwindel auf. Das Kind musste verschwinden. Direkt nach der Geburt brachte er es fort. Niemand kümmerte sich mehr um den Verbleib des Kindes.«

»Haben Sie manchmal nachgefragt?«

»Nein«, übernahm der Vater den Gesprächsfaden wieder. »Es ging uns nichts an. Wenn die beiden glaubten, sie sollten Gott spielen, so war das ihre Sache. Erwachsene Menschen entscheiden über ihre Handlungen selbst.«

»Wie geht es nun weiter?«, wollte seine Frau wissen. »Der junge Mann ist ja wohl der Mörder. Nicht wahr?«

»Ja. Es wird einen Prozess geben. Ob Jonathan schuldfähig ist, werden andere klären.«

»Ich habe bereits mit Dr. Pankratz gesprochen. Das ist der Rechtsmediziner, mit dem Sie telefoniert haben. Die Analyse ist eindeutig. Das Kind, das Sophie auf die Welt brachte, ist nicht im Waisenhaus gestorben. Jonathan ist Ihr Enkel. Ob Sophie und Gregorilos es wussten, werden wir in den Tagebüchern entdecken.«

»Nun, ich denke, wir fahren in dieses Klinikum und lernen die Verwandtschaft kennen!«, beschloss der Vater des Künstlers.

Nachtigall sah den beiden nach.

»Sie haben einen Enkel, der ihren Sohn und ihre Tochter getötet hat, eine Enkelin, die ebenfalls beinahe sein Opfer geworden wäre. Wie geht man damit um?«, überlegte er bedrückt.

»Was tun wir beide nun? Können wir Silke helfen?«

»Das habt ihr schon!«, rief sie ihnen schon vom Gang aus zu. »Ich muss ein neues Gutachten einholen. Danach wird neu entschieden. Und ich bin sicher, dann ist die Sache mit dem Innendienst vom Tisch!«

Sie umarmte Nachtigall stürmisch.

»Du hast mich geschickt! Das war die Rettung, dein Argument nicht von der Hand zu weisen. Danke schön!«

Bevor Nachtigall in sein Büro verschwinden konnte, meinte Wiener leise zu ihm: »Peter hät er g'sagt. 's isch des erste Wort seit Monate g'wese! Als er dich g'sehe hot, isch er sofort zu dir hin. Sowas hot er seit derre Nacht auch nit mehr g'macht. Bei koinem! Mir sin so froh. Un mir glaubet, jetzt wird elles gut!« In breitem Dialekt, den er nur noch sehr selten durchschlagen ließ.

Ulla staunte nicht schlecht, als Beatrice eine winzige Nähmaschine aus ihrem bunten Sack fischte.

»Damit nähen wir den Reißverschluss wieder ein. Provisorisch. Bis nach Hause wird es halten.«

»So was habe ich noch nie gesehen. Wo bekommt man das denn?«

»Ach, meine Liebe, das weiß ich nicht so genau. Meine Tochter ist mit einem Beamten verheiratet und hat mehr

Freizeit, als gut für sie ist. Die nutzt sie, um in irgendwelchen Katalogen zu stöbern. Dabei findet sie dann solche Dinge. Bestellt sie, kann sie nicht brauchen und gibt sie an ihre Mutter weiter. Ist ganz praktisch, die kleine Maschine, gerade wenn auf Reisen mal der Saum runterhängt – oder die Tasche platzt.«

Ulla betrachtete verliebt den Ring an ihrem Finger.

»Ist der nicht wunderschön?«, hauchte sie.

»Ja. Das ist er wirklich. Und ein roter Stein passt viel besser zu dir als ein blauer. Rot steht für Liebe und Emotionalität. Passt bestens.«

»Ulf hat beim Preis nicht einmal gezuckt. Na gut – kaum gezuckt. Anstandslos gezahlt. So was fällt ihm schwer. Das Preis-Leistungs-Verhältnis stimme bei Schmuck in keinster Weise, sagt er sonst immer. Aber hier, nicht ein Wort.«

»Ullaschätzelchen, haben wir nun alles? Ach deine Reisetasche fehlt noch. Gut, die packen wir am besten auf den Rücksitz. Ich verstehe das nicht, wenn man für die Rückfahrt alles verstauen will, passt es schlechter ins Auto als bei der Anreise. Dabei ist es ja nicht mehr geworden!«

»Doch«, widersprach seine Frau und fing mit dem Stein das letzte Licht des Abends ein.

»Gut, stimmt. Aber der braucht keinen Extraplatz.«

Beatrice beendete die Reparaturaktion. »So!«

Problemlos ließ sich die Tasche zuziehen. Perfekt.

»Na denn, gute Reise!«, wünschte die neue Freundin. »Und wenn ihr mal Zeit und Lust habt, ruft mich an und wir treffen uns irgendwo.«

»Adresse haben wir!« Ulla umarmte Beatrice herzlich. »Vielen Dank für alles!«

»Ja, auch von mir.« Ulf startete den Motor.

»Ist gut, dass wir hier abbrechen, das verstehst du doch?«, flüsterte Ulla der älteren Dame ins Ohr. »Hier ist plötzlich alles so *belastet*.«

Beatrice winkte dem leise scheppernden Wagen nach, bis auch die Rücklichter von der Dunkelheit verschluckt waren.

Einen Moment lang wollte ein Gefühl von Einsamkeit Tränen aufsteigen lassen.

Doch das konnte Beatrice nicht erlauben. »So!«, kommandierte sie sich entschlossen. »Morgen früh ist der Vortrag über Glyphosat. Danach der Workshop ›Ohne Wort‹ zu kreativen Ideen für die Kennzeichnung von Lebensmitteln. Am Nachmittag wird vegan gekocht. Volles Programm also!«

Deine Einsamkeit ist Einbildung, schalt sie sich, du kanntest die beiden doch kaum.

»Zu zweit …«, murmelte sie sehnsuchtsvoll und ein wenig neidisch. Dann straffte sie ihren Körper und setzte entschieden hinzu: »… ist man noch viel öfter allein!«

ENDE

DANKSAGUNG

Mein besonderes Dankeschön gilt den treuen Fans von Peter Nachtigall und seinem Team. Es ist für einen Autor ein wunderbares Gefühl, wenn er weiß, dass seine Figuren den Lesern große Freude bereiten, sie an ihrem Schicksal interessiert sind und bei persönlichen Katastrophen mit ihnen leiden.

Rita Numrich, der Referentin für Kulturförderung der Stadt Cottbus, danke ich herzlich für ihre sachkundigen Auskünfte und ihre Bereitschaft, in diesem Roman als Fachfrau meinen Ermittlern zur Seite zu stehen.

Und natürlich gilt mein Dank den Mitarbeitern des Verlags, die Nachtigall nun schon durch den zehnten Fall begleitet haben. Claudia Senghaas gilt dabei mein besonderer Dank für ihr aufmerksames Lektorat.

Weitere Krimis finden Sie auf den folgenden Seiten und im Internet:

WWW.GMEINER-SPANNUNG.DE

FRANZISKA STEINHAUER
Brandherz
....
978-3-8392-1691-0 (Paperback)
978-3-8392-4659-7 (pdf)
978-3-8392-4658-0 (epub)

»Ein neuer ›brandheißer‹ Fall für Peter Nachtigall«

Brandstiftungen in der Stadt Cottbus und dem Umland sorgen für Unruhe in der Bevölkerung. Niemand scheint vor dem Feuerteufel sicher. Als nach einem verheerenden Feuer eine Leiche in den Resten eines ausgebrannten Hauses gefunden wird, ist die Brandserie plötzlich ein Fall für die Mordermittler. Schon bald wird eine weitere Leiche entdeckt. Beiden Opfern fehlt das Herz. Peter Nachtigall kämpft sich durch einen Nebel aus Gerüchten und Spekulationen. Wird er weitere Opfer verhindern können?

GMEINER SPANNUNG

WWW.GMEINER-VERLAG.DE
Wir machen's spannend

FRANZISKA STEINHAUER
Wer mordet schon
in Cottbus und im Spreewald?
....
978-3-8392-1583-8 (Paperback)
978-3-8392-4455-5 (pdf)
978-3-8392-4454-8 (epub)

»Mörderische Geschichten mit bekannter Serienfigur«

Mord und Totschlag rund um Cottbus? Oder im Spreewald? Tatsächlich gibt es nicht viele Tötungsdelikte in der beschaulichen Region – allerdings sind der Fantasie ja keine Grenzen gesetzt. Der einsame Tote am Fließ, sonderbare Todesumstände bei einer Tour auf dem Gurkenradweg – an diese und viele andere Mordschauplätze nimmt Franziska Steinhauer die Leser gern mit. Die Autorin deckt in ihrem kriminellen Reiseführer verborgene Motive auf und lässt ihre Protagonisten beherzt zum Äußersten schreiten.

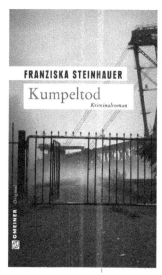

FRANZISKA STEINHAUER
Kumpeltod
....
978-3-8392-1374-2 (Paperback)
978-3-8392-4071-7 (pdf)
978-3-8392-4070-0 (epub)

»Wutbürger in der Lausitz«

Trotz heftiger Proteste wird ein Dorf in der Lausitz abgebaggert, auch der Friedhof muss dem Kohlebagger weichen. Bei ihrer Arbeit stoßen die Totengräber in einem alten Grab auf eine frische Leiche. Kommissar Peter Nachtigall wird zum Tatort gerufen, auf der Fahrt wird sein Wagen von der Straße gedrängt. Die Ereignisse überschlagen sich, als nach dem Fund einer Bombe ein großer Bereich in der Stadt geräumt wird und einer der evakuierten Mieter bei seiner Rückkehr eine grausige Entdeckung macht ...

SPANNUNG

GMEINER

WWW.GMEINER-VERLAG.DE
Wir machen's spannend

**FRANZISKA STEINHAUER
WOLFGANG SPYRA**
Zur Strecke gebracht
....
978-3-8392-1327-8 (Paperback)
978-3-8392-3975-9 (pdf)
978-3-8392-3974-2 (epub)

»Dieses Buch lädt ein zum Schaudern. Vergewissern Sie sich lieber, dass Sie die Terrassentür zugeschlossen haben, bevor Sie es in die Hand nehmen …«

Acht Kriminalgeschichten, denen eins gemein ist: Sie haben sich tatsächlich so ereignet. Nicht nur Morde, sondern auch kleinere Gaunereien baut Franziska Steinhauer in spannende Erzählungen ein. Hier werden Liebhaber von Sendungen wie »CSI« voll auf ihre Kosten kommen und beim nächsten »Tatort« wohl die Hände über dem Kopf zusammenschlagen, wenn die TV-Ermittler mal wieder die DNA-Analyse bis zum nächsten Tag haben wollen …

FRANZISKA STEINHAUER
Spielwiese
....
978-3-8392-1134-2 (Paperback)
978-3-8392-3635-2 (pdf)
978-3-8392-3634-5 (epub)

»Eine psychologisch ausgefeilte, clever gestrickte und hochspannende Krimihandlung rund um die Frauen-Fußballweltmeisterschaft in Deutschland!«

Eine männliche Leiche auf einem Feld in der Niederlausitz – als menschliche Vogelscheuche an ein hölzernes Kreuz gebunden – ruft Hauptkommissar Peter Nachtigall auf den Plan. Kurze Zeit später wird ein zweiter Toter entdeckt, diesmal am Elbufer in Dresden. Beide Opfer waren beruflich im Frauenfußball engagiert. Aus mysteriösen Botschaften wird zudem klar: Es soll weitere Morde geben. Alles deutet darauf hin, dass die Taten mit der anstehenden Frauenfußball-WM in Deutschland in Zusammenhang stehen …

WWW.GMEINER-VERLAG.DE
Wir machen's spannend

Das Neueste aus der Gmeiner-Bibliothek

Unser Lesermagazin

Bestellen Sie das kostenlose Krimi-Journal in Ihrer Buchhandlung oder unter www.gmeiner-verlag.de

Informieren Sie sich ...

www ... auf unserer Homepage:
www.gmeiner-verlag.de

@ ... über unseren Newsletter:
Melden Sie sich für unseren Newsletter an unter www.gmeiner-verlag.de/newsletter

f ... werden Sie Fan auf Facebook:
www.facebook.com/gmeiner.verlag

Mitmachen und gewinnen!

Schicken Sie uns Ihre Meinung zu unseren Büchern
per Mail an gewinnspiel@gmeiner-verlag.de
und nehmen Sie automatisch an unserem
Jahresgewinnspiel mit »mörderisch guten« Preisen teil!

WWW.GMEINER-VERLAG.D
Wir machen's spannen